a MULHER no ESPELHO

Eric-Emmanuel Schmitt

a MULHER no ESPELHO

Tradução de
MARIA DE FÁTIMA OLIVA DO COUTTO

1ª edição

EDITORA RECORD
RIO DE JANEIRO • SÃO PAULO
2014

CIP-BRASIL. CATALOGAÇÃO NA FONTE
SINDICATO NACIONAL DOS EDITORES DE LIVROS, RJ

Schmitt, Eric-Emmanuel, 1960-
S362m A mulher no espelho / Eric-Emmanuel Schmitt; tradução de Maria de Fátima do Coutto. – Rio de Janeiro: Record, 2014.

Tradução de: La femme au miroir
ISBN 978-85-01-09984-6

1. Romance francês. I. Coutto, Maria de Fátima Oliva do. II. Título.

13-0490 CDD: 843
CDU: 821.133.1-3

Título original:
LA FEMME AU MIROIR

Liberté • Égalité • Fraternité
RÉPUBLIQUE FRANÇAISE

MÉDIATHÈQUE
MaisondeFrance

Cet ouvrage, publié dans le cadre du Programme d'Aide à la Publication 2012 Carlos Drummond de Andrade de la Médiathèque de la Maison de France, bénéficie du soutien du Ministère français des Affaires Etrangères et Européennes.

Este livro, publicado no âmbito do Programa de Apoio à Publicação 2012 Carlos Drummond de Andrade da Mediateca da Maison de France, contou com o apoio do Ministério francês das Relações Exteriores e Europeias.

Texto revisado segundo o novo Acordo Ortográfico da Língua Portuguesa.

Impresso no Brasil

ISBN 978-85-01-09984-6

Para Bruno Metzger

1

— Eu me sinto diferente — murmurou.

Ninguém prestou atenção a suas palavras. Enquanto as matronas agitavam-se ao seu redor, uma arrumando um véu, outra uma madeixa, outra ainda uma fita, a costureira lhe encurtava a saia e a viúva do agrimensor lhe calçava os sapatinhos bordados, a jovem, imóvel, tinha a impressão de ter virado um objeto. Um objeto apaixonante, é verdade, atraente o bastante para mobilizar a vigilância das vizinhas. Entretanto, um mero objeto.

Anne contemplou o raio de sol entrando pela janela sólida e atravessando a peça em diagonal. Sorriu. A mansarda, onde esse jato de ouro perfurava a penumbra, assemelhava-se a pequenos arbustos surpreendidos pela aurora, em que samambaias substituíam as cestas de roupa branca, e animais, as mulheres. Apesar do falatório incessante, Anne ouvia o silêncio pairar no aposento. Um silêncio estranho, agradável, abafado, que de longe enviava uma mensagem, em meio ao tagarelar das comadres.

Anne voltou a cabeça, acreditando que uma das burguesas a tivesse ouvido, contudo não surpreendeu olhar algum. Condenada a suportar a obsessão delas de enfeitá-la, chegou a duvidar que tivesse pronunciado tal frase: "Eu me sinto diferente."

O que mais poderia acrescentar? Ela iria se casar dali a pouco e, no entanto, desde que despertara, só se sentia sensível às flores se abrindo na primavera. A natureza a atraía bem mais do que o noivo. Anne adivinhava a felicidade escondida lá fora, atrás de uma árvore, como uma lebre; via a ponta de seu nariz, percebia-lhe a presença, o convite, a impaciência... Experimentava uma vontade incontrolável de correr, de rolar na grama, de abraçar os troncos das árvores, de inspirar a plenos pulmões o ar polvilhado de pólen. Para ela, o acontecimento do momento era o dia em si, fresco, deslumbrante, generoso, e não as núpcias. O que a aguardava — o casamento com Philippe — tornava-se irrelevante diante desse esplendor, dessa primavera que tomava conta de campos e florestas, dessa força vigorosa a desabrochar prímulas, primuláceas, cardos-azuis. Gostaria de fugir deste recinto onde se desenrolava a preparação nupcial, livrar-se das mãos que a tornavam mais bela e se atirar nua no rio mais próximo.

Do lado oposto da janela, o facho de luz sombreara a renda da cortina sobre a irregular parede de cal. Anne jamais ousaria perturbar tão fascinante raio. Não; se anunciassem que a casa pegava fogo, ela permaneceria imóvel no banquinho.

Estremeceu.

— O que disse? — perguntou a prima Ida.

— Nada.

— Está pensando nele?

Anne baixou a cabeça.

A noivinha confirmava suas suspeitas. Ida soltou uma risada estridente, repleta de pensamentos lúbricos. Nas últimas semanas lutava contra a inveja, o que só conseguia convertendo o sentimento em deboche lascivo.

— Anne já se imagina nos braços de Philippe! — declarou com voz ofegante. — A noite de núpcias vai ser quente. Eu é que não queria ser o colchão dos dois hoje à noite.

As mulheres se exaltaram: umas dando razão a Anne, outras recriminando a futilidade de Ida.

De repente, a porta se abriu.

Majestosas e teatrais, a tia e a avó de Anne entraram.

— Filhinha, afinal vai conhecer o que seu marido vai ver — exclamaram em coro.

Como se desembainhassem um punhal das pregas das roupas negras, as viúvas retiraram duas caixas de marfim esculpido, que entreabriram delicadamente. Dentro de cada estojo, um espelho com friso de prata. Um burburinho de surpresa acompanhou a revelação; as mulheres presentes imaginavam assistir a um espetáculo extraordinário. Os espelhos não faziam parte de sua vida cotidiana e se, por acaso, possuíam um, era de estanho, de metal polido, arredondado, oferecendo imagens embaçadas, salientes e foscas, ao passo que os espelhos de vidro reproduziam a realidade em traços claros e cores vivas.

Soltaram gritinhos de admiração.

De olhos fechados, as duas mágicas receberam os cumprimentos e sem demora realizaram sua missão. Tia Godeliève posicionou-se na frente de Anne e a avó Franciska, atrás. Cada uma, de braços esticados, segurava seu apetrecho como quem porta um escudo. Solenes, conscientes de sua importância, explicaram à jovem o modo de utilização:

— No espelho da frente, perceberá o de trás. Assim poderá verse de costas e de perfil. Ajude-nos a nos posicionar corretamente.

Enciumada, Ida aproximou-se.

— Onde conseguiram esses espelhos?

— A condessa nos emprestou.

Todos aplaudiram a audácia da iniciativa: apenas uma dama nobre desfrutava de tais tesouros, pois os vendedores ambulantes não ofereciam tais artigos às pessoas do povo, pobres demais.

Anne lançou um olhar ao interior da moldura redonda, considerou seus traços singulares, apreciou as esmeradas tranças que enlaçavam os cabelos louros elaborando um penteado refinado e surpreendeu-se com o pescoço comprido e as orelhas miúdas.

Entretanto, experimentava uma sensação bizarra: se nada enxergava de desagradável no espelho, tampouco nada reconhecia de familiar. Contemplava uma estranha. Sua figura invertida, de frente, de lado ou de costas poderia tanto ser a sua quanto a de outra qualquer; não se parecia com ela.

— Está contente?

— Ah, claro. Obrigada.

A resposta de Anne dizia respeito à solicitude da tia. Pouco vaidosa, já se esquecera da experiência do espelho.

— Tem noção da sua sorte? — grunhiu a avó Franciska.

— É claro que sim — respondeu Anne —, ter as senhoras ao meu lado é motivo de muita alegria.

— Não, eu me referia a Philippe. Quase não se encontram homens hoje em dia.

Graves, menearam a cabeça. Nada mais raro do que homens em Bruges. A cidade nunca sofrera tal penúria... Os homens haviam desaparecido. O que restava? Um jovem para duas mulheres? Talvez nem mesmo um para três. Pobre Flandres, um fenômeno misterioso a acabrunhava: a escassez do sexo viril. Em algumas décadas, a população masculina diminuíra de modo preocupante no norte da Europa. Muitas mulheres deviam se consolar em viver no celibato ou reunidas em comunidades religiosas; algumas renunciavam à maternidade; as mais vigorosas aprendiam tarefas hercúleas, como as profissões de ferreiro ou de marceneiro, a fim de nada lhes faltar.

Percebendo uma repreensão no tom da amiga, a dona do armarinho a fitou com severidade.

— Isso faz parte da vontade de Deus.

A avó Franciska estremeceu, temendo ser acusada de blasfêmia. Corrigiu-se:

— Naturalmente foi Deus quem nos enviou essa provação! Foi Deus quem convocou nossos homens às cruzadas. É por Deus que eles morrem no combate aos infiéis. É Deus quem os faz desaparecer no mar, nas estradas, nos bosques. É Deus quem os mata enquanto trabalham. É Deus quem os chama antes de nós. É Ele quem nos inflige o castigo de prosseguir sem eles.

Anne compreendeu que a avó Franciska detestava Deus. Exprimindo mais temor que adoração, descrevia-o como predador, carrasco, assassino. Ora, não parecia a Anne que Deus fosse assim, nem tampouco que interviesse nos assuntos mencionados pela avó.

— Quanto a você, minha pequena Anne — retomou a viúva —, terá uma vida de mulher à antiga: um homem só seu, vários filhos. Sem dúvida, é uma jovem afortunada. Além do mais, seu Philippe não é feio... Não tenho razão, senhoras?

Todas concordaram rindo, algumas encabuladas, outras constrangidas por serem forçadas a se pronunciar sobre esse tema. Philippe, 16 anos, era o protótipo do rapaz flamengo: robusto, sólido, pernas compridas, estatura baixa, mas ombros largos, a pele amarelada e a cabeleira encaracolada.

Tia Godelièver exclamou:

— Sabiam que o noivo está na rua à espreita da prometida?

— Não!

— Ele sabe que nós a preparamos e aguarda a postos. Jogamos lenha na fogueira! Se fosse possível morrer de impaciência, acredito que já estaria morto.

Anne aproximou-se da janela cujo caixilho de papel oleado estava aberto para deixar a primavera entrar. Tomando cuidado para não impedir a entrada do raio luminoso, debruçou-se de lado e percebeu Philippe na calçada molhada, a alegria nos lábios, conversando com os amigos vindos de Bruges a Saint-André, aldeia onde habitava a avó Franciska, a uma légua da cidade grande. Sim, verificando de tempos em tempos o último andar da habitação, ele a aguardava, emocionado e animado.

Isso acalentou seu coração. Ela não precisava duvidar!

Anne morava em Bruges havia um ano. Antes, só conhecia uma granja isolada, ao norte, sob nuvens pesadas, em meio a terras planas, úmidas, malcheirosas. Ali vivera com a tia e as primas, sua única família, pois a mãe morrera ao trazê-la ao mundo, sem revelar a identidade do pai. Desde a época em que o tio havia assumido sua criação, ela nunca mais deles se afastara. Após o falecimento do tio, tia Godeliève decidira partir para Bruges, onde residiam as irmãs. A pouca distância, em Saint-André, a mãe, Franciska, passava seus últimos dias.

Se, para Godeliève, Bruges representara um reconfortante retorno às origens, para Anne, Ida, Hadewijch e Bénédicte — suas três primas — aquilo fora um choque: de campesinas a citadinas e de meninas a moças.

Ida, a mais velha, determinada a unir seu destino sem demora a um homem, havia abordado os rapazes disponíveis com impetuosidade e audácia quase viris, o que acabara por prejudicá-la. Assim, Philippe, cortejado na lojinha de calçados onde trabalhava, após ter respondido aos cumprimentos de Ida, dedicou-se à conquista de Anne. Oferecendo a esta todas as manhãs uma flor, demonstrou à outra, sem pudor, que fora usada para que ele se aproximasse da prima.

Diante dessa manobra — afinal de contas banal —, Ida acalentara mais decepção do que Anne, orgulho. Esta não voltava para os rapazes o mesmo olhar que suas companheiras. Enquanto as senhoritas enxergavam no aprendiz de sapateiro um garboso jovem, Anne percebia um menino que mal acabara de crescer, empoleirado nas pernas compridas, surpreso com aquele corpo novo que esbarrava nas portas. Ele lhe causava dó. Detectava o que nele havia de menina — os cabelos, a boca suave, a pele pálida. Sob a voz baixa, timbrada, ela ouvia, por meio de uma inflexão, na hesitação provocada pela emoção, os ecos da voz aguda do menino que ele havia sido. Quando ia ao mercado em sua companhia, contemplava nele uma paisagem humana, ondulante, instável, em transformação; e era sobretudo a isso que ela se prendia, ela, tão apaixonada pelo crescimento das plantas.

— Quer me fazer feliz? — perguntara-lhe Philippe um dia. Enrubescendo, reagira prontamente, sincera:

— Sim, claro!

— Feliz, feliz mesmo? — implorou ele.

— Sim.

— Seja minha mulher.

Essa perspectiva a encantou menos: o quê? Ele também? Eis que ele raciocinava como sua prima, como as pessoas que lhe incomodavam. Por que essa convenção? Com espontaneidade, negociou:

— Não acha que posso fazê-lo feliz sem nos casarmos?

Ele se afastou, desconfiado.

— Não creio que você seja esse tipo de moça.

— Do que fala?

Por vezes, os rapazes demonstravam reações incompreensíveis... O que dissera de escandaloso? Por que ele franzia as sobrancelhas ao fitá-la?

Depois de uma pausa, ele sorriu aliviado ao constatar que nenhuma malícia se escondia por trás da proposta de Anne. Prosseguiu:

— Gostaria de me casar com a senhorita.

— Por quê?

— Todo homem precisa de uma mulher.

— Por que eu?

— Porque você me agrada.

— Por quê?

— Porque é a mais bonita e...

— E?

— É a mais bonita!

— E daí?

— É a mais bonita!

Como ele a sondara sem romantismo, o elogio não lhe despertou qualquer vaidade. Naquela tarde, ao retornar à casa da tia, apenas se perguntou: "Bonita... E isso basta? Ele belo, eu bonita."

No dia seguinte, solicitou uma explicação quanto ao seu raciocínio:

— Por que nós dois?

— Com nossos físicos, nós dois vamos produzir filhos magníficos! — exclamou ele.

Bem, Philippe confirmou o que ela temia! Ele utilizava a linguagem de um criador, de um fazendeiro que cruzava os melhores animais a fim de que se multiplicassem. Entre os humanos, seria isso então o amor? Nada além? Se Anne tivesse a mãe ao seu lado para discutir o assunto...

Reproduzir-se... Era a isso que as mulheres cercando-a devotavam tanta impaciência? Mesmo a indomável Ida?

A esse pedido de casamento, Anne, sonhadora, não respondeu. O ardente Philippe leu um consentimento nessa placidez.

Com embriaguez, tratou de anunciar o próximo enlace, confiando a todos sua sorte.

Na rua felicitavam Anne que, surpresa, nada desmentia. Em seguida, suas primas a congratularam, inclusive Ida, que se alegrava por sua sedutora prima desaparecer do mercado das rivais. Afinal, tia Godelièveaplaudiu jubilosa, os olhos vertendo lágrimas, pacificada por ter cumprido seu dever — levar a filha de sua infeliz irmã ao altar. Diante dessa alma caridosa, na tentativa de evitar decepcioná-la, Anne, encurralada, condenou-se ao mutismo.

Assim, por falta de negação, o mal-entendido assumiu as cores de uma verdade. Anne ia se casar com Philippe.

A cada dia achava mais estranho o entusiasmo manifestado pelos parentes. Convencida de que um elemento essencial lhe escapava, permitiu que Philippe se tornasse mais ousado e a beijasse e abraçasse.

— Prometa que só amará a mim e a mais ninguém!

— Impossível, Philippe. Eu já amo outras pessoas.

— Como?

— Minha tia, minhas primas, vovó Franciska.

— Algum rapaz?

— Não, mas conheço poucos, não tive oportunidade de conhecer muitos.

Quando ela lhe confiava esses detalhes, ele a observava desconfiado e incrédulo. Entretanto, como ela sustentava seu olhar sem pestanejar, ele acabava por cair na gargalhada.

— Você me dá a corda e eu me enforco! Ah, que criatura malvada... Quanta astúcia... Sabe como manipular um homem para ele ficar cismado, ainda mais confuso e só pensar em você.

Não compreendendo direito seu raciocínio, ela não insistia, sobretudo porque nesse estado de atordoamento ele se colava a ela, os olhos brilhantes, os lábios trêmulos. Ora, ela sentia prazer em afundar em seus braços, gostava de sua pele, de seu odor, da firmeza do corpo febril. Entre os braços a estreitá-la, inebriada, afastava as dúvidas.

Na mansarda, uma sombra se alongou. A densidade do quarto mudara.

Anne resmungou. Ida acabava de romper o raio luminoso.

A noivinha experimentou uma dor no estômago, como se a prima com um soco lhe dilacerasse as vísceras. Exclamou em tom de reprovação:

— Ah, não, Ida, não!

A prima se deteve, surpresa, na defensiva, prestes a atacar, ignorando que suas saias tapavam o raio de sol.

— O quê? O que eu fiz?

Anne suspirou, suspeitando que jamais conseguiria fazê-la entender que despedaçara um precioso tesouro, uma obra-prima que o astro se encarregava de criar no aposento desde a alvorada. Pobre Ida! A grosseira e teimosa Ida, com os largos quadris obscenos, destruía um monumento de beleza sem sequer se dar conta.

Anne decidiu mentir.

— Ida, por que não aproveita os dois espelhos? Venha para o meu lugar.

Em seguida, dirigindo-se à tia e à avó:

— Ficaria radiante se minhas três primas também se beneficiassem desse presente.

A princípio surpresa, Ida postou-se ao lado de Anne e implorou às duas senhoras que a deixassem se mirar. Assentiram sorridentes, comovidas com a simplicidade cordial de Anne.

Hadewijch, a mais moça, precipitou-se e subiu no banquinho.

— Primeiro eu!

Ida tentou impedir a irmã de precedê-la num gesto rude, que conteve, consciente do dever de manter a dignidade de irmã mais velha. Despeitada, caminhou na direção da janela.

Anne sentia-se deprimida. Ida continuava a cortar o raio, sem reparar que ele subia por seu peito, por seu rosto. Nem o sentia. Que estúpida!

Avistando Philippe na rua, Ida sorriu. Um instante depois franzia as sobrancelhas.

— Ele está decepcionado. É a você que busca, não a mim.

Os traços crispados, o olhar vazio, aflita, Ida engolia em seco. Inclinada sobre ela, percebendo a gravidade do sofrimento, Anne estendeu a mão na direção da prima e deixou escapar:

— Eu o teria deixado para você...

— O quê?

Ida sobressaltou-se, convencida de ter ouvido mal.

— Eu teria deixado que ficasse com Philippe.

— Hã?

— Se ele não estivesse apaixonado por mim.

Anne acreditava ter dito algo gentil.

Uma bofetada estalou.

— Vagabunda! — sussurrou Ida.

Anne, ao sentir a face arder, deu-se conta de ter sido ela a receber o tapa. Ida a esbofeteara.

As conversas cessaram, as mulheres se voltaram.

— Nojenta, asquerosa, está convencida de que nenhum homem vai me desejar? Eu vou mostrar que está enganada. Eu vou provar. Vai ver que dezenas de homens me desejarão. Centenas!

— Basta um — corrigiu Anne com doçura.

Um segundo tapa se abateu sobre ela.

— Canalha! Então insiste? Está certa de que eu não terei nenhum! Que peste! Como é perversa!

Tia Godelièva interveio:

— Ida, trate de se acalmar!

— Anne me tira do sério, mamãe. Ela diz que sou feia e repugnante!

— De jeito nenhum! Anne apenas confirmou o que eu também penso: basta um homem; não precisa seduzir dez, nem mil.

Ida lançou um olhar desafiante à mãe, como quem diz "falem à vontade, vocês vão ver". Godelièva, de nariz empinado, exigiu:

— Peça desculpas a Anne.

— Jamais.

— Ida!

Em resposta, a filha mais velha, rubra de raiva, as veias do pescoço saltadas, berrou:

— Prefiro morrer.

Entregando o espelho que segurava à viúva do agrimensor, Godelièva avançou na direção da filha. Ida se esquivou. Impertinente, atravessou o aposento, expulsou a caçula do banco e ordenou:

— Agora é a minha vez.

Evitando entrar em um combate que temia perdido, Godelièvè propôs às amigas que obedecessem a irascível. Aproximou-se em seguida da sobrinha.

— Anne, ela deve estar enciumada. Queria ser a primeira a se casar.

— Eu sei. Eu a perdoo.

A tia a beijou.

— Ah, se minha Ida tivesse o seu temperamento...

— Ela mudará quando conseguir o que deseja. Um dia deixará a raiva de lado.

— Deus a ouça! — exclamou Godelièvè, acariciando o rosto da sobrinha. — Em todo caso, estou triste e feliz por você. Triste porque não vou vê-la com tanta frequência. Feliz por ter encontrado um bom rapaz.

Ao ouvir a voz tranquila de tia Godelièvè planejar seu destino, Anne ganhou coragem e parou de se questionar. Tranquilizada, ofereceu o rosto ao ar fresco.

No rebordo do telhado, uma borboleta se encarapitou. As asas, amarelo-limão na parte de dentro e verde do lado de fora, fremiam, tal e qual uma respiração. Tendo vindo fazer sua toalete, julgando-se isolado, sem tomar consciência de estar sendo observado, o inseto esfregou a tromba com as patas dianteiras. Deslumbrada, Anne tinha a impressão de que o animal captava, concentrava e aprisionava toda a luz do céu nas escamas douradas. Resplandecente, tornava cinzento tudo ao seu redor.

— Que beleza! — disse Godelièvè, emocionada.

— Tem razão — sussurrou Anne, exultante por compartilhar essa emoção com a tia.

— Impressionante! — confirmou Godelièvè.

— Eu poderia passar horas só observando.

Godelièvè balançou os ombros.

— Anne, é o que fará a partir de agora. Terá esse direito. Até mesmo o dever.

Espantada, Anne girou na direção da tia, que insistiu:

— Não apenas lhe pertencerá, mas também o possuirá.

Anne sorriu. O quê? Pertenceria a um inseto...? Quem lhe pertenceria? Que mágica extraordinária lhe sugeriam? Sem dúvida, era a melhor novidade do dia. A tia lhe falava como a fada madrinha dos contos de fada. A fisionomia da jovem, tomada pela afobação, iluminou-se.

Godelièvе, enternecida, passou as palmas das mãos nas faces da sobrinha.

— Como ama Philippe! — exclamou.

Voltando-se para fora, distinguiu uma silhueta ao longe.

— Sem dúvida o chapéu lhe cai bem.

Confusa, Anne constatou que o olhar de Godelièvе se concentrava em Philippe, que, de boina de feltro enfeitada com uma pluma, se encontrava na calçada. Estremeceu.

"Não sou normal", pensou. Nada mais fazia sentido. Pela janela, que permitia contemplar as duas coisas, Philippe e uma borboleta, a noiva admirava a borboleta, e a tia, o noivo.

Um uivo ressoou no aposento:

— O quê? O que é essa mancha?

Sentada no banco, Ida, roxa de raiva, apontava o espelho à sua frente.

Temendo um acesso de raiva, a avó Franciska retirou o espelho de trás.

— Não é nada. Deve estar imaginando coisas. Não tem nada aí.

— Então não tire o espelho de mim.

Tremendo, a senhora voltou a suspender o espelho.

Ida examinou detidamente a marca roxa na nuca, marca conhecida de todos e só ignorada por ela.

— Nossa, é repugnante! Horrível!

Furiosa, espumando de raiva, pulou do banco.

Surpresa, a avó Franciska deixou cair o objeto da mão.

Estrondo.

Estilhaços de vidro.

Um silêncio constrangedor acompanhou o estampido.

O espelho quebrara. Se a moldura de prata permanecia intacta, o resto não passava de losangos desconjuntados que, espatifados, refletiam em desordem os cantos do aposento.

Franciska gemeu.

Godelièvе precipitou-se.

— Meu Deus, o que dirá a condessa?

As mulheres agruparam-se em torno dos cacos como se velassem um defunto. Hesitante, Ida mordia os lábios sem saber por qual catástrofe chorar: se pela mancha na nuca ou pelo espelho destruído.

Deliberaram em voz baixa, em timbre abafado, a respiração ofegante, convencidas de que a aristocrata já as escutava:

— É preciso encontrar alguém para consertá-lo.

— Mas onde? Aqui em Saint-André ninguém...

— Acho que sei. Em Bruges tem um pintor...

— Não sejam idiotas; preciso primeiro dizer a verdade.

— Conte a verdade ou minta, terá que comprar um espelho novo.

— Meu Deus, como?

— Eu pago — afirmou Franciska. — Estamos em minha casa e fui eu que o deixei cair.

— Porque Ida assustou a senhora...

— Eu pago — repetiu a avó.

— Eu é que não vou pagar — retrucou Ida.

— E com que dinheiro? — indagou Godelièvе.

Após terem enumerado as soluções, o bojudo sino do vilarejo ressoou, lembrando que em breve Anne devia se casar.

Godelièvе ergueu a cabeça.

— Anne...

A jovem não respondeu. Godelièvе estremeceu.

— Anne, venha para perto de nós.

Todas as mulheres examinaram o sótão, depois o pavimento: a noiva não estava mais lá.

— Deve ter ido ao encontro do noivo — concluiu a avó Franciska.

Godelièvе apanhou um par de calçados.

— Sem os tamancos?

A viúva do agrimensor indicou seu presente perto do banquinho.

— E sem os sapatinhos bordados com que lhe presenteei?

Ida correu na direção da janela.

— Philippe ainda está lá embaixo.

— Então para onde ela foi?

O nome de Anne ressoou na casa da avó enquanto as mulheres vasculhavam os aposentos.

No térreo, ao abrir a porta dos fundos, a que dava para a roça, Godelièvе percebeu pegadas na terra úmida, antes que a grama cobrisse a campina até o bosque.

— O quê? Ela fugiu?

Espaçadas, guardando apenas a marca dos dedos, as pegadas mostravam que, se aproveitando do incidente do espelho, Anne cruzara a soleira e atravessara o campo correndo na direção do bosque, onde desaparecera.

2

Lac Majeur, 20 de abril de 1904.

Querida Gretchen,

Não, querida, não está enganada, é a sua Hanna que escreve. E, se olhar os retratos anexos, verá ao lado do jovem radiante com pose de príncipe uma criatura baixa de sorriso encabulado sob os chapéus extravagantes de vários tipos: sou eu. Sim, pode gargalhar. Ah, já está rindo? Tem razão, sou uma tola. O que esperava? Franz tem dois defeitos que tratou de esconder durante nosso noivado: é apaixonado por chapéus e coleciona lembranças. Conclusão? Nas modistas, ele me transforma em gaiola de passarinhos, bandeja de frutas, vaso de flores, em ancinho coberto de fitas e até mesmo em cauda de pavão. Depois, encantado, me conduz ao fotógrafo a fim de imortalizar o meu ridículo.

Para ostentar esses chapéus, é preciso uma mulher mais feia do que eu — parecida com nossa tia Augusta, cujo nariz curvo ficaria melhor ao se abrigar sob um feltro —, ou bem mais linda, como você. Mas Franz nutre tamanha adoração pelos chapéus que não percebe que eles não gostam nada de mim.

Em Bérgamo, uma condessa italiana a quem confidenciei meu drama, corrigiu-me com severidade, assinalando:

"Não se mortifique, minha filha. Franz a idolatra a ponto de não perceber que os chapéus não lhe caem bem."

Seu julgamento me perturbou, confesso. Nos últimos tempos, tudo me perturba, ofende, incomoda. Deparo-me com excessivas situações inéditas...

Exatamente por isso, sei que vai me perguntar como se passa nossa lua de mel.

Suponho que deva responder "idílica". Franz é soberbo, carinhoso, cuidadoso, generoso e nos divertimos muito. Seis meses após ter deixado Viena, percorremos a Itália visitando cidades sublimes, cidades campestres encantadoras, igrejas surpreendentes. Não esqueçamos que há séculos a península se empenha em seduzir os recém-casados: museus transbordantes de obras de arte, hotéis com quartos ventilados, culinária saborosa, sorvetes delicados, sol sensual convidando à sesta, empregados que cuidam dos amantes com olhar cúmplice.

Resumindo, minha lua de mel tem se revelado impecável. Mas por acaso terei sido feita para luas de mel?

Sim, não está enganada, leu direito, minha Gretchen: aquela que redige estas páginas já não sabe mais o que pensar. Temo ser diferente. Assustadoramente diferente. Por que não posso me contentar com o que entusiasma as outras?

Tentarei explicar o que acontece comigo, e quem sabe, durante o processo, eu mesma venha a compreender.

Para mim, a infância durou muito tempo. Enquanto você, minha prima, já casada, criava três bebês, eu insistia em permanecer menina e só levantava a saia para correr nas campinas e atravessar regatos. Longe de mim a ideia de me transformar em mulher. Quando encontrava meninos, não me despertavam a menor curiosidade.

Assim saboreava a felicidade...

De tanto ouvir dizer que só atingiria a plenitude nos braços de um homem e no dia em que expulsasse bebês de minhas entranhas, terminei, farta de sofrer tais críticas, por criar um papel para mim. Transformei-me na pretensiosa esnobe que só aceitaria uma aliança de alguém de alta classe.

Não obstante essa farsa para me proteger e recusar pretendentes, essa atitude me ajudou, permitindo que eu esperasse e encontrasse Franz von Waldberg.

Lembra-se daqueles inacreditáveis canivetes do Exército, que, além da lâmina, têm abridor de latas, chave de fendas e saca-rolhas? Todo homem adora canivetes. Pois bem, esse é o Franz! Não é um homem, é um canivete suíço. Possui todas as qualidades: bem-apessoado, rico, inteligente, sensível, nobre, cortês. Em resumo, um partido impossível de recusar.

Se me casei com ele por vaidade?

A verdade é ainda pior: por medo. Uni-me a Franz por interesse. Veja bem, não se tratava de querer ascender a outra classe social, como certas mulheres que se elevam ao se deitar, tampouco de um raciocínio ambicioso. Nada disso, mas sim do cálculo de alguém desesperado. Quando ele pediu minha mão, imaginei que, se eu fracassasse em me apaixonar por aquele homem, jamais conseguiria me apaixonar por outro. Desposei-o como quem toma um remédio.

Remédio para combater o quê? A mim mesma.

Não sei ser a mulher que nossa época exige. Faço tentativas desesperadas de me interessar por assuntos apreciados pelo nosso sexo: homens, crianças, joias, moda, decoração da sala de estar, cozinha e... minha ínfima pessoa. A feminilidade exige o desenvolvimento de um culto a si mesma, ao rosto, aos cabelos, à aparência. A vaidade me é estranha: eu me visto de qualquer jeito, negligencio os cosméticos e como muito pouco. Quando nas fotos que Franz coleciona vejo-me plantada como um ás de paus, reprovo-me por não ter conseguido parecer mais grotesca, porque assim, ao menos, seria de fato divertida.

Acredita em mim? Todas as manhãs eu me fantasio de dama. Essas saias, esses espartilhos, esses laços, esses quilômetros de fitas e de tecidos com os quais me armo, a mim parecem incongruentes, roupas alugadas. Não, fique tranquila, não penso em me transformar em homem. Simples menininha extraviada do mundo das mulheres, obrigada a me fingir de adulta, habito o país da hipocrisia.

Então como se passou a noite de núpcias?, vai perguntar. Com tais disposições, seria possível temer qualquer coisa de minha parte...

A experiência transcorreu bem. Franz ficou satisfeito. Como me informei em detalhes sobre o que iria acontecer, tive a sensação de seguir uma aula de ginástica, realizando na prática figuras que havia estudado, esforçando-me por executar os gestos corretos e receber os dele. Azar o meu se alguns me contrariaram. Pela manhã, eu tremia de contentamento: havia passado na prova.

O problema se origina do fato de ainda não ter superado essa sensação de orgulho. No entanto, gosto de Franz. Sua pele é macia, o corpo exala um odor suave, sua nudez pouco me choca. Intelectualmente aprecio essa fome que o empurra na minha direção, os olhos unidos, os lábios ansiosos por me devorar, esse tremor que lhe percorre os membros, a respiração mais rouca, mais cavernosa, essa febre que o leva a me estreitar no leito todos os dias, às vezes repetidas vezes. Seu desejo me fascina sem me incomodar e confesso que me lisonjeia.

Não obstante, dele não compartilho.

Nunca experimento esse impulso em relação a ele.

Entrego-me a Franz por gentileza, altruísmo, obediência, pois decidi que o atenderia na medida do possível. Desempenho meu dever de esposa. Sem ser motivada pelo gosto nem tocada pela vontade. Dele obtenho pouco prazer, fora a gratificação da esmola concedida e a emoção de ver aquele rapagão saciado adormecer no meu ombro.

Isso é normal, minha Gretchen? A infância nos tornou íntimas o bastante para que eu me permita fazer essa pergunta incômoda. Se me precedeu apenas dez anos na Terra, querida prima, sem dúvida me supera — e muito! — em termos de sabedoria. Vive com Werner desequilíbrio semelhante? Seria esta a sina da mulher, tentar sem ser tentada?

Dentro de uma semana volto a Viena, onde a arrumação de nosso futuro lar se conclui. Escreva, minha Gretchen. Com certeza, preferia encontrá-la em Innsbruck e passar algum tempo ao seu lado, mas devo primeiro representar o papel de dona da casa, completar a compra dos móveis, escolher as flores, me impor aos criados distribuindo algumas ordens arbitrárias a fim de garantir minha autoridade. E enfrentar as visitas da família de meu esposo... Ao que tudo indica, a primeira coisa que essas aristocratas examinarão serão meus flancos, para saber se eu volto do dispendioso périplo carregando um herdeiro Waldberg. Ora, minha barriga está reta, mais reta do que antes das núpcias, ou seja, vazia, pois as caminhadas, as viagens e nossos exercícios no quarto acentuaram minha magreza. No hotel, uma vez terminado o almoço, assim que Franz vai fumar em companhia dos homens, subo para a nossa suíte, me dispo diante do espelho do armário e me examino. Nada. Já imagino os rostos aflitos dos pais, tios e tias Waldberg. Aliás, com razão. Sou uma mulher decepcionante.

Assino embaixo.

Não me esqueça, minha Gretchen, e responda, sobretudo se me julga tola. Um beijo. Transmita meus votos de amizade a Werner. Quanto a seus filhos, não lhes conte nada, comprei máscaras em Veneza para eles. Até breve.

Sua Hanna.

3

Ao notá-la entre as mulheres que dançavam, Anny pensou "Quem será essa puta?". A maquiagem borrada pelo suor, o corpo espremido num bustiê de lycra, um pedaço de pano jogado em torno dos quadris fazendo as vezes de saia, a jovem lhe pareceu uma daquelas garotas de programa contratadas para uma noitada. E das baratas! Sim, Anny logo viu, pelas coxas nuas com *glitter* cintilando, pelas botas de saltos gigantes que obrigavam as nádegas a se arrebitarem, uma daquelas mulheres cuja foto aparece nos anúncios de "Acompanhantes" nas páginas dos classificados.

Por causa do vizinho desastrado que se julgava o rei da pista, Anny escorregou, sacudiu os braços, tombou para a frente e conseguiu recuperar o equilíbrio no último instante. Diante dos movimentos idênticos que a vadia à sua frente executava, constatou tratar-se de seu reflexo no espelho.

Ao se reconhecer, soltou uma gargalhada.

Que engraçado!

Em tempos normais, jamais teria manifestado tanto senso de humor, mas o álcool e os antidepressivos a levavam a achar graça em tudo. Fez um sinal de positivo para o seu reflexo, que lhe retribuiu, voltou a se curvar e, alegre, continuou a saracotear freneticamente.

Os alto-falantes produziam um barulho compacto, confuso, ensurdecedor. Nessa potência, os notívagos eram vítimas de uma explosão de sons, timbres e ritmos, como nadadores atingidos pelas ondas de uma tempestade. Afinal, tinham vindo soltar a franga e não apreciar a música. Não escutavam com os ouvidos, mas a percebiam com os pés, com o peito, com o coração acelerado que bombeava o sangue acompanhando as batidas da bateria.

Anny fixou a bola no teto. Adorava aquele sol das suas noites. Um sol caprichoso. Um sol explosivo. Um sol que girava rápido. Embora fosse a primeira a declarar que não havia nada mais brega que esses globos espelhados, cujas múltiplas facetas refletiam a luz dos projetores, só frequentava discotecas que exibissem um deles. Ali, no Red and Blue, localizado no Sunset Boulevard, boate que costumava frequentar, idolatrava essa bola, a mais feérica, a maior, a que perfurava a obscuridade e lançava flechas coloridas, atingindo a longa distância pessoas e paredes. Sob sua luz, Anny podia dançar horas a fio.

"Não vai dar uma retocada?"

Comovida, parou um instante de rebolar, maravilhada com o que se passava em seu cérebro: aguardava alguém. Ela, Anny, a jovem menos sentimental da Califórnia, cultivava uma paixonite... Fenomenal! A inovação total! Desde que cruzara com David no set de filmagem, passara a acreditar que em Los Angeles vivia um rapaz que merecia ser esperado, espreitado, desejado. Uma metamorfose e tanto...

Deixou a pista para ir ao bar sob a luz azul de aquário.

— E aí, Anny — perguntou o barman —, tudo bem?

— Melhor impossível!

Nenhum dos dois dava a mínima para o que tinham dito. O empregado se lixava para ela, limitando-se a se dirigir a uma estrela como profissional. Quanto a Anny, sabia não estar no auge da forma, tampouco no topo da carreira. Apenas no alto dos saltos.

— Gim-tônica?

— Acertou em cheio. Você é demais. Parece até que me conhece a fundo!

Em resposta à brincadeira, ele piscou, no tempo adequado, de modo enfático, como um canastrão de *sitcom*.

"O que esse cretino está esperando?", resmungou, enquanto ele a servia com gestos exagerados. "Que o apresente a um produtor e peça um papel para ele? Caras dessa laia têm aos milhares em LA! Não se pode mais pedir nada num restaurante, bar ou hotel sem que o empregadinho se julgue o próximo Brad Pitt. Além de mim, que sou atriz, todo mundo sonha se tornar ator."

Ela sorriu. É verdade, não havia disputado o lugar de artista! Graças à publicidade, iniciara a carreira aos 5 anos e, logo depois, começara a fazer filmes de longa-metragem, para agradar a mãe, até o tremendo sucesso da comédia *Papai, peguei seu carro*, que virou campeão de bilheteria no verão de 2005 e a catapultou ao posto de estrela. Anny Lee, a queridinha da América! No fundo aceitara, vibrara, se promovera, sem sequer ter tido tempo de desejar o que lhe acontecera.

Diante do copo, disse a si mesma que, se David aparecesse, não deveria lhe impor uma jovem bêbada. Mas, como se esse escrúpulo bastasse para ser considerado virtude, engoliu de um trago a bebida, sem remorso.

O barman pestanejou.

— Outro?

— Por que não?

Apesar de já ter mantido essa conversa mil vezes, tinha a impressão de improvisar, de demonstrar como era brilhante, de exibir como nunca suas respostas geniais. Afinal, não percebia no olho do barman o quanto ele se divertia?

A não ser que isso significasse outra coisa...

— Droga! Será que já fui para a cama com ele?

Ela o examinou. Não havia jeito de se lembrar. O latino lhe parecia familiar... Por quê? Porque já o encontrara na boate ou porque tinham transado?

Quando ele se afastou, observou o jeans que ressaltava os quadris estreitos. "Com certeza devo ter transado com ele." Anny riu. "Por que trabalharia numa boate senão para dormir com mulheres bonitas? Hum, esse truque já é manjado. Eles preferem a transa às gorjetas."

Deu-se conta de que se lembrava tão pouco de seus atos que era obrigada a raciocinar como policial para determinar se era plausível ter transado com um empregado do Red and Blue. De repente a amnésia lhe pareceu cômica.

— Depois de tudo que já fiz, como me lembrar? Aos 20 anos colecionei mil vidas.

Olhou a bola facetada.

"Daqui para a frente tudo vai mudar. Com David, será diferente. Porque dessa vez é amor. Ele encarnará a grande história de amor que apagará as precedentes, as sujas, as patéticas, as sem futuro."

Suspirou.

A princípio extasiada.

Depois angustiada. Seria capaz? Teria coragem de encontrá-lo?

O pânico a invadiu. Em poucos segundos, pôs-se a tremer, a transpirar. Deixando o banco às pressas, equilibrou-se no salto e, vacilante, dirigiu-se ao banheiro.

"É preciso recuperar o controle e rápido! Caso contrário, não conseguirei nem dar boa-noite a David."

No meio da escada que ia dar no subsolo, começou a se sentir melhor; deixava para trás o barulho e penetrava num mundo onde só restavam reminiscências e ecos surdos através das divisórias. Abandonando o piso cru, sonoro e impiedoso, afundava nas bases acolchoadas e íntimas da boate, encontrando uma atmosfera diferente, um labirinto de paredes, corredores, umidade, odores corporais, penumbra.

Sob a luz vermelha que borrava os rostos, via as caras de sempre. Bob, Robbie, Tom, Priscilla, Drew, Scott, Ted, Lance...

Plantou-se diante do homem de pele clara, vestido e penteado como um negro, calça larga, camisa colorida e cabelos rastafári:

— Buddy, preparou uma sobremesa para mim?

— Claro, querida. Merengue.

— Perfeito.

— Quanto vai me dar?

Ela retirou uma nota da tanga.

— Cem dólares.

Ele estendeu um papelote.

— Toma.

Sem lhe agradecer, pois sabia ter sido extorquida, pegou o pó e se trancou no banheiro de mulheres.

Da bolsinha minúscula pendurada no ombro esquerdo, presa por uma alça dourada, tirou um espelho e um canudinho, bateu o pó e o aspirou.

Caramba, David podia aparecer; ela teria energia para acolhê-lo. Ufa, acabava de salvar a próxima conquista.

Atravessando novamente o corredor, pensou: tinha ido para a cama com quase todos os caras que se encontravam ali encostados na parede e de celular na mão. Animada, Anny lhes sorriu ao passar. Menos da metade retribuiu o sorriso. Indignou-se. "Transamos e agora fingem que nem me conhecem! Bando de cafajestes!" Nenhum quisera namorá-la. Não se atracaram para disputar quem ficaria com ela. Por quê?

Tropeçou num obstáculo no chão — uma mulher vomitando. Equilibrou-se apoiando no primeiro objeto sólido à sua frente. Tom, o moreno com barba de três dias, impecável no gênero natural descabelado e que se passava por professor de meditação — pretexto para se aproximar das mulheres. Anny havia aumentado sua coleção durante uma ou duas noites.

— Caramba, Tom, você caiu do céu. Eu sou boa de cama?

Ele assobiou como se lhe tivessem apresentado um problema de matemática.

— Pare de complicar a vida, Anny.

— O que isso quer dizer?

— Você é uma trepada fácil.

Ele esfregou o rosto; resolvera uma árdua equação. Ela insistiu:

— Que nota?

— Na média.

— Só isso?

— Na média está de bom tamanho.

— Nem boa nem ruim. Por que não me dá uma nota mais alta?

— Porque você não gosta do negócio, gata.

Havia pronunciado as palavras com segurança. Ao ver sua expressão de incompreensão, continuou:

— Você se comporta como uma vadia, mas não é. Você dá pra caramba, mas não gosta de trepar. Não está interessada no seu gozo nem no dos caras. Transa por transar, só isso.

— Transo por transar?

— É, se habituou a transar. A nunca dizer não. Isso acaba fazendo de você uma boa trepada.

— Babaca! Por acaso passou pela sua cabeça que você é que é razoável, ou melhor, um zero à esquerda?

— Sem querer dar uma de gostoso, não é o que dizem...

Para ele a conversa chegara ao fim; afastou-se. Anny mordeu os lábios. Conhecia a fama de amante incomparável de Tom, motivo pelo qual o azarara.

"Com David, nada de ir rápido demais para a cama. Trate de se segurar. De resistir."

Essa foi a única conclusão que tirou da discussão.

Ficou em dúvida se devia voltar à pista, com medo de esgotar na dança a energia recobrada pela droga. Em vez de dançar, não seria melhor refletir sobre o que diria a David?

Decidida a tomar uma atitude diferente dos outros dias — ou noites —, dirigiu-se ao bar e durante uma hora permaneceu sentada no banco repetindo "não ir para a cama hoje, não ir para a cama no primeiro dia, nem no segundo, nem no terceiro". Certa de ter adquirido uma nova virtude, entregou-se a várias doses de gim-tônica, mais e mais exaltada a cada instante.

Assim, quando David se apresentou diante dela, de tão encharcada de álcool não conseguiu deixar de cair na gargalhada.

— Caramba, David, inacreditável! Eu estava pensando em você e clique: você aparece. Devo ter um dom, sei lá, um talento desconhecido para a bruxaria.

— Acho que marcamos um encontro aqui.

Ela caiu na gargalhada, como se ele tivesse pronunciado uma frase espirituosa ao extremo.

— Sente-se e beba alguma coisa.

— Por que não?

— David, como você é engraçado...

— Você costuma vir muito aqui?

Conseguindo se lembrar de seu projeto — não dar a impressão de ser uma mulher fácil —, respondeu autoconfiante:

— Não; é a segunda vez.

Ele aprovou com um gesto de cabeça.

— Onde costuma ir?

— Costumo ficar em casa. Nunca fui da noite. Acho esses lugares uma perda de tempo, concorda? Para começo de conversa, o que eu ia procurar aqui?

— Homens?

— Não me falta oportunidade de encontrar homens e você é a prova — retrucou com ar malicioso.

— Drogas?

— Hã? Tô fora.

— Birita?

— Bingo.

Embora bêbada, tinha a lucidez de não tentar fingir que não tinha bebido. Ele voltou a falar, franzindo os olhos:

— Então você sai pouco...

— Raramente.

Ele abriu um sorriso nada bobo.

— Não é o que dizem os jornais.

Ele se referia às revistas que publicavam escândalos desde que Anny completara 15 anos, mostrando-a de porre na entrada de uma boate, comentando sua prisão por posse de substâncias ilícitas, enumerando os rapazes que haviam lhe dado o fora porque se juravam incapazes de acompanhar o ritmo daquela boêmia incurável.

Uma risada a sacudiu.

— Não seja ingênuo, David. Apesar de ter embarcado nessa profissão, você ainda não aprendeu o bê-á-bá: entre as filmagens devo alimentar as fofocas. Nada disso é verdade. Tudo pura encenação. As reportagens foram boladas por Johanna, minha agente: preciso ser notícia.

— Mas crucificam você...

— Mas falam. Falem mal, mas falem de mim! — exclamou, irritada por ele não ter acreditado nela, quando ela se julgava convincente. — Se eu tivesse obtido um doutorado em física aplicada aos 16 anos, se fosse voluntária e aplicasse injeções em hospitais de leprosos e começasse uma greve de fome para acelerarem a canonização de Barack Obama, nem um jornaleco se interessaria, nenhuma leitora se identificaria comigo, nem um leitor olharia minhas pernas com tesão! Falar bem de mim? Bobagem! Isso não dá audiência.

Ela se deixara arrebatar. Ora, ele não parecia confuso; ao contrário, ria às gargalhadas.

— A verdadeira Anny — recomeçou ela em tom lacrimoso — se esconde, se protege. Ninguém a conhece. O único a saber quem ela é de verdade será o homem que vier a amá-la. Ele será o único, o primeiro e o último.

Lágrimas brotaram; escondeu o rosto e se inclinou para a frente. Assim, experimentava um sentimento de "experiência vivida"; deu-se conta de ter acabado de encenar uma fala do filme *A menina do bar em frente*, um melodrama que interpretara aos 16 anos diante das câmeras. Logo se interrompeu. É verdade que *A menina do bar em frente* tinha sido um fracasso; contudo, quem garantia que David não tivesse assistido? Se ele reparasse que ela lhe vomitava os restos, desconfiaria. Além do mais, na época, os críticos declararam que queixas e soluços não lhe convinham; ela mesma não gostara de se ver na tela de olhos vermelhos e nariz inchado.

Enxugou as lágrimas e riu em tom debochado.

— Peguei você, hein? Faz um tempão guardo na manga a cena da corajosa jovem bêbada de coração despedaçado.

— Quase caí nessa.

Tranquilizado, ele se curvou em sua direção sem cair do banco. Incapaz de tal façanha, ela admirou-lhe o equilíbrio. O abstêmio passou os lábios carnudos pelo seu pescoço, subiu até a orelha, mordiscou-lhe o lóbulo e depois murmurou em tom persuasivo:

— Quero você.

Perturbada, refletiu, lembrando-se de sua nova resolução: dizer não.

— Vamos — disse ela, segurando-lhe a mão.

Ele a seguiu, acreditando que ela o levaria a um canto sossegado. Entretanto, ao final de uma escadaria metálica interminável, deram numa passarela, num corredor gradeado usado por técnicos de som e eletricistas, de onde dominavam a sala.

— Por que aqui?

— David, vamos representar um filme dos anos 1950, entende? Tipo playboy de smoking encontra mulher de vestido colado de lamê.

— Você viu o tamanho da sua saia? — perguntou, indicando a tira que lhe modelava o traseiro. — Deve ter encolhido na lavagem.

— Por favor, um pingo de romantismo. Você não é romântico, David?

Ele suspirou, franziu a testa.

— Por acaso marcou encontro comigo num lugar romântico?

Erguendo os ombros, ela apontou com o dedo o imenso armazém transformado em boate.

— Este lugar pode ser o que a gente bem entender. Basta usar a imaginação. Por exemplo, olhe aquele cabo ali.

— Estou vendo; e daí?

— Bem, se eu quiser pode ser um cipó e a boate virar uma selva.

— É isso aí — aquiesceu ele, com ar hipócrita. — Mim Tarzan, você Jane. Aí sua roupa fica mais apropriada. Pulemos alguns detalhes.

Decidido, avançou em sua direção, suspendeu-lhe a blusa e desnudou-lhe a barriga sobre a qual plantou as palmas das mãos pegando fogo. Ela vibrou, prestes a apertá-las, mas se obrigou a respeitar os votos de moça bem-comportada.

— Está vendo? — Extasiada, afastou-se e cobriu o umbigo com o tecido. Num relance, transpôs a barreira, segurou o cabo que pendia da coluna e nele se pendurando... lançou-se no vazio soltando o grito do homem-macaco:

— Uo, uo, uo, o, o, o, o!

Leve, aérea, sobrevoava a pista, livre das apreensões. Deixava tudo para trás, seu passado, sua fraqueza, a si mesma. Sentia-se uma heroína. David, com certeza, a admiraria.

Como sua oscilação ganhava impulso, esbarrou na bola facetada. Entusiasmada, uivou.

Alertados pelo barulho e pela sombra oscilante, olhares se ergueram. Os corpos desaceleraram o ritmo da dança. Todos se perguntavam o que fazia lá em cima aquela jovem de botas pendurada em um fio. Seria uma nova atração?

A música parou. O silêncio mergulhou os clientes no estupor.

Escutaram as exclamações eufóricas de Anny, comemorando em tom histérico suas idas e vindas. Então compreenderam que não se tratava de um espetáculo, mas da perigosa fantasia de uma mulher embriagada.

Era evidente — exceto para Anny — que os movimentos de balanço provocariam uma colisão a qualquer segundo.

— Rápido! Chamem os bombeiros — ordenou o barman.

Anny fez um gesto com a mão em sua direção:

— Corno!

Essa acrobacia provocou um sacolejo no cabo, o que precipitou o choque. Ao ver se aproximar o globo que tanto venerava, gritou que nem mãe ao encontrar o filho adorado:

— Ai, minha bola querida, minha bolinha adorada!

Ao colidir com a bola soltou um berro de vencedora de rodeios, largou a corda e a abraçou.

O público prendeu a respiração.

A bola rangeu, pareceu se debater e com um golpe seco desprendeu-se do teto. Desabou, arrastando Anny na queda.

Por sorte os dançarinos tinham se afastado.

A bola se despedaçou na pista.

Os primeiros a acorrerem em seu socorro acreditaram, ao notarem os imperceptíveis movimentos do corpo, acompanhados de gemidos, que a mulher de barriga para cima estava morrendo, gemendo de dor. Ao se inclinarem, constataram que Anny, em meio aos espelhos estilhaçados, continuava a rir histericamente.

4

Anne não experimentara um minuto sequer de hesitação ao alcançar a margem da floresta.

Caminhar.

Continuar caminhando.

Correr quando o bosque se abria em clareira. Saltar com agilidade os riachos. Evitar as granjas. Esconder-se caso algum ruído humano interrompesse o canto dos pássaros. Ocultar-se nas moitas. Prender a respiração. Impedir o estremecimento ao saltitar de coelhos e esquilos. Esquivar-se do ataque de javalis. Esperar a partida dos caçadores. E retomar a marcha confiante no terreno, pois seus olhos não tinham tempo de olhar onde os pés pisavam.

À medida que corria, conduzida mais pelo instinto do que pela reflexão, o corpo se tornava mais leve, as pernas se erguiam sem que os pés tocassem o solo. Folhas e galhos opunham menos obstáculos, sumiam, acariciavam seu rosto. Ao passar, as urtigas a poupavam.

Sem fadiga ou medo, a jovem prosseguia, persuadida de que a floresta se transformara em cúmplice. Quantas horas durou essa perambulação? Não havia como saber, sobretudo porque Anne experimentava uma energia crescente. À medida que aumentava a distância entre ela e Bruges, cada passo a libertava, a calma retornava.

Que sorte!

A quebra do espelho assinalara que seu casamento não deveria se realizar. Porque o quarto nupcial havia se estilhaçado e a imagem da noiva voara em cacos de vidro, Anne havia se desvencilhado da infelicidade.

Que alívio não ser traída por algum estalo ao descer a toda velocidade a escadaria de abeto. E tal alívio se confirmara assim que cruzou a porta, inalou o ar do campo em torno de Saint-André e, em seguida, sentiu a lama respingar nos dedos dos pés.

O dia todo fugira do perigo.

Ao entardecer, Anne se deteve perto de um riacho, mergulhou as mãos e os cotovelos na água fresca, refrescou os músculos doloridos e durante vários minutos saciou a sede.

O que comer?

No momento, não sentia fome; se alimentaria no dia seguinte.

O pio dos canários-da-terra cessou.

O sol havia desaparecido.

O céu, esvaziado de seu azul, ganhava uma tonalidade cinza tênue. Do fundo do bosque subia o grito lancinante de um solitário pombo-torcaz.

Anne estremeceu.

Conforme o dia morria, as faias cerravam as colunas e o frio se tornava atroz.

Avistou um majestoso carvalho isolado das outras árvores. Num convite à aproximação, oferecia o tapete de musgo como colchão, as raízes como travesseiro, os ramos abertos tais véus de um berço real.

Aproximou-se e, olhando para cima, contemplou o carvalho.

Que porte! Exalava vigor, inspirava respeito. Embora silencioso, o carvalho lhe falava. Com certeza não era um vegetal comum! Encontrava-se diante de uma árvore poderosa, hipnótica, uma árvore que atravessara séculos, que carregava toneladas de experiências.

Poderia se permitir tocá-la de leve? O vento agitava a folhagem; o assobio que se seguiu assemelhava-se a um sim. Anne encostou a palma da mão na casca da árvore.

Foi invadida por imensa felicidade; uma força quente brotava das entranhas nodosas e penetrava em sua pele, percorria-lhe a carne. "Posso lhe ensinar muito", dizia a árvore. Anne curvou a cabeça. A árvore acrescentou: "Esta noite começarei pelas virtudes da imobilidade. Não se mova."

Em paz, Anne recostou-se, pensou em dizer uma prece, mas antes de concluir as três primeiras palavras adormeceu.

Ao amanhecer, não se sentiu nem um pouco incomodada por acordar em meio a uma paisagem estranha. Florestas desconhecidas são sempre mais familiares do que casas desconhecidas.

Durante parte da manhã se torturou. Que decisão tomar? Continuaria indo em frente? Tinha motivos para prosseguir? Acabaria chegando a uma cidade, a um vilarejo, a um porto. Devia voltar para a casa da tia? Rejeitar Philippe não era de modo algum seu objetivo; viera em busca de algo... Do quê? Ignorava.

Dessas deliberações, levadas a cabo conforme se multiplicavam as idas e vindas ao longo do rio, irrompeu uma evidência: permaneceria ali. Talvez terminasse por encontrar o que buscava...

Agitada, febril, aproximou-se da árvore e a abraçou. A quietude do carvalho a conquistou. Cessou de especular, limitando-se a repetir ao tronco que ali permaneceria.

Naquele dia, partiu em busca da natureza, feliz em poder dedicar um tempo a si, tempo este que nunca lhe fora permitido, nem em sua antiga vida de camponesa nem em sua recente existência na cidade.

Entranhou-se na floresta palpitante, entre os desvãos de escuridão e de luminosidade. Bolas de pelo saltitantes — coelhos — se destacavam. Por vezes a grama brotava, tão suave, tão fresca, que

Anne sequer ousava roçá-la. Sob as samambaias anciãs, suas irmãs mais jovens, trigueiras, achatadas, irmãs pálidas, surgiam apontando os dedinhos retorcidos. Acima, os brotos irrompiam, os galhos se espalhavam, os ramos se enfeitavam.

Uma brisa penetrou entre os arbustos. Folhas e flores, como milhares de asas, foram tomadas pelo desejo de flutuar no ar, de crescer depressa, de decolar. A floresta almejava alçar voo. Como um barco cujas cordas o prendem ao cais, a floresta gostaria de ser levada ao azul pelo sopro do vento.

Anne sentia o universo habitado por uma energia lenta, persistente. A primavera se impunha rejeitando os raminhos mortos e sepultando as plantas murchas; enchia as árvores de seiva e as plantas de sucos. Ao inspirar essas emanações, ela própria se embriagava.

À medida que a mata tomava consistência e o bosque se erguia, Anne despertava... Um desejo... Desejo de quê? Difícil definir. Desejo de algo grande, essencial. Sim, ela também, como a natureza, saía de um torpor invernal, identificava-se com os pássaros a sacudirem as asas.

Entreabriu os olhos para um mundo diferente do mundo dos homens. Um mundo real. Enquanto a cidade sufocava a terra sob os paralelepípedos, esmigalhando-a com casas, a floresta a deixava prosperar. Enquanto a cidade cortava os troncos das árvores para sustentar seus tetos, aprisionava o ar entre as paredes e sujava o céu de fumaça, a floresta concedia-lhe vida. Aqui Anne vibrava no centro de um ajuste maravilhoso, tão espantoso que ela não compreendia de que se compunha. Por laços tênues, a magia silvestre a hipnotizava, cativava, fascinava.

Duas vezes estremeceu.

Duas vezes acreditou ter visto uma sombra ao longe. Pregada no chão, esperou. Nada aconteceu.

Quem sabe uma corça?

Encontrava dificuldade em se alimentar. Sem dispor de frutas maduras, resolveu comer a relva e roer as cascas das árvores. No rio que serpenteava entre choupos e salgueiros abundantes, como um veio na terra escura, bebeu para aplacar os ruídos do estômago.

As moscas zumbiam sob os salgueiros, atraídas por suas inflorescências... A atmosfera dançava, ondulava, estremecia.

Enfim, o dia se recolhia em fanfarra, céu de cobre e luzes deslumbrantes, cujos reflexos dourados ricocheteavam de nuvem em nuvem.

À noite, retornou para junto do carvalho. Mal percebeu as estrelas na abóbada cintilante, mergulhou no sono, esgotada.

De manhã, sobre uma raiz, se encontrava uma grossa fatia de pão.

Imaginou ser uma oferenda da árvore. Por esse presente, que lhe poupava da preocupação de se alimentar e lhe permitia dedicar seu dia à exploração — havia tanto a descobrir! —, agradeceu sua protetora vegetal e mordiscou a casca, guardando o miolo para o jantar.

Caminhou a passos largos pela floresta, vigilante aos sons: os uivos de raposas caçando, o chicotear de um rabo batendo em um talo, a crepitação de um lagarto, o coaxar esperto de uma perereca, o trotar furtivo de filhotes de veados. Ao erguer o rosto, tentou detectar onde se escondiam os passarinhos, pois a galharia repercutia o canto exuberante nessa estação de ninhos. Um pica-pau batia na casca da árvore com o bico. Os pios estridentes ecoavam. Um cuco enrouqueceu; conforme Anne avançava, ele continuava a recuar, gemendo para o horizonte.

Encantada, lembrou-se de que ainda na véspera julgara a floresta muda. Na verdade, uma vibração contínua, uma agitação sem trégua a percorria. Não, ela não escutava a calma, mas a música harmoniosa da natureza viva, manifesta, incitante. Matagais e bosques, no espaço de um dia, ganhavam uma rica existência. Entre o bater de asas e pequenos ramos estalando, despontava o eco dos animais discretos, o crepitar dos vegetais, o murmúrio claro do riacho, as impertinências do vento... Esses ruídos colaboravam para a paz, não tiravam a serenidade da água pura: a surpresa dos coelhos e a queda de um esquilo eram acolhidos, absorvidos pelo silêncio, assim como um tapete de musgo recebe as agulhas dos pinheiros.

Quando a noite se abateu, ela correu para o carvalho, comeu e logo depois mergulhou no sono.

Ao despertar, encontrou outra fatia de pão.

O mesmo se repetiu nos dias seguintes...

Quanto mais se produzia o prodígio, menos ele lhe despertava a curiosidade.

A raridade cria o milagre, enquanto a repetição o dilui. Anne considerava essa ração diária um presente da generosa floresta e deixou de se questionar.

Entregara a sorte ao destino. Vivia da brisa. Esquecia-se dos homens. Às vezes desejava ficar nua como viera ao mundo, mas a aragem e o frescor crescente do ar a impediam de tirar a roupa.

Toda noite encontrava o ombro paternal do carvalho e ali se acomodava para dormir.

"Daqui venho, para cá regresso."

A floresta se transformou em sua mãe e o grande carvalho, em seu pai. Anne recuperava a inocência do nascimento, antes de seu coração ser envenenado pelas preocupações. A contemplação enchia-lhe a alma de gratidão.

E todas as manhãs uma fatia de pão a aguardava.

Uma ou duas vezes, é verdade, pensara em ficar acordada; porém, mesmo a contragosto, adormecia. Como dormia com essa pergunta — de onde vem o alimento? —, seus sonhos lhe forneciam respostas fantasiosas: era trazido por um anão vermelho, ou por um gigante vestido de negro, ou por um cavalo branco com chifre de ouro reluzente.

Depois a aurora a surpreendia colando sua luz suave no pão. Anne o recebia, partia e mastigava com gratidão. Em seguida dedicava-se tão somente à floresta.

Três vezes acreditou estar sendo observada. Se milhares de animais a observavam das tocas, por trás dos pelos, no coração dos bosques, dessa vez percebeu outra espécie de atenção. Tomou consciência de ser espionada por algo diferente. Detestou a sensação. Da terceira vez que essa desagradável apreensão lhe provocou um calafrio, vislumbrou ao longe um animal. A fitá-la, um cervo altivo, estático, de olhar vivo, pescoço comprido e pálido e pelo muito quente do galope. Através dos galhos desabrochados, seu esplendor assumia um caráter silvestre; parecia o irmão em movimento do carvalho.

Lépido, o animal desapareceu.

Perturbada, Anne retornou a seu refúgio e se estendeu à sombra dos galhos robustos.

Lá no alto, agarrado ao tronco, um esquilo a espiava. Invejou-o por ter como morada um tronco várias vezes centenário.

Uma luz fluida e verde desprendia-se do galho.

Mais alto, um gavião, as asas imóveis, pairava no céu, espreitando os ninhos de passarinhos.

Cerrou as pálpebras...

— Ali está ela.

Naquela tarde, Anne, entorpecida, a orelha colada ao musgo, não ouvira ninguém se aproximar.

— Ela está aqui — repetiu a voz.

*

Envolta em xales, Ida apontava a prima estendida no chão, usando um vestido sujo e rasgado. Suas pupilas faiscavam de alegria hostil.

— Peguei você.

Voltou-se na direção da silhueta que a escoltava. Cortando os galhos com um bastão, Philippe apareceu.

Anne, incomodada como quem é pega fazendo a toalete, trouxe por reflexo as pernas junto ao torso e as abraçou, opondo ao jovem um corpo fechado, compacto.

— Sabia que ela não tinha ido embora — declarou Ida, triunfante. — Sabia que estava escondida.

Em silêncio, Anne a corrigiu: "Não, não estou escondida, eu fui embora mesmo", mas guardou para si tal informação.

Ida e Philippe a observavam.

A perspectiva de dar explicações a ele a aliviou.

— Estou contente de ver você.

— Por que fugiu?

— Não lhe desejo mal.

— Por quê?

— Sem dúvida deixei você triste, ou melhor, o humilhei.

— Por quê?

Ela avistou o esquilo que assistia à cena com seus olhos redondos e negros, as patinhas agarradas a um galho.

— Não posso me casar com você.

— Não tem vontade?

— Tenho.

— E então?

— Não o suficiente.

Philippe recebeu essa reticência como um soco na barriga. Ida se indignou no lugar do rapaz:

— Que pesadelo! Ela não tem "vontade suficiente" de se casar com ele. Por quem a senhorita se toma? Bancar a difícil diante de Philippe. Deveria estar morta de vergonha.

— Mas estou.

Anne respondeu com tamanha sinceridade que Ida foi forçada a interromper a manifestação de azedume.

Philippe se aproximou. Pálido, tenso, insistiu:

— Por quê?

Ela baixou o rosto.

Ele berrou:

— Por quê?

Os olhos de Anne se encheram de lágrimas. Sofria por infligir ao jovem tamanho suplício.

— Não sei. Mas não é culpa sua, Philippe.

Consoladora explicação. Ele descobria que Anne não lhe dava a menor importância. Avançou, caiu de joelhos, tomou-lhe as mãos. Humilhado, insistia. Exigia que Anne cedesse. Seria por idolatrá-la? Ou o fracasso o incomodava? Impossível discernir se sua teimosia era guiada pelo amor ou pela vaidade.

— Então se não sabe, case-se comigo. Verá que...

Atrás dele, Ida mordia os lábios de raiva ao assistir à obstinação do rapaz, quando ele jurara em alto e bom som que jamais aceitaria Anne de volta.

— Ah, os homens! — resmungou. — E pensar que as moças é que são chamadas de cabeças de vento!

Anne explicou a Philippe o incompreensível:

— Renuncio ao casamento. É isso. Não é meu destino. Não sei explicar o motivo, mas não devo me casar. Sinto muito.

— Não sou bom o suficiente para você, é isso?

— Não é isso; é digno de qualquer mulher.

Ao dizer isso, Anne havia fixado os olhos nos de Philippe. Ele acreditou. Ela prosseguiu:

— É bom demais para mim.

— Nisso estou de acordo — interveio Ida. — Afinal, Philippe, vê com quem parece a sua ex-noiva? Com uma criadinha suja!

Não se lavou desde o dia da fuga, dorme no chão... Deve chupar raízes. Uma porca teria mais respeito por si própria. Gostaria de ter filhos com isso?

— Não!

Ele se recompôs. De súbito, deu a impressão de odiar Anne. Sua última esperança naufragara. O rancor deixou-lhe o pescoço vermelho.

— Então, o que fazer? — indagou Ida.

— O que combinamos hoje de manhã — retrucou Philippe.

Franziram os olhos, encantados, cúmplices.

Anne detectava uma conivência da qual fora excluída; conversavam diante dela como se ela não os escutasse. Teria se transformado num animal?

Tirando uma corda do alforje, Philippe precipitou-se sobre a noiva, secundado por Ida. Num piscar de olhos, ataram a jovem. Philippe prendia a corda em torno das articulações enquanto Ida dava os nós, feliz por torturar a prima.

Anne, mortificada, não opôs nenhuma resistência.

Por que não se revoltava? No fundo, haviam disposto dela desde o nascimento e ela sempre se conformara.

Quando terminavam de amarrá-la, Anne percebeu um perigo que escapou a seus carrascos: a aproximação de um gigante.

Imenso, coberto com um manto negro de lã grossa, avançava na direção deles a passos largos, determinados. Além de formidável pelo tamanho, o que o tornava ainda mais estranho era conseguir caminhar em silêncio, sem estalar um graveto nem amassar o tapete de folhas. Cruzava a mata como um navio singra as águas.

Ida, sem fazer ideia do que acontecia às suas costas, comentou sua vitória apontando a prima amarrada:

— Olhe só, Philippe, ela se debateu menos que um vaso de terra. Uma retardada! Sim, uma pobre de espírito. Nem ao menos sabe o motivo de ter fugido ou de se ter instalado aqui. Falar com ela é o mesmo que dialogar com uma cabra: não faz sentido algum.

O desconhecido pousou a mão grande no ombro de Ida.

Ida berrou, ao mesmo tempo tomada pela surpresa e pelo medo. Ao se voltar, o desconhecido a encarou. Receou que ele a executasse como quem extermina uma ave, apertando-lhe o pescoço, quebrando-lhe os ossos.

Num gesto brusco, Ida conseguiu se desvencilhar e recuou, a respiração ofegante.

Philippe, também assustado, na verdade apavorado, entendeu que devia bancar o protetor. Estufou o peito e balbuciou:

— Mas... quem é o senhor?

O desconhecido deu-lhe uma bofetada que o derrubou numa moita.

Philippe se pôs de pé, recuperou o chapéu e fugiu. Berrando "espere por mim, espere por mim", Ida o seguiu a toda velocidade.

Anne jazia no chão, amarrada, diante do desconhecido de rosto emaciado, frio e duro sob o capuz.

Do bolso do casaco, ele retirou um punhal e o brandiu.

5

Viena, 25 de maio de 1904.

Minha Gretchen,

O regresso a Viena foi fatal.

Durante nossa viagem de núpcias, enquanto passeávamos de cidade em cidade, eu e Franz não convivemos com muitas pessoas; quando nos divertíamos em companhia de outro casal, nossa amizade se revelava mais forte porque a sabíamos efêmera.

Ao colocarmos os pés em Viena, me encontrei trancafiada. Vivo num aquário.

Ah, meu aquário é fastuoso. Quem não sonha em morar em Linzerstrasse, fazer parte da sociedade aristocrática, aturdir-se em festas e bailes, assistir a *Lucia de Lammermoor* uma noite, na Ópera, e no dia seguinte, a *O morcego*, no Teatro Anna der Wien, e cear na casa dos Sacher?

Embora as paredes de vidro permitam ver o horizonte dos arredores, não posso cruzá-las; nelas esbarro, condenada a me submeter às mesmas pessoas, aos peixes presos junto comigo. Inútil buscar uma saída. Em vão tento me isolar, dou voltas ao redor de mim mesma.

Imagino que vá contestar alegando que são lamentações de menina mimada.

Menina, certamente.

Mimada também.

No entanto, entenda: parte de mim sofre. Tenho a impressão de ser um erro. Um erro absoluto. De fato, não atinjo a altura de nada — nem do que a vida me oferece nem do que esperam de mim.

O aquário do qual falo é repleto de mulheres: uma dezena delas decidiu cuidar de mim; eis-me cercada pela solicitude e pelas boas intenções.

Já explico.

Mal cheguei à nossa casa — deveria dizer meu palácio, tantos são os esplendores que aposentos e jardins revelam —, as fêmeas Von Waldberg iniciaram o desfile. Como previsto, os olhos se mantinham fixos em minha barriga. Uma dúvida as perseguia: voltava eu grávida da lua de mel? À vista de meus flancos, não era preciso ser um grande obstetra para constatar que não. No entanto, tamanho era o desejo de estarem enganadas que perguntaram:

— E então, Hanna, retorna a Viena com um novo Waldberg?

— Não, ainda não, mas posso assegurar que eu e Franz descobrimos na Itália o modo de fazer e nos empenhamos com ardor.

Sorriram satisfeitas por desempenharmos nosso papel de recém-casados.

Decerto ninguém consegue se livrar de criaturas semelhantes com duas frases! Retornaram ao combate. Essas guardiãs da família, essas poedeiras de herdeiros aos montes, desempenham há séculos esse papel. Já estavam ali quando Viena tinha muralhas, estavam ali quando Viena deixou de ter muralhas; ali estavam antes mesmo que Viena existisse; na realidade, foram elas que edificaram Viena e tudo que se assemelha a uma família, a uma dinastia, a uma comunidade, a uma cidade, a um país, a um império. A fim de garantir seu poder, velam em primeiro lugar pela própria reprodução, de mãe para filha, de tia para sobrinha, de prima para prima, de vizinha para vizinha. Mesmo que se defrontassem com um regimento de amazonas antinatalidade, venceriam, tamanha a união do grupo. Em resumo, após uma semana de armistício, a mãe de Franz, que sempre me intimidou, providenciou uma averiguação. Seu marido foi encarregado de ter uma conversa de homem para homem com o filho — Franz me contou rindo —, sobre como iam as coisas em nosso leito, se funcionava bem e com frequência. Como a resposta foi positiva, mas suspeitavam que os machos se pavoneavam no que dizia respeito a assuntos íntimos, minha sogra quis confirmar tais informações comigo. Inteligente o bastante para pressentir que eu jamais trocaria confidências com ela, despachou sua irmã Viviane, conhecida como Vivi, a libertina do clã, a que coleciona amantes diante de todos, inclusive do marido gotoso. Embora ninguém aprove seu comportamento, todos a invejam. Escapa à reprovação por manipular dois amantes muito bem-posicionados, um no governo e outro na Corte e, portanto, úteis à família.

Tia Vivi, de palavra — e comportamento — livre, criou em cinco minutos uma atmosfera de familiaridade, de eufórico abandono. Em seu jardim, onde os lilases desabrochavam, convidou-me a tomar chá e me divertiu com relatos tão picantes quanto seus aperitivos.

Depois, rompidas as barreiras do pudor, perguntou à queima-roupa:

— Meu apetitoso sobrinho lhe faz feliz?

— Ah, sim.

— Naturalmente me refiro à cama... É um amante vigoroso?

— Sim.

— Assíduo?

— Sim.

— Em excesso?

— Às vezes.

— Melhor assim. Hanna, eu e todas as donzelas de Viena a invejamos! Pôs as mãos em um dos rapazes mais bonitos da cidade. E a senhorita?

— Eu o quê?

— Costuma procurá-lo?

— Não dá tempo, ele sempre se antecipa.

— Após essas delícias, costuma pedir mais?

— Deveria?

Ela me observava pensativa por trás do sorriso.

— Deixe-me adivinhar, minha pequena Hanna: se nunca toma a iniciativa nos folguedos, é por ainda ignorar o minuto arrebatador. Certo?

— O...?

— O minuto arrebatador! O instante em que seu corpo explode de prazer, no qual não passa de um grito de gozo. Entende ao que faço alusão?

Fechei a cara e tratei de terminar minha xícara de chá, o que, a meu ver, servia como resposta.

Vivi tomou-me a mão com suavidade.

— Minha querida, isso é normal.

— A senhora acha?

— Tenho certeza. É preciso que se solte, se abandone, pense em si, nas suas sensações, na sua felicidade... É no orgasmo que temos mais chances de engravidar.

— Hã?

— É notório. No momento arrebatador tudo se abre na mulher, inclusive o caminho que permite à semente do homem chegar ao seu destino. Caso se contraia, isolará o óvulo.

— Ninguém nunca me contou isso.

— Pois bem, eu estou lhe contando.

— A senhora está insinuando que minha sogra, tia Adelaide, a baronesa Karolus e madame van Tieck conceberam seus herdeiros nessas condições?

Eu escolhera a dedo as matronas mais sérias de nossa roda.

Irritada, Vivi me contemplou como se eu fosse uma mosca que houvesse pousado em seu *macaron*. Agravei minha situação perguntando:

— E as crianças nascidas de estupros? Tia Vivi, a senhora pretende me convencer de que as vítimas de violação se entregaram com voluptuosidade a seus verdugos?

— Minha querida sobrinha, nesse ponto não somos todas iguais. A humanidade se divide em duas espécies: as parideiras e as apaixonadas. As parideiras não conhecem o prazer; seu organismo de pronto se dispõe à fertilidade, não esperando nada além do que a ocasião de engravidar. Em contrapartida, as apaixonadas, de arquitetura mais sutil, como nós duas, sentimos necessidade de êxtase, de comoção, de frenesi para realizar a difícil tarefa da fecundação. Reflita sobre isso, Hanna. Preste atenção às recomendações da tia Vivi, aproveite a vantagem de ter um marido atraente e em breve dará à luz.

Vivi, não obstante a conduta e a atitude livres, argumentava à semelhança das outras: os quatro filhos que dera ao conde antes de enganá-lo — espero que tenha sido antes — representavam seu orgulho, sua honra, seu mérito de fêmea, seu passaporte para a moralidade. Como me encontro afastada desse mundo... Por acaso encontrarei um dia uma mulher de quem não me sinta diferente?

Tia Vivi deve ter relatado nossa conversa e se vangloriado do remédio proposto, pois no dia seguinte começaram as visitas, que se sucederam sem trégua durante um período de 12 dias. As mulheres da família tomavam chá comigo e me alimentavam de confidências. Foram pródigas em conselhos, com ar displicente, como se por capricho as palavras lhes escapassem da boca, quando na verdade tinham vindo para pronunciá-las.

— Eu forçava meu esposo a permanecer em mim depois de... sabe a que me refiro. Quanto a isso, minha querida, a natureza tratou com mais deferência os animais do que a nossa pobre humanidade. Tome por exemplo os caninos: uma vez a semente lançada, o cachorro não pode mais sair da cadela porque seu... equipamento ainda está inchado e bloqueia o orifício. Na hora é terrível para a valente cadela, já ouvi minha Ketty urrar de dor, mas cinco minutos depois, tudo se resolvia.

— Quando meu esposo se retirava, eu continuava na cama e não me mexia durante duas horas! De costas. Com os quadris e a bacia colados ao colchão. O tempo necessário para que... aquilo fosse para onde devia ir! Isso mesmo; seria preciso que gritassem 'Fogo!' para me desgrudar dos lençóis. Resultado: seis crianças soberbas.

— Já experimentou aipo? Salsa? Desde meu noivado, dei início a um tratamento à base de aipo e salsa, o que facilita a gestação. Minhas irmãs debochavam de mim, a caçula mugia "Muuuu" ao passar por mim, alegando que eu pastava como uma vaca... Eu dava de ombros. Pois bem, eu tinha razão: quatro filhos nos cinco primeiros anos de nosso casamento. Quem sabe mais? Nesse assunto, com certeza, não as minhas irmãs. Na verdade, Hanna, coma salsa-selvagem; exija salsa-selvagem; é melhor banir a salsa árabe. E o aipo em ramos, naturalmente.

— A Lua!... A mulher floresce na Lua cheia. Como as florestas! Como os campos! Como as ostras! Inútil suar certas noites; é preciso privilegiar essas ocasiões. Por que sofreríamos menos influência do que os mares e os oceanos regidos pela Lua? Quanta arrogância! As mulheres de hoje se creem acima da Lua! Nem em sonhos! Ora, tenho aqui por acaso um calendário lunar. Ah, conhece...? Mas tem o hábito de consultá-lo?

— Embora isso não me diga respeito, Hanna, tomei a liberdade de lhe oferecer o âmbar. Os selvagens da América e da Sibéria usam esta pedra para outros fins além do cosmético. Claro, sou muito católica para aderir a tais superstições... No entanto, minha mãe me deu um âmbar na véspera de meu casamento e quando minhas filhas se casaram também as presenteei com uma pedra de âmbar. Posso garantir que tudo correu às mil maravilhas! Aceite este presente, isso me deixaria muito feliz. Veja, é simples, basta tocá-lo e cheirá-lo à noite antes de se deitar.

Tenho necessidade, minha Gretchen, de contar algo mais?

Em breve Franz chegará do clube, jantaremos a sós e com certeza ele manifestará desejo por mim. Imagine o tumulto na minha cabeça: tenho mais tarefas a executar do que um general prestes a enviar o exército ao combate! Sou forçada a engolir uma sopa de salsa, digerir um gratinado de aipo, verificar a fase da Lua, mexer no âmbar que mantenho escondido, forçar Franz a dormir em cima de mim sem se retirar e depois, quando ele se afasta, permanecer grudada duas horas ao colchão. Ah, sim, quase ia me esquecendo: entre todas essas grandes acrobacias, devo me deixar levar, pensar apenas em mim e tentar atingir o êxtase!

Resultado? Quero fugir. Apesar de adorar Franz, chego a achar que preferia evitá-lo. Não sabia que ao desposá-lo também desposava todas essas mulheres que o cercam, que conspiram para me tornar idêntica a elas, que continuarão a interferir até que eu ceda. Sim, ignorava que, ao me unir a Franz, aceitava uma situação que me desperta horror.

Um grande abraço, minha querida Gretchen. Despeço-me e corro para chorar na sala de música antes que Franz chegue.

Sua Hanna.

6

No centro médico de Beverly Hills, o sol destacava duas venezianas: a verdadeira, suspensa na janela, e a sua sombra na parede.

No momento em que recobrou a consciência, embalada pelos calmantes que a mergulharam no sono na véspera, Anny se agarrava a esses dois elementos. Com o corpo anestesiado e o espírito confuso, ela valia-se da luz como a única substância sólida e tangível do universo. Concentrada, transformava-se em uma das poeiras a dançar no raio dourado que atravessava o aposento e ligava a veneziana concreta à projetada. A qual delas dedicava maior atenção? Como artista de cinema, tinha a tendência a preferir o reflexo à realidade.

Um assistente de enfermagem louro se aproximou em diversas ocasiões. Sempre que se debruçava sobre ela, ela falava, mas em todas as ocasiões alguma bizarrice impedia sua voz de sair. Quando abria a boca, o enfermeiro se dissolvia; isso mesmo, assim que se dirigia a ele, o homem desaparecia. No entanto, o golpe de prestidigitação não parecia intencional. O rosto do jovem não exprimia perversão ou maldade; ao reaparecer mostrava-se atencioso, examinando-a com o desejo manifesto de ajudá-la. Ora, mal tentava pronunciar a primeira palavra e tudo desmoronava.

A princípio, julgou-se vítima de uma realidade instável, sobretudo porque experimentava a sensação de queda... Logo suspeitou que o tempo lhe pregava uma peça, deslocando-se sem preveni-la.

Afinal notou que, tirando o enfermeiro, a sala se encontrava vazia. Chegou então à conclusão — desta vez acertada — que voltava a dormir.

Dois dias depois, conseguiu manter uma conversação:

— Onde estou?

— Anny, fico contente em podermos conversar. Eu me chamo Ethan.

— Huuum...

— Está internada no quarto 23 da Clínica Linden, em Hollywood.

— O que eu tenho?

— Contusões diversas. Nada grave. Vai se sair bem dessa. Sente dor?

— Não.

— Então a dosagem está correta.

— Dosagem de quê?

— De morfina.

Bem do fundo da memória, surgiu a lembrança do pai com uma revista científica na mão, declarando que a morfina fazia parte das drogas perigosas, pois, uma vez absorvida, não se podia mais viver sem ela.

Durante as horas seguintes, quando retomava a consciência, pensava nisso, endireitava-se, esganiçava, esgotava-se, soçobrava, recomeçava, até que farta da guerra resolveu deixar de lado o aviso paterno. O vício era sua especialidade. Já viciada em álcool, maconha e cocaína, adicionaria a morfina à lista. Que importância tinha? Pelo menos quanto a essa droga poderia atestar que a iniciativa não partira dela. "Sim, perfeitamente, Meritíssimo, foram os médicos que me injetaram esse veneno. Com o propósito de me curar, acabaram por me condenar a me picar. Meritíssimo, deveria mandá-los para a cadeia ou condená-los a prestar trabalhos à comunidade; sim, são eles os culpados, não eu." Diversas vezes, entre as sestas, repetiu essa cena diante do tribunal imaginário, representando com deleite o papel de inocente.

Certa manhã, o Dr. Sinead, diretor-geral da clínica, entrou no quarto. Atrás dele, recém-formados se amontoavam, inflados de vaidade, orgulhosos, julgando-se eminentes pelo simples fato de rastejarem atrás do cirurgião.

— Então, como vai a noivinha da América?

Por pouco Anny não caiu na gargalhada: o professor Sinead falava no mesmo tom nasalado de uma velha atriz que Anny adulava, apelidada de "Bolsa Vuitton", tanto a pele de seu rosto tinha sido costurada e recosturada.

— Bem, como nos sentimos? — insistiu.

Tinha a mesma entonação de Bolsa Vuitton e por razão idêntica: a boca tinha sido remodelada, repuxada e aumentada de volume.

Anny observou o médico.

Sua carne, martirizada pelas dietas, castigada pelos anos, pendia em todos os pontos onde não havia sido repuxada: no pescoço, nas orelhas, na parte superior do peitoral, nos antebraços e pulsos. Aliás, a pele enrugada exibia os estigmas das tensões que talhos, torções e costuras lhe haviam infligido. Depois de tantas intervenções cirúrgicas, o rosto de Sinead não exibia a vitalidade de um ser juvenil, mas a fragilidade de um acidentado.

— Anny, consegue responder?

Que voz horrível... metálica, sem timbre... E que locução enrolada: às vogais faltava pureza enquanto as consoantes saíam abafadas. A cirurgia estética havia enrijecido os lábios, deslocando-os, e o Dr. Sinead articulava palavras por trás de uma máscara.

— Anny? Anny, por favor.

Anny entendeu que devia abandonar as especulações e voltar à realidade. Sabendo por Ethan o prestígio do Dr. Sinead em Los Angeles, Anny se pôs na condição de quem deseja ter êxito numa audição.

— Sim. Estou aqui. Estou subindo à tona...

— Já não era sem tempo. Podemos examinar seus ferimentos?

— Sintam-se em casa.

Anny se percebeu tão curiosa quanto os assistentes servis que escutavam as explicações de Sinead, pois ignorava os pormenores de seus males. Pernas, braços, costelas, equimoses, feridas, cortes, queimaduras, tudo foi exibido e comentado. Do discurso de Sinead vinha a constatação de que Anny tivera muita sorte por se sair com tão poucos machucados de semelhante queda.

— Existe um Deus para as artistas, Srta. Lee.

— O senhor acha? Em Hollywood só existe um único Deus, e ele se chama dólar.

Ele riu educadamente da brincadeira manjada.

— Ainda pode honrar esse Deus, Srta. Lee, e voltar em breve aos sets de filmagem.

Ele pensava anunciar uma novidade reconfortante. Ora, ele lhe assinalava que após a queda ela abandonara o longa-metragem. Foi invadida pela angústia: teriam interrompido a filmagem? Quanto isso lhe custaria? Pior ainda: teria sido substituída?

Perturbada, o coração disparado, lançou uma careta de adeus à equipe médica que se afastava. A transpiração cobria-lhe os membros.

— Johanna! Johanna!

Por instinto chamou a assessora de imprensa. É evidente que ela não estava lá e não ouviu seus gritos. Pouco importava. Sacudiu o colchão, bateu na parede, tentou quebrar o gesso suspenso à barra que a imobilizava, berrando o nome com todas as forças:

— Johanna!

Ethan fez cara de preocupação.

— Anny, o que está acontecendo? Sente dor?

Ao ver o louro irradiando bondade, Anny hesitou por um segundo.

— Estou morrendo de dor.

— Onde?

Com um ricto convincente, enumerou os lugares do corpo que o Dr. Sinead examinara e concluiu num estertor:

— Por favor, me ajude.

— E... eu...

— Me apague.

— Não.

— Me bote em coma, é insuportável...

— Anny, calma. Vou aumentar a dose de morfina.

Alcançado o objetivo, Anny interrompeu a farsa. Por sorte, conteve a alegria e continuou a soluçar.

— Ai! Não vou conseguir me livrar...

— Vai sim... O sedativo vai surtir efeito.

— Não, estou passando muito mal. Vou morrer

— Não exagere. A medicação vai funcionar.

— Estou morrendo! Exijo ver minha agente...

— Vamos, deixe que eu prepare a dose...

— Quero minha agente!

Ethan atendeu seu pedido. Anny gemeu até o enfermeiro anotar o telefone da agente e prometer contatá-la solicitando sua presença à cabeceira da enferma.

Em segundos, abandonou-se ao analgésico, mergulhando com prazer na doçura anestesiante...

No dia seguinte, Johanna Fisher, cognome Tubarão, num tailleur justo, cinza escuro, encontrava-se sentada junto ao leito, o célebre sorriso cheio de dentes afixado na parte inferior do rosto emplastrado de base.

— Bem, meu coração, você conseguiu nos preocupar! Bem, ao que tudo indica, vai se restabelecer. Há três dias me mantenho informada a cada hora. Por falar nisso, recebeu minhas flores? Se não lhe agradam, o escritório envia outras. Não hesite em pedir petúnias, íris, o que quiser. Bom, nada de perder tempo; vou resumir a situação. A imprensa aproveitou-se de sua desventura. Excelente! Os frequentadores da boate usaram o celular para tirar fotos suas estatelada no chão; por sorte, se revelaram fotógrafos tão medíocres que as redações as publicaram em vinhetas e tiveram de publicar fotos antigas em poses glamorosas. A operação foi bem-sucedida. Um negócio magnífico! Revistas, canais de televisão, estações de rádio, jornais e internet falaram tanto, mas tanto, sobre o seu tombo que ninguém mais sabe os motivos e as consequências. Conhecemos o resultado, que você se arrebentou na pista da Red and Blue, mas não a causa. A hipótese de um acidente foi sugerida, disso ninguém duvida. Clássico: um acidente não desperta a curiosidade de ninguém; pior ainda, assusta. O que atrai as pessoas é quando um tombo é consequência de um estado da alma. Um gesto, não um movimento em falso! Aquilo que provoca a identificação... o desespero, um pedido de socorro, o suicídio.

— O entusiasmo! Eu estava contente...

— Bêbada.

— Eu estava me divertindo de verdade.

— Calada.

— Johanna, eu...

— David me disse que você fantasiou se pendurar num cipó e se balançar da passarela para a floresta virgem. Obtive o silêncio dele; depois voltamos a tocar nesse assunto, pois esses detalhes não despertam o menor interesse.

— É verdade.

— A verdade não vale um tostão furado! O que precisamos é de uma história, de uma boa história.

— Talvez. Mas eu pretendia confiar a você o que aconteceu de fato...

— Anny, o público adora você pelo que aparenta ser e não pelo que é.

Johanna havia aumentado o tom de voz. Envergonhada, Anny afundou nos travesseiros. A agente continuou em tom de recriminação:

— Pelo amor de Deus, você é uma estrela, não uma cidadã como outra qualquer. Então, eu imploro, represente o seu papel, aproveite, pegue a grana, não deixe a glória escapar e não venha choramingar porque queria ser franca e se parecer com os infelizes que pagam entrada para ver você. O que conta são os rumores, as teses contraditórias, os artigos em bola de neve, o mistério persistente, os jornalistas que arriscam novas hipóteses, os ex-amigos dando declarações, os internautas que acrescentam sua pitada de sal. Apenas o barulho vende. Se colocar um fim nisso, seja por lealdade ou por uma mentira engraçadinha, você arruína o acontecimento, anula as vantagens.

Diante do tom ameaçador, Anny sentiu a paz retornar; a voz e o raciocínio de Johanna a acalmavam. Submetida a essa autoridade, parava de procrastinar; ao se ver com aqueles olhos, aceitava seu destino.

Não havia melhor espelho do que Johanna Fisher. Desde a infância — exatamente desde *Papai, peguei seu carro emprestado*, seu primeiro sucesso —, Johanna Fisher guiava Anny pelo labirinto da vida profissional, evitando-lhe desvios e becos sem saída comuns, mantendo-a no largo bulevar de Hollywood. Ao longo dos anos, havia oferecido observações, regras, imperativos e objetivos que não lhe haviam sido impostos pela família. Aliás, que família?... Órfã, nascida de mãe e pai desconhecidos, sabia ter sido criada por outros desconhecidos, Paul e Janet Lee. Sem ilusões, ela nunca considerara legítimos os indivíduos que, por uma sucessão de acasos, chamava de pai e mãe. Tratava os Lee — dos quais usava o nome — com fatalismo e gentileza, como se trata parceiros recorrentes num *sitcom*. Tomara a decisão de amá-los, primeiro para simplificar a vida — detestava conflitos —, e depois porque sua natureza a levava a se mostrar acolhedora. Anny manifestava sincera cordialidade em relação a todo mundo. Qualquer um que visse a jovem beijar a mãe e rir às gargalhadas com o pai confirmava que fortes laços de ternura uniam a menina aos pais adotivos. Ora, em Anny, tratava-se de uma disposição espontânea, aprimorada, de modo a evitar problemas.

Em troca da afeição que lhes demonstrava, Anny ganhara certa liberdade, emancipação e, em seguida, independência. Muito cedo, aos 16 anos, deixara a casa dos Lee e empregara seu tempo em sair, flertar, encher a cara e se drogar como bem lhe convinha.

Johanna Fisher e sua equipe, apesar de perceberem os vícios da estrela, não tomavam nenhuma atitude, pois as fraquezas da jovem a colocavam à mercê deles. Assim, Johanna nunca sugerira à cliente lutar contra o álcool e a cocaína, dar início a uma desintoxicação. Desde que os excessos não marcassem seu rosto e os diretores de fotografia não se queixassem, ela a deixava agir a seu bel-prazer. Sobretudo porque isso excitava os colunistas sociais e os paparazzi.

— Não quer notícias do filme?

— Já ia falar disso, Johanna.

— Interromperam a filmagem, mas o estúdio anda deslumbrado. Os produtores julgaram muito eficaz, em termos de publicidade, que centenas de jornais publicassem não só a queda, mas também o título do filme, o nome do diretor e do elenco. Como investimento promocional, isso representa um lucro de 2 milhões de dólares. E tudo sem desembolsar um centavo. Assim que você voltar às filmagens o acontecimento será coberto pelos repórteres, tudo bem?

— Tudo bem.

— Os médicos pretendem lhe dar alta em duas semanas? Assim dá para filmar os closes e os planos médios. Quanto aos gerais, em que será vista de pé, ou contratamos uma dublê ou dou um jeito de modificar a agenda de trabalho e peço um pouco mais de paciência. Enquanto isso, nada de ficar se iludindo, Anny. Deve voltar bem rápido ao trabalho, senão os produtores vão tratar de substituí-la sem dó nem piedade. Graças a você, ao seu "acidente", o filme goza agora de considerável notoriedade e lucrativa visibilidade; eles não vão abandoná-lo. Portanto, melhor comunicarem seu retorno do que o nome de uma artistazinha qualquer para o seu papel.

— Eles fariam isso?

— Ninguém é indispensável, querida.

— Eu juro que acreditava que sim.

— Só pode estar de brincadeira.

— Um artista é único. Não se pode substituir Picasso por Matisse.

— Quem anda falando de arte para você, meu coração? Você faz cinema em Hollywood. Além do mais, quando um produtor tem dinheiro suficiente para comprar um Picasso, pode comprar um Matisse sem dificuldade.

Johanna Fisher se levantou, irritada por ter sido obrigada a filosofar. Qualquer explicação lhe parecia pura perda de tempo e de dólares, sobretudo quando se tratava de algo óbvio.

Em parte tranquilizada, Anny se incumbiu de interpretar o papel de convalescente. Seu jovem corpo se recuperava mais rápido do que o Dr. Sinead havia prognosticado, a ponto de os fisioterapeutas da clínica se encherem de orgulho.

Apenas Ethan, o enfermeiro, percebia as horas de desordem mental que marcavam os dias de Anny, os olhares de pânico pela manhã, os medos noturnos, as angústias lancinantes que a levavam a bradar, a julgar as dores insuportáveis, a exigir uma dose extra de morfina. Ele havia percebido sua disposição à fuga, a arte de escamotear qualquer questionamento com uma pirueta, os silêncios que calavam as respostas, o dom de manter uma nebulosidade constante. Atormentava-se diante do sorriso de entrega a invadir o bonito rosto de Anny quando, após uma injeção, ela mergulhava na inconsciência.

Uma noite, não se conteve:

— Como vai se virar quando for embora do hospital?

— Desculpe...

— Como vai conseguir morfina quando eu não estiver mais por perto?

Ela o encarou, dura.

— Existem médicos.

— Existem médicos honestos.

— Esses eu vou evitar.

— Huuumm...

— Até os homens virtuosos podem precisar de dinheiro.

Ethan balançou a cabeça.

— Por que não aproveita sua estada aqui para se tratar?

Compreendendo a que doença se referia, ergueu o queixo com orgulho.

— Acha mesmo? O que estão fazendo? Pensei que me tratassem.

— Dos ferimentos, sim. Não dos vícios.

Ela explodiu numa gargalhada forçada.

— Meus vícios! Quanta ingenuidade! Por acaso engole tudo o que publicam? Lê esses lixos?

— Li os resultados dos exames. Ao entrar aqui, tinha álcool no sangue e os triglicerídeos confirmavam a embriaguez, assim como diversos traços de drogas, por sinal, difíceis de serem identificados, tamanha a quantidade de impurezas.

Anny mordeu os lábios e secretamente maldisse o fornecedor. "Buddy, cretino! Bem que eu desconfiava que ele vendesse qualquer coisa e que sua mercadoria fosse batizada. Se eu esbarrar com ele, vou quebrar o seu nariz."

Ethan insistiu em tom intenso:

— Trate de se cuidar, Anny. Você consome venenos para ir em frente e ignorar seus problemas. Pare um pouco. Pense. Reflita sobre a sua situação.

— Que trabalheira! Prefiro me atirar agora mesmo pela janela.

— Tem medo de pensar. Refletir a deixa em pânico.

— Isso mesmo! Pode me tratar como se eu fosse imbecil!

— Anny, toda vez que pensa no futuro, berra, me chama para que eu a deixe entorpecida. Prefere se drogar a enfrentar seus temores.

— Mas...

— Foge da sua vida interior. Examinar, compreender e duvidar são indisposições para as quais procura remédio.

Surpresa pela pertinência do diagnóstico, Anny cessou de protestar.

Carinhoso, Ethan se curvou na sua direção e perguntou:

— Por quê?

Desejosa, mas incapaz de responder, Anny teve uma crise de choro que durou a noite inteira.

Dois dias depois, Johanna, o terror de Hollywood, cedeu à convocação de Anny, no quarto 23, munida de uma cesta de frutas confeitadas vindas da França.

— Tome, minha linda, trouxe seus doces favoritos porque você tem a sorte de se empanturrar de açúcar sem engordar um grama. Eu, só de olhar, já ganhei 3 quilos.

Anny não ficou com gentilezas.

— Johanna, preciso me tratar.

Johanna sentou-se e cruzou as pernas, preparando-se para ouvir exigências referentes a cosméticos ou penteados.

— Sou toda ouvidos, minha querida.

— Não posso continuar assim.

— Se está se referindo a... Então, de quem é a culpa? De Priscilla ou de John-John?

Anny arregalou os olhos ao ouvir os nomes da maquiadora e do colorista.

— Não, Johanna, estou falando de mim.

— Eu também.

— Não. De meu interior.

— Ah, tá!

Johanna respirou, aliviada.

— Quer um treinador, é isso? Escute, basta me dizer: ainda ontem disseram maravilhas do que tratou de Vilma. Um argentino. Dá para acreditar? Aquela vagabunda que só fazia papel secundário no Disney Channel acaba de ganhar um Globo de Ouro e é candidata ao Oscar sem que ninguém do ramo compreendesse como. Bem, me deram um furo de reportagem: ela tinha um treinador. O argentino! Pensa que sou boba? Anotei todos os seus dados. Ainda por cima, parece que é bem-dotado como um deus. Carlos... Não, Diego... Espere, anotei o telefone no celular.

— Deixa para lá. Não estou falando de um técnico, mas da minha vida.

— Como assim?

— Não sou feliz.

Johanna ficou de queixo caído. Segundo ela, nada de mais indecente do que se exprimir assim. Anny proferira uma obscenidade.

— Preciso modificar alguma coisa na minha vida — prosseguiu Anny.

Johanna balançou a cabeça para se livrar do que acabara de ouvir; depois se forçou, embora tomada de repugnância, a prolongar essa manha nojenta.

— O quê?

— Minha vida não pode continuar desse jeito. Não sou feliz.

Johanna arfou, baixando as pálpebras. Responder ia além de suas forças.

Anny meditou demoradamente.

— Tudo bem, sou alegre, mas não feliz. As pessoas me consideram uma jovem divertida, que adora a noite, sem complexos; mas essa vida agitada esconde a minha verdade. Não passa de maquiagem. Em geral, as pessoas que se emplastram de base dissimulam uma pele horrorosa.

Johanna engoliu em seco. Por quem Anny se tomava? Por que tanta perversidade? Ninguém jamais ousara evocar os 3 milímetros de creme purificante com que se untava todas as manhãs... De repente, a fim de mudar o rumo da conversa, retomou:

— O que lhe falta? Um filho?

— Ainda é muito cedo.

— Um marido?

— Não sei. Pode ser... Acho que minha tristeza tem a ver com o amor. Preciso amar, amar mais, amar para valer. Tenho a impressão de nunca ter amado.

Johanna sorriu. Entravam num terreno que dominava. Reassumiria o domínio de Anny.

— Curioso dizer isso... Conheço um homem na mesma situação que você. A única diferença é que ele está assim por sua causa.

— Quem?

— David...

— David?

— David Brown. Um de seus colegas de filmagem. Aquele que você tentou impressionar brincando de Tarzan e Jane na boate.

Desde que você foi internada, ele me telefona todos os dias para saber se pode visitá-la.

O pormenor comoveu Anny. Johanna lançou a isca:

— Naturalmente, recusei. Em primeiro lugar porque não sabia se a ideia ia agradar você.

— É... De certa maneira fico feliz de saber.

Anny se lembrou da discussão com Ethan. O enfermeiro ficara atônito por nenhum de seus amigos e amantes terem ido visitá-la; na mesma hora ela improvisara uma desculpa, mas assim que ficou sozinha maldisse seus pretensos amigos e lamentou a própria sorte. Agora tinha um motivo: Johanna e sua equipe tinham montado guarda, proibido o acesso a seu quarto. Inclusive aos que insistiam... Que satisfação!

— David... — murmurou, saboreando o nome nos lábios entreabertos.

— Sim, David. Em segundo lugar, porque não é o tipo de homem com que sonho para você, minha querida.

A frase causou-lhe o efeito de um eletrochoque. Anny se ajeitou na cama, indignada.

— Como é?

— Isso mesmo — teimou Johanna. — Se quer uma história séria, uma história que dê em casamento, gostaria que fosse com alguém do seu nível. Ou seja, um ator no mínimo equivalente, em termos de carreira. Não há motivo para que a união favoreça mais um do que o outro. Duas estrelas. Tipo Brad Pitt e Angelina Jolie, esse tipo de aliança. David Brown, por mais atraente, mais ético, talentoso e bem-educado, e mesmo que faça muito sucesso com as mulheres, não entra na minha lista. Nem na dos cinco melhores. Nem na dos dez. Longe disso.

— Sabia que o que diz é escandaloso?

Anny elevara a voz. As pupilas lançavam faíscas. A jovem deu início a uma demorada crítica em que acusava a agente de ingerência, em que exigia o direito de escolher o noivo, em que cobria David de elogios, a quem descrevia como uma vítima do rolo compressor hollywoodiano. Em resumo, inflamava-se tanto ao defendê-lo que sua exasperação assumia, a cada minuto, as cores de uma paixão pelo ator iniciante.

Sob a máscara da afronta, Johanna saboreava a isca lançada, como um gato que se alegra ao ver o rato acuado num canto, sem escapatória. Especialista em manipulação, *atacara* David propositadamente a fim de forçar uma reação da atriz. A manobra ultrapassara suas expectativas. Depois de meia hora de irritação, Anny, teimosa, persuadiu-se de que adorava David e de que ele seria a solução para seu atual mal-estar.

Fingindo-se de reticente, Johanna prometeu, ao ir embora, autorizar o jovem a passar na clínica.

Anny passou a noite e o dia seguinte exaltada. Anunciou a Ethan que o namorado chegaria em breve. Amável, enumerou-lhe os méritos, a beleza, a inteligência, o talento, extrapolando quanto à admiração recíproca. Dona de imaginação fértil e humor vivaz, se convencera de que a vida mudaria e passaria a fazer sentido graças a David.

Por volta das três horas, naquela quinta-feira, recebeu os fisioterapeutas e, pela primeira vez, conseguiu andar sem cair, sem se agarrar ou se apoiar. Se eles se felicitavam pela melhora, ela considerou que o progresso se devia ao amor.

Às cinco horas voltou para a cama, moída pelos esforços. Ao se enfiar debaixo dos lençóis, se perguntou se não estaria forçando uma encenação de lágrimas para obter morfina.

Nesse instante, um intruso de jaqueta de couro entrou em seu quarto. Ela soltou um grito.

Alertado pelo barulho, Ethan surgiu atrás da visita.

— O que houve, Anny?

Ela indicou o indivíduo com medo.

— Manda ele sair daqui.

— Mas eu achei...

— Manda ele sair! Socorro!

O homem se aproximou brandindo o buquê que escondera nas costas e se pôs de joelhos.

— Anny, para de brincadeira...

Foi então que compreendeu tratar-se de David Brown.

Não só não o havia reconhecido, mas esquecera seus traços.

7

O homem de negro usou o punhal para cortar as cordas que prendiam Anne. Ao redor deles, a floresta, livre dos intrusos — Ida e Philippe —, cessou de prender a respiração e recomeçou a zumbir com vida própria. Depois de alguns voos de pardais, as pombas ressurgiram e os pequenos arbustos esqueceram a violência testemunhada.

Quando o colosso a ajudou a se pôr de pé, Anne entreviu o nariz comprido feito uma serpente sob o capuz esvoaçante. Estremecendo, murmurou:

— Estou reconhecendo o senhor.

Concentrado no trabalho de soltar a jovem sem feri-la, o gigante não se mexeu.

Ela insistiu, tentando em vão interceptar seu olhar:

— Sim, eu já o encontrei num dos meus sonhos. O senhor me trazia uma fatia de pão.

— Não sonhava. Todas as manhãs eu lhe trouxe o que comer.

Como uma pedra mergulhando na água, sua voz baixa, neutra, provocava ondulações pacificadoras entre as árvores.

Anne deixou de sentir medo dele.

Atirando fora a última corda, ele sentou-se no carvalho musgoso e oco enquanto ela esfregava os punhos e os tornozelos a fim de soltar as articulações. Ao término de um longo silêncio, ele questionou:

— Não vai me perguntar o motivo?

Anne levantou as sobrancelhas. Não, não tinha curiosidade. Se a alimentara fora por assim o desejar. O que havia de surpreendente em socorrê-la? Simplesmente devia ser generoso. Por acaso perguntamos ao sol por que ele esquenta? Essa pergunta — por quê? — quase não fazia parte do universo de Anne, menos ainda depois do período no qual, absorvida pelo crescimento de uma planta ou pelas nuances da luz, se tornara contemplativa, atenta a todas as coisas e ausente de si mesma.

Compreendendo que ele aguardava uma reação de sua parte, exclamou:

— Que ligação o senhor tem com o cervo?

— Qual cervo?

— O que me observava, me espionava. Três vezes me causou arrepios, pois eu o ouvia pensar alto.

— Seria eu o cervo?

Ela assentiu; não tinha dúvida. Continuou:

— E a árvore?

Apontou a anfitriã frondosa que os abrigava.

— Ela fala com a senhorita?

— Fala.

Ele franziu a testa, refletiu, concluiu:

— Claro.

Encantada, ela sorriu.

— Esse carvalho é interessante, não acha?

— Muito. Por causa dele e de seus semelhantes, eu muitas vezes me demoro na floresta.

Imediatamente, Anne e o desconhecido se sentiram próximos. A fim de desfrutar o instante, permaneceram muito tempo calados.

O rio corria num murmúrio límpido, vivo, reduzindo-se ao limite do silêncio. Nesse início de tarde, petrificados pela luz dourada, os sons não possuíam mais origem, flutuavam imprecisamente no ar quente.

O que deslumbrava Anne não era o fato de o desconhecido lhe ter salvado a vida, mas que sua voz fosse tal como a da árvore, caso ela utilizasse a linguagem humana.

De sua bolsa, o desconhecido retirou um pão e um pote de mel, e improvisaram um lanche. Após comerem o sanduíche, se esticaram no musgo e o desconhecido se dedicou a fazer com que Anne confiasse nele.

Ela contou-lhe a infância, descreveu a família, o noivado, a fuga: exprimia-se com desenvoltura, como se a dieta de palavras dos últimos dias tivesse proporcionado fluidez à sua oratória.

Enquanto ele escutava, ela começava a achar o desconhecido fascinante: ele captava além das frases. Pelos sorrisos fortuitos, pelo piscar de olhos, adivinhava-se que por trás do verbo ele distinguia outros pensamentos. Pensamentos que se escondiam na sombra, pensamentos que escapavam a Anne.

— O que sente por esse Philippe?

— Estou disposta a amá-lo.

— No entanto...

— Eu gostava dele, mas detesto seu amor. Ele me amarrou, não viu?

— Ele quer possuí-la. Como um objeto. A propósito, ele não a comprou?

— Comprou quem?

— Você. Propondo amá-la à sua maneira.

Ela suspirou.

— Pressinto que devo seguir adiante... aprofundar-me no amor... E sem ele! Estou sendo tola?

— Nem pensar.

Ele a fitou com benevolência.

— O que pretende fazer?

Ela deu de ombros.

— É evidente! Obedecerei aos seus conselhos. O senhor está aqui por esse motivo, não é?

Ele enrubesceu, baixou a fronte e murmurou:

— "Depois de mim vem outro mais poderoso do que eu, ante o qual não sou digno de me prostrar para desatar-lhe a correia do calçado."

Distraída por um estalido, Anne sobressaltou-se.

— Ah, olha lá em cima daquele galho...

Já perturbado, o desconhecido ficou abalado ao ver a pomba que ela lhe mostrava. Ruborizado, os lábios trêmulos engoliram diversas frases; fitou um ponto no céu, deixou as lágrimas invadirem os olhos e se deitou de bruços, o rosto na terra, os braços afastados.

— Obrigado!

A quem se dirigia?

Os olhos de Anne circulavam do pássaro ao homem prostrado. Teria a ave na árvore lhe transmitido alguma ideia importante? Presumiu que o desconhecido, mais velho, mais instruído, mais sábio, percebia uma mensagem que lhe escapava.

De repente a pomba, como se tivesse concluído sua pregação, voou.

O desconhecido se levantou e resmungou:

— A caminho, devemos voltar para Bruges.

Durante a viagem pouco conversaram, caminhando a passos largos. A prioridade consistia em avançar antes que a escuridão os impedisse de prosseguir.

O homem conhecia bem a floresta. Sem se desviar, um galho de aveleira na mão, traçava seu rumo entre as folhagens. As orelhas dos dois ardiam, despertas pelos cantos de pássaros, desde papa-figos, chapins-reais e melros exasperados até gralhas nervosas.

Encontrando um caminho de terra batida, atravessaram planícies, algumas férteis, outras abandonadas. Ultrapassados os pequenos arbustos copiosos e variados, Anne observou a natureza monótona. Decepcionada, desviou a atenção para o horizonte, preferindo fitar o invisível aos agricultores obesos, cachorros raquíticos e camponeses envergados.

Enfim, sob um céu que escurecia, Bruges se anunciou ao longe por sua torre quadrada de 80 metros, uma maravilha arquitetônica que acabava de ser edificada, o orgulho da cidade, demonstração de sua prosperidade. À sua proximidade, Anne estremeceu e deteve o desconhecido.

— Tem certeza? Não podemos passar uma última noite ao relento?

— Você dormirá mal. Ficará inquieta pensando no amanhã.

Ela baixou a fronte, perplexa.

— O senhor vai me entregar a Philippe?

— É evidente que não.

— Então aonde vamos?

— À casa de sua família. Quero discutir com eles o seu futuro.

Ela protestou:

— Ninguém me compreenderá.

— Por quê?

— Porque sou diferente.

O que significava para ela esse termo? Impossível precisar. Por "diferente" ela designava o abismo existente entre suas alegrias e as dos outros, essa solidão que experimentava quando as pessoas falavam do que as encantava, sua reticência em exprimir um pensamento que ninguém jamais entendia. A moeda de línguas e de ideias entre os homens Anne não sabia utilizar. Nenhuma palavra se revestia do mesmo significado para ela e para seus interlocutores. Em família ou em sociedade, sentia-se excluída.

O desconhecido concordou com veemência:

— É verdade, é diferente. Deveria sentir orgulho.

Retomaram o caminho. Revigorada por tal declaração, Anne explorava uma nova dimensão. Então poderia sentir orgulho de si mesma?

Os sinos da torre ecoaram.

Passaram pelas sentinelas. Anne indicou ao desconhecido o labirinto para chegar à casa de tia Godelièvе, que não habitava nem na beira dos canais nem na Grande Praça, onde as casas custavam muito caro, acessíveis apenas aos abastados — negociantes de tecidos, banqueiros, comerciantes prósperos. Morava mais afastado, depois das ruas dos artesãos, dos comerciantes, ao final de um labirinto de ruelas, num bairro popular colado às muralhas da cidade.

A escuridão caía. A luz dourada das velas tremulava no interior das sólidas construções; na casa dos citadinos comuns, brilhava a luz vermelha das lareiras. Grupos de garotos barulhentos e sujos brigavam, abafando o riso.

Anne bateu na porta de uma habitação de tijolos.

Ao avistar a jovem, tia Godelièvе, gorda e bondosa, deixou o coração falar mais alto. Correu e a tomou nos braços.

— Minha querida... senti tanto medo... Ah, que alívio! Não pude acreditar no que Ida declarava, que tinha enlouquecido, batido nela, a mordido, que insistia em permanecer na floresta. Ela também contou que estava acompanhada de um homem, um monstro, um gigante que...

Neste instante, o desconhecido surgiu das trevas e se apresentou a Godelièvе, que exibiu um tique nervoso.

— Mas...

— É meu amigo — explicou Anne.

— Seu amigo? Quem é o senhor?

O desconhecido retirou o capuz. Abundantes cabelos louros, crespos, desalinhados, se ergueram sobre a cabeça, livres depois de horas comprimidos debaixo da lã negra.

— Sou o monge Braindor.

Ele se curvou.

Na noite, a aparição combinada deste nome — Braindor — e de um tufo de raios dourados deslumbrou tanto Godelièvе quanto Anne. Após ter se descoberto, o desconhecido parecia bem mais jovem, menos assustador. Decerto continuava a ter uma altura excepcional. Entretanto, sem a aura de mistério, ele se parecia com os altos rapazes flamengos com quem cruzaram em Bruges.

— Monge? — balbuciou Godelièvе.

O homem mexeu na batina de onde retirou, com a mão direita, um crucifixo.

Godelièvе meneou a cabeça, encantada com o rumo dos acontecimentos. Braindor sentiu-se na obrigação de tranquilizá-la.

— Acompanhei sua sobrinha até sua casa para discutir o que se passa com ela.

— Por gentileza, me dê o prazer de aceitar minha hospitalidade. Entre, meu pai.

Godelièvе os conduziu à comprida mesa de madeira e preparou uma omelete na brasa.

As duas primas, Hadewijch e Bénédicte, desceram, a princípio tímidas, depois mais resolutas quando o gigante lhes sorriu; abraçaram Anne com entusiasmo. Isolada, irascível, Ida se mantinha na penumbra, ao lado da lareira, manifestando igual desprezo tanto à prima quanto ao desconhecido.

Saciado, Braindor empurrou o prato vazio, terminou a bebida do copo e esfregou as mãos sobre a mesa.

— Agora, falemos de Anne.

— Sou toda ouvidos, meu pai — exclamou Godelièvе sentando-se diante dele.

— Lembram-se da passagem em que Nosso Senhor Jesus Cristo permaneceu quarenta dias no deserto?

Teatralmente fitou cada uma das mulheres nos olhos; elas bateram os cílios dando a entender que sim, conheciam as Escrituras. Ele prosseguiu:

— Tudo mudou ao longo dessa estada solitária. Ao sair, Nosso Senhor, que nunca havia proferido sermões, afinal se exprimiu e deu início à sua missão, percorrendo vilarejos, despertando conversões, reunindo discípulos ao redor dele e de seus milagres. Em Sua existência, o exílio delimita uma fronteira; existe uma vida antes do deserto e outra após o deserto. A areia e os rochedos nos entregam o Jesus Cristo que reverenciamos há 15 séculos.

— Sem dúvida — murmurou Godelième, sem saber aonde ele queria chegar.

— Nosso Senhor nos deu o exemplo. Por vezes é preciso se perder, de modo a melhor se encontrar.

Apontou Anne com o dedo.

— Essa jovem acaba de se submeter à provação do deserto; no meio da floresta, ela buscava sua verdade.

— Sua verdade? — assombrou-se tia Godelième, que nada compreendia.

Ida surgiu de repente das sombras para enfrentar Braindor:

— Pois bem, ela que nos diga qual a sua verdade.

Os olhares se voltaram na direção de Anne.

De olhos arregalados, buscou o que podia confidenciar, abriu os lábios, renunciou, recomeçou, esperou, suspirou, gemeu e depois fixou o solo, desesperada.

Ida exclamou triunfante:

— Eis a sua verdade: nada!

— Ela ainda não sabe dizê-la — respondeu Braindor, calmo.

— Anne é simples de espírito! — exclamou Ida. — Uma retardada! Até então ninguém me dava atenção porque achavam que eu tinha inveja dela. Inveja do quê?

Ela indica veementemente o monge:

— Só um mendigo a defende.

Ameaçador, Braindor se levantou e franziu as sobrancelhas.

— O comportamento da jovem é prova do caminho por ela escolhido. A senhorita conclui que ela se afasta quando, na verdade, ela guia, tanto assimilou aquilo que a senhorita sequer suspeita.

Voltou-se para Godelièvе.

— Agora, minha irmã, gostaria que autorizasse o aprendizado da jovem e pusesse fim à interferência em sua vocação, à proibição de amar como bem entender. Por favor, permita que o amor de sua sobrinha siga seu próprio caminho.

As mulheres presentes não compreenderam uma migalha do discurso prolixo. Godelièvе terminou por articular:

— A que o senhor se refere?

— A Deus! — disse em tom de repreensão. — É evidente que essa criança está destinada a Deus.

As bocas se abriram, atônitas.

Deus, a vocação de Anne? Ninguém pensara nisso.

Tampouco Anne.

8

Viena, 2 de junho de 1905.

Querida Gretchen,

Por acaso mencionei minha coleção? Teve início, por acaso, na Itália; em seguida, me entusiasmou a ponto de eu precisar comprar três malas extras para acomodá-la durante meu périplo. Monopoliza-me desde que nos instalamos em Viena.

Desculpe se divago sem nada explicar... Adoro os pesos de papel! Procuro essas esferas transparentes que guardam em sua água sólida violetas, margaridas, prados, borboletas, rostos; procuro-as, sigo-lhes as pegadas, negocio-as, compro-as, ah! acredito mesmo que seria capaz de roubá-las.

Meus móveis desabam sob os Bigaglia, os Baccarat, os Saint-Louis, os Clichy. Em minha penteadeira, onde as coleciono, estão expostas nas prateleiras. Ingênuas, alegres, virginais, inocentes, refletem os raios com suas cores exacerbadas, suas curvas, a base que evoca açúcar de confeiteiro. As pequenas traquinas seduzem todo mundo, mesmo a luz, que atraem e retêm em seu âmago, como teias de aranhas que capturam o arco-íris.

Contemplá-las me conduz ao devaneio. Quando meus olhos passeiam por essas flores inalteráveis, quando meu olhar contorna as gotas de ar recortadas em seus globos de cristal, em pétalas de rosas eternas, minha imaginação vagueia... Não apenas desconheço algo mais régio, como nunca recebi tantas ideias nem tantos sentimentos de um objeto.

Foram elas, essas peças maravilhosas, que fizeram de mim uma colecionadora, e não o contrário. A princípio, eu não apresentava nenhuma propensão à mania. Foi preciso experimentar esse amor à primeira vista ao visitar um ateliê em Murano...

Se trago peças novas para casa, tenho a impressão de resgatá-las da rua, de lhes fornecer um abrigo, de salvá-las, pois gosto de minhas belas silenciosas pelo que são. Liberto-as de seus usos domésticos, pesos de papel, aparadores de livros, enfeites de escadaria. Aqui elas voltam a ser obras de arte.

Por que descrever isso? Gostaria de lhe apresentar as pepitas de alegria que se espalham em minha vida.

Na aparência, minha vida continua estranha; ou melhor, a minha experiência de vida se mostra cada vez mais bizarra.

Não obstante ter tudo para ser feliz, não o sou.

Entretanto, insisto... Repito todos os dias que sou rica, amada, desejada e moro em um palácio. Faço parte da melhor sociedade de Viena; a cada hora me obrigo a admitir que gozo de excelente saúde, como além da minha fome, encontro pessoas divertidas e que, nessa capital do Império, me basta ir à Ópera, ao concerto, ao teatro, às galerias para ter acesso aos produtos da genialidade humana. Todas as noites observo o gracioso corpo adormecido de meu marido repetindo para mim mesma que nove entre dez austríacas gostariam de estar em meu lugar. Ora, apesar de meus exames de consciência, a despeito de meu voluntarismo, fracasso. Sei bem que a felicidade não está presente.

O mal-estar espreita...

Se ao menos pudesse defini-lo...

Com que objetivo eu me levanto pela manhã? Fora minha coleção, o dia que virá em nada me interessa. Corajosa, entretanto, visto meu uniforme, decoro meu papel, revejo minhas réplicas, regulo minhas entradas e saídas e me preparo para a comédia de minha existência. Impaciento-me, quem sabe, à espera de um milagre... Qual? Cessar de me ver atuar. Não ser nem atriz nem espectadora de mim mesma. Deixar de me julgar, de me criticar, de perceber minha impostura. Que enfim, tal o açúcar na água, eu me funda à realidade e nela me dilua.

Por enquanto, finjo bem, minha farsa não me denuncia. Sob minhas mímicas e minha eloquência, meu desespero escapa a todos. Ontem à noite, Franz, entusiasmado, exclamou:

— Como me orgulha!

Orgulha-se de mim? Ignoro se sua declaração me encorajou ou me abateu... Por um lado, fiquei aliviada por contentar esse homem refinado; por outro, padeci por saber que meu marido, aquele com quem compartilho meus dias e noites, alguém supostamente íntimo, não é capaz de detectar os meus tormentos.

O que devo deduzir?

Devo prolongar meu embuste a ponto de esquecer que represento um papel? Por vezes imagino que tia Vivi, minha sogra e todas as demais mulheres que me cercam obtiveram êxito: suas reações lógicas, previsíveis, fazem parte de seus personagens — personagens nas quais acreditam, personagens que jamais deixam de lado.

Ou devo romper esse ciclo? Partir em busca de minha verdade? Perseguir o que realmente conta para mim?

Enquanto escrevo estas palavras, me assusto. Partir — é verdade —, mas partir por quê? Tentar me encontrar? Mas e se eu não me achar? E se não descobrir nada? Deixar tudo e me precipitar rumo a um encontro quimérico para o qual ninguém me convidou? Que loucura... Nesse instante, sinto vontade de me atirar nos braços fortes de Franz e ordenar: "Abrace-me", como faço com frequência. Ele adora essas crises, ri às gargalhadas, pois tem a impressão de que assim exprimo meu apego, sem suspeitar que, agindo assim, revelo, sobretudo, meu medo.

Por isso Franz não se cansa de mim. O jovem conde Von Waldberg se encanta por eu agradar a seus amigos e porque a elite de Viena me acolhe com tanto fervor. Em certas ocasiões, me conta a chuva de cumprimentos que recebo. "Irresistível, realmente cativante, tão precisa em suas apreciações, dotada de um coração enorme, um diamante, meu querido, o senhor conseguiu um verdadeiro diamante."

É natural se surpreender; assim que chego a algum lugar, as pessoas se alvoroçam. No início, me passava pela cabeça tratar-se de atração pela novidade, mas o fenômeno já dura mais de um ano e só aumenta. Cada vez mais se aglomeram ao meu redor, disputam minha companhia.

— Incrível! — exclama Franz. — Nem a mais famosa atrai tanto. Mulheres e homens, jovens e velhos, a todos conquista.

Quando ao voltar de um baile, Franz relata o efeito de meu desempenho, não o faz com surpresa, mas com júbilo. Em geral, deposita em seguida um beijo em meu pescoço e acrescenta:

— Saiba que os compreendo.

Depois seus lábios cândidos sobem ao encontro dos meus.

— E me recordo da sorte extraordinária de ter sido escolhido pela fascinante Hanna...

Ele abaixa a veneziana de nossa carruagem.

— ... como se fosse possível esquecer.

A continuação dessa conversa, já pode imaginar... Tem lugar em casa ou, caso estejamos ainda muito longe, se conclui na carruagem.

Por ser louco por mim, Franz interpreta meu sucesso pelas lentes de sua paixão: os mortais sentem, a meu respeito, o eco do que ele sente.

Pobre Franz! Se soubesse a que se deve meu miserável triunfo... Quando me perguntam "Como vai?", respondo com fervor: "E o senhor?" Como não me julgo importante para expressar o que sinto, prefiro me interessar pelos outros. Ninguém nota que me esquivo da resposta. Minha réplica parece uma informação positiva. Desse momento em diante, meu interlocutor pode encadear seu assunto favorito: ele próprio. A via está livre! Ele me conta suas alegrias e tristezas, vangloria-se e ao mesmo tempo se queixa, caçoa, se gaba, chora, me fornece opiniões descabidas, revela segredos, ousa falar dos remorsos, assim como dos arrependimentos, confessa esperanças, despeja sobre mim estados d'alma e dilemas. Não peneira nada e eu tudo recebo. Uma descarga de palavras. Em sociedade, beneficio-me da reputação favorável na medida em que me reduzo a um ouvido. Não tendo nada a dizer, deleito-me em escutar: um maçante de hálito fétido me fascina mais do que a minha pessoa. Assim, pode imaginar com que prontidão vêm em minha direção quando cruzo a soleira de um salão.

Na verdade, minha proeza resulta de um truque de prestidigitação: sou um padre que não julga! Sob os revestimentos dourados, em meio às plantas verdes, monto um confessionário improvisado. Mais agradável de ser contemplado do que a maioria dos párocos e igualmente mais tolerante, abstenho-me, além do mais, de infligir penitências.

"Ah, essa deliciosa Sra. Von Waldberg, que delícia! Meu querido Franz, o senhor possui a mais preciosa das pérolas."

Não se dão conta de que minha conversa vale apenas por meu silêncio e de que meu encanto consiste na minha paciência.

"Ela é tão amável."

Amável porque me abomino. Minha sociabilidade decorre do profundo desprezo por mim mesma.

Meu triunfo repousa sobre um mal-entendido: como não existo e todo mundo me parece mais vivo do que eu, deixo-me invadir pelos outros. Veja, eu poderia quase me estabelecer como romancista, se houvesse sido dotada do talento de transformar meu mal-estar em frases.

Ah, Gretchen, imagino suas sobrancelhas franzidas, adivinho as rugas de reprovação em sua testa; desaprova minhas reflexões, as condena.

Tem razão.

O quê? Do que me censura? O que acabo de escrever não passa de um engodo? Dissimulo a verdade?

Bravo, seu olhar me perfurou — o bisturi de um cirurgião.

Sim, tagarelo. Mascaro minha vergonha, minha vergonha autêntica, a única.

Bem, deixemos os ardis de lado: ainda não engravidei.

Sinto raiva. Há alguns meses — lembra-se? —, eu zombava da ideia; irônica, bancava a distante, me permitia mesmo temer que criar filhos fosse o meu destino. Hoje isso me é primordial, tendo em vista a pressa nos olhos de Franz e, sobretudo, por me descobrir incapaz de engravidar.

Minha impotência me irrita! Em certos momentos ignoro se quero engravidar para ter filhos ou para suprimir a afronta de tal fracasso.

Pouco importa, considero-me inferior ao que esperam de mim.

Tia Vivi, a prostituta de luxo, voltou a me sondar aprisionando-me nos eflúvios cativantes de seu perfume:

— Então, minha querida, e o minuto arrebatador?

— Dele me aproximo, tia Vivi, dele me aproximo.

A decepção alongou seu nariz, prova de que seu rosto não se adequava a esse sentimento.

Depois de Vivi, todas as mulheres da família verificaram se eu seguia à risca suas receitas. Precisei lhes assegurar de minha seriedade e obediência e, diante de minha barriga reta, concluíram que ou minto ou meu caso é desesperador. Em resumo, a seus olhos, passei de cisne-branco a mulher culpada.

Recentemente, às escondidas, consultei um médico a fim de determinar se meu corpo sofria de alguma anomalia que o deixava estéril. A resposta do médico não foi nada ambígua:

— Madame, a senhora é perfeitamente constituída para pôr filhos no mundo.

De imediato o Dr. Teitelman exigiu que Franz se submetesse a um exame no consultório. Fiquei boquiaberta.

— Franz?

— Sim. Se o impedimento não é de sua parte, talvez seja por parte dele.

Embora seu raciocínio demonstrasse lógica, fiquei desconcertada. É evidente que não disse uma palavra a Franz. E jamais o farei. Consentir nisso seria odioso. Pobre Franz...

Estou persuadida de que o problema é meu, disso tenho a íntima convicção. Sei ter sido atingida por um defeito original. Sempre me senti diferente. Agora descubro a razão.

Franz...

Se existe uma responsável — pior ainda, uma culpada —, sou eu! Até meu último suspiro protegerei meu marido, assumirei a culpa de nossa esterilidade. E caso um dia ele insinue que precisa de uma família, cederei meu lugar a um ventre fértil.

Meu doce Franz... cometeu um grave erro ao me escolher.

Na volta dessa consulta médica, diante do espelho, analisei meu corpo nu, magro, ossudo, inútil, meus olhos inchados, meu nariz vermelho de tanto chorar. Meu reflexo mostrava uma triste realidade: não passo de uma miserável que prospera num mal-entendido e se aproveita sem pudor de um cavalheiro.

Naquela noite, por sorte, minha camareira bateu à minha porta. Quando as pancadas ressoaram, meu olhar se cravava em um punhal preso na parede...

Além disso, felizmente, eu havia marcado com os Müller (pai e filho) um encontro no dia seguinte para a compra de um peso de papel: isso definitivamente impediu o gesto fatal.

Meu museu me resguarda. Sem descanso, percorro quilômetros de fiacre, até mesmo a pé, de loja em loja, de negociante obtuso a escroque esperto. Se me interrogam sobre minhas esferas, não mais me calo, ninguém consegue me impedir de falar; encontro dificuldade em discutir assuntos comuns. Muitas vezes, a cabeça no travesseiro, meu último pensamento se consagra a um *millefiori* avistado à tarde num canto de uma vitrine e, de manhã, acordo ainda com essa imagem. Nada me causa tanta impaciência, tanto formigamento nas pernas, tantos batimentos no coração quanto entrar em um antiquário. Se minha paixão não é clandestina, dela escondo a força, a virulência: apesar de vivida à luz do dia, essa obsessão se equipara às delícias de uma ligação adúltera.

De fato, prefiro os *millefiori* aos sulfetos. Qual a diferença? Os sulfetos apresentam figuras em relevo sob o vidro, enquanto os *millefiori*, mais vistosos, muito cromáticos, apresentam flores sob o cristal, flores solitárias, flores em buquê, flores em tapetes primaveris.

Não se inquiete, minha Gretchen, a pouparei dos detalhes. Sei que todos esses pormenores suscitam o aborrecimento, portanto, não lhe infligirei um curso a respeito dos objetos de meu culto sabendo, por experiência, o quanto os colecionadores são cansativos.

Ah, minha Gretchen, lamento que tenha uma prima tão patética, uma prima que, além de tudo, decidiu perturbá-la com suas confidências.

Hanna.

P.S.: Gretchen, esqueça o que acabou de ler!
Como demorei a despachar a carta pelo correio, ela deixou de ser pertinente.

Hoje o Dr. Teitelman confirmou o que o recente arredondamento de meu ventre, bem como a interrupção de minhas regras, sugeriam: estou grávida!

Essa maravilhosa novidade anula todas as minhas lamúrias anteriores. Franz chorou de alegria quando lhe dei a notícia; num piscar de olhos deixou meus braços para anunciá-la à mãe.

Quanto a mim, sou a mulher mais feliz do mundo.

9

No espelho emoldurado por lâmpadas brancas onde verificava o trabalho das maquiadoras, uma silhueta enfim se desenhou. Depois que um sérum havia fechado seus poros, Anny não se sentia mais evanescente; o creme hidratante a lhe colorir a pele permitia se julgar protegida; o mínimo acréscimo de blush a fortificava; qualquer traço de lápis a tornava mais densa; cada pincelada a consolidava.

Anny só se sentia serena depois de maquiada; a maquiagem lhe trazia o desembaraço e a consistência que lhe faltavam. Quando, no início das filmagens sentava-se com o rosto lavado diante do espelho, tinha a impressão de não ter rosto, percebendo apenas um rascunho, um esboço sem traços distintos, desprovido de emoções, como a areia lisa sobre a praia depois que a onda se vai. Felizmente, o exército de maquiadoras dedicava-se a esse vazio, lutava, fabricava um rosto definido, expressivo, capaz de contar uma história ou de imprimir a imagem na película.

— Que flores lindas! Nunca vi tantas.

Admirada, a maquiadora chefe apontava os buquês que se amontoavam no trailer.

— Nossa, seus amigos a adoram! Estão contentes com o seu retorno.

Anny lhe dirigiu um sorrisinho. Como alguém podia ser tão ingênua? As flores não tinham sido enviadas por nenhum amigo e sim por profissionais, produtores, distribuidores, agentes, diretores. Aliás, por acaso tinha algum amigo?

Bateram na porta.

O figurinista entrou escoltado por três ajudantes.

O barulho da equipe de filmagem lá fora penetrou no ambiente: motoristas jogando cartas, um assistente insultando o subassistente, o eletricista esbravejando para que os operários acelerassem o ritmo. Por certo muito raramente acontecia de gritarem no set de filmagens, pois as equipes se comunicavam através de microfones e fones de ouvido. Contudo, alguns, dentre eles Bob, o conhecido chefe da equipe técnica, suava tanto sob o sol californiano que não conseguia conservar seu kit de comunicação na cabeça; esses recorriam então a métodos antigos, passando as ordens aos berros.

Quando o figurinista fechou a porta, um silêncio denso, compacto, voltou a tomar conta do camarim da estrela.

Anny viu Ethan junto à equipe de figurinistas.

— Puxa, que surpresa boa...

Encantada, voltou-se, mas o enfermeiro da Clínica dos Cèdres desapareceu dando lugar a um figurinista que não apresentava a menor semelhança com Ethan, embora alto e louro. Desapontada, sussurrou um pedido de desculpas.

Durante os três segundos de entusiasmo de Anny, o varapau havia notado que o chefe odiara que a estrela cumprimentasse o funcionário; o tiro passou raspando... Tranquilizou-se ao constatar que Anny o confundira com alguém.

À beira de um ataque de nervos — seu estado habitual —, o figurinista chefe se plantou diante de Anny e a repreendeu em voz contida:

— Anny, não tínhamos combinado que seu personagem usaria mangas curtas? Sibyl é uma mulher de mangas curtas! Não posso imaginá-la de mangas compridas. Não, definitivamente Sibyl de mangas compridas é ridículo! Mangas curtas, já disse! É o conceito, concebi minha linha assim. Então por que esse diretor histérico vem me falar de mangas compridas?

Anny bufou e depois estendeu os braços em sua direção.

— Para que não façam uma reportagem sobre uma acidentada.

O figurinista inspecionou os múltiplos cortes feitos pelos cacos de vidro na pele de Anny.

— Ai, coitadinha, que horror!

Examinando os braços, mantinha a boca e os olhos bem abertos, as sobrancelhas arqueadas. Soltou um gemido.

— Dói?

— Muito.

Anny achava que sua resposta apagaria a careta de susto, mas ela continuou ali, gravada; no fundo, o figurinista pouco se importava com seu sofrimento e olhava a epiderme retalhada com consternação puramente estética.

Um minuto depois, balançou a cabeça e ordenou aos assistentes:

— Mangas compridas — declarou com voz lúgubre.

Lançando um olhar severo a Anny, manteve sua posição:

— Mas isso não me convém.

— Sinto muito.

— É o meu conceito que vai por água abaixo.

Ofendida, Anny replicou:

— Compartilho seu sofrimento. Olha aqui, depois eu lhe forneço um pouco de morfina, se sobrar uma dose. Também posso emprestar meu enfermeiro.

Hesitante, o figurinista chefe a observou. Habituado a se exprimir por hipérboles, encontrava dificuldade em captar a ironia. Estaria com pena dele ou pouco se lixava para ele? Apenas o tom da artista não deixava dúvidas; ela havia pronunciado a frase como quem rosna: "Desapareça antes que eu te acerte."

Deu meia-volta e murmurou num tom de condenado a caminho da cadeira elétrica:

— Já volto com as mangas compridas.

Anny girou no assento e pelo espelho viu se afastar o louro que confundira com Ethan.

"Como será que ele vai? O que anda fazendo? Sente minha falta? Eu não lhe agradeci ao deixar a clínica. Por quê? Ah, claro, era seu dia de folga. Isso mesmo, eu devia lhe mandar flores. Ou convidá-lo a vir ao set de filmagem, acho que ele gostaria."

Incapaz de atribuir os termos exatos aos sentimentos experimentados, sentia uma tênue necessidade de sua presença.

Johanna Fisher, sem bater, subiu os degraus do trailer e dirigiu-se a Anny:

— Quando estiver pronta, minha querida...

Na verdade, proferia uma ordem. Anny sorriu dizendo a si mesma que era necessário reproduzir esse efeito num papel: pronunciar palavras educadas em tom assassino.

— Espere, Johanna, estou vestindo as mangas compridas.

As maquiadoras, como terapeutas compartilhando um terrível segredo médico, se precipitaram para ajudá-la a esconder os antebraços.

Enquanto isso, Johanna avisava os paparazzi que em breve poderiam entrar.

— O quê? — exclamou Anny. — Aqui, no trailer?

— Isso mesmo. Perto das flores.

Então Anny compreendeu o porquê do exagero de buquês no trailer. Sem dúvida os patrocinadores tinham sido avisados e prendido seus cartões no topo, para garantir que seu presente fosse filmado...

A corja invadiu o veículo. Os fotógrafos gritavam "Anny!" a fim de captar seu olhar. Empurravam-se e de tão numerosos os estalidos de seus aparatos emitiam um crepitar de fritura enquanto os flashes desenfreados apagavam por instantes toda cor. Nessa turbulenta desordem, a impressão era de estar no centro de um ciclone. Embora penteada e maquiada, Anny sentou-se na poltrona e fingiu se entregar às mãos das maquiadoras; em seguida, recebeu o diretor com quem simulou uma discussão artística a respeito do roteiro, aspirou rosas e orquídeas exibindo um sorriso beato e, por fim, fingiu ler as mensagens que acompanhavam as braçadas de flores entregues por Johanna e que deviam obedecer a uma lista de prioridades.

Sob um sinal da agente, os repórteres desapareceram com a mesma velocidade que entraram. Ao tumulto sucedeu-se o silêncio opressivo.

Anny se recostou, esgotada. Tais sessões a exauriam como se, um a um, os cliques lhe houvessem retirado gotas de sangue. Um ataque de vampiros a teria deixado em idêntico abatimento. Os povos que se recusavam a ser fotografados compartilhavam seu mal-estar. Capturar nossa imagem é roubar uma parte da gente. Anny fora vítima de uma violência. Não apenas tinha sido despojada, minada, mas recortada, fatiada, triturada em mil pedaços. Precisava se isolar para se reconstituir.

— Descanse — concluiu Johanna —, ainda tem uma folga. Para isso serve a sua dublê, para testes de iluminação, para prepararem o local da filmagem. A outra dublê também vai substituir você nas cenas de perseguição.

A agente e as maquiadoras se eclipsaram. Anny suspirou:

— Dublê de iluminação, dublê de cenas de perigo. Será que eu não podia ter uma dublê para a vida?

Esparramada sobre o edredom, uma almofada debaixo da nuca, abriu o roteiro e decorou os diálogos da filmagem do dia. Uma vez decoradas as frases com exatidão quase mecânica, imaginou-se em cena, diante dos parceiros, esforçando-se por penetrar nos sentimentos da personagem. Desse modo, determinava as nuances, o ritmo. Quando o conjunto se tornou claro, ela se sentiu segura. Imóvel, recostada nas plumas de ganso, imaginou a situação e as palavras. Só faria uso do corpo no palco; inútil usá-lo antes; guardaria as surpresas para o momento em que a câmera fosse registrar tudo.

Arranharam a porta. Anny emitiu um grunhido que podia tanto ser “sim” quanto “não”.

David entrou, balançando-se num pé e no outro

— Tudo bem?

As mãos meio enfiadas nos bolsos, contorcendo-se um pouco, franziu a testa acima dos olhos de cachorro que apanhou, e mordeu os lábios.

Anny se sentiu compelida a avisá-lo de que parecia um cocker spaniel, mas se conteve ao se dar conta de que ele se inspirava em James Dean quando simulava timidez.

— Vai rodar alguma cena hoje, David?

— Não, vim por sua causa.

— Quanta gentileza.

Se não ia filmar, por que as roupas novas?

— Quero ter certeza de que meu amorzinho não vai pirar

“Pirar? Tenho 15 anos na profissão.”

À medida que ele avançava, ela constatava que devia ter levado no mínimo uma hora na sala de maquiagem para ajeitar os cabelos engomados, pintar os olhos, alongar os cílios e escovar as sobrancelhas.

Anny franziu o cenho.

— Você caprichou! Por que hoje?

— Estou ridículo?

— De jeito nenhum. Só estou surpresa.

— Johanna sugeriu uma possível sessão de fotos...

Ele não disse mais nada. A chama negra que passou pelos olhos de Anny demonstrava que ela tinha compreendido.

Então Johanna, na esperança de que os jornais começassem a comentar sobre o novo casal, tentava se aproveitar da presença dos fotógrafos.

— Ela não avisou? — gemeu David.

— Não. Não ousou. E vou explicar o motivo: ela adivinhou que a resposta seria não. Ainda é cedo demais.

— Mas já estamos juntos faz um tempo.

— Certo, 15 dias.

— E dividimos o mesmo teto! Ninguém está mentindo.

Em silêncio, retificou: "Você mora na minha casa", mas guardou o comentário para si. Teria sido mesquinho esclarecer que ela abrigava David porque preferia a grande vila com piscina ao conjugado do rapaz.

Percebendo em Anny um início de mau humor, ele se aproximou e diante do espelho a segurou pelos ombros.

— Pouco importa. Como eu te desejo. Você é que importa.

Distribuiu beijos em sua nuca.

Anny sorriu. David era perfeito. Jamais a contrariava; só pensava nela — em seu conforto, em seu bem-estar —, e antes de dizer ou de tomar qualquer atitude, sabia sumir.

Sorriu com afetação:

— David, hoje é o dia da minha volta: isso basta para a imprensa. Em breve, contaremos nossa história de amor.

— Não quero atrapalhar seu retorno ao set.

Uma voz interior soprou para Anny: "Para ele, isso atrapalha, acima de tudo, a própria aparição."

Em tom suave, David continuou:

— A gente tem tempo. Acredite em mim; não vou deixar de amar você em uma semana.

A voz interior comentou: "Atenção: ele banca o galante, mas só concede uma semana."

Anny maldisse a voz por demonstrar tamanho cinismo. Culpada por tais pensamentos e, para se redimir, entregou-se às carícias de David.

Com gemidos de filhotes de cachorro, esfregaram-se suavemente um contra o outro, maliciosos, meigos, tomando cuidado para não arruinar a maquiagem.

Quando se separaram, Anny não conseguiu conter nova intervenção da voz petulante: "Extraordinária a perspectiva dos clichês: ele explorou mil por cento seu capital de sedução."

Segura de sua pertinência, Anny traduziu esse comentário em voz alta:

— David, nunca vi você tão irresistível.

David exclamou num piscar de olhos:

— Nem eu vi você tão sexy...

— É mesmo? Em geral não sou sexy o suficiente para você?

Por que o provocava? Por que iniciava essa ceninha de casal? Que papel ridículo! Inútil! No entanto, a raiva a movia.

— O que foi, Anny? Você me excita muito mais sem maquiagem e pó de arroz. Acredite, agradeço a sorte de ver você como nenhum espectador verá.

Ela pigarreou. Decididamente ele atuava à perfeição, desmontava cada bomba.

Talvez a surda irritação experimentada viesse exatamente disso. David se comportava tão bem que ela se sentia muitas vezes medíocre ao seu lado. Farejava em sua atitude um excesso de aplicação: ele premeditava tudo. Réplicas e gestos não eram executados senão movidos pelo cálculo. Para Anny, a espontânea, isso parecia insólito e, dependendo do momento, admirável ou inquietante. "O diabo é parecido com ele, lúcido e manipulador", indignou-se. Um minuto mais tarde, assustou-se: "Se Deus existe, também manipula tudo do mesmo jeito." Quem era David? Deus ou o diabo? Anjo ou demônio?

Com um movimento do indicador, indicou que precisava estudar o roteiro. David sumiu como se tivesse sido dispensado com a maior delicadeza.

Durante os segundos em que a porta ficou entreaberta, ela voltou a perceber Ethan a distância. Quando estava prestes a chamá-lo, o homem se voltou e revelou um rosto anônimo.

"Incrível, este lugar está cheio de sósias de Ethan."

Voltou a mergulhar no roteiro que, deu-se conta, ainda trazia na mão. Tranquilizada, deixou o espírito vagar.

David mexia com ela. Com seus elogios e frases sedutoras, ele a forçava a bancar a mulher amorosa. Duvidava estar apaixonada e apenas se comportava segundo a lógica da situação.

Após a irrupção de David na clínica naquele dia em que, sem tê-lo reconhecido, gritara, ficara morta de vergonha. Ethan e David podiam — com toda razão — considerá-la uma drogada de cérebro podre. A fim de apagar o mal-entendido, dormira com ele. Não tinha sido desagradável para nenhum dos dois. Assim, como artistas que dão prosseguimento a uma improvisação bem-sucedida, os dois se exaltaram. Logo que Anny deixou a clínica, David estocou quatro caixas na casa dela e se instalou. Johanna Fisher aceitou essa ligação; em seguida, os respectivos pais foram convidados para um *brunch* no domingo de manhã.

Pronto! Visto de fora, parecia um idílio. De dentro... De uma hora para outra, Anny alternava a sinceridade à representação de um papel. Por vezes convencida, outras hesitante, tinha a impressão de estar sendo pressionada. Avançava a exemplo de um trem, disparado a toda velocidade, mas atrelado à via férrea. Onde iria parar? Havia uma estação no fim? Ou descarrilharia, como de hábito?

Levando em conta que de tempos em tempos se dedicava a flertar, suspeitava que David agisse da mesma forma. A única diferença é que ele obtinha mais sucesso do que ela, não havia como pegá-lo em flagrante delito de interpretação. Conclusão: melhor mentiroso ou apaixonado autêntico?

— A Srta. Lee é chamada ao set. Srta. Lee, por favor!

Tamborilando na porta do trailer, o quarto assistente de direção veio livrá-la do dilema.

Dotada de surpreendente energia, Anny chegou ao set, saudou com os olhos os colegas e após uma troca de considerações com Zac, o diretor, mergulhou na cena.

Representar. Finalmente representar. Ali respirava a plenos pulmões. Ali era feliz. Ali parava de se questionar.

Sem dúvida possuía o dom de se transformar em outrem.

Anny conquistou os colegas e a equipe técnica do filme, deixando todos com os pelos dos braços arrepiados. Não, Anny Lee não se reduzia a um fenômeno midiático nem a uma paixão do público: era uma grande atriz.

No final da tarde, uma limusine a reconduziu à casa onde David, que saíra antes com os buquês, malhava.

Embora o trajeto por Los Angeles durasse duas horas, Anny, satisfeita consigo mesma, morta de cansaço, ocupou-se em recordar os momentos de atuação mais intensos.

Ao cair da noite, o motorista a deixou em casa.

Perto do alpendre, sentado no chão, curvado sobre si mesmo, um volume entre os joelhos, Ethan lia apaixonadamente.

O magro enfermeiro não se parecia com ninguém. A curiosidade que o levava a se debruçar sobre as páginas parecia grande o bastante para esticar um arco. O próprio livro não se assemelhava em nada ao modelo formal de best seller vendido aos montes graças ao marketing. Leve, guarnecido de uma capa sem cores chamativas ou letras espetaculares, exalava um perfume de elitismo.

Plantou-se diante dele e fitou a cabeça loura enfiada entre as páginas.

Temia se enganar como acontecera mais cedo, mas de repente Ethan ergueu a cabeça, sorriu e ela reconheceu o rosto agradável, magro e radiante.

Ela murmurou:

— Pensei em você hoje.

Ele fechou o livro. Como uma serpente a se esgueirar do cesto, desdobrou o corpo imenso, flexível. A testa esbarrou na de Anny ao atingir sua altura, ultrapassou-a e se imobilizou a 2 metros do chão. Lançou-lhe um olhar atento e disse:

— Eu esperei você o dia inteiro.

10

Para surpresa geral — pois de hábito manifestava mais suavidade do que autoridade —, tia Godelièvе se mostrou inflexível: Anne permaneceria em casa.

O casamento com Philippe seria desmarcado, claro, mas a jovem voltaria a suas atividades anteriores — fiação, bordado, cozinha, costura —, esqueceria essa desventura, o monge Braindor e recuperaria o ânimo. Logo conheceria e desposaria outro rapaz de Bruges. Eis o plano.

— Eu prometi a sua mãe, Anne! Em prantos, jurei que, se você sobrevivesse, eu a trataria como minha filha. Minha tarefa só terminará quando estiver casada.

À evocação dos últimos instantes maternais, Anne encolheu-se, esmagada pela dor. Teria a mãe sobrevivido caso ela não tivesse vindo ao mundo? Durante os nove meses de gravidez, a mãe não alimentara apenas um feto, mas a própria morte. E quem, durante aquele parto difícil, privilegiara a chegada da criança? Quem, o carniceiro a quem pediram socorro ou sua mãe decidira fazer uma incisão no ventre para dar à luz o bebê? Uma mulher que aceitasse essa carnificina, a cesariana, tinha consciência de que agonizaria nas horas ou dias posteriores... Anne temia que sua existência se devesse a um sacrifício. Pior, a uma abnegação inútil. Seria merecedora desse altruísmo? Infeliz, incoerente, culpada, não aproveitava esta vida, considerada tão preciosa pela mãe. Que desperdício...

Devastada pela culpa, Anne assentiu. Por mais que Braindor tivesse defendido sua causa, pouco insistira, a ponto de Anne se sentir ofendida: por que não tomava a iniciativa de convencer tia Godelièvе? A generosa matrona respeitava tanto a Deus e aos seus ministros que o monge não deixava de ter autoridade sobre ela.

Quando Braindor, após ter negociado por três dias a ida de Anne para o convento das religiosas, abandonou a partida, sem nenhum arrependimento, a beijou na testa.

— Até breve, Anne.

— Para onde o senhor vai?

—Aonde meus passos me conduzirem.

— Voltarei a rever o senhor?

— Com certeza. Assim como sua tia, embora de outra maneira, eu me considero responsável por seu destino.

— O que isso quer dizer?

— Mais tarde entenderá.

— Quando o senhor volta?

— Quando estiver pronta.

Em vez de se envergonhar, Anne se assombrou. Para o que não estava pronta?

— Anne, diante de sua tia, não me apoiou e, em nenhum momento, exprimiu seu desejo.

Admitiu ser verdade. Mais uma vez percebeu o quanto se mostrava passiva em qualquer circunstância. Passiva a ponto de ignorar a própria passividade.

— Braindor, por que permito com tanta facilidade que me dominem?

— Porque foi feita para obedecer, o que é maravilhoso; falta apenas descobrir a quem obedecer.

Ele abaixou o capuz, ajustou a trouxa no ombro e se afastou, sem olhar para trás.

*

A vida retomou seu rumo.

Embora habitassem sob o mesmo teto, Ida ignorava a prima, conseguindo o prodígio de sentar-se à mesa para as refeições e participar das conversas sem lhe dirigir sequer uma palavra ou olhar. Invisível, inaudível, assim era Anne para Ida, que com sua atitude dizia com todas as letras: "Intrusa imunda, suma porque você não está mais aqui."

Quando Anne saía com a tia para comprar peixe, percebia os olhares de reprovação, notava que as pessoas do bairro tomavam o partido de Philippe contra ela: os rapazes balançavam a cabeça suspirando, as moças a ridicularizavam, as mulheres franziam os lábios, os mais velhos a examinavam como se fosse um cachorro infestado de pulgas. Humilhada, Anne baixava a cabeça e continuava seu caminho. Não os reprovava, reconhecia que sua fuga aviltara sua família, seu noivo, seus parentes, para quem o casamento, levando-se em conta a vida monótona e laboriosa, era uma realização festiva. Com sua fuga, pisoteara suas crenças. Seus detratores ela compreendia melhor do que a si mesma.

No quarto, quando não conversava com Hadewijch e Bénédicte, as únicas que não tinham mudado de comportamento em relação a ela, tratava de manter a promessa que lhe fora arrancada por Braindor: estudar a Bíblia. Do baú da tia retirara o único livro da casa, encadernado em madeira forrada de linho. Admirando de relance a incrustação de uma pedra semipreciosa na capa, achou divertida a ideia de decifrar o livro. Na época, boas cristãs escutavam a Bíblia, mas não a liam. A missa era suficiente.

Intimidada com a espessura do volume, Anne abriu-o ao acaso; em seguida, jurou a si mesma percorrê-lo desde o início. As palavras saltavam da página e a atraíam, como prostitutas que estendem o braço para pegar o cliente. Nabucodonosor, Salmanasar, Gomorra, Habacuc, Baruc, Sodoma, Leviatã, Holofernes... Que mixórdia! Essas sonoridades excêntricas, às vezes de reflexos dourados, outras rutilantes, a aturdiam, perturbavam, intrigavam. Frequentemente, começava uma passagem — "E Míriam tornou-se leprosa", "O machado perdido" — e imaginava o resto. Outras vezes, sucumbia à tentação e mergulhava numa aventura; ora, à medida que avançava, a profusão de horrores, mortes, tramas, guerras, suplícios, execuções, infanticídios e incestos a acabrunhavam. Enrubescendo, fechava o livro, escandalizada, sufocada, temerosa de ser surpreendida a remoer tais pensamentos. Como os padres e as freiras, com seus rostos plácidos, alimentavam-se desses episódios sangrentos? O que percebiam de essencial que lhe escapava? Em lugar de uma história sagrada, folheava um inventário de torpezas. Com certeza não devia entender direito! Toda espiritualidade e sublimidade lhe permaneciam inacessíveis. Criticava-se, sentia-se quase culpada pelas violências bíblicas.

As profecias de Isaías, em especial, a deixavam palpitante. Quantos dragões, sátiros, hienas, gatos selvagens, roupas arrancadas, florestas derrubadas, cidades destruídas, mortos que se levantam quando os vermes germinam... O Deus vingativo a aterrorizava, um pai terrível que admoestava, punia, vingava, exigia sacrifícios, destruía cidades e enviava dilúvios, como um bandoleiro enraivecido escondido na floresta do céu. No fundo sentia-se feliz por Braindor não ter conseguido levá-la para o convento: temia Deus sem conseguir amá-Lo.

O Antigo Testamento a aterrorizava mais e mais a cada dia. Longe de inspirar-lhe sonhos, causava-lhe pesadelos acordada. Desde que se obrigou a lê-lo, impacientava-se na cadeira em vez de fitar a luz, o traçado das nuvens, a vestimenta de uma joaninha. Em vez de experimentar o vazio, essa languidez inativa que adoçara sua vida desde a infância e que reencontrara decuplicada durante sua estada silvestre, Anne se torturava com a inundação de imagens, a aglomeração de monstros, peripécias, acidentes dramáticos e tragédias inesperadas em seu espírito.

Arrependia-se de sua displicência anterior, de seu torpor, dos intermináveis dias à toa em que se dissolvia na contemplação e no silêncio. Em contraste com o presente, esse tédio lhe parecia delicioso ou seu tempo de duração desacelerado até que percebesse sua densidade, em que o tempo deixa entrever o infinito e reduz sua trama nos revelando a eternidade.

Ao mesmo tempo decepcionada e apaixonada pela Bíblia, concluiu que não tinha a menor predisposição quer pela vida espiritual quer pela vida monástica. Como os outros, Braindor também se enganara a seu respeito.

Qual seria então seu destino?

Teria um? Ou aguardaria perpetuamente uma evidência que jamais chegaria?

— Os lobos! Os lobos voltaram!

A novidade foi trazida pela ronda e deu a volta em Bruges em uma hora.

Um bebê havia sido levado perto de um estábulo... Enquanto se agachava na beira de um campo para se aliviar, uma mulher fora atacada... Interrogavam-se sobre o desaparecimento súbito de duas criancinhas... Os pastores de rebanhos ouviram, à noite, o rosnar dos matadores de caninos afiados.

Em poucos dias, Bruges não falava de outra coisa.

Anne alegrou-se por esse assunto deixar sua escapulida em segundo plano. Enfim, o povo parava de se interessar pela tola que havia preferido a floresta ao belo jovem da cidade e tremia de medo ao descrever a alcateia de lobos assassinos.

Com esse alerta, ressurgiam diversos medos, sobretudo o da natureza cruel. O que é o mundo? Uma competição entre dentes e estômagos. Ou somos os devoradores ou os devorados. O universo não conhece outra lei e apenas nos propõe dois papéis: predador ou caça. Duas posições tão instáveis quanto intercambiáveis, infelizmente.

Embora apavorados, deleitavam-se. Protegidos pelas muralhas de Bruges, os citadinos, tendo deixado a condição de camponeses, desprezavam os maltrapilhos curvados sobre o esterco. Sob o pavor, cintilava um delicioso sentimento de superioridade. Na verdade, experimentavam uma apreensão semelhante à sentida ao se ouvir uma história, um medo fictício, um medo sem perigo, um medo de criança, o medo por prazer.

A fim de engrandecer o debate, os burgueses discutiam de modo inteligente o comportamento dos lobos. No passado, eles não atacavam os humanos; alimentavam-se de coelhos, roedores, javalis, raposas e perdizes; roubavam leitões, galinhas e patos das granjas; pegavam salmões no outono quando estes, bem gordos, subiam os rios; em caso de penúria extrema, mastigavam carniças e frutas estragadas. Em resumo, durante séculos, os lobos não consideravam os humanos como alimento. A história de Remo e Rômulo, fundadores de Roma, criados por uma loba selvagem não era a prova cabal? A situação se degradara durante os decênios precedentes, afirmavam os burgueses, e por culpa dos homens! Tendo as batalhas sanguinárias deixado centenas de cadáveres nos campos, os lobos haviam usado os maxilares, no dia seguinte à derrota, e se deliciado com carne humana. Agora já não conseguiam viver sem ela, ávidos, sobretudo, por bebês, de quem degustavam a carne delicada.

Anne contemplava esses homens gordos e sérios que, passando a língua nos lábios, extasiavam-se com o sabor dos bebês. Teriam acabado de inventar esse detalhe? Como sabiam o que os lobos apreciavam? Por acaso os teriam interrogado? Afastou-se, meio envergonhada de ter surpreendido esses notáveis em flagrante delito de perversidade. Eles atribuíam ao lobo uma inclinação que apenas neles existia.

Após duas semanas de buscas nas cercanias, a ameaça foi esclarecida: não se tratava de uma alcateia e sim de um lobo solitário.

Essa declaração não lhes suavizou a exaltação. Pelo contrário. Um lobo era quase melhor do que dez ou vinte! Por ele continuar a matar, logo imaginaram um lobo imenso. Sozinho, o gigantesco monstro tinha tanto apetite quanto uma alcateia e a excedia em ferocidade. Pronto: estavam todos convencidos! Orgulhosos, o apelidaram de "o lobo de Bruges".

Os jovens entediados aproveitaram a ocasião para demonstrar sua coragem. Uma sexta-feira, na praça principal, Rubben, o filho de um negociante de tecidos, convocou seus camaradas de 20 anos:

— Morte ao lobo! Os homens de Bruges devem acabar com o inimigo de Bruges.

Ouvindo esses motes que estimulavam a bravura, os espíritos se inflamaram. Rapidamente o grupo aumentou.

Todo citadino deveria defender a cidade. Philippe, o ex-noivo de Anne, e seus amigos aprendizes uniram-se a Rubben e aos burgueses. Confraternizaram. A solidariedade diante do perigo abolia as barreiras sociais.

No sábado, definiram a estratégia. Rubben anunciou uma batida no dia seguinte para a captura do lobo; em seguida, o animal seria executado na praça, torturado e queimado vivo numa fogueira. Um médico se opôs, listando os excelentes remédios fabricados com órgãos de lobos: orelhas grelhadas contra cólica, fígado contra verrugas, olho seco pendurado num cordão contra epilepsia. Bons cidadãos, os rapazes irrequietos alardearam que tomariam depois a decisão, lembrando-se alguns — embora sem confessar — que a pele de lobo enrolada no pescoço favorecia o amor. Tendo se decretado invencíveis, vangloriavam-se da bravura, congratulavam-se antes da vitória, aceitando de antemão os elogios e os agradecimentos das mulheres. À tarde, por prudência, pediram aos rapazes musculosos que se encontravam nos cais, entre eles comerciantes portugueses e marinheiros ingleses, que se unissem ao grupo.

No final do dia, um exército de quarenta homens se formara com a promessa de acossar o predador no domingo.

À noite, Anne, que assistira às cenas, tricotava em seu quarto com a janela aberta. No céu claro, pontilhado de estrelas, a lua prateada também devaneava.

Anne pensava nas fanfarronices dos rapazes, essa mescla de algazarra, coragem, embriaguez e tolice. Um detalhe a surpreendera; planejando uma execução pública, o povo de Bruges considerava o lobo não um animal selvagem, mas um criminoso. Reconheceriam nele, portanto, uma alma? Esse ponto a interessava: recordou-se dos processos contra cachorros ladrões e asnos destruidores durante a infância, em tribunais improvisados e cruéis; lembrou-se de porcas esquartejadas e de ovelhas dependuradas, e sentiu ânsia de vômito. Estranhos humanos! Ao animal não testemunhavam nenhum respeito, a não ser para estabelecer um veredicto, assinar uma sentença, impor um suplício. Uma vez na vida o animal se equiparava ao homem: diante do juiz e do carrasco.

Tentando desviar esses pensamentos, pegou a Bíblia e começou a ler o livro de Jó.

O grito ressoou.

Longe, muito longe, no limite do horizonte, o uivo do lobo, demorado, lúgubre, melodioso, interminável, enfumaçava as trevas e de súbito tornava sinistra, por suas modulações desesperadas, essa noite de primavera.

Anne estremeceu.

Um estranho calafrio atravessou seu coração, mais penetrante do que o vento gelado. O lobo a chamava. A queixa a ela se destinava. Mal percebera seu uivo, fora invadida pela tristeza, pelo desespero, tão perdida e infeliz quanto ele... A voz rouca exprimia a exclusão, a solidão diante da hostilidade dos homens.

— Meu irmão lobo... — murmurou.

De pronto tomou a decisão: acompanharia os caçadores no dia seguinte.

Reunidos ao alvorecer na praça, os homens, de cara exaltada e pele inchada, manifestavam menos ardor vingativo do que na véspera. De ombros caídos e pernas rígidas, os soldados partiam contrariados para a guerra, com cara de conscritos.

As mulheres levaram comida suficiente para sustentá-los durante a batida. Eles desarrolharam alguns cantis, revigoraram-se com vinho e começaram a se esquentar, a se regozijar por partirem para o ataque.

Rubben, o filho do negociante de tecidos, entoou uma canção e o grupo se balançou repetindo o refrão. Eram desafinados, mas viris, e a valente cacofonia pareceu, aos passantes que os ovacionavam, o sinal de que a expedição punitiva teria sucesso: Bruges não enviava ao lobo um coro de monges e músicos. Nada disso, enviava rudes rapazes determinados.

Anne juntou-se às mulheres que acompanhavam os maridos e, no momento em que elas se detiveram na muralha de Bruges, acenando um último adeus, ela correu na direção do vigia, a quem explicou que transportava provisões para os heróis e deixou a cidade.

Uma vez na estrada lamacenta, hesitou entre seguir os caçadores ou mudar de direção. Sem conseguir definir o motivo, decidiu andar atrás deles, a razoável distância, a fim de não ser vista. Talvez sua intenção fosse certificar-se de que não matariam o lobo. Talvez socorrê-lo caso o encurralassem. Talvez... As ideias ainda confusas, apenas seus atos faziam sentido. Assim, seguiu o exército improvisado.

O dia, como previsto, correu tranquilamente. Como a oportunidade de encontrar um lobo é menor do que a de capturar um esquilo, os rapazes, muito barulhentos e perfumados, mas não espertos o suficiente em comparação ao animal incansável e inteligente, o incitavam a se esconder. Contudo, sem duvidar de seu sucesso, reiniciavam sem cessar a procura das pegadas e voltavam a combinar as batidas.

Ao crepúsculo, decepcionados, de corpo moído, foram forçados a admitir o fracasso e pegaram a estrada para Bruges.

De novo a ação se impôs, sem que ela premeditasse. Anne escondeu-se enquanto os homens recuavam em sua direção. Abrigada por uma fileira de carpinos selvagens, prendeu a respiração e conteve os movimentos, fundindo-se à sombra dos troncos e das folhagens. A despeito do lobo...

Eles desfilavam.

Da estrada, trechos de suas galhofas chegaram aos ouvidos de Anne. Alguns, entre eles Philippe, estavam certos de que o lobo, assustado com a caçada, havia fugido. Congratulavam-se diante do suposto recuo. Ah, se não haviam livrado Flandres do lobo, pelo menos tinham limpado Bruges, eis o que anunciariam na volta. Rubben, mais esperto, avaliou que seria melhor reconhecer o fracasso da expedição, pois à primeira criança esquartejada, à primeira mulher atacada, saberiam que tudo não passara de pura fanfarronice. Ao propor que metade do grupo permanecesse no campo durante a noite, todos recusaram, usando o pretexto do trabalho do dia seguinte — ninguém confessava que morreria de medo. E o grupo continuou rumo a Bruges.

Anne permaneceu entre as moitas até o exército covarde desaparecer.

Gradualmente o céu escureceu. Isolada, morria de fome. Enquanto remexia na bolsa, alegrou-se, sorriu.

Beber!

Acabava de pensar no lobo, ou melhor, de pensar como o lobo: após um dia de caminhada, era preciso saciar a sede. Se descobrisse o riacho, a chance de se aproximar do animal aumentaria.

Recordando suas peregrinações, lembrou-se de um ângulo onde o rio se alargava, no centro de uma clareira selvagem. Ali seria possível proteger-se entre as árvores. Se fosse um lobo, seria o local ideal.

Caminhou bastante até encontrar o lugar. Por sorte, as nuvens se apartavam e abriam espaço para a lua. Uma luz mineral, resistente e acinzentada delimitava formas sem cor no chão.

Atravessou bosques, passou pela mata densa, arranhando-se, as pernas trêmulas de cansaço. Esbarrando num espinheiro, tropeçou em uma pedra e acreditou que seus tornozelos machucados cederiam; contudo, prosseguiu ofegante.

Por diversas vezes, ao longe, atrás dos troncos, vislumbrou duas brasas. Apareciam e desapareciam. Seriam os olhos do lobo?

Teimosa, não se deu o direito de ceder à preocupação e acabou desembocando na clareira.

De pronto as percebeu.

As pegadas do lobo marcadas na lama. Impressionantes. Patas maiores do que o punho de um homem.

Agachando-se, examinou as marcas: já secas, datavam de pelo menos um dia. Então ainda não era tarde demais.

Anne se arrastou até a curva do rio, saciou a sede, molhou as pernas e voltou a beber água. Em seguida, sentou-se sobre um tronco e contemplou as estrelas do céu, reveladas conforme as últimas nuvens se afastavam.

Um som pujante e vertiginoso cortou a escuridão.

O uivo brotava das faias, mais próximo do que nunca.

Anne estremeceu.

O grito rouco, raivoso, falava de sede, de fome, mas continha uma pergunta: "Quem é você?"

Soube então que o lobo a seguira durante seu périplo.

"Quem é você?"

Nesse grito gutural, qual seria o sentimento predominante? A curiosidade ou o assombro?

Ele voltou a uivar, concedendo a Anne a resposta: a cólera.

A jovem estremeceu. De súbito entrou em pânico; compreendeu a tolice de seu comportamento: seria devorada.

O lobo irrompeu do bosque.

Três saltos depois, o animal diminuiu o ritmo e se acercou, seguro, com um trote dançante. À medida que se aproximava, tudo emudecia ao redor, a paisagem se petrificava. Nenhuma mastigação de roedor. Nem o bater de asas. Um silêncio denso se espalhava, entremeado de angústias, de respirações suspensas. O terror ascendia ao céu. Até as folhas pararam de farfalhar. Apenas a lua parecia ao abrigo da terrível fera.

Anne quis fugir, mas uma voz interior a deteve. "Quem se faz de ovelha o lobo devora." Lembrando-se do provérbio, Anne obrigou-se a acalmar o pânico que acelerava seu coração, arrepiava-lhe os pelos, ressecava sua boca.

Voltou-se bem devagar na direção do lobo e aguardou.

Ele avançava ereto, o corpo teso sobre as patas leves, a parte da frente agressiva e a de trás displicente. Com os pelos das costas eriçados, o rabo erguido, as orelhas apontadas para a frente, ameaçava Anne com as mandíbulas, revelando os caninos compridos qual punhais, solidamente implantados na boca enorme, espumante, hostil.

Anne curvou a nuca em sinal de submissão.

Surpreso, o lobo se deteve a 2 metros dela.

Anne baixou as pálpebras. No entanto, por olhares fugazes, o examinava, assustada, temendo a todo instante que ele se lançasse sobre ela.

Acima dos lábios arreganhados, as pupilas do lobo, de um brilho quase sobrenatural, não refletiam a terna luz da lua ou das estrelas, mas aprisionavam a luz alaranjada do dia para oferecê-la à noite. Aqueles olhos não se contentavam em ver, eles iluminavam.

Anne e o lobo ficaram cara a cara.

Ela sentia seu bafo quente. Discernia a força contida naquele corpo enfurecido. O cheiro do lobo a invadia, um cheiro misterioso, impetuoso, de folhas mortas, de água estagnada, ao qual se acrescentava vagamente, para alertá-la, o cheiro de sangue e de carne macerada.

Ele observava a criatura ajoelhada. De tempos em tempos, passava a língua nos lábios. Salivava diante de um pedaço de carne? Por acaso a considerava uma presa ou uma inimiga?

Ela o examinava disfarçadamente. Os dentes reluzentes exerciam sobre ela fascínio e terror ao mesmo tempo. Que contraste entre esses maxilares de caçador indestrutível e essa pelagem alaranjada, mesclada de negro, longa, cerrada, espessa, levemente mais clara na barriga e nas patas e mais magnífica que a de um cachorro.

Anne decidiu executar seu plano: conservando a atitude submissa, o rosto voltado para o chão, meticulosamente soltou os sacos que carregava desde cedo, abriu-os e derrubou seu conteúdo no chão.

Os ossos de galinha e de coelho, seguidos pelas frutas maduras, rolaram na direção das patas do lobo.

O olhar do predador demonstrou surpresa.

Sem mover o corpo, a fim de não baixar a guarda, ele mexeu o focinho na tentativa de verificar de longe se aquilo era uma refeição. No entanto, manteve a imobilidade e deixou a comida a igual distância dos dois.

Anne hesitava. Certamente o lobo recusava seu presente, sempre desconfiado; porém, pelos poros, sentia o perigo se afastar, a atmosfera se tornar menos tensa. Num gesto de coragem, sem movimentos bruscos, ergueu o rosto e fixou os olhos do lobo.

Afinal se encararam.

E, pelo olhar, logo se entenderam.

Nenhuma hostilidade restava, evaporada com o medo. Anne não era a presa do lobo, tampouco ele, a sua. Não se queriam mal. Habitantes de mundos tão distintos, reencontravam-se sob a luz do luar.

Deus os unira na Terra. O lobo não agia de modo em nada diferente do homem: caçava e matava para se alimentar. Compreensível. Isso não era motivo para tanta raiva. De ambas as partes.

"Exerce sua função de homem e eu exerço a minha de lobo."

O silêncio se instalou, loquaz, compacto. Esse silêncio traduzia a aceitação do destino, a ideia de que tanto gozamos a vida quanto nela padecemos. Representamos nosso papel, aproveitamos, nos regozijamos e depois morremos. O animal sabe. Apenas o homem se esquece.

"Sim, estou de acordo", pensou Anne. "O lobo mau nunca existiu. Não passa de uma invenção dos homens. Dos homens maus."

Com um estranho sorriso, o lobo aprovou.

De repente, o animal voltou o focinho na direção do vento. Farejava o perigo. Retesado, as narinas trêmulas, eriçava os pelos do pescoço a fim de captar o menor sinal. A cauda irritada agitava-se no ar.

Anne também se aprumou, temendo que os caçadores se aproveitassem desse momento para atacar o lobo.

Sondaram a noite, ele com o faro, ela com os olhos.

Nada. Alarme falso.

Provisoriamente tranquilizados, observaram-se.

— Come — murmurou.

Surpreso ao ouvir a voz, o lobo mexeu as orelhas e inclinou a cabeça para o lado esquerdo.

Meiga, ela voltou a empurrar os alimentos em sua direção.

— Por favor, carreguei isso o dia inteiro pensando em você.

Ele pareceu refletir. Sentou-se, a princípio com prudência, e em seguida devorou toda a refeição com apetite.

Durante esse tempo, satisfeita com essa mastigação barulhenta, Anne lhe transmitiu um apanhado de suas meditações: "Encare os homens como inimigos, mas não como presas. Lembre-se de mim."

Terminado o último pedaço, o lobo aproximou-se e cheirou a mão de Anne. Em agradecimento?

Sem hesitar, deu-lhe as costas e se afastou, com passo gingado, furtivo, e desapareceu.

11

20 de dezembro de 1905.

Minha Gretchen,

A felicidade nos deixa mudos.

Contento-me, como uma planta a se desenvolver na estufa, em respirar, dormir e me alimentar. Meu ventre criou raízes em Linzerstrasse. Não importa o estado do céu, ele cresce.

Movo-me pouco, por nada me interesso, esqueço o que me dizem. Entretanto, essa Hanna deplorável, egoísta, reduzida ao estado vegetativo, é considerada maravilhosa por todos.

Ontem à noite, Franz e eu ceávamos na pequena sala de jantar azul arrumada no centro da rotunda. Ele me contava os últimos mexericos referentes às pessoas com quem convivemos. Eu escutava o relato com prazer — a Franz não falta senso de humor —, porém o que mais me encantava era vê-lo tão entretido em me distrair.

— Meu Franz, não se esforce tanto tentando divertir sua exausta esposa que agora vive enterrada em casa.

— Hanna, sua saúde tem mais importância para mim do que meus comentários insípidos.

— Continuaria a me amar se eu não lhe desse filhos?

Ouvimos a um só tempo a pergunta que me havia escapulido dos lábios. Eu sequer escutara a aproximação do pensamento. Melhor assim. Do contrário, teria hesitado.

Surpreso, Franz meneou a cabeça em sinal de reprovação.

Insistente, repeti a pergunta.

Ele anuiu com a cabeça, contrariado.

— Por que a pergunta se está grávida?

Eu ri antes de responder:

— Se não estivesse, jamais ousaria perguntar. Então, me amaria ou não?

Ele amassou uma migalha que se incrustara no guardanapo de algodão, levou um tempo para extraí-la da trama, pegou-a entre as unhas, e a depositou num pires para, em seguida, erguer de súbito o rosto.

— Hanna, por acaso pergunto se me amaria se eu fosse estéril?

Embora tentasse me constranger, repliquei de imediato:

— Claro que sim, Franz. Quando nos casamos, não pensei um segundo sequer em filhos.

— Como? Nunca?

— Não, isso nunca me afetou.

Após refletir, acrescentei:

— Talvez por me ver ainda como criança.

— Criança?

— Durante nossa viagem de núpcias, aprendi muito: o que é um homem, o que é um casal, o que é o amor.

Ele corou, envaidecido. Continuei:

— Agora que vou me tornar mãe, confirmo que antes eu era acima de tudo sua filha.

Deixando a cadeira, ele caiu de joelhos e seus braços me puxaram para si.

— Ah, minha Hanna, como é totalmente diferente das outras!

Os dentes mordiscaram o lóbulo de minha orelha direita enquanto continuava a murmurar em êxtase:

— Tão diferente.

A frase me deixou estupefata: enquanto Franz a pronunciava com entusiasmo, lembrei-me dos anos a fio em que a remoí entristecida. Seria possível que ele me apreciasse pelas mesmas razões pelas quais eu me detestava?

Erguendo o rosto em minha direção, eu mergulhei, grave, meus olhos nos seus:

— Franz, responda: teria me amado se eu não pudesse lhe dar filhos?

— Nunca duvidei que me desse filhos.

— Eu sim.

— Engana-se a seu próprio respeito, Hanna. É muito mais do que se julga.

Essa afirmativa me perturbou tanto que pôs fim à nossa conversa.

"É muito mais do que se julga." Franz acabava de me explicar o essencial.

Já pensou nisso, Gretchen? Nós somos muito mais do que acreditamos ser; negamos isso por arrogância, por falta de humildade. Preferimos nos reduzir ao que permanece visível, à intuição que comanda ou ao corpo que obedece.

No entanto, meu espírito expressa mais do que sei; tal qual o meu corpo.

O espírito, como um navio, não se reduz à sua vigia, a consciência. Sob a ponte, comporta os mantimentos — a memória —, os ateliês — a imaginação —, a sala de máquinas — seus apetites —, corredores e escadarias que descem na direção de zonas menos penetráveis, porões tocados pela luz intermitente de nossos sonhos, fundações totalmente obscuras. Definitivamente, a guarita da consciência é constituída apenas por um ponto minúsculo, externo, superficial, entre o que vem do mundo e o que sobe das profundezas de nosso paiol.

O corpo representa mais do que aquilo de que nos apercebemos, é mais vasto do que suas raras partes acessíveis às nossas sensações e a nossas ordens. Todos os dias ele respira, dorme e digere sem nossa participação. Desde o nosso nascimento, cresce sem que possamos interferir e envelhecerá sem podermos impedir. Nesse momento, por exemplo, meu corpo confecciona dentro de mim, independente de minha vontade, um ser humano do qual ignoro o sexo, a personalidade, a aparência. Não sou autora nem testemunha dessa criança, unicamente seu receptáculo. Que extravagante e sublime situação: alguma coisa importante acontece dentro de mim, alguma coisa importante acontece por mim, no entanto essa coisa não aconteceria sem mim.

"É muito mais do que se julga."

Gretchen, não tem a impressão de ser muitas vezes regida por forças ocultas e desconhecidas como, por exemplo, instintos animais, e que seu ser mergulha as raízes numa terra que lhe escapa?

Franz afastou de mim as incertezas passadas. Paro de me questionar e reino absoluta.

Reino no centro da colmeia. Todos se desvelam em cuidados; não apenas os empregados incumbidos dessa função, mas Franz, os pais, os tios e as tias. Se ameaço um bocejo, logo me trazem uma almofada para a sesta; se estalo a língua, estendem uma garrafa; se faço menção de pegar o livro, Franz se precipita na direção da mesinha. Não cessam de me perguntar o que desejo. Ultimamente, quase me vejo forçada a manifestar "desejos de grávida" a fim de satisfazer o devotamento dos que me rodeiam. Que orgulho ilumina o rosto dos que realizam o impossível! Sobretudo o de Franz, o mais zeloso. Agora, invento morangos em janeiro e cerejas no inverno e amolo com empenho o meu séquito! Sem caprichos, eu os decepcionaria...

O mundo se simplifica, gira em torno de meu ventre redondo. As mulheres da família o visitam, emocionadas em tocar meus flancos volumosos, alegres por eu devorar strudels, compadecidas se a fadiga me vence. Sim, percebo que não fingem entusiasmo; provavelmente eu as faço recordar dias felizes.

Talvez também se julguem confortadas... Pois — lamento — devo tê-las ofendido quando afirmava que pouco me importava em ter ou não filhos. Fui fanfarrona demais para esconder a minha dor, banquei a rebelde, propus uma maneira diferente de viver, pretendi que uma família não faz falta, pois a mulher se realiza de outras maneiras que não pela procriação. "Ser estéril supera a sorte, é uma providência divina", eu mesma clamei. Ora, ao constatar a minha alegria serena de hoje, é evidente que eu blefava. Adeus à incendiária! Adeus à revolucionária! A rebelde entra na fila para se alistar no exército das reprodutoras.

Minha Gretchen, vivo meu estado com alegria. Doravante, sei qual objetivo me faz levantar a cada manhã: fabricar a vida.

Os dias se sucedem, semelhantes e necessários, sem que eu os diferencie artificialmente por saídas e reuniões. O tempo se dilata com a pele de meu ventre, com a duração produzida pelo ser.

Vejo-me como uma minúscula argola de uma cadeia infinita e esse lugar ínfimo me basta, ou melhor, ele me sacia. Em minha microscópica escala, participo do vasto ciclo, insiro-me no cosmo, o perpetuo. Na verdade, é tão cômodo desempenhar bem meu trabalho de mulher: dou a vida após tê-la recebido, e mais tarde me transformarei em sua guardiã até que ela me deixe... A vida me precedeu, a vida me sucederá, mas durante o período de minha existência, a vida precisa de mim.

No fundo, as damas Von Waldberg tinham razão: uma mulher alcança sua plenitude ao engravidar. Foi preciso senti-lo na carne e no espírito para entender. Antes, isso me parecia odioso, mas agora não. Todos os dias pessoas morrem, enquanto eu trarei ao mundo outra vida. A maternidade continua a ser o destino da mulher.

Ah, minha Gretchen, abraço com carinho aquela que sempre me superou em sensatez. Mesmo sempre a tomando como modelo, jamais conseguirei igualá-la.

Sua Hanna.

12

David olhava Ethan.

Ethan olhava David.

Nada tinham em comum. Apenas se fitavam, impassíveis, de pé, cara a cara, como duas estátuas.

Anny não resistira à vontade de convidar Ethan à sua casa. Por quê? Para ser gentil com o enfermeiro. Para surpreendê-lo com o luxo em que vivia. Convidá-lo ao seu universo depois de ter passado duas semanas no dele. Suas motivações, numerosas demais para não serem confusas, dissimulavam o real motivo.

Ethan e David... Sentia-se serena ao constatar o quanto eram totalmente diferentes.

"Como poderiam se entender? Pertencem a mundos distantes. O único ponto em comum sou eu."

Animada, orgulhosa, felicitava-se por sua bizarrice: gostar de rapazes tão diferentes. "Sou mais aberta do que eles."

Encantada com a descoberta, levou-os ao salão onde, enquanto bebiam uma taça de vinho, ela conduzia a conversa.

Após se prestar ao jogo com brandura, David se levantou e pediu licença para se ausentar, pois precisava se dedicar aos exercícios físicos.

— Prazer — lançou a Ethan, ao se afastar.

Ele não sentia o que dizia nem tentou disfarçar. Anny suspeitou que a falta de entusiasmo fosse uma forma de dar um recado:

"Tenho ciúmes desse louro alto e defenderei minha felicidade" ou "Não tenho nada a ver com esse cara e não quero que o convide de novo".

Ela se voltou para Ethan.

— Por que veio?

— Para ajudar você.

Essa simples declaração a atordoou. Em vez de se entregar à emoção, preferiu discutir:

— Me ajudar? Por acaso sou digna de piedade a esse ponto?

Esperou que ele reagisse de modo indignado e oferecesse várias justificativas, ao final das quais declararia sua paixão. No entanto ele permaneceu calado.

Quanto mais durava o silêncio, mais Anny sentia medo. O quê? Quem cala consente... Sentiria realmente pena dela? A situação era humilhante.

— Precisa me ajudar no quê?

— Primeiro gostaria de verificar se os ferimentos estão cicatrizando bem.

— É mesmo? Então você é o substituto do Dr. Sinead... Virou médico agora?

— Não, mas sou capaz de identificar uma infecção. Além disso, queria saber se precisa de uma injeção.

Ela afundou na poltrona, a cabeça entre as mãos, ao mesmo tempo surpresa e alegre.

— Justo você, inimigo dos entorpecentes, me trouxe morfina?

— Isso mesmo.

— Por quê?

Ele voltou a se calar.

Dessa vez, Anny interpretou sem dificuldade o silêncio: estava enamorado dela, era isso! Para transar com ela, deixava de lado seus princípios.

— Maravilha — murmurou ela.

— Por quê? Está com dor? Precisa de uma dose?

A inquietação deformava os traços de Ethan. Anny teve vontade de beijá-lo em agradecimento a tamanha solicitude.

— Não, não estou com dor, só estou achando a situação engraçada. Hoje voltei ao set de filmagem, está tudo maravilhoso, estou me sentindo ótima.

Ele se levantou aliviado.

— Se minha presença é inútil, não vou mais importunar. Tome meu número de telefone. Não hesite em ligar. Pode me ligar a qualquer hora do dia ou da noite.

— Sério?

— Em vez de chamar seus fornecedores de veneno habituais, pode me ligar. Não deve tomar qualquer coisa, inseticida, cocaína misturada com bicarbonato, excitante para cavalos ou coquetel de aprendizes de bruxas. Pelo menos comigo vamos saber o que está injetando. Acabe de vez com essa vida de cobaia. Se não, vai acabar igual aos atuns que nadam perto de usinas nucleares.

Ela caiu na gargalhada.

— É a primeira vez que me comparam a um atum!

Furioso, ele retrucou:

— Pare de se julgar superior a mim.

Estupefata, engoliu em seco. Ele continuou:

— Você é superior em vários pontos. Tem talento, dinheiro, um físico de causar inveja, mas não a autorizo a tirar conclusões. Em outros pontos, eu a supero de longe.

Oscilando entre o prazer e a curiosidade, saboreando a expressão "físico de causar inveja", Anny o interrogou:

— Em quais pontos?

— Hoje não. De qualquer maneira, não compreenderia.

— Você me acha assim tão idiota?

— Não está preparada.

Seu rosto se contraíra. Provavelmente arrependido de ter reagido com tanta impetuosidade.

— Desculpe. Não tenho o direito de falar assim com você. Principalmente na sua casa. Estou envergonhado. Tome, aceite meu número de telefone, por favor.

Ergueu-se, mas, a despeito de sua altura, o embaraço lhe tirara pelo menos dez centímetros.

Ao pegar o papel rabiscado, por pouco não debochou, "Que romântico! Nunca ninguém deu em cima de mim dessa forma", mas conteve-se, pois adivinhava que, caso zombasse, seria obrigada a ouvir outras frases enigmáticas. Que bizarro! Toda vez que debochava dele, com suas respostas ele ganhava influência sobre ela.

Ao acompanhá-lo, ansiosa diante da ideia de que ele a deixaria, sentiu as pernas dobrarem e reviu a decisão.

— Ethan, você tinha razão, vou precisar de morfina. A adrenalina por conta da filmagem vai baixar, a alegria também e vou acabar angustiada na companhia de David, que não saca nada.

A que jogo se entregava? Não pudera se impedir de meter David na conversa, de alfinetá-lo, sabendo que Ethan não gostava nada dele. A contragosto, jogava um contra o outro.

Ethan concordou com a cabeça. Pelo olhar caloroso, percebia que ele não gostava de drogá-la, mas se alegrava por lhe ser útil.

Com um gesto, Anny mostrou a casa estreita ao longo da piscina. Foram até lá. Sem uma palavra, Ethan enfiou-lhe uma agulha na pele.

Nos dias seguintes, Anny deu prova de pontualidade nas tomadas, demonstrando uma seriedade desconhecida.

Flutuando numa nuvem de felicidade, achava a vida curiosa e apaixonante. O público a adulava, sua profissão a encantava, a companhia dos dois homens mantinha seu equilíbrio. David representava o amante e Ethan, o amigo. Ou, caso essas palavras parecessem muito melodramáticas, David proporcionava os prazeres do corpo — agradável companheiro de cama e mesa — e Ethan lhe assegurava a tranquilidade de espírito. Por certo se surpreendia, vez por outra, pensando mais em Ethan do que em David, sob a justificativa de que Ethan não lhe pedia nada, ao passo que David se mostrava exigente demais: adorava se pavonear com ela pendurada no braço em restaurantes chiques, queria se exibir em todos os coquetéis e exigia, sob o pretexto de transbordar de amor e de orgulho, que a ligação se tornasse pública.

Uma noite, tendo David viajado para um teste em Nova York, enquanto esperava Ethan, desvendou o mistério: "Ethan me serve. David se serve de mim."

Logo percebeu o erro cometido: não tinha dois homens em sua vida — um para o corpo e outro para a alma. Convivia com os dois porque ignorava que apenas um contava, sim, um único. Ethan devia destronar David. "Que idiota! Eu não saquei nada. Preciso de Ethan, não de David."

Às oito em ponto, hora em que ele prometera chegar, Anny impacientou-se, consultando a todo instante o relógio.

Quando ele chegou, ela atirou-se em seus braços. Desajeitado, sem graça, não sabendo como acolher aquele corpo colado ao seu, Ethan aceitou o abraço, enrubesceu até ficar cor de tijolo, desvencilhou-se e, cabisbaixo, rumou para a casa junto à piscina.

Abriu a bolsa, pegou uma seringa e agitou o frasco.

Anny reteve a sua mão.

— Espere um pouco, David saiu.

— É mesmo?

Ele concluiu os preparativos.

— Não me dê logo a dose. Eu gostaria de aproveitar...

— Aproveitar o quê?

Ela franziu os olhos, mordeu a bochecha direita.

— Aproveitar você.

Pasmo, parou, a agulha suspensa. Ela avançou em sua direção, grave, sensual. Ele estremeceu. Ela buscou-lhe a boca.

— Não?

Os lábios prestes a se tocarem, Ethan recuou.

— Por quê?

Ela imaginou que a resistência fosse um jogo e se colou a ele. Porém ele a afastou com gesto firme, mas gentil.

— Por quê?

— Pare com isso, Ethan, aposto que está com vontade — disse ela ronronando.

As gotas a escorrerem pela testa do enfermeiro comprovavam sua emoção. Ela acreditou mesmo ouvir o coração acelerar.

De repente, de um salto, ele afastou-se pelo menos 2 metros.

— Por quê? Por que está agindo assim? — balbuciou.

Ela permaneceu calma, como se não tivesse notado o subterfúgio.

— Não quer ir para a cama comigo? — sussurrou, indolente, lasciva, num tom de voz de quem exclui qualquer possibilidade de recusa.

Ruborizado, exclamou:

— Isso não é pergunta que se faça!

Desconcertada, ficou em suspenso. Pensou em interromper a cena, mas precisava compreender o que se passava. De olhos arregalados, fez cara de dúvida.

— Então qual devia ser a pergunta?

Ethan, sem registrar o questionamento, continuou com precisão obsessiva:

— A pergunta correta seria: por que você, Anny, quer ir para a cama comigo?

Anny exaltou-se:

— Como? Mas todo mundo sonha em transar comigo! Nunca até hoje me ofereceram o papel de freira ou de solteirona. Merda, ao que tudo indica, sou sexy! Todos os dias minha agente recebe dezenas de cartas de homens loucos por mim. Aliás, não só de homens, mas de mulheres também. Em geral, não desperto o interesse pelo meu quociente de inteligência.

— Não me refiro às pessoas, mas a você. Por que você, Anny Lee, quer ir para a cama comigo?

Ela desprezou o significado da frase.

— Não dou a mínima para o fato de você ser enfermeiro, não sou esnobe.

Decidiu acrescentar: "Se consultar a lista de meus amantes, não encontrará o nome de nenhum deles no Gotha. Muito pelo contrário, são sempre DJs, barmen, massagistas...", mas entendeu que tal exatidão não atingia seu propósito.

Ele balançou a cabeça.

— Você continua a não me escutar. Não estou perguntando por que perversão social uma estrela de cinema tenta seduzir um ajudante de enfermagem, mas por que você, Anny, quer ir para a cama comigo, Ethan.

Irritada pela falta de sutileza, ela contra-atacou:

— Essa história está começando a ficar complicada, Ethan. Afinal é natural que uma mulher se deite com um homem.

— Aos olhos de quem muda de homem como quem muda de camisa. Não aos meus.

— Então está bem. Não me acha atraente?

— Claro que acho. Penso muito em você, sinto prazer em vê-la, desejo que a vida só dê coisas boas para você, eu... Mas por que quer ir para a cama comigo?

Confiante por ele ter confessado a atração, demorou dessa vez para entender a pergunta e refletir. Depois de arrumadas as ideias, concluiu:

— Sempre fui para a cama com todos os homens que conheci.

— Por quê?

— É mais simples.

Ethan estremeceu. Ela confirmou com um movimento de queixo. Sim, não podia se exprimir melhor: sempre acreditara que devia pelo menos uma vez levar seus conhecidos masculinos para a cama. Reforçou o que disse dando de ombros:

— Quando é sexo é mais simples.

Ele avançou, os olhos ardentes, o rosto colado ao seu.

— Simples para quê? Para se aproximar de um homem ou para se livrar dele?

13

Quando o lobo se embrenhou no bosque, Anne permaneceu imóvel à beira do rio. Os sentidos afiados pelo perigo, em estado de extrema vigilância. Em pânico, seu sangue encontrava dificuldade em seguir um curso tranquilo, os músculos tentavam a todo custo relaxar. Na verdade, a contragosto, o corpo continuava impossibilitado de reagir a um ataque.

Depois de um tempo tão longo quanto intenso, conseguiu se esticar, sacudir os membros, respirar, sorrir. Erguendo a cabeça, contemplou o céu estrelado.

"Apenas a lua está a salvo do lobo", dizia o provérbio.

A lua e eu.

O que faria? Já passava da meia-noite e não lhe restava coragem de caminhar até Bruges, de enfrentar o olhar suspeito dos vigias, de bater na porta da tia, de mais uma vez se justificar... A despeito da fome e do frio, decidiu permanecer ali.

Caminhou com dificuldade até as árvores, escolheu um carvalho — primo daquele que a protegera há pouco tempo — e, serena, adormeceu, como se a escuridão não representasse nenhuma ameaça.

Ao despertar, repousada apesar da noite curta, Anne precedeu o canto do galo. O sol lhe oferecia bela recompensa clareando o céu, tal uma criada abrindo as cortinas para a patroa ser banhada pela luz do dia. Com deleite, Anne saboreava a aurora.

Mais uma vez a ação se impôs: devia se pôr à espera do lobo perto do rio, pois lhe faltava cumprir a segunda parte da missão.

Apesar de não possuir mais comida para lhe oferecer, não alimentava temor algum. Além de confiar no animal, sabia que um lobo pode se contentar com uma única refeição por vários dias.

O carnívoro de músculos compactos não demorou a mostrar o focinho. Quando os olhos se cruzaram, ele não demonstrou nenhuma surpresa. Sem dúvida, havia farejado a aproximação de Anne.

Ela baixou a nuca e fechou as pálpebras, humilde, dócil.

Imóvel, ele fez questão de demonstrar quem exercia a dominação.

De repente relaxou, avançou com passo alegre, cheirou-lhe os dedos, deixando mesmo o nariz úmido encostar-lhe na pele.

Ela sorriu. Ele compreendeu o sinal.

Beberam juntos da água do rio, do jeito mais barulhento possível, como se se tratasse de um concurso, e depois Anne se levantou.

O lobo pareceu admirado. Talvez não a imaginasse tão alta; até então só a vira agachada. Sem lhe dar tempo para refletir, Anne exclamou com vivacidade:

— Vem, tenho muitas coisas para mostrar.

Ela escapuliu sem olhar para trás.

A princípio, não percebeu nenhum ruído — ele recusava-se a segui-la. Em seguida, percebeu o som de pisadas leves — o lobo a alcançava e a ultrapassava. Insistia em permanecer o chefe da alcateia e definir o rumo a seguir. Ela fingiu aceitar; entretanto, por sutis atrasos, ínfimos descompassos, conseguiu orientá-lo como lhe convinha.

A certa distância de uma ampla granja, ela se deteve, agachou-se.

Por instinto, o lobo a imitou.

Com um pedaço de pau na mão, ela seguiu caminho rastejando, apoiada nos cotovelos, até um monte de folhas dispostas de modo pouco natural.

— Olhe — murmurou.

Estendeu o pedaço de pau e bateu com ele no monte.

A mola se soltou com um estalo ruidoso, uma sombra disparou e com um único movimento as duas mandíbulas de aço agarraram o bastão.

Apavorado, o lobo rosnou, recuou, pronto a agarrar o mecanismo.

— Está vendo? São armadilhas para lobos. Armadilhas para pegar você. Deve se habituar a despistar os homens e jamais deles se aproximar.

Ele manteve a boca escancarada, exibindo as gengivas espumantes.

— Não tenha mais medo, a armadilha emperrou.

O lobo voltou o focinho na direção de Anne, inclinou-o do lado direito. Ela repetiu, ele rosnou, ela insistiu.

— Armadilha contra lobos — repetiu, como se ele precisasse conhecer as palavras.

De quatro, abaixados, progrediram com prudência até a terra coberta de um tapete de relva a fim de que os cachorros e os camponeses não os detectassem.

Anne acionou três novas armadilhas.

O lobo sobressaltava-se, agitava-se, tomado de uma onda de selvageria, mas compreendia melhor.

Da quarta vez foi ele quem a indicou, apontando as orelhas, o rabo ereto, os caninos expostos.

Ela desarmou as pinças dentadas com uma lenha.

— Compreendeu?

Ele a olhava de soslaio, sentado sobre as fortes patas, o silêncio segredando uma surda indignação: "Por quem me toma? Quando se trata de sobrevivência, aprendo rápido."

Procurou em vão bolas de carne envenenadas com arsênico ou recheadas de pedaços de vidro.

Voltaram ao rio como quem volta para casa. Saciaram a sede. Logo depois, Anne se despediu:

— Por favor, nunca mais ataque homens, mulheres e crianças. Se respeitá-los, os humanos vão se mostrar menos cruéis em relação a você.

Quando ela se levantou, o lobo, gigantesco, entendendo que ela partia, orgulhoso tal um amante que se recusa a se deixar abandonar, tomou a frente e, saltitando sobre as garras afiadas, desapareceu na mata.

Anne pegou a estrada para Bruges.

Durante as horas de caminhada, inúmeras vezes ouviu um galho estalar, uma pedra rolar à esquerda; sabendo de quem se tratava, cumpriu o pacto implícito e se esforçou para nada demonstrar, enquanto o lobo, escondido a alguns metros dela, fingia não acompanhá-la.

Ao vislumbrar as muralhas de Bruges, os tetos triangulares, o campanário opulento para intimidar os viajantes, Anne experimentou emoções ambíguas: por um lado, alegrava-se por voltar para os seus; por outro, já sentia falta da clareira, da noite, do rio, da proximidade com o animal. Não obstante o perigo e a vida dura nos bosques, preferia a vida natural à social. Ali vivia melhor, livre, sem julgamentos que se colavam à pele ou lhe pesavam sobre os ombros. Entre o céu e a terra, sem muros a oprimi-la, não se entregava a tantas perguntas; pelo contrário, encontrava respostas.

Anne retirou a lama do vestido e dos sapatos, ajeitou rapidamente os cabelos e, respirando fundo, passou pelos vigias e penetrou na cidade.

De tia Godcliève aguardava reprimendas pungentes; tinha afligido a corajosa mulher e a angustiaria ainda mais ao se recusar a contar o que ocorrera durante a fuga, pois ninguém compreenderia a sua atitude.

Mal entrou na praça principal, foi interceptada por piscadelas suspeitas e percebeu um crescente murmurinho.

— É ela — sussurrou um carregador de água.

— Não, ela é mais velha — comentou um vendedor de verduras agitando a vassoura.

— Sim, é a jovem de quem falávamos, eu a conheço faz meses — afirmou um pescador.

Anne baixou a cabeça. Os olhos fixos nos pés, apressou o passo. Como? Ainda não tinham se esquecido? Comentariam o rompimento do noivado com Philippe até o final dos tempos? Entrementes, tivera a impressão de que a chegada do lobo e sua devastação no mês anterior haviam atirado sua história no esquecimento.

A nuca rígida, o olhar fixo na calçada, não via as fachadas das construções espelhadas na água dos canais. De tanto evitar os citadinos com o olhar, acabou por colidir com vários.

"Aguente firme até chegar em casa. Não responda a ninguém."

Uma voz ressoou em tom alto:

— É ela! É Anne! A moça poupada pelo lobo!

Anne se deteve e ergueu a testa: sobre um tonel Rubben, o filho do negociante de tecidos, o desencadeador da perseguição ao lobo, a apontava.

Ao redor, os passantes se detiveram para fitá-la.

Rubben continuou, exaltado:

— O lobo esfomeado quis devorá-la, mas ela o impediu. Conversou com ele. Ele a escutava. Por fim, o convenceu a não devorá-la e o lobo entrou na floresta.

Homens e mulheres observavam Anne com admiração. Alguns homens ainda se interrogavam sobre a verossimilhança da cena.

Rubben mudou de expressão e de tom. Trêmulo de emoção, balbuciou:

— Foi um milagre.

Na multidão, pessoas se ajoelharam. Todos fizeram o sinal da cruz.

Tais reações acabaram por deixar Anne em pânico. Tremia diante dos habitantes de Bruges, mais aterrorizada do que diante do lobo.

14

29 de fevereiro de 1906.

Gretchen,

Vou contar uma história tão estranha que talvez você nem acredite. Aliás, se eu mesma não tivesse vivido os episódios...

Por onde começar?

Ai, minha Gretchen, na desordem de minha escrita, em minhas letras irregulares, pode constatar o tremor de minha mão. Meu cérebro não articula três frases coerentes. Não me dou conta do que aconteceu. Quanto a botar no papel...

Paciência. Acabo chegando lá. É que...

Vamos, coragem, Hanna, deixe de lado seu estado de espírito e relate os fatos.

Bem, por onde iniciar?

Ah, isso eu já disse...

Meu Deus, vou contar a história de qualquer maneira, conforme me vem à mente...

Pois bem, na última segunda-feira, minha gravidez chegou a termo. Barriga maior Viena não conheceu. Em nove meses, meu ventre se desenvolveu como um obus pontudo que me precedia vários segundos antes de minha entrada, banhada de suor, arfante, as mãos nas ancas, em qualquer aposento. Minhas costas doíam havia semanas de tanto carregar o peso — minha bexiga então nem se fala —, mas, apesar da felicidade de estar grávida, ansiava pelo momento do parto.

De acordo com as mulheres da família Von Waldberg, meu gigantesco abdômen anunciava, sem sombra de dúvida, um menino. Para meu médico, o Dr. Teitelman, o tamanho se explicava pela grande placenta.

— A senhora hospedou bem seu bebê. Tão suntuosamente quanto em seu palácio vienense. Mal se ouvem os batimentos do coração quando o auscultamos.

Ele me pediu que subisse na balança.

— Incrível... Se olhássemos apenas o marcador, imaginaríamos que a senhora carrega um bebê de 6 quilos.

— Seis quilos?

— Isso mesmo.

— Quanto pesa um bebê?

— Um bebê normal pesa entre 2 e 3 quilos. Um grande, em torno de 4, 4,5 quilos.

— E o meu tem 6 quilos?

O médico deu uma gargalhada.

— Sim, um gigante por assim dizer.

Eu me pus a lamentar.

— Vai ser uma chacina! Não conseguirei jamais expeli-lo. O parto vai ser horrível... Abram-me a barriga.

— Uma cesariana? Não, não sou adepto dessa cirurgia. Acho que só deve ser praticada em mulheres mortas!

— No entanto, me contaram que...

— Sim, Hanna, estou a par. Certamente meu colega e amigo, o Dr. Nikisch, a pratica com sucesso. Em nossa era, assepsia e anestesia progrediram bastante. No entanto...

— Por favor, doutor, uma cesariana! Chame seu colega Nikisch. Que me façam dormir, retirem a criança e depois me costurem.

— O risco de infecção abdominal é grande. E quando ocorre uma peritonite...

— Ai, meu Deus.

— Uma mulher a cada cinco morre.

— Essa criança vai permanecer presa dentro de mim, nós dois morreremos!

Ele apoiou a palma da mão em minha testa, as sobrancelhas franzidas sobre os olhos bondosos e serenos.

— Acalme-se e ouça até eu terminar, Hanna. Não acredito que o bebê pese 6 quilos. Esse peso tem outra explicação. A água pesa mais do que a criança.

— Por quê?

— É evidente! Quando ausculto a senhora, mal consigo ouvir o feto.

Suspirei, aliviada.

— Estou em suas mãos, doutor.

Teitelman apalpou minhas costas e braços magros acrescentando:

— O trabalho de parto será à antiga, como todas as mulheres há milênios. Se enfrentou a gravidez sem problemas, por que o parto seria diferente?

Admiti que o médico tinha razão. Até o momento, comparada às outras, escapei tanto das varizes quanto da queimação no estômago.

Pacientemente, Franz aguardava lá embaixo, no fiacre.

Relatei a conversa, omitindo meu acesso de covardia. Na verdade, embelezei os elogios que o médico me dirigira. Sim, eu tinha necessidade de me vangloriar! Desnecessária, confesso, tamanha a idolatria de Franz. No entanto, desde que carrego o herdeiro dos Waldberg, não canso de buscar uma oportunidade para receber cumprimentos.

Como de hábito, Franz me cobriu de beijos, me tratando como um tesouro precioso. Ah, Gretchen, quando me vejo nos olhos dele, me percebo mágica, uma criatura dotada do raro dom de tornar a vida mais apimentada, mais intensa.

Com os olhos marejados de lágrimas, Franz perguntou:

— Para quando está previsto o parto?

— Para daqui a alguns dias, ou até mesmo nas próximas horas.

— Não há uma data mais precisa?

— Franz! Você fazia amor comigo todas as noites, às vezes várias vezes.

Ele caiu na gargalhada, quase enrubescendo. Completei:

— Surpreendo-me quando algumas mulheres dizem que sabem o dia em que engravidaram. Mais que a clarividência, essa menção indica que as visitas do marido se tornaram raras a ponto de se poder datá-las.

Em seguida, passamos na casa de tia Vivi, que nos aguardava com uma profusão de doces. Juro que não resisti ao kouglof coberto de açúcar de confeiteiro nem à torta de tangerina.

— Cuidado, depois do parto, minha querida, precisa parar de comer tanto, senão vai ficar parecida com minha irmã Clémence.

Abafei o riso. Franz emitiu um grito de horror cômico:

— Piedade! Não me casei com tia Clémence.

Já esclareço. Bem, como explicar?... Simplifico a descrição. Ela não apenas é alta, mas larga, sem pescoço nem cintura: um saco com cabeça. Felizmente esse saco se veste na última moda e, considerando a superfície, não lhe falta espaço para laços.

Tia Vivi fingiu se zangar:

— O quê? Não acha minha irmã cativante? Uma mulher alimentada há decênios pela confeitaria Sacher não pode ser ruim.

— Certo, tia Vivi. No entanto, não passa pela cabeça de nenhum homem degustá-la.

Ela sorriu, como se Franz, em vez de zombar de sua irmã, tivesse lhe dirigido um galanteio.

Logo, com olhos iguais ao de um mágico apresentando-se numa feira, retirou um objeto do bolso do vestido.

— Hanna, minha queridinha, quer saber o sexo do bebê? Meu pêndulo consegue prever esse tipo de coisa.

Brandiu uma corrente de prata com uma pedra verde na extremidade. O dedo designou a joia rebuscada.

Instintivamente, dobrei-me de rir.

Franz interveio:

— Hanna, por favor. Tia Vivi e seu pêndulo nunca erraram.

Vivi corou — o que era surpreendente em alguém tão dona de si — e confirmou, meneando a cabeça.

— Com efeito, nunca. Meu pêndulo sempre foi preciso nas previsões.

Franz reafirmou:

— Assim teremos mais tempo para escolher os nomes.

Cedendo ao último argumento, aceitei.

Tia Vivi explicou que com a mão direita seguraria o pêndulo acima de minha barriga. Se o objeto girasse, eu esperava uma filha; se oscilasse para a frente e para trás, era sinal de ter detectado um menino.

Deitei-me no sofá, a lombar e os cotovelos apoiados nas almofadas. Tia Vivi se aproximou.

A princípio o pêndulo permaneceu estático. No decorrer de um longo minuto mantivemos os olhos fixos no objeto imóvel. Vivi, um dedo encostado aos lábios, ordenou-me paciência.

Depois o pêndulo começou a se agitar. Durante alguns segundos hesitou, irregular, caótico, indeciso.

Vivi se surpreendeu. Franz também. Em geral o processo não demorava tanto. Assim, tomei a liberdade de romper o silêncio para explicar a tia Vivi o que me explicara o médico, ou seja, a importância da placenta em meu ventre.

— Talvez por isso o pêndulo encontre dificuldade em descobrir o sexo do bebê.

Vivi aprovou, concordando com a cabeça, exigiu silêncio e manteve o pêndulo na altura de meu umbigo.

O objeto começou a se manifestar com maior energia; animava-se. Seus movimentos se amplificavam sem que seu traçado fosse exato. Círculo? Balanço? Os dois se sucediam, desordenados. De súbito, o pêndulo começou a sacudir em todos os sentidos, a pedra puxando a corrente como se fosse saltar. No entanto, nenhuma indicação clara se delineava; não apenas círculos e balanços se alternavam, se confundiam, mas a pedra subia, descia, girava, oscilava. Parecia tentar escapar de um poder invisível, ao mesmo tempo furioso e assustado. Assistimos ao combate entre pedra e corrente.

— O que está acontecendo? — perguntou tia Vivi.

Ao perceber a inquietação estampada no meu rosto e no de Franz, interrompeu o exercício.

— O pêndulo enlouqueceu — declarou. — Vou jogá-lo fora.

Pálida, ela o conservava no punho fechado.

– O que isso significa? — inquiriu Franz.

— Acabou seu tempo comigo. Vai para o lixo.

Caminhou até a outra extremidade do aposento. Não pude deixar de notar que tia Vivi não cumpriu o anunciado. Em vez de se desvencilhar do objeto, ela o depôs cuidadosamente na gaveta da escrivaninha. Depois, maliciosa, retornou.

— Os precedentes terminaram a carreira do mesmo jeito. Chega um dia em que todos os pêndulos se rebelam e se recusam a funcionar. Sim, até os pêndulos fazem a revolução.

Ela riu, mas vi que era um riso forçado; permanecia confusa.

Quando uma das empregadas voltou para nos servir mais chá, tia Vivi aproveitou para mudar de assunto. Em um brilhante monólogo, contou múltiplas histórias de salão, cada uma mais engraçada que a outra, o que muito nos divertiu. Boa observadora, capaz de triturar alguém com uma só palavra, era dona de verdadeiro espírito cáustico. Sempre que zombava de alguém, tia Vivi dava a impressão de esbofeteá-la, quando na verdade cometia um assassinato. Seria tão cruel pelo simples prazer de divertir? Ou seria naturalmente diabólica? Executava seu número com tal brio que não nos deixava a opção de julgá-la. Brilhante, seduzia seu público, exigindo que pedíssemos bis. Entre duas risadas, enquanto eu penava para recuperar o fôlego, pensei que era melhor fazer parte de seu rol de amigos do que dos inimigos e me felicitei por nossa amizade.

Franz não se continha e gargalhava. Nesse momento, diante da venerável tia, de quem Viena invejava as amizades no alto escalão, deixava de ser o elegante conde Von Waldberg e se tornava um militar numa farra com um camarada. O comportamento de tia Vivi era de fato mais masculino do que feminino: zombava, xingava, soltava insinuações picantes, frases espirituosas e grosseiras que conviriam melhor a um criado. Graças a essa particularidade fora do comum — criar familiaridade com qualquer interlocutor —, Vivi era tão popular.

Quando nos acompanhou ao saguão, ao me beijar, propôs, no exato instante em que nos despedíamos:

— Hanna, querida, poderia me fazer um grande favor?

— Claro, titia.

— Posso assistir ao seu parto?

Fiquei boquiaberta. Vivi bateu as pálpebras segurando-me as mãos e as apertando entre as suas.

— Como você não tem mais sua mamãe para apoiá-la em momento tão importante, aceitaria a tia Vivi ao seu lado?

Sem esperar pela resposta, voltou-se e apontou um queixo desafiante na direção de Franz.

— Meu sobrinho, por favor, me conforte. O senhor não é desses pais que entram no quarto do parto, certo? Apenas se limitará, assim espero, a andar de um lado para outro no corredor fumando uma caixa de charutos.

— Participar do parto? — exclamou Franz, surpreso. — Não havia pensado nisso.

— Melhor. Acho a presença do marido desrespeitosa com a esposa. Nenhuma mulher sonha em se mostrar naquele estado, as pernas abertas, perdendo líquidos e berrando de dor. Isso mata o desejo.

— Tem razão — confirmei.

— Não somos novilhas. E não nos casamos com veterinários. Diabos, nosso encanto deve estar envolto em certo mistério. Então, Hanna, me autoriza a segurar-lhe a mão, encorajá-la, ajudá-la?

— Ficarei satisfeitíssima, tia Vivi.

Ela franziu os olhos. Na hora compreendi esse movimento como gratidão; hoje suponho que morria de curiosidade depois da embaraçosa reação do pêndulo.

Ah, minha querida Gretchen, imagino que não encontre uma sombra sequer de bom senso em tudo que lhe conto. Por que sobrecarregá-la com esse fútil episódio de magia negra? Ai de mim, logo vai descobrir o que nele havia de premonição. De terrivelmente premonitório. Estremeço só de me lembrar...

Pergunto-me o que tia Vivi havia compreendido na ocasião. Tudo ou uma fração da verdade? Suspeito que, se eu a interrogasse hoje, a bruxa fingiria, diria: "nada..."

Em resumo, apesar de minha repugnância, já chego lá.

Nos dias sucessivos, minha atenção centrou-se em minhas entranhas. Todas as manhãs acordava cheia de esperança, cada noite me deitava sonhando que a noite não terminaria sem que...

Infelizmente meu ventre permanecia mergulhado em sua tranquilidade. Eu suplicava ao Dr. Teitelman que viesse à minha casa; após um breve exame, contentava-se em aplacar minha ansiedade filosofando:

— Minha doce Hanna, pare de se inquietar, nenhuma mulher jamais esqueceu o filho no ventre. Acredite em mim, a natureza não se engana, pode confiar nela. Sem dúvida nesse momento a senhora está prestes a cinzelar um detalhe, matizar a cor do cabelo, orlar as narinas, esculpir as pálpebras do bebê. O parto só acontecerá depois que a senhora tiver concluído todos os detalhes.

— O senhor poderia provocar o parto?

— Não.

— Estimulá-lo?

— Tampouco.

— Seu colega, o Dr. Nikisch...

— Não conte com milagres científicos, muito menos com os de meu colega de profissão e amigo Nikisch. Se insistir, posso marcar uma consulta. Ele repetirá o que digo: paciência.

Após sua partida, eu passava umas duas horas mais serena. Depois, o silêncio de minhas entranhas me irritava e as lamúrias recomeçavam.

Franz não sabia mais o que fazer ou dizer a fim de me acalmar, me distrair. De qualquer modo, eu decidira que ninguém me compreendia, convencida de ser a única a ter noção da catástrofe: carregava uma criança prisioneira em meu ventre, uma criança a quem eu não conseguiria dar à luz.

Quem morreria primeiro? Ela ou eu?

Apenas tia Vivi reduzia meu pânico. Passava duas vezes por dia para ter notícias minhas e eu lia em seus traços a expectativa e a consternação.

No domingo à noite, deitei às nove horas, persuadida de que o dia do nascimento se aproximava.

Pobre de mim! Às duas horas da manhã eu ainda velava e aguardava, ao lado de Franz, mergulhado num sono sereno.

À beira de um ataque de nervos, saí da cama e vaguei pela casa. A escuridão, na ausência dos criados, lhe dava a verdadeira aparência de um palácio. A lua alongava a fileira de salões com seus raios acinzentados.

Desemboquei no hall de mármore. Ali, sobre uma cômoda, encontrei meus *millefiori*.

Encontrei? Não, reencontrei. Sim, eu negligenciara nos últimos meses minhas esferas floridas, minhas margaridas cristalizadas, minhas pradarias dentro do cristal. Elas captavam a luz da lua com tanta avidez quanto a do sol. Suas cores ganhavam um brilho escuro. Rivalizavam não com os cromatismos acidulados, como durante o dia, mas exibiam nuances fortes, do amarelo-escuro ao azul quase negro.

Encantava-me ao redescobri-las. Ao vê-las, fui tomada de certa despreocupação, a mesma da jovem que as colecionava. Uma jovem livre, desenvolta, que não dava qualquer importância a estar ou não grávida. Tomei subitamente consciência de que minha infância me fora arrancada.

Peguei um *millefiori*, o mais belo, o que outrora tinha sido o meu preferido e comecei a chorar. Sem ilusões, nem tampouco recato, compadecia-me de mim mesma, daquela que deixara de ser, da infeliz em que me transformara. Por que me casara? Por que quis ter filhos? O silêncio de meu ventre provava o fracasso de realizar o que minhas semelhantes conseguiam. Se ainda me distinguisse por outra habilidade... Definitivamente eu não servia para nada. E meus esforços para melhorar apenas agravaram minha situação.

As lágrimas serviram de consolo.

Após uma meia hora de soluços, tive a impressão de ver tudo com mais clareza e fui tomada pela intuição.

Evidente! Para ter meu filho bastava quebrar um dos enfeites. Claro! A fulgurância da ideia me iluminou: se quebrasse o meu cristal preferido, tudo voltaria a seu devido lugar.

Demorei alguns segundos saboreando minha futura proeza. Passou-me pela cabeça chamar Franz para presenciar o milagre.

Apoiada na mesa, contemplava o peso de papel mais raro, uma dália negra sobre a qual pousava uma borboleta de seda, e a atirei ao chão.

O vidro se estilhaçou, pedaços se espalharam como gotas. De repente, senti algo úmido escorrer em minhas coxas: eu perdia água.

De súbito uma dor atravessou meu abdômen, obrigando-me a me dobrar.

Gritei cantando vitória: era chegada a hora do parto.

Os criados acorreram. Nervoso, Franz chamou o médico e a parteira. Fui conduzida ao quarto.

Feliz como nunca, tinha vontade de cantar, de dançar, de beijar todo mundo.

O Dr. Teitelman surgiu rapidamente — dizem que os médicos dormem vestidos —, acompanhado da parteira e de ajudantes. Tia Vivi demorou um pouco mais; no entanto chegou penteada, maquiada e perfumada.

— Tenho a impressão de que será rápido — anunciou o médico.

Tia Vivi tomou minhas mãos e me encorajou a fazer força.

Fiz o meu melhor.

A sensação me surpreendia e justificava o otimismo de Teitelman: eu não sofria tanto quanto imaginara. Evidentemente a experiência não era de todo agradável, mas tolerável. Não pude me impedir de pensar: "Então fui concebida para ter filhos".

Ao final de duas horas, o Dr. Teitelman tateou minha barriga, que desinchara um pouco. Auscultou-a, passou e repassou os dedos nas laterais. O rosto não traía diagnóstico algum, a atitude se limitava à de um profissional competente.

Afinal deixou o recinto com a parteira. Conversaram em voz baixa do outro lado da porta. Em seguida, Teitelman avisou que se ausentaria por dez minutos.

— Doutor! — berrei da cama.

— Nada acontecerá durante esses dez minutos. Tenha confiança. Não a deixo sozinha.

A parteira aproximou-se e abriu um sorriso gentil. Tia Vivi acariciou-me a testa.

— Aonde ele vai, tia Vivi?

— Não faço a menor ideia.

— Não acha estranho?

— Não, não acho nada estranho.

Em sua voz apenas uma débil convicção: ela também estranhava a atitude do médico. Após testar várias ideias, curvou-se sobre mim.

— Minha querida Hanna, se ele não estiver presente na hora das últimas contrações, pior para ele. Durante séculos as mulheres deram à luz sem médico. Não tenha medo.

Meia hora mais tarde, o Dr. Teitelman reapareceu acompanhado de um homem jovem e alto de barba rala.

— Hanna, apresento-lhe o Dr. Nikisch.

Logo me retesei.

— O quê? Vão fazer uma cesariana?

Teitelman tossiu, embaraçado.

— Gostaria apenas que meu colega colaborasse nesse parto porque...

— Por quê? — perguntei em voz alta.

Ele não respondeu. Vivi precipitou-se em sua direção e o agarrou pelo colarinho.

— O que está acontecendo com a minha sobrinha?

Teitelman enrubesceu, desvencilhou-se, moveu o pomo de adão ajustando a gravata e lançou um olhar indignado a tia Vivi.

— Meu colega veio aqui exatamente para me ajudar a descobrir.

Teitelman e Nikisch começaram então a me examinar sob os ângulos mais íntimos. Apalpando-me, consultavam-se de modo impenetrável.

Afinal Teitelman me pediu que voltasse a fazer força.

— Ah, já não era sem tempo! — exclamou tia Vivi, furiosa com o comportamento dos dois.

Voltei a tentar expelir a criança. Água e sangue escorreram.

Logo, os dois homens me pediram que parasse "para repousar".

Quando retomava o fôlego, eles se entregaram a uma reunião atrás das cortinas da janela.

Nikisch voltou e abriu a maleta.

— O que o senhor está preparando?

— Confie em nós, senhora.

— Uma cesariana?

— Por favor, eu lhe peço. Confie em nós, a senhora não vai sofrer.

Estive a ponto de pedir ajuda a Franz. Contudo, abandonei a ideia. Se meu destino era ter o ventre recortado para ter meu filho, deveria aceitar. Pior se eu não sobrevivesse!

O Dr. Nikisch aproximou-se de mim trazendo um pano impregnado de um líquido.

Mal pude sussurrar a tia Vivi:

— Diga a Franz que eu o amo.

O tecido se colou a minhas narinas; senti um odor ácido, uma grande calma e perdi a consciência.

Ao abrir os olhos, vi o quarto limpo, arrumado. Meu primeiro reflexo foi procurar a criança ao meu lado; não a encontrei. O segundo? Avaliar a dor de minhas entranhas; ora, também nada percebi. Devagar, deslizei os dedos por baixo de minha camisola, prestes a gritar. Descobri um ventre liso, indolor, sem curativos nem cicatrizes.

Então eu havia conseguido expulsar a criança normalmente?

Chorei de alegria. Por um tempo, nada além disso, lágrimas quentes, reconfortantes.

Logo, impaciente, parei de chorar na tentativa de melhor discernir os barulhos. Teria meu bebê fome? Dormia? Onde o teriam deitado? Menina ou menino?

Chamei meu marido. Mal pronunciei o seu nome, constatei que minha voz, fraca demais, não atravessava a porta.

Assim, aguardei. Por instantes, cochilei.

Alguns minutos ou horas mais tarde — não saberia precisar — Franz apareceu.

Diante de sua postura curvada e do rosto triste, compreendi que ocorrera alguma infelicidade.

— Acordou, minha querida? — perguntou com voz apagada.

— Franz, onde está a criança?

Ele sentou-se na beirada da cama e me segurou o punho.

— Você precisa ser corajosa: ela morreu.

Silêncio.

Nem mesmo soluços, apenas uma dor aguda. Um punhal cravado no coração. Um gosto de vômito invadiu minha boca. Senti vontade de morrer também. Morrer para evitar o sofrimento. Morrer para escapar da raiva que se abateu sobre mim.

Quando consegui falar, perguntei a Franz onde se encontrava o corpo de nosso bebê. Respondeu que o Dr. Teitelman o enrolara nas cobertas e o levara. Apesar de Franz ter exigido, recusou-lhe o direito de vê-lo.

— Poupe-se, meu amigo. Seu luto será mais sereno assim.

Eis o que se passou, Gretchen.

Eu acreditei ter atingido o fundo da infelicidade.

De jeito nenhum. O pior ainda estava por vir...

Como é possível?

Sem dúvida encontrará dificuldade em ler as palavras a seguir. Não obstante minha dificuldade, escreverei. Seguirei até o final de meu relato, assim como Maria Stuart no cadafalso.

Mais tarde o Dr. Teitelman entrou.

Encontrava-me sozinha. Eu já não pensava, já não gemia, nada mais sentia. Jazia arrasada entre os travesseiros.

Puxando uma cadeira, instalou-a próxima de minha cama e nela afundou-se.

Hesitava em dar explicações. Com a sensação de sair do inferno, acreditei consolá-lo dizendo:

— Sei de tudo, doutor. Franz me contou o que aconteceu.

Ele desviou os olhos, como se procurasse uma testemunha. Molhou os lábios, engoliu em seco e declarou em tom morno:

— O Sr. Von Waldberg repetiu apenas o que lhe confiei.

— Como?

— Julguei melhor inventar uma versão oficial, uma versão aceitável, um relato que despertasse compaixão em relação à senhora e não levantasse suspeitas.

Calei-me. Preparei-me para um golpe terrível. Aguardei.

Teitelman aprumou-se, limpou os óculos, suspirou e em seguida me dirigiu um olhar grave.

— Não havia nada nos lençóis que levei daqui. Não havia nenhuma criança em seu ventre, apenas água. A senhora não estava grávida.

Sua Hanna

15

O quarto de hotel parecia ter sido vítima da passagem de um ciclone. Cadeiras viradas, cama revirada, almofadas espalhadas, tapetes fora do lugar, roupas espalhadas, garrafas no chão. Enroscados no móvel da TV e nas poltronas, lençóis e cobertas dependurados pareciam guirlandas perturbadas pelo vento.

No carpete, Anny se contorcia sob o corpo do homem.

Com entusiasmo ensandecido, multiplicava os gemidos, a princípio por desconforto, depois para estimular o amante e para se convencer de que os dois experimentavam um enorme prazer nessa relação feroz.

De costas, as pernas abertas, batia os pés nas nádegas do parceiro sabendo que, em geral, essa posição excitava os homens. Efetivamente, como uma moto responde à pressão sobre seus comandos, o homem soltou um gemido e acelerou os movimentos.

Quando percebeu, pelas veias saltadas do pescoço, pelo peito avermelhado, que ele atingia o orgasmo, ela soltou um uivo de êxtase. Gozaram.

Pouco a pouco recuperaram o fôlego.

O ciclone passara. A tranquilidade voltava a reinar no aposento. Alguns raios de sol dourado vieram esquentar a penumbra pelas frestas das venezianas. Ao longe, a sonoridade dos metais de uma música de jazz.

Anny adorava esse momento, que justificava os esforços despendidos. Além de se orgulhar de uma tarefa desempenhada a contento, deixava de sentir a tensão. Livre de expectativas, simplesmente feliz por existir.

Sim, preferia "o depois" ao desejo que vai se aproximando e aos abraços suados. A satisfação não vinha da volúpia, mas do alívio de ter se livrado dela.

Enquanto o homem dormia, empurrou-o devagar e se levantou, lépida. "Ufa, terminou." Mal formulou esse pensamento, percebeu pela primeira vez como era estranho. Como se fosse mais importante ter feito do que fazer amor...

Contemplou o estado do ambiente ao seu redor: perfeito, tudo virado, um excelente cenário de bestialidade.

Antes de ir ao banheiro, lançou uma olhada ao seu companheiro de farra. Estirado no chão, as panturrilhas sobre um pufe, uma manga de camisa enrolada no tornozelo esquerdo, Zac respirava no limite do ronco. De repente, o diretor lhe pareceu bastante coerente: praticava o sexo do mesmo modo como dirigia os atores, com impetuosidade e vigor, buscando o máximo. Uma figura e tanto.

"Desde que o filme seja bom."

Entrou no chuveiro, recebeu a água morna sobre o corpo como uma recompensa, uma delícia mais íntima e preciosa do que o ato que a precedera.

Anny se sentia mais forte. Além de o diretor a impressionar menos, ela se sentia superior a David. Para provar sua independência, traíra o ator. Além disso, garantira que o diretor sempre a paparicaria. Não havia notado nos últimos dias que Zac perdia tempo demais dando dicas para David, que cuidava de vesti-lo e despi-lo para fazer bonito?

Enfiando um penhoar, torceu os cabelos para secá-los. No espelho acima do lavabo, achou-se bonita. Surpresa, exclamou:

— Ethan, seu babaca!

Ele havia se recusado a transar com ela. Incrível! Fora o único que ousara rejeitá-la. Talvez não tivesse se entregado ao diretor

— certamente não com tanta pressa — se Ethan não a tivesse incitado a duvidar de seus encantos.

Penteando-se, tranquilizou-se, convencida de seu poder de sedução. Trataria de atenuar suas queixas contra Ethan. Ainda precisava dele. Preferia suas injeções às substâncias químicas impuras que buscava a preço de ouro nas ruas e nos bares. Além disso, ter um belo enfermeiro a lhe administrar morfina em domicílio era conveniente a seu status de estrela.

Ela riu. "Belo enfermeiro? Quanta gentileza da minha parte. Na verdade, Ethan tem um corpo absurdo." Tudo nele era excessivo. A altura, a magreza, a curvatura do nariz, a louridão. "Ele parece a caricatura de si mesmo."

Do outro lado da porta, o cineasta pigarreou e perguntou:

— O que está aprontando, coração?

— Estou pensando em você.

Anny respondeu na lata, o que lhe permitiu retomar o curso de suas reflexões. Sim, Ethan a lembrava uma marionete, o arlequim que as crianças penduram em móbiles no quarto.

O diretor chegou; ela quase gritou de susto.

Zac a enlaçou, querendo um beijo. Ela o deteve.

— Agora não, acabei de tomar banho. Você está suado, fedendo igual a um homem que fez amor.

— Verdade?

Ela confirmou batendo os cílios.

Satisfeito, Zac espreguiçou e mergulhou na banheira.

Anny fez uma careta. Se havia uma coisa surpreendente nos homens era a felicidade que adquiriam quando faziam sexo. Nisso, ela acreditava não haver igualdade entre machos e fêmeas. A sensualidade satisfazia os primeiros, não os segundos. Eles buscavam o prazer e o obtinham; elas não.

Por acaso já encontrara um homem que não ficasse à beira da euforia depois de uma trepada?

Não. Ah, claro, talvez David, no rosto de quem percebera inquietação... Sem dúvida porque esperava por aplausos. David era um ator, ou seja, uma mulher com colhões.

Voltou ao quarto e realizou um trabalho de arqueólogo: achar as roupas debaixo dos montes onde acontecera o encontro tórrido — monte de lençóis, monte de cobertas, monte de almofadas.

Agachada para pegar o sutiã atrás do minibar, distinguiu uma embalagem vazia de chocolate à qual se colara um tufo de poeira. Diante daquela visão, tomou de repente consciência do nojo da situação. Como uma câmera se erguendo, percebeu-se numa posição humilhante, tentando recuperar a roupa de baixo num quarto de hotel impessoal, enquanto um macho peludo cantarolava no banho.

"É essa a sua vida, Anny?"

Ergueu a cabeça. À voz imaginária, respondeu: "Não é a minha vida, é a vida. Aliás, acrescentaria que a minha é um pouco menos chinfrim que a dos outros. Estamos num cinco estrelas, merda! E o assobiador no banheiro já recebeu duas indicações para o Oscar."

Decidiu escapulir o mais rápido possível. Protegida pelos óculos pretos, desceu ao saguão.

Mesmo que o porteiro, os recepcionistas e as camareiras soubessem que a estrela acabava de dar uma trepada com o diretor do filme, baixariam a cabeça e o olhar como se ela chegasse de um enterro. Ali residia a superioridade do palácio comparado a um hotel vagabundo de beira de estrada. Embora o cenário não variasse — uma cama temporária, empregadas que lavariam os lençóis, copos largados, o medo de ser ouvido durante a transa —, levava-se vantagem pela reação dos empregados. Nenhuma censura. Total ausência de comentários. Aqui, a cara feia da frustrada dona do lugar ou o olhar cúmplice do gerente bêbado do antro não enlameariam Anny. No hotel com diárias a partir de 2 mil dólares, ignora-se a luxúria, não se julga o cliente, só recebem santos. O dinheiro é mais purificador que água benta.

O manobrista trouxe o conversível. Anny pegou a estrada.

O dia era daqueles que transformaram Los Angeles na capital do cinema, na época em que filmavam sem projetores. Uma luminosidade infinita, alegre, inconfundível.

Ethan só apareceria às onze da noite, pois tinha plantão no centro médico. Como feri-lo? Contaria sua aventura? Se não estivesse apaixonado por ela, daria de ombros e tal confissão confirmaria sua teoria sobre ela!

"Que maluquice... Dormir com homens para me livrar deles!"

Relembrou suas últimas conquistas, David e Zac. Honestamente, por que fora para a cama com eles?

Levara David para a cama por conta da consciência pesada, a fim de conseguir ser perdoada por não tê-lo reconhecido na clínica.

Com Zac, recuperava a confiança em si mesma, livrava-se do temor, libertava-se de David.

"Caramba! Ethan acertou em cheio. Eu transo para me afastar, não para me aproximar."

Praticava sexo sem sentimento. Para se desculpar, se livrar, se sentir segura.

Freou bruscamente num sinal vermelho soltando um palavrão. Com o orgulho ferido, continuava enraivecida. Ao acertar em cheio, Ethan a humilhara pela segunda vez.

Ele não a reprovava por transar; o que censurava era o motivo pelo qual transava. Não a recriminava por sem-vergonhice ou lascívia. Não, o número de homens pouco lhe importava; o que lhe interessava era a causa desse número.

Quanto à facilidade com que Anny se entregava, dizia: "Por que não?", acrescentando em seguida: "Mas por quê?"

Alguns quilômetros mais adiante, depois de quase ter atropelado pedestres duas vezes, largou o carro exasperada e caminhou pelas ruas de Santa Mônica.

Como de hábito, as calçadas reuniam velhos hippies, atletas de peito nu, rapazes no skate, ninfetas alimentadas a Coca-Cola que ameaçavam explodir as costuras dos jeans. A essa população local mesclavam-se turistas, japoneses de pernas rijas, franceses de sotaque carregado, latinos descontraídos, alemãs ensopadas de suor e britânicos à beira de um desmaio.

Protegida pelos óculos de sol, um boné sobre os cabelos presos, Anny perambulava incógnita — incógnita, mas não despercebida, pois muita gente se virava para admirar a passagem da jovem deslumbrante.

A que devia seu carisma? Conhecia a resposta desde que um dia um importante crítico de cinema lhe dedicara uma análise investigativa. Segundo ele, Anny Lee fora talhada inteirinha num corpo só, enquanto na maioria dos indivíduos o corpo se divide. Examine ao redor: os seres parecem colagens, estátuas remendadas, montagens de elementos heterogêneos. A parte de cima dessa mulher não combina com a de baixo, pois a superior é alta e estreita e a inferior, inchada. Aquela outra exibe um rosto extraordinário em cima de um torso banal e basta observá-la direitinho para notar que rosto e torso também diferem quanto ao ritmo: não se movem juntos, não respiram em uníssono, não têm ar idêntico. Aquela ali tem seios volumosos, firmes, triunfantes, que deveriam pertencer a outra estrutura, não à sua, tão frágil, a menos que resultem de uma intervenção cirúrgica. Quanto àquele homem deitado à sombra de uma palmeira, parece que lhe implantaram sobre o físico sarado um saco mole, volumoso: sua barriga de alcoólatra. Se pretendemos acompanhar a miséria da anatomia humana — que poderia ser chamada de anatomia "moída" —, basta nos compararmos aos animais. O gato, por exemplo, dotado de estrutura flexível, apresenta uma ligação constante das partes: as orelhas correspondem ao peito, que faz par com as patas, que se estendem em garras, que se mostram na cólera ou se retraem para acariciar. Do rabo ao focinho, ele se exprime, salta, corre, mia, se empina e se estica de modo coerente. Anny assemelhava-se ao felino. Como Marylin Monroe, outra gata célebre, avançava ondulando, flexível, compacta, ágil até quando pretendia ser lenta. Os lábios comandavam o tornozelo, as pálpebras agitavam seus quadris. A leveza dos cabelos repercutia na curvatura das ancas. Movia-se num corpo homogêneo, não em um corpo de gato. Daí provinha sua infinita sensualidade.

Comprou um sorvete azul-esverdeado, combinando com o mar, e prosseguiu em suas reflexões.

Ethan a deixava pasma. Por que tão atencioso se não tinha intenção de ir para a cama com ela? Por essa recusa, distinguia-se dos mortais comuns, anomalia que o tornava, aos olhos de Anny, dependendo do momento, detestável, lamentável, terrível ou fascinante.

Enquanto prosseguia o passeio à beira-mar, os olhares insistentes dos pedestres a reconfortavam. Aquilo era o normal. Como a natureza. Embora Anny pouco se importasse em transar, pensava seriamente que todos os homens sonhavam em ir para a cama com ela. De onde tirava tal ideia? Da educação sexual recebida em Hollywood. Desde os 5 anos vivera em meio a um universo de adultos que não deixavam de revelar seus desejos, de exprimir suas fantasias e até de filmá-las.

"O que é um adulto?", perguntara-lhe um jornalista, quando ela estava com 15 anos.

— Alguém que quer tirar minha calcinha — afirmara.

Essa declaração espontânea correra o mundo, sendo citada por alguns como engraçada e por outros como escandalosa.

Os homens lhe pareciam donos de uma psicologia nada complicada: reagiam aos seios, aos quadris, à bunda, aos lábios. Simples de compreender, reduziam-se a seres ávidos por tocar, beijar, chupar, acariciar, abusar; tinham um apetite sexual tão básico quanto o de se alimentar.

E Ethan?

Acreditou vê-lo ao longe. Gritou seu nome. Um desconhecido se voltou. Ela esquivou-se entre dois vendedores de chapéus para fugir da própria surpresa.

Quanto mais Ethan lhe escapava, mais mexia com seus nervos. Não conseguia manter uma relação definida com ele. Se por um lado mostrava-se mais atencioso do que qualquer outro, por outro, era o mais fugidio. Com ele, perdia o habitual domínio.

É oferecendo-se e rejeitando que uma mulher domina. A alquimia da sedução exige essa dosagem. Ao contrário, a abstinência cansa; e a devassidão sistemática mais ainda. Uma puritana acaba indo parar na prateleira de acessórios inúteis; uma mulher que se entrega sem limites se reduz a um objeto sexual, aquele tipo de engenhoca que acaba sempre no lixo.

Anny tomou uma resolução: como não podia controlá-lo, iria se separar dele.

Ele esperava vê-la às onze da noite? Pois encontraria a casa fechada.

Anny acelerou o passo. Puxa, isso vinha bem a calhar: a loja de que precisava se situava à curta distância.

Entrou na Ruth e Debbie, loja de vestidos e túnicas indianas, xales turcos, incenso, sabonete, livros de autoconhecimento e música new age. Desceu ao porão, onde se deitou num colchão e pediu a Ruth uma dose forte de ópio. Com isso, ficaria entorpecida horas a fio e deixaria de pensar em Ethan. Ele daria com o nariz na porta. Com um pingo de sorte, ao despertar, teria força suficiente para dar um pulo no Red and Blue e engolir alguma coisa que lhe daria energia para dançar até o raiar do dia.

16

— Vamos, Anne, venha conosco ao mercado.

Apesar das súplicas silenciosas de Hadewijch e Bénédicte, a jovem sentada na escada se encolheu, curvando as costas, os ombros baixos, surda ao pedido da tia.

— Prometi aos comerciantes que nos acompanharia — insistiu Godelième. — Ficariam tão felizes de encontrar você.

Anne quase respondeu "Exatamente", mas se calou, adivinhando que o silêncio inspiraria mais respeito do que uma explicação — a autoridade não precisa de justificativas.

— Anne, você não corresponde ao amor que lhe dedicam. Suas aparições lhes proporcionam tanto bem.

Diante das palavras, Anne se ajeitou, escalou os degraus rangentes de dois em dois e se trancou no quarto.

Decepcionadas, Godelième, Hadewijch e Bénédicte saíram às compras sem demora, pois era a hora em que descarregavam os peixes.

Da janela, Anne se arrependia de tê-las magoado; contudo, rejeitava o culto que Bruges passara a lhe devotar. Em poucas semanas, seu prestígio evoluíra: de milagrosa passara a salvadora.

Na noite da caçada, o arrojado Rubben não suportara o próprio fracasso nem a pretensa fadiga dos companheiros, que haviam desistido da busca ao lobo. Na entrada da cidade, afastara-se do grupo e decidira seguir a pista do animal noite adentro.

Retrocedendo, teve a mesma ideia que Anne: descobrir o lugar onde o animal matava a sede. Mais prudente que a jovem, entretanto, não correu o risco de se expor. Assim que chegou à curva do riacho, subiu numa árvore de onde enxergava a clareira ao longe.

Julgava bem simples o seu plano: do local de espreita, atiraria uma flecha e abateria a fera.

No entanto, uma vez montado em um tronco largo, deu-se conta de que não podia se mexer. Além disso, o alvo se encontrava fora do alcance de sua flecha.

Aguardou.

Qual não foi sua surpresa ao ver chegar uma jovem desconhecida à beira do rio. Furioso, prestes a chamá-la e ordenar que fugisse, um detalhe lhe chamou a atenção: gritar denunciaria sua presença ao predador.

Tarde demais. Um uivo lúgubre emergiu do bosque.

Arrepiado, Rubben precisou se agarrar para não cair.

O lobo atacou, a boca espumante.

Impotente, Rubben virou a cabeça, recusando-se a assistir ao massacre.

Um silêncio súbito o levou a espiar novamente. O colosso parara diante da jovem, fechando a boca, a pelagem eriçada retomando o volume normal.

Na hora Rubben compreendeu que não se tratava de uma pausa: apesar da distância, sentia a paz que a desconhecida irradiava. Frágil, impunha a força de seu pensamento tanto ao lobo quanto ao caçador — ao assassino nu e ao assassino armado —, ordenando-lhes a abolição de qualquer belicismo. Ela lhes transmitia sua calma.

Em meia hora, a atmosfera mudara tanto que Rubben tinha a impressão de contemplar o encontro de uma menina e um cachorro grande.

Aproveitando o momento, pegou o arco para executar o animal. Ao tentar alcançar a aljava que carregava nas costas, fez um movimento em falso e perdeu o equilíbrio. Por sorte, seus reflexos de jovem lhe permitiram agarrar-se a outro galho. Instalou-se de novo montado na árvore.

Ao longe, o carnívoro, alarmado, percebeu a ameaça. A desconhecida também. Acreditaria ela que um herói viria em seu socorro?

Rubben não se mexeu, com medo do lobo e ao mesmo tempo de encorajar as esperanças da infeliz. Sem mover a cabeça para espiar o desfecho, concentrou-se no seu precário equilíbrio.

Algum tempo depois ouviu os passos furtivos do lobo batendo em retirada, enquanto a jovem permanecia sentada à beira do rio.

Decidiu permanecer no alto. As nuvens escondiam novamente a lua, escurecendo a clareira. Por volta das quatro horas da manhã, quando o universo lhe pareceu adormecido, desceu do poleiro, massageou os membros doloridos e partiu quase às carreiras rumo a Bruges. Chegou exausto à praça do Mercado e contou à multidão a cena fantástica que presenciara ao luar.

O povo ficou chocado com a história que abalava o espírito por transgredir as leis da natureza. Assim que Godelièva, Hadewijch e Bénédicte, inquietas, comunicaram a gendarmaria o desaparecimento da sobrinha e prima, estabeleceram a relação entre Anne e a jovem milagrosamente poupada pelo lobo.

Desde então, os citadinos aguardavam o retorno de Anne. Quem fala de milagre fala de Deus! Os devotos apropriaram-se do acontecimento e começaram a declarar que se Deus salvara essa criatura era por ela ser pura, virginal, sem pecado. Toda sua vida foi reexaminada sob o crivo da teologia. Criaram até uma nova interpretação para justificar a fuga no dia do casamento. Sim, quisera se guardar para Deus. Por pouco Philippe não foi acusado de sedutor, de serpente da tentação. E a atitude silenciosa da moça foi interpretada como humildade.

Assim que Anne cruzou os muros da cidade, o povo acorreu, a cercou, fez o sinal da cruz e até se ajoelhou. Os padres anunciaram missas especiais, cada um tramando um meio de ter a jovem na primeira fila.

Tia Godelièνe, apesar da rústica simplicidade, sentiu-se intimidada. Em vez de receber a sobrinha com uma bofetada e advertências, aproximou-se cautelosa do padre que a interrogava e mendigou a permissão de abraçá-la.

Em contrapartida, Ida, incapaz de dissimular sua hostilidade em relação àquela que o povo considerava uma eleita de Deus, foi tomada por tal sentimento de raiva que a mãe decidiu mandá-la para uma temporada com a avó em Saint-André.

A reputação de Anne foi enobrecida e ampliada no decorrer das semanas seguintes. Por quê? O lobo interrompera seus ataques. A princípio acreditaram que ele tivesse emigrado após a caçada; entretanto, após o roubo de três cordeiros e do desaparecimento de dez galinhas, e uma vez descartada a possibilidade de que crápulas utilizassem o pretexto para roubar descaradamente, concluiu-se que o terrível animal continuava a saquear nas cercanias. Contudo, não mais atacava os camponeses...

Rubben completou seu maravilhoso relato: Anne convencera o lobo a não mais atacar os humanos. O moço aventou essa hipótese menos por intuição do que por diversão. Com o objetivo de encantar os ouvintes e embelezar uma fábula, usou a inventividade, sem discernir o quanto se aproximava da verdade.

Como Anne não desmentira — aliás, por isso mesmo —, a lenda logo se espalhou, correndo de barraca a loja, de casebre a palácio, de bordadeira a duquesa, de barco local a navio estrangeiro. Tendo em vista que a cidade praticava o comércio com todos os países do mundo, os fabricantes de lã flamengos contavam a história aos negociantes de tecidos ingleses, que a repetiam aos criadores de ovelhas do outro lado da Mancha. Os vendedores de pimenta e especiarias levaram a novidade ao Oriente e os marinheiros portugueses aos reinos mediterrâneos, sem se esquecer dos franceses que administravam a cidade e dos alemães que ali vinham comprar provisões.

Anne agora fazia parte das atrações de Bruges, da mesma forma que a torre.

Essa súbita e fulgurante glória, segundo ela injustificada, causava-lhe repugnância. Tinham se apossado de seus gestos, como um agressor arranca as roupas de sua vítima, sem perguntar o que ela achava ou se consentia. A seus olhos, a notoriedade se reduzia a uma violência. Não apenas a despojavam de sua história, mas lhe extirpavam a intimidade, as intenções, a essência da alma.

Um ruído ressoou lá embaixo. Uma mão de aço esmurrava a porta.

Anne decidiu não atender.

Os golpes recomeçaram.

Anne fechou os olhos, certa de que cerrando as pálpebras se tapa as orelhas.

— Anne? Sra. Godelièv e?

Reconheceu a voz de Braindor. Descendo os degraus às pressas, abriu a porta ao monge.

— Finalmente! — exclamou ela.

De capuz, o manto mais amarrotado do que antes, o gigante entrou na casa estreita.

Deixou o corpo pesado cair na cadeira perto da lareira. Os sacos desabaram no chão. Esfregou os tornozelos inchados. Não obstante sua juventude, altura e força, parecia fatigado.

Após alguns suspiros, descobriu a cabeça. Os cabelos iluminaram o aposento. Sorriu. Tranquilizada por sua presença, Anne admirou o nariz perfeito, forte, afilado como uma ideia expressa com franqueza.

— Então, minha pequena Anne, sua reputação me alcançou a quase 7 quilômetros daqui. Todo mundo agora acredita no que eu disse. Estou feliz por você.

— Do que está falando?

— De ter sido escolhida por Deus. Do Deus que se exprime por seu intermédio. Incontestavelmente, é uma Eleita.

Ameaçadora, ela curvou-se em sua direção.

— Ah, não, o senhor, não! Não pensei em Deus ao partir ao encontro do lobo. Da mesma maneira como não pensei Nele quando fugi para escapar ao casamento com Philippe. Deus não tem nada a ver com isso. Deus não me inspirou. Sim, creio em Deus, O reverencio, rezo para Ele, entretanto temo amá-Lo. Depois de ler a Bíblia posso afirmar com certeza que Ele não me influencia.

Indignada, narrou a desastrosa impressão causada pela Bíblia. Nunca vira tantos pecados, massacres, injustiças. Culpa dos homens, é fato, mas também de Deus, que se vingava como um selvagem primário, exigia sacrifícios insanos — o filho de Abraão —, torturava sem razão Jó, o Justo. Em resumo, se comportava como um tirano, um monarca caprichoso, demonstrando tanto sangue-frio e grandeza quanto um bandido de estrada.

— Para mim, Deus deveria estar acima das mesquinharias. Deus não deveria revelar seu poder, mas seu perdão. Não deveria inspirar obediência, mas adoração.

Braindor a tomou nos braços.

— Maravilhoso... Finalmente começa a deixar fluir o ouro de seu coração e emoldurá-lo em palavras.

Esquivou-se, não por temor à força do abraço — pelo contrário, ele muito a agradava —, mas porque Braindor insistia em não compreendê-la.

— Braindor, escute! Não sou milagrosa nem santa. Fiz os movimentos que convinham e por isso o lobo me respeitou. Deixou de devorar os homens porque lhe mostrei as armadilhas e o dissuadi de se aproximar das granjas.

— Então demonstra habilidade com os animais e nada mais?

— Consigo conversar com eles.

— E o que são os animais senão criaturas de Deus? Então consegue falar com as criaturas de Deus.

Perturbada, parou de argumentar. Encantada por Braindor considerar os animais criaturas de Deus como os homens, foi novamente invadida pelo sentimento que a levava a gostar de todos os seres, a prezar a vida em todas as suas formas. A isso chamavam de "amor de Deus"?

Braindor tentou impor sua superioridade.

— Conhece são Francisco de Assis?

Ela se fechou.

— Não conheço nem quero conhecer.

— Entretanto ele escreveu...

— Ainda não terminei de ler a Bíblia.

Embora dominicano, Braindor alimentava verdadeira admiração pelo patrono dos franciscanos, o nobre que privilegiara a fé na pobreza e na caridade.

— Tem razão, Anne. Por ora concentre-se no Novo Testamento. Acho que Jesus tem muito a lhe ensinar.

Teimosa, Anne sentiu vontade de retrucar que tinha sérias dúvidas, mas sabia que não se dizia isso, em especial a um homem da Igreja. Que farsa! Enquanto em pensamento blasfemava permanentemente, o monge, os padres e o povo de Bruges a tomavam por cristã exemplar.

— Braindor, eu agi com naturalidade, jamais imaginei que tirariam tais conclusões de meus atos.

— Cristo também se comportou com naturalidade, de acordo com seu coração, e seus ensinamentos alimentam as almas de hoje e nutrirão aos dos séculos futuros.

— Engana-se, exagera o valor de minha alma. Não sou importante.

— Não sei se é importante; sei que é portadora de coisas importantes.

Nesse ponto, de novo intrigada, ela não fez objeção. Quando se submetia a seus impulsos, quando fugia para os bosques ou conversava com o lobo, obedecia a uma entidade maior e mais forte do que ela. Mas a quê? A quem?

— Por que não admite ser Deus? — sussurrou Braindor, como se ouvisse seus pensamentos.

Anne baixou a cabeça. Não tinha certeza. Sim, acreditava em Deus; sim, achava que Deus criara todas as coisas; sim, imaginava-o presente. No entanto, de tanto vê-Lo em todos os lugares, não O via em lugar algum.

Suspirou, humilhada.

— Quem é Deus, Braindor?

— Aquele que nos inspira o bem enquanto o diabo nos conduz ao mal.

Seu olhar se perdeu nas cinzas. Sabia que se escutasse o monge acabaria por concordar com sua opinião.

Doce, ele se aproximou.

— Não ouve os conselhos de Deus? Não acha que ao procurar o lobo cumpriu sua missão de fazer o bem?

Ela foi obrigada a concordar. Ele prosseguiu:

— Os simples imaginam que Deus nos vigia e intervém perpetuamente. É bonito, concordo, mas muito ingênuo. Jamais vi Deus intervir nas tarefas terrenas para deter o punhal de um assassino, decidir vitórias por ocasião das guerras, curar epidemias de pestes, recompensar virtuosos nem punir malfeitores nesta vida. Nem nossos males nem nossos prazeres são resultado de Sua vontade. Se nos obstinamos a afirmar isso, seria de se supor que Deus tem visão execrável e julgamento comprometido.

— Ele permanece a distância?

— Não, Ele age por nosso intermédio. Ele nos ilumina. Ele nos encoraja. Ele nos torna generosos, perseverantes. Quando compreendemos isso, entendemos que nossa tarefa é fazê-Lo existir, aqui e agora, na Terra.

— Na Terra e não no céu?

Ele concordou gravemente.

— Deus está em nossas mãos.

Anne procurou apoio na parede com os cotovelos e inalou com vigor.

— Então as pessoas daqui têm razão em me ver como serva privilegiada de Deus? Percebem melhor o que acontece do que eu mesma?

— O vaso no qual colocamos as flores não vê como é o buquê.

Anne estremeceu. Detestava esse tipo de imagem, primeiro porque isso a impressionava, depois porque nunca sabia o que responder. Ainda tentando resistir, recusava a exagerada condição de guia que Braindor lhe outorgava, preferindo se considerar vítima. Por que os outros sempre se apossavam de seus gestos e pensamentos? Cessariam de procurar um sentido oculto em suas frases, comportamentos e silêncios? Eles a acossavam até o limite do absurdo, inventavam significados. Excediam-se ao enaltecê-la.

— Braindor, será que não podem me deixar em paz? E não posso simplesmente me contentar em viver?

17

7 de abril de 1906.

Minha querida Gretchen,

Obrigada por suas palavras. Sua afetuosa compaixão me restaurou um pouco de força.

No entanto, aqui não me falta compaixão. Recebo várias doses cotidianas de piedade das dezenas de pessoas que desfilam pela casa para transmitir a mim e a Franz sua solidariedade. No entanto, essas condolências, de tão excessivamente entremeadas de mal-entendidos, não me proporcionam o menor reconforto. As visitas não ignoram apenas que eu não tinha filho algum no ventre. Suspeito que venham trazidas mais pela curiosidade do que pela piedade, em busca de verificar a cara de um afortunado jovem casal diante da tragédia. As mulheres conferem meu desconsolo, o desengano que Franz traz na alma e a dignidade que meus sogros mantêm. Os homens tentam nos reanimar falando do futuro, contando anedotas. São esses os que me cercam, Gretchen. Posso escolher entre as víboras e os grosseirões. Sua carta meiga, lamentando o ocorrido, sem críticas, muito me emocionou.

Não me perdoo pela gravidez nervosa. Embora tenha acreditado estar grávida, e que tenha sido desonrada e não desonrado os meus, fui eu que me induzi ao erro.

Quem sou "eu"? Se "eu" é a minha consciência, então sou inocente, pois acreditava de fato em minha gravidez. Se "eu" é o corpo que me armou a cilada, então é ele o autor do subterfúgio. Ora, como separar a tal ponto o corpo da consciência? Ousariam acusar meu corpo e não o meu "eu"? Quem informou minhas entranhas de minhas aspirações senão parte de minha alma? O corpo e a consciência não permanecem estanques; o invólucro físico não se reduz a uma carruagem alugada, impessoal, na qual se instala por acaso um intelecto. Suspeito, portanto, da existência de um lugar indistinto, um semicorpo, semipensamento em que carne e alma se mesclam, onde são tomadas as grandes decisões e onde reside o verdadeiro "eu". Nesse lugar, minha imaginação, sem que a minha vigilância soubesse, soprou um dia a minhas entranhas o meu ardente desejo de engravidar. E minhas tripas obedeceram.

No fim das contas, a culpa recai sobre mim. Logo, sou a responsável. E sim, minha Gretchen, apesar de suas frases exonerando-me da culpa e me absolvendo, não me vejo angelical, mas condenável. Minha culpa depende do que se entenda por "eu".

Voltei a me dedicar à coleção.

Consagro todas as manhãs a meus *millefiori*. Devo a meus cristais queridos momentos de exceção, alegres, despreocupados. Esses querubins não estão a par de minhas infelicidades; puros e imputrescíveis, não participaram de meu recente martírio; vivem em outro espaço, num tempo distinto, no universo das flores imortais e das sempre verdes campinas.

Quando admiro uma margarida radiosa em sua bola de vidro, tento a ela me unir, deixar de lado a sociedade imprevisível. Às vezes tenho a ilusão de conseguir e encanto-me com uma cor, um reflexo, tornando-me indiferente a tudo, salvo às variações da luz. Não posso me impedir de pensar que ali reside uma verdade que me será concedida, uma mensagem que acabarei por receber lá do fundo de meus *millefiori*. Uma mensagem que me satisfará e varrerá minhas dúvidas. Uma mensagem que trará o fim do questionamento.

Numa loja, encontrava-me recurvada sobre um peso de papel assombroso, no qual limões, laranjas, bananas, cerejas, tâmaras, maçãs e peras, colados uns aos outros, se exibiam como bombons multicoloridos que nos fariam salivar até o fim da eternidade, quando uma voz sussurrou:

— Gostaria de presenteá-la.

Franz me espionava. Por meia hora enterneceu-se ao me ver eufórica. Depois de me haver abordado, divertiu-se ainda mais com meu ar aturdido. Apesar de ter se oferecido duas vezes para comprá-lo, eu não me mexia, os olhos esbugalhados, a nuca ardendo. Fiquei furiosa. Entrementes, precisava dissimular a cólera: melhor dar a impressão de ser tola do que malvada. Por que aquele Waldberg se intrometia? Como ousava me oferecer um *millefiori*? Sobretudo aquele, de frutas, essa raridade suntuosa que em minha cabeça eu já possuía? Por quem se tomava? Não deveria se interpor entre mim e os pesos de papel, certo? O assunto não lhe dizia respeito. Eu era livre. Tinha meios para adquirir os tesouros de minha paixão. O que desejava? Que em casa, manipulando a bola, eu me repetisse: "Foi Franz quem me deu este de presente"? Infeliz! Quanta ingenuidade... Jamais pensava nele ao admirar minha coleção. Jamais! E se, por acaso, ele deixava as impressões digitais ao manipulá-las, eu as limpava. Se agora queria se afixar uma etiqueta de doador magnânimo, eu me negava a aceitá-lo. Não conseguiria se imiscuir entre mim e elas.

Ele zombou de meu rosto petrificado.

— Se pudesse se ver, minha querida...

Baixei os olhos para os cristais e percebi meu reflexo: efetivamente estava feia e ridícula.

— Então — insistiu —, me concede o direito de presenteá-la?

— Mas esse é horrível.

Dei meia-volta, tomei-lhe o braço e saímos a passeio pela Kärntnerstrasse.

Não sei se consegue acreditar, mas eu receava que o peso de papel tivesse escutado a atrocidade que eu pronunciara e sofresse, e que quando eu lá voltasse às escondidas no dia seguinte, ele tivesse perdido o esplendor ou preferido se entregar a mãos estranhas. Sim, é ridículo; contudo, não pretendo evitar o ridículo. Ao contrário.

Sem que Franz se desse conta, demorei horas até controlar a raiva, embora ciente de que ele só tivera a intenção de me agradar. Era preciso recuperar aquela peça única, contemplá-la a sós, em meu quarto, deitada na cama, para afastar o medo de uma interferência entre esses dois mundos distintos: o mundo de meus globos e o mundo em que sou esposa de Franz.

Por que lhe escrevo? Apenas para contar estas bobagens? Gretchen, fique tranquila, guardei o melhor para o final.

Entre minhas visitas, a mais assídua continua sendo tia Vivi, é claro. Para ter uma ideia de nossa estranha relação, vou lhe contar o que aconteceu no dia seguinte do... como chamá-lo... acidente.

Tia Vivi juntou-se a nós no salão, desdobrou-se com o intuito de nos consolar, encontrando as palavras certas e carinhosas para Franz e outras, afetuosas, para mim. A seguir, nos apresentou a crônica dos nascimentos recentes, zombando do orgulho de uma das mães que mostrava o bebê mais feio que um macaco, da emoção de um pai que não reparava que o filho tinha os mesmos cabelos ruivos de seu rival etc. Com tato, nos descreveu tão bem a desgraça e o ridículo dos genitores que tinham conseguido procriar que quase nos alegrávamos pelo fracasso.

Quando Franz foi chamado ao ministério e nos deixou, ela aproximou-se de mim e me deu um tapinha no antebraço.

— Vai me detestar, minha pequena Hanna.

— Por quê?

— Porque conheço o seu segredo, sei o que de fato ocorreu durante o parto. Eu estava lá.

— Ah...

Enclausurei-me num silêncio doloroso. Assim, eu não poderia sequer abafar essa tragédia íntima no silêncio e seria obrigada a compartilhá-la com tia Vivi. Que os profissionais — os dois médicos e a parteira — soubessem dos detalhes de meu infortúnio, pouco me importava. Mas um membro da família...

— Não se preocupe. Eu me calaria mesmo sob tortura, para não revelar o segredo.

In petto, considerava, como apreciadora dos talentosos improvisos, das elucubrações irresistíveis de zombaria e mordacidade tão admirados por seu grupo: "Sob tortura, talvez; mas duvido que se mantivesse calada sob os lustres de seu salão, entre chás e *macarons*, diante de uma plateia!"

Continuou a me acalmar:

— Se alguém me dissesse que você teve uma gravidez psicológica, concluirei que revelou o segredo, não eu. Não abrirei minha boca.

Quanto mais insistia, menos eu entendia. Tia Vivi calada? Seria o mesmo que declarar que deixara de ser mulher.

— Aliás, fui eu, querida Hanna, que exigi que os dois médicos fingissem que o bebê nascera morto, pois imagine se os dois espantalhos decidissem entregar o mapa da mina a Franz.

Então, pensando em meu marido, demonstrei sinceridade:

— Obrigada, tia Vivi. Isso o teria... não sei... o teria matado.

— Ou matado o seu amor.

O olhar frio me fixou; ela havia expressado minha angústia. Como poderia conhecê-la?

Ponderei:

— Mesmo assim, Franz não ficaria com raiva de mim!

— Não... não abertamente... jamais o confessaria. Nosso pensamento não se resume ao que percebemos ou dizemos. Temos corredores secretos atrás dos muros, armários dissimulados, gavetas ocultas onde às vezes acumulamos aflições, ambições e medos. Tudo vai bem até o dia em que a proteção salta, explode, sai. Nessa hora, podemos esperar o pior. Aparentemente, Franz compreenderia o ocorrido; no entanto, a decepção, a frustração e a cólera permaneceriam escondidas em alguma parte.

Embora de acordo com ela — ou talvez exatamente por isso —, objetei:

— Tia Vivi, não sou a primeira mulher a ter uma gravidez psicológica.

— Nem a primeira a disfarçá-la com um falso parto.

Demorou-se antes de acrescentar:

— Felizmente.

No silêncio, nossos receios se trombavam — tanto os legítimos quanto os ilegítimos. Imaginei a sociedade vienense espalhando a minha história. Seria repetida, a princípio por curiosidade, pelo desejo de brilhar narrando uma história inconcebível; em seguida, para me prejudicar. Eu seria considerada fingida, insana, manipuladora; as invejosas lamentariam pelo pobre Franz e lhe desejariam outra esposa — elas, por exemplo.

Tia Vivi concluiu:

— Acredite, minha filha, melhor alimentar as pessoas com um pequeno drama do que com uma autêntica tragédia.

Apesar de concordar com suas palavras, protestei:

— Autêntica tragédia? A senhora não exagera?

Ela dirigiu seus olhos violeta para mim.

— Que atitude pretende tomar, minha filha?

— Nenhuma...

— Para se tratar...

— Tia Vivi, não estou doente!

Mordendo os lábios, movimentou-os de um lado para o outro, o que dava a impressão de que a ponta do nariz balançava.

— Não, não está doente no sentido comum. Entretanto, quem nos garante que não vai ter outra gravidez psicológica?

— Ah, não! Duas vezes, não.

— Por que não?

— Duas vezes, não.

— Pode me explicar por que não?

Apesar de me parecer evidente, não encontrava argumentos.

Tia Vivi pegou uma xícara de chá e continuou:

— Ainda quer ter filhos?

— Sim. Mais do que nunca.

— Logo, pode voltar a se enganar. Qual a diferença?

— Já aconteceu, não pode acontecer de novo.

— Acha mesmo? A maioria das pessoas repete os mesmos erros vida afora. Mulheres que se enamoram de homens que batem nelas. Homens que só se sentem atraídos por galinhas que os depenam. Crianças enfeitiçadas por familiaridades nefastas. Vítimas de vigaristas que, sem nada aprender com a própria infelicidade, continuam a sofrer abuso. Não, para a maioria, minha querida, uma vez só não basta.

— Que posso fazer?

— É isso que me pergunto, minha querida. E acredite que se eu vislumbrar um embrião de resposta, venho imediatamente lhe informar.

Baixei o rosto. Além de me esfregar os erros no nariz, o emprego da palavra "embrião" me ofendeu particularmente. Fechei-me no mutismo.

Ela se levantou, de repente vivaz — queria deixar uma forte impressão de suas aparições —, e ainda pegou alguns *macarons*, que enfiou na boca bonita.

— A natureza humana detesta dois sentimentos: a gratidão e a cumplicidade. Ninguém as suporta por muito tempo. Assumi um grande risco ao revelar ter conhecimento da verdade: perder seu afeto.

Ela aguardava uma resposta. Naturalmente, lhe ofereci a que ela esperava:

— Tia Vivi, estou muito feliz em compartilhar meu segredo com a senhora, seria muito feio reprová-la.

Nesse instante, compreendi que ela me armara uma arapuca. Astuciosa, aproveita-se da situação para obter vantagens. Tendo descoberto meus medos e minha vergonha, atropelava-me, exprimia no meu lugar as reticências que me atravessavam a mente para concluir em tom doloroso: "Não imaginaria semelhantes horrores, espero." Pois bem, veja como me peguei dizendo o quanto a admirava e que sempre gostaria dela...

Alguns dias mais tarde, no quarto, enquanto acariciava meus *millefiori*, anunciaram a chegada de tia Vivi. Aproximou-se, as bochechas rosadas de tanta animação.

— Escute, querida, mencionaram um médico que, segundo dizem, opera milagres. Já curou casos desesperadores, enfim, casos em que outros colegas de profissão fracassaram. Como ele se cerca de arcanos e de mistérios, goza de grande reputação entre artistas e literatos, o que a mim pessoalmente parece suspeito. Ora, soube, por indiscrições de amigas, que ele devolveu a visão a uma jovem que tornara-se cega havia três anos e curou outra de suas manias. O que é surpreendente é que não toca nas doentes, não as opera, não lhes administra remédios. Não, em nada se assemelha aos charlatões habituais e aos feiticeiros das aldeias. Ao que parece, contenta-se em conversar com as pacientes. Repito: não acredito nem um pouco. Uma espécie de mago que faz uso de fórmulas esotéricas. Fala-se muito dele em Viena. É considerado a derradeira salvação dos incuráveis. Uma personalidade bastante controversa, devo confessar. Para uns, um charlatão; para outros, um grande sábio. Em minha opinião, nem um nem outro. Em todo caso, ele se tornou o médico da moda. Chama-se Sigmund Freud.

— Quer que eu o consulte?

— Nem pensar. Uma Waldberg não se trata com um judeu.

— Mas se é competente...

Ela me tomou as mãos intimando-me ao silêncio.

— É por causa de raciocínios semelhantes que acabamos perdendo os pontos de referência. Não se deve lutar contra os princípios.

— Meus princípios? Mas nada tenho contra os judeus.

— Naturalmente; eu, tampouco. No entanto, deve admitir que não devemos nos confiar a um judeu se não o somos. Há hierarquias a respeitar, Hanna, caso contrário nosso mundo desaba. Para começar, Franz me culparia, não toleraria que um levantino a despisse e auscultasse.

— Mas a senhora disse que ele não encostava nos...

— Auscultar o corpo e o espírito é a mesma coisa. É intolerável permitir tais invasões por parte de qualquer um. Enquanto eu viver isso não acontecerá; jamais enfrentarei a vergonha de tê-la mandado ao consultório de um judeu.

Pelo contrair das narinas e pela súbita desordem das mechas soltas de cabelo flutuando em torno das orelhas, notei que tia Vivi atingia o auge da irritação. Sim, minha Gretchen, sei que essa atitude pode chocá-la, pois não hesitou em se casar com Werner, que é metade judeu. Como explicar?

Aqui em Viena, no meio ao qual passei a pertencer, leva-se mais a sério as origens do que o dinheiro. Não apenas se deve frequentar famílias com padrão econômico equivalente, mas, nessa casta, é preciso também cultivar, diz tia Vivi, a “sua cor”. A intromissão de judeus no círculo em que as famílias se frequentam amiúde, mesmo que o homem seja elegante e a jovem, uma estátua grega, é considerada falta de gosto, uma ofensa ao decoro, ou seja, um insulto lançado ao rosto dos que respeitam as regras. "O quê? A senhora me impõe a presença de um judeu em sua casa quando eu a poupo disso na minha? Mereço isso?" Os aristocratas ignoram o motivo de obedecer a tal triagem; sabem apenas que assim devem se comportar, sob pena de trair ou ferir os seus. A seleção conta mais do que as razões da seleção.

No entanto, já vi famílias judias riquíssimas desfilarem em palácios rebuscados. Essa mestiçagem de pronto desclassifica a recepção, dando-lhe um aspecto extravagante, cosmopolita, deformando-a ao transformá-la no *Bal de Quat'z'Arts*, onde o pior convive com o melhor, onde tudo vale a pena, sem que nada o valha de fato. Diante de tais recepções, um verdadeiro Waldberg compreende que seus anfitriões se resignaram à presença dos judeus porque estes possuem milhões. Ora, um verdadeiro Waldberg não considera o ouro uma virtude — afinal, ele vem de berço — e acredita na existência de qualidades mais preciosas que não estão à venda: pertencer a uma raça, a uma linhagem pura, influente. É isso o que os Waldberg sinalizam ao se recusar a convidar judeus para sua casa. E aquele que desrespeitar esse código não se sobreporia aos outros, mas seria excluído.

Não concordo absolutamente com o que conto, o que relato. Sobretudo, evidentemente, não pensava nisso quando de minha conversa com tia Vivi, pois permanecia centrada em meu problema. Assim, exclamei:

— Se não posso ir ao consultório do Dr. Freud, por que me falou dele?

— Esse homem teve a engenhosidade de prever o que dizemos neste exato momento. Consciente de que o fato de ser judeu o impediria de ter uma clientela pertencente a certa sociedade, formou um grupo de médicos com seu método. Entre seus discípulos encontram-se indivíduos normais, quero dizer, não judeus. Proponho consultar um deles.

Não me pergunte o motivo, minha querida Gretchen, mas, beijando tia Vivi, consenti no encontro. Quatro dias mais tarde, dirigi-me ao consultório.

Confiava na perspicácia e na audácia de Vivi. A lembrança do pêndulo furioso que detectara a anormalidade de minha gravidez me incitava a trilhar com ela caminhos arriscados: os do sobrenatural, os dos médicos não tradicionais.

Para que Franz não desconfiasse de nada, tia Vivi inventara um estratagema: longas sessões de provas de corpetes — nada mais irritante para os homens. Franz, prudente, absteve-se de nos acompanhar.

A carruagem nos conduziu a um imóvel de seis andares onde trabalhava o Dr. Calgari. Apenas um detalhe me divertia: finalmente veria um apartamento! Confesso que tinha dificuldade em imaginar como as pessoas aceitam viver empilhadas umas sobre as outras. Suportaria, minha Gretchen, que de três a cinco famílias se instalassem acima de você, correndo, cantando, dançando, fazendo barulho, dormindo, fornicando, defecando, levando a vida sem pensar em quem circula no andar de baixo? Pessoalmente, teria a impressão de estar sendo molestada, pisoteada, sufocada.

O consultório do Dr. Calgari localizava-se justamente no primeiro andar.

Uma mulher abriu a porta — imaginei se tratar da secretária — e me fez entrar numa pequena peça sombria mobiliada unicamente com cadeiras — a "sala de espera" —, como a denominou com pompa. Em outras palavras, uma cela onde só se tinha o direito de se sentar e de olhar de soslaio tapeçarias de tramas gastas e cores desbotadas que representavam dois episódios da história romana: o rapto das sabinas e a volta dos sabinos.

Ali permaneci cinco minutos, as nádegas na beirada do assento, prestes a ir embora caso fosse preciso aguardar mais um instante sequer. Havia sido abandonada no apartamento silencioso. Agora, ao escrever esta carta, suspeito que tal episódio fosse uma encenação destinada a me fragilizar, a exaltar a entrada do médico, que surgiria como salvador.

De fato o Dr. Calgari empurrou a porta dupla e apareceu, livrando-me do tédio.

Devo reconhecer que era um belo homem de físico bem magro, traços finos, barba bem-cuidada e cabelos negros lustrosos.

Após algumas palavras de desculpa — não acreditei um segundo sequer em suas justificativas —, convidou-me a acompanhá-lo ao seu gabinete.

Aproximou-se da escrivaninha coberta de estatuetas egípcias, diante de uma parede sobrecarregada de livros, e me convidou a sentar.

— Como descobriu a psicanálise?

Por esse nome bárbaro, designava o método desenvolvido pelo mago judeu Freud. Contei sobre a conversa com tia Vivi. Visivelmente, minha explicação em nada o encantou, pois fechou a cara. Isso não me desencorajou e, em poucas frases, expus o meu problema.

— Não quero que isso se repita, doutor. Da próxima vez, devo engravidar de verdade.

Foi então que ele começou a se comportar de modo estranho. Primeiro me proibiu de chamá-lo de doutor, pois, anunciou, não era médico, mesmo que planejasse me curar. Eu devia ter desconfiado diante dessa confissão constrangedora... Em seguida, explicou que nos veríamos pelo menos uma vez por semana, senão duas.

— Durante quanto tempo?

— Depende da senhora.

— Perdão, o senhor ignora a duração do tratamento?

Tal imprecisão deveria também me alertar, porém ele discursou com eloquência. Encadeando uma série de absurdos, deteve-se no mais surpreendente de todos: eu falaria durante as consultas enquanto ele se contentaria em escutar.

— A senhora entendeu? — insistiu. — À *senhora* cabe a tarefa da elucidação, não a *mim*. A senhora está doente e só a senhora pode se curar.

Em toda a minha vida, nunca escutei tamanho absurdo. Por educação, não repliquei. Ele insistiu:

— A eficiência da análise depende de sua vontade de melhorar. A cura está em suas mãos.

Apesar de aturdida, me permiti uma nota de humor:

— Diga por quanto trabalharei.

— Por 100 táleres a sessão. Adiantados, naturalmente.

Ufa, isso era evidentemente um roubo... Decidi continuar em tom cáustico:

— Quanta lisonja, não sabia que minha competência valia tanto.

Nem um sorriso — o pobre senhor não tem o menor senso de humor —, ele explicou com veemência que esse contrato financeiro era condição indispensável ao tratamento. Ir ao seu consultório devia ter um preço; pagar minha sessão de "psicanálise" representava um sacrifício.

Ao terminar, persuadido de me ter convencido, perguntou o que eu achava. Disse o que me passou pela cabeça:

— Espero que com seus emolumentos possa mudar as horríveis tapeçarias de sua sala de espera.

— O que têm de horríveis?

— A qualidade do estilo, mas acima de tudo o motivo. Detesto essa história.

— Por quê?

— O rapto das sabinas foi um ato obsceno. Sem mulheres, os romanos roubam as mulheres dos vizinhos, os sabinos. Que exemplo admirável!

— Teria preferido que praticassem o incesto?

Chocada com o comentário, fingi não ter entendido e continuei:

— O segundo quadro, *O retorno dos sabinos*, é ainda pior. Muitos anos depois, partem em busca das mulheres, que defendem seus raptores a quem acabaram por se apegar.

— Por que considera isso pior?

Mais obtuso eu jamais encontrara! Além disso, curvou-se sobre a escrivaninha na minha direção com os olhos franzidos, como se quisesse realmente compreender. Que estúpido! Educadamente coloquei-o em seu lugar:

— Desculpe, mas não vim discutir tapeçaria. Estou aqui para falar do meu problema.

— Sra. Von Waldberg, quando interpreta esses quadros a senhora fala de si, me conta a sua história e não a deles.

— Ah, sim?

— Sim. A senhora me expõe o que é a violência e a intolerância de seu ponto de vista.

Diante das palavras, me calei. Alguém tem o direito de se mostrar tão superficial? Uma conversa banal sobre assuntos que não me agradam iriam me curar? Sinceramente...

Diante de meu rosto cético, o Dr. Calgari retomou suas explicações a respeito da cura psicanalítica — ah! enchia a boca ao pronunciar esse nome —, e então começou a dizer frases que definitivamente despertaram a minha atenção.

— Sra. Von Waldberg, certos dias a senhora não dirá nada e isso será considerado uma sessão de terapia. Em outros, vai chorar, o que será um avanço. Em outros ainda, me detestará. No entanto, certas vezes vai me apreciar, me apreciar demais, me admirar. A isso se dá o nome de transferência. Posso desde já adiantar que terá a impressão de ter se apaixonado por mim.

Nesse instante ligava os fios da aberrante ladainha que ele recitava havia uma hora, e a situação ficou clara: ele anunciava que teríamos uma ligação. O ordinário me cortejava alegando — que pulha! — que eu tomaria a iniciativa. E discutia o assunto como quem prescreve uma receita.

Unindo o gesto à palavra, acrescentou apontando o sofá coberto por um kilim:

— Deite-se no divã.

Ergui-me e em tom cortante dei-lhe as costas lançando-lhe:

— O senhor cometeu um engano, não sou esse tipo de mulher.

Saí e o deixei plantado.

O torpe cavalheiro teve a falta de pudor de me perseguir pela escada do imóvel — quanta falta de educação! Por sorte não escutei nada do que proferia.

Chegando à rua, corri até a carruagem de tia Vivi e, subindo, anunciei:

— Enganaram a senhora, tia Vivi. O homem, além de ser um escroque, é um abusador de mulheres.

Ah, minha Gretchen, o mundo é povoado de feras e ingênuos. Às vezes a fera se esconde sob a máscara de ingênuo, como o Dr. Calgari; outras, a fera se revela um grande ingênuo, comentou tia Vivi. Terá acreditado um segundo sequer que esse charlatão que se vangloria de um título absurdo — "psicanalista" ou, por que não, o Grande Mamamouchi, a exemplo dos falsos turcos em Molière — me reconfortaria de algum modo?

Tentarei esquecer a raiva acariciando meus pesos de papel. Caso me aceite nesse estado de ânimo, um beijo de

Sua Hanna.

18

O carro quase capotou, acabou batendo na calçada e sem reduzir a marcha voltou à estrada, numa curva à direita. O conversível, sob a pressão de forças contrárias, parecia juntar, recolher e amarrar os músculos.

Os pneus cantaram como guerreiros satisfeitos de partir para o ataque.

Anny os encorajou gritando.

Que embriaguez! Os pés nus apertavam os pedais. Fascinada, em pleno controle, tinha a impressão de se fundir com o automóvel. O barulho do motor suplantava o de sua respiração, a carroceria do carro prolongava seu corpo a ponto de os pesos se harmonizarem; um movimento do ombro esquerdo movia a tonelada de ferro para o lado. Anny dirigia como vivia, a mil por hora.

O rosto ao vento, os cabelos em desalinho, mordia o ar que a fustigava. Arranhões, sim, arranhões constantes e sucessivos, eis o que lhe infligia o ar livre, era assim que a tratava! Entretanto, adorava a sensação de enfrentá-lo, cruzá-lo, atravessá-lo, recortá-lo. Não lhe desejava mal e sempre se sagrava vencedora.

A velocidade, liberando-a de seus infortúnios, a conduzia ao essencial: sentir-se viva, intensamente viva, pois com o velocímetro marcando 200 quilômetros por hora, a morte aguarda a vez no acostamento.

Uma sirene ressoou.

— Merda de país! Não se pode mais mexer um dedo.

Ainda mais furiosa por conta da alta taxa de adrenalina, parou na beira da estrada e observou o policial se aproximar.

Ele estacionou a moto na frente do carro, desceu majestoso e avançou, as pernas afastadas, guardando entre as coxas a moto imaginária.

Anny soltou uma gargalhada.

— Engraçado, não?

O policial fechou a cara, prestes a retrucar de modo grosseiro, mas preferiu abster-se e encadear as fórmulas rituais:

— A senhora sabe que dirigia a 200 quilômetros por hora?

— É claro que sei. Afinal, não é qualquer um que consegue essa façanha. O menor descuido seria fatal. Isso também lhe agrada?

— Senhora...

— Ah, sem essa! Vai me dizer que não escolheu essa profissão só para praticar legalmente o excesso de velocidade? Com certeza, não é guarda rodoviário para pegar vovozinhos dirigindo tratores. Felizmente, de tempos em tempos aparece gente doida como eu que lhe permite acelerar!

Desconcertado, ficou boquiaberto. À medida que ela falava, ele a reconhecia.

— A senhora é... a artista de cinema?

— Anny Lee, eu mesma.

Ele tinha a sensação de ter entrado na tela de cinema. Seria possível? A criatura que em geral lhe aparecia com um rosto de 5 metros por 3, imensa, imponente, encontrava-se a poucos centímetros e acabava de responder com graça, naturalidade.

Ela sorriu, contente com o efeito obtido.

— Está contente com a sua moto?

— Huuum...

— Foi sua escolha ou não?

Embora morto de vontade de dar continuidade à conversa, tinha de cumprir o seu trabalho. No entanto, ela se antecipou:

— Como sua família reagiu? Aposto que sua mãe detestava ver você montado numa motocicleta, mas, desde que passou a usar uniforme, perdeu o medo, acertei?

Um brilho de deslumbramento surgiu nos olhos do motociclista.

— Eu devia me integrar às forças de polícia — concluiu Anny. — É o único jeito de continuar a acelerar sem receber multas nem parar no tribunal. O que acha?

O motociclista deu uma gargalhada.

Anny então o contemplou com os olhos grandes, fazendo um biquinho, como uma menininha depois de uma bronca.

Conquistado, lisonjeado com o fato de ela se dar o trabalho de representar tal cena para ele, o motociclista concluiu:

— Tudo bem. Vou fingir que não vi, mas tem de prometer terminar o trajeto na velocidade permitida.

Ela aquiesceu. Mas os dois tinham consciência de que ela mentia. Ele suspirou, já se arrependendo de abandonar a jovem.

— Para onde está indo?

— Para o set de filmagem do meu próximo filme.

— Qual o nome?

— *A moça de óculos vermelhos.*

— Vou assistir a esse, Anny Lee. Nunca perdi um. Por que dirige? Achei que os estúdios pusessem à sua disposição limusine com motorista.

— Não existem motoristas de limusines que me proporcionem essa sensação. Se encontrar algum, por favor, trate de tirar o cara da cadeia e nos apresentar. Até lá, não tenho outra opção a não ser pegar no volante.

Ele sorriu inebriado pela audácia de Anny.

Ela deu a partida, em passo de lesma, e lhe dirigiu um encantador aceno de mão. Ele quase respondeu, então lembrou que devia se comportar como policial.

Escoltou-a durante o quilômetro em que ela dirigiu em marcha lenta. Depois a ultrapassou, pegou outra pista e se afastou, persuadido de que, após sua partida, Anny voltaria a pisar no acelerador.

Irrompendo no local onde a equipe se instalara para algumas cenas externas, Anny entregou o carro a um estagiário e entrou no trailer.

O clima na equipe de filmagem era de guerra aberta.

Para começar, a estrela chegava com um atraso escandaloso por conta de uma noitada — só chegara às quatro horas da manhã da boate — e em péssimo estado — ressaca de bebida e de drogas. Além disso, ao arruinar os planos, afirmava sua supremacia: era a estrela e como tal devia ser aguardada. Desde que transara com Zac, Anny perdera o medo do diretor; ao contrário, bastava se lembrar dele nu e do implante de cabelo para achá-lo grotesco. Ele não exercia mais poder algum sobre ela, nem o de obrigá-la a ser pontual nem o de evitar que ela o imitasse, comentando suas frases. Em três ocasiões o chamara de "babaca" em público.

Quanto a David, sua hipocrisia se tornava manifesta. Se Anny fora a primeira a detectá-la, agora ela era visível a todos, inclusive a si próprio, pois quando adotava uma atitude amorosa com Anny, ou lhe dizia alguma expressão açucarada, os olhos entravam em pânico por uma fração de segundo, revelando que no íntimo temia não ter sido convincente.

Anny debochava dele. Pior, isso a fortalecia. Quando a mediocridade dos seres humanos vinha à tona, ela respirava melhor. Isso não simplificava apenas seu relacionamento com eles, mas com ela mesma; assim se odiava menos. Sendo um zero à esquerda num país de vários zeros à esquerda, seus medos não superavam os das outras pessoas.

Quanto a Ethan...

Ethan não aceitara que fugisse dele. Tentara convencê-la, impedi-la de voltar a mergulhar nos hábitos perniciosos. Desde o dia em que ela sucumbira ao ópio, nunca mais deixara de cruzar com ele em seu caminho, na entrada de casa ou na saída do estúdio; entretanto, fingia não vê-lo. Ele não desistia. Certa manhã precipitara-se em sua direção passando-lhe um sermão; ela seguira em frente como se ele pertencesse a um mundo com o qual não tivesse mais relação: um fantasma tentando interpelar um ser vivo.

Nesse dia, ela gravou sua última sequência com uma atriz a quem devotava adoração, Tabata Kerr.

Por que a apreciava?

Tabata — apelidada de Bolsa Vuitton por toda Hollywood de tanto que seu rosto havia sido remendado —, baixinha, gorducha, petulante, cáustica, ruiva, a cabeça sem pescoço presa aos ombros sólidos, gestos contidos e olhar frio, lhe parecia dura. Um bloco inquebrantável. Zombeteira e rebelde, aguentava qualquer golpe. Anny a invejava por ser dona de tanta consistência.

Uma vez pronta, foi até o set para cumprimentar Bolsa Vuitton, que se deixou beijar mantendo a distância para não estragar a maquiagem.

— Gatinha, eles começaram a restaurar minha fachada às sete da manhã, e olha que eram muitos, então, não se aproxime demais. Monumento histórico em perigo. Proibida a circulação entre as ruínas.

— Estou feliz de filmar com você — comentou Anny.

— E eu estou simplesmente feliz de filmar.

Ensaiaram, ajustaram os refletores e rodaram a cena.

Quando gritavam "Ação!", Anny se metamorfoseava: tudo nela se tornava profundo, intenso, exato. A voz vibrava, falhava, sufocava; seu rosto pulsava de emoção; os sentimentos mais diversos percorriam-lhe o olhar. O corpo também contava uma história. Os pés e as mãos, flagrados pela câmara, igualmente representavam a cena.

À sua frente, Bolsa Vuitton praticava o oposto. Ao sinal de "Ação!", encolhia-se, perdia parte da aura. Enquanto Anny se iluminava, ela se apagava. A interpretação da decana era cerebral, voltada para os efeitos, profissional. Tudo era feito calculadamente. Executava uma partitura, a de Tabata Kerr nesse papel, atendendo às expectativas, portanto sem elemento surpresa. Entretanto, como só lhe confiavam papéis secundários, burlescos, ela correspondia ao esperado: sua personalidade forte não se apagava por completo e menos ainda seu inacreditável físico.

A cada pausa, Anny a felicitava, sem se dar conta da distância entre o seu comprometimento e o da venerada matrona. Debaixo da sombrinha que o mais bonito estagiário segurava, Bolsa Vuitton sorvia com gulodice os cumprimentos da colega.

Zac sofria. Percebia a diferença entre as duas artistas. Fracassava em dirigi-las porque Anny se recusava a escutá-lo, ao passo que Bolsa Vuitton, aprovando os comentários com ar de quem está totalmente persuadida, mostrava-se incapaz de aprimorar a atuação.

Zac resolveu se comunicar com Anny através dos três assistentes. Quando ela enfim decidiu dar-lhe ouvidos, decolou como um avião de caça — embora já voasse a certa altitude.

A equipe não pôde deixar de admirá-la. É verdade que Anny se comportava como uma menina mimada —sempre teria 5 anos no set, a idade em que iniciou a carreira? —, arruinava o planejamento e seu cachê acabava saindo bem mais caro aos produtores, mas nada desmentia a maturidade de sua atuação.

Quando o sol baixou demais para que mantivessem a luz de acordo com o roteiro, anunciaram o fim do dia de trabalho.

Bolsa Vuitton, sem demonstrar cansaço, propôs a Anny ver cenas de *A moça de óculos vermelhos* em seu trailer.

Uma vez retirada a maquiagem — parcialmente para Bolsa Vuitton, que não enfrentava o mundo sem uma camada espessa —, assistiram às tomadas das últimas semanas numa tela de televisão. Bolsa Vuitton verificava sua atuação; quando não aparecia em uma sequência, observava Anny e percebia as qualidades extraordinárias da jovem colega.

— Minha querida, é incrível como a câmera ama você.

Ela se voltou para saber a opinião de Anny, que, esgotada, pegara no sono logo nas primeiras imagens.

À noite, a pedido de Bolsa Vuitton, as duas se encontraram em um restaurante chique de Los Angeles.

Anny apareceu com uma hora de atraso, confusa, se desmanchando em desculpas, sem imaginar que Bolsa Vuitton, já avisada, acabara de chegar.

O dono e os empregados solícitos rodearam as atrizes, declarando o quanto se sentiam honrados por servir às duas glórias de Hollywood. Amáveis tanto com uma quanto com a outra, demonstravam preferência por Bolsa Vuitton, que escondeu o fato de conhecer cada empregado pelo nome.

Anny exibia a cara arrasada. Após a agitação da filmagem e de seu sono incontrolável, sentia náuseas, ansiedade, falta das substâncias químicas. Comer em nada a ajudaria. O que fazer?

Quando percebeu o ruivo encarregado da chapelaria, julgou-se a salvo. Ele frequentava o Red and Blue e ela já o encontrara várias vezes no subsolo da boate, humilhado, drogado, inchado feito peixe de aquário.

Sob o pretexto de "dar uma refrescadinha na fuça", como dizia Bolsa Vuitton, Anny se enfiou no cubículo, aproximou-se do homem e sussurrou:

— Me ajude, estou em crise.

Ele a encarou, esboçou uma careta.

— Boa noite. Sou Ronald.

Ela tentou descobrir aonde ele queria chegar.

— E eu, Anny. Já vi você no Red and Blue.

— Pena que não tenha me dito isso lá.

— Me falta audácia — sussurrou com uma expressão que a deixava fascinante. — Adoro um ruivo.

— Sério? Por quê?

— Porque me despertam ótimas lembranças.

O homem a examinou. Ela gemeu:

— Pode me socorrer? Não vou conseguir chegar ao final do jantar sem isso.

— Vou pensar.

O silêncio se instalou. Anny entendeu que não devia forçar a barra. Primeiro porque a mente funcionava em marcha lenta e depois porque ele pretendia ser o dono da situação.

Ela lhe dirigiu um sorriso cúmplice para encorajá-lo. Lisonjeado, ele acabou murmurando:

— O que você me dá se eu desenterrar os restos de um negócio do fundo do bolso?

Ela tirou a única nota que tinha.

— Cem dólares está bom?

Apesar de tentado, hesitou.

Ela pensou: "Ufa, ainda bem que não vou ser obrigada a dar para ele."

O cara fez que sim com a cabeça.

— Vire de costas.

Anny obedeceu. O homem temia que ela soubesse onde escondia a droga. Excelente novidade: se tomava essa precaução é porque sobraria alguma coisa depois de vendida a dose.

— Tá bom. Toma.

Ele lhe enfiou na mão um papel dobrado contendo o pó.

— Até mais — sussurrou Anny antes de desaparecer no toalete.

Reanimada — ou convencida disso —, voltou ao seu lugar ao lado da Bolsa Vuitton.

— Minha macaquinha — exclamou a artista —, agradeço por ter me escolhido para trabalhar no seu filme.

— Não, não fui eu, foi...

— Tsc, tsc, tsc, Zac nem me olhava enquanto eu interpretava a cena, só tinha olhos para você.

— É por outra razão. Nós...

— Sei, dormiram juntos, grande coisa! Todo mundo sabe. Para ser sincera, fico feliz por ter chegado a uma idade em que nenhum diretor pensa em me levar para um quarto de hotel. Sempre vi nisso algo de... feudal.

— Não foi exatamente isso o que aconteceu...

— Claro, meu bem-te-vi, com você, é o oposto. É você que os leva a transar para depois dominá-los. Acredite, você encanta todas as mulheres por tratar os homens do modo como detestamos ser tratadas por eles. Uma saborosa vingança. Mas, voltando ao assunto, como dizia minha mãe, que nunca saiu de Nova York, examinemos seu caso, minha coelhinha. Se Zac gruda as pupilas em você é porque é envolvente... Uma grande atriz, leitoazinha, uma atriz fabulosa.

— Você também, Tabata.

Sua mãozinha lotada de anéis bateu na mesa com raiva.

— Não, por favor. Nada de elogios falsos. Sei perfeitamente quanto valho. A câmera ama você, não a mim.

— Está se referindo à idade?

Bolsa Vuitton lançou um olhar tipo “Idade? Que idade?” enquanto fazia cara de quem não entende, um sorriso amarelo, testemunhando sua lucidez e seu humor.

Foram servidas.

A matrona mastigou um camarão e exclamou, os olhos erguidos para o teto, como se o crustáceo a inspirasse:

— Sabe que tenho um apelido?

— E-eu... na-não...

— Mentirosa! Em nosso meio só me chamam de Bolsa Vuitton.

— É mesmo?

— Você representa mal, minha zibelina. Isso é impossível, não acredito nem por um segundo. Sabe quem inventou esse apelido? Eu!

— Não!

Anny demonstrou sincero espanto. Como poderia se infligir tortura semelhante usando um nome que assinalava cruelmente o que dera errado — cirurgias estéticas evidentes demais, numerosas demais?

Tabata Kerr continuou descascando seus crustáceos:

— A câmera, minha joaninha, não reflete; ela registra. Quando se aproxima, não fecha os olhos como os gigolôs; ao contrário, os escancara e capta todos os seus defeitos, todinhos, sem dó nem piedade. Com os diabos, falta sutileza a essa câmera estúpida; ela não seleciona. Uma babaca sem coração e sem respeito. Se eu queria sobreviver no cinema depois de pagar três piscinas a meu cirurgião plástico, era preciso jogar limpo: inventei um apelido que fizesse jus a uma cara arrasada na esperança de que, quando procurassem uma detonada, pensassem de imediato na Bolsa Vuitton.

Soltou uma risada de megera.

— E funcionou.

Anny sorriu, aliviada por saber que a velha dama adulada avançava com tanto brio pela vida.

— Como você é perspicaz, Tabata.

— Ah, minha libélula, esse cumprimento eu aceito. Imagine, se eu não fosse inteligente, jamais teria feito carreira com este físico, esta voz e meus parcos dons dramáticos!

— Que exagero...

Anny se indignava. Ora, sua interlocutora não fazia o gênero coquete; renunciara ao estilo "grande dama" e mordia vorazmente seu pão de nozes.

— Aos 70 anos, já conheci muitas mulheres realmente lindas, mais talentosas do que eu, melhores atrizes, dotadas de um timbre encantador. Todas desapareceram. Todas! Eu continuo aqui. Não tenho mais talento do que elas; na verdade só possuo um: o de continuar na profissão.

Voltou-se e disse a Anny:

— Por isso queria conversar com você, meu ratinho. Receio por você.

Anny franziu as sobrancelhas.

Bolsa Vuitton se voltou e olhou-a fixamente.

Nesse instante, Anny compreendeu o motivo do desconforto que experimentava: compartilhando uma mesa lateral, não jantavam sentadas frente a frente. Bolsa Vuitton, voltada para a sala, mal fitava a companheira de mesa. Como se os frequentadores constituíssem seu público, a eles se dirigia ao declamar suas réplicas, como um canastrão que sequer lança uma olhada ao parceiro. Ora, acabava de repente de deixar de lado seus reflexos de cabotina e se curvava para Anny:

— Minha pequena, não passo de uma inútil, dublê de canalha da pior espécie, mas seu comportamento em relação a mim sempre me comoveu. Você me estendeu a mão várias vezes quando eu nada tinha para lhe oferecer em troca. Você me convenceu de sua afeição. Agora que minha amiguinha está deprimida, chegou a hora de pagar meu débito. Como o que tenho de melhor é a inteligência, refleti sobre o seu caso e quero lhe dar um conselho. Você é um gênio, minha gazela, um autêntico gênio da arte dramática. E isso a fragiliza. Quando roda uma cena, não se poupa, se entrega, se consome. Acabará por se machucar.

Ela apontou o dedo para o rio de pérolas falsas que cobriam seu peito tal uma armadura de gladiador.

— Quanto a mim, ninguém pode me ferir. Só a morte. Tenho o couro duro e a alma de pedra. Nada me desestabiliza. Isso é ao mesmo tempo bom e ruim. Minha personalidade forte me torna interessante, entretanto me impede de me tornar uma grande atriz. Em contrapartida, esse temperamento detestável me possibilita ser uma mulher quase feliz. Mas isso não acontece com você. Pelo modo com que se agarra à minha saia e ao observar como representa suas cenas, como se sua vida dependesse disso, sei que não é feliz.

Anny conteve as lágrimas.

— Você não é feliz porque escancara a porta para sentimentos intensos. Há pouco, analisando as tomadas, eu me dei conta. Quando você ri, ri de verdade. Não é um sorrisinho falso. Quando chora, chora mesmo; não choraminga... Tudo é grande em você, nada existe de mesquinho, de tacanho. Você se entrega, não resiste. Em vez de correr atrás das paixões, são elas que pegam você. Quando interpreta, se despe, representa como um Cristo pregado na cruz. Por isso a câmera a adora. E o público também. O público não me ama; gosta que eu o divirta, é diferente. Quanto a você, ele a idolatra porque você apresenta um espelho no qual é possível ver o próprio reflexo. Sim, em seu rosto, em seus olhos, em suas mãos, o público encontra as próprias emoções, porém ainda mais belas, pois você é bela; e emoções ainda mais nobres, pois você é pura.

Apontou a taça vazia para o garçom.

— Eu só brilho no teatro. Lá me atiro ao fogo, sou menos calculista, não me questiono sobre o ângulo em que me filmam. Ocupo meu lugar e não o cedo a ninguém. Na tela, não sou nem boa nem ruim, apenas passável. Aliás, como a maioria dos atores. Enquanto você, minha corça, é fenomenal. Não alcançou o status de estrela tão jovem por pura sorte. Tem talento.

Provou o vinho da Borgonha, fez uma careta e em seguida exigiu um Bordeaux. Anny não intervinha em seus interlúdios nem em seus monólogos; a tudo assistia boquiaberta.

— Só existem dois tipos de estrelas no cinema: as doentes e as avarentas. As avarentas em cena não fazem careta, se mantêm no limite do inexpressivo, oferecendo uma máscara sob a qual se adivinha uma forma de agitação. Essas a câmera vem buscar, examinando-as atentamente, vasculhando em busca de um sentimento. Ora, avaras ao extremo, apenas apresentam um manuscrito ilegível, rasurado, que o espectador, graças à montagem, acabará decifrando. As outras, as doentes, são as que se entregam por inteiro no instante da cena, as que só são felizes entre o "Gravando" e o "Corta". Felizes por quê? Porque se esquecem, se abandonam. Porque existem inteiras, ali, naquele instante. Porque, enfim, essa hipervulnerabilidade que torna o cotidiano insuportável encontra seu ponto de amadurecimento. Essa classe, à qual você pertence, constitui as deficientes na vida real. No dia a dia, a realidade as golpeia, as estraçalha, as metralha.

Segurou as mãos de Anny.

— Por que inventaram o cinema? Para persuadir as pessoas de que a vida tem o formato de uma história. Para fingir que existe um começo, um meio e um fim nos acontecimentos desordenados aos quais somos submetidos. O cinema substitui as religiões, põe ordem no caos, introduz a razão no absurdo. As melhores estreias são sempre aos domingos! O público precisa disso e você também, minha marmota. Você precisa de um roteiro que defina o ponto de largada e o ponto de chegada, delimite o trajeto, assinale o que deve dizer, sentir, realizar, lhe indique os abismos e os picos. É preciso que desenhem um mapa, caso contrário você se perde. Que tristeza, você é um gênio, minha jiboia! Melhor seria ser medíocre... Seu nome será lembrado, brilhará, mas você não será feliz.

Quando Bolsa Vuitton a persuadia desse jeito, fazendo uso de sua grandiloquência teatral, Anny se aprumava.

— O que devo fazer?

— Decidir ser o que é: uma eleita. Isso significa que oscilará entre deveres e privilégios. Em contrapartida, o prazer...

As duas mulheres se despediram com um beijo. Bolsa Vuitton se sentia perturbada por essa jovem frágil sobre a qual via tempestades se acumulando. Anny apertava a vacilante Bolsa Vuitton nos braços se perguntando se um dia voltaria a vê-la. Uma temia pela outra.

Anny acompanhou a matrona ao táxi e voltou ao restaurante para pagar a conta. Bolsa Vuitton jamais pagava, mesmo quando convidava.

Encontrou o ruivo no vestiário.

— Aonde você vai?

Tendo terminado seu trabalho, ele já consumira um pouco de droga.

— Vou levar você — respondeu ele.

— Aonde?

— Para sua casa.

Aceitou sem hesitação.

19

Desde sua chegada à beguinaria, Anne resplandecia.

Nesse vasto pátio arborizado, onde as moradoras das casinhas quase iguais se olhavam entre os troncos finos, Anne ocupava a oitava casa à direita, a partir do portão principal, a mais distante do poço, a de persianas vermelhas. A habitação parecia cômoda, elegante, tanto dentro quanto fora. Anne gostava da arrumação reduzida ao essencial. As janelas de trás davam para a catedral Saint-Sauveur e ofereciam uma luz riquíssima; as do norte, uma luz branca, difusa, uma opalescência que clareava sem deixar sombras.

Os visitantes não podiam deixar de ser tocados pelo aspecto feminino da beguinaria. Resultado não apenas de sua população — nenhum homem podia se hospedar ali —, mas do tamanho minúsculo das construções, da delicadeza das fachadas, em que se misturavam tijolos rosados e pedras de cor bege, e da limpeza meticulosa. No local reinava o sentimento de paz. O acolhedor pátio retangular invadido pelas árvores transformava as moradias em cogumelos crescidos ao pé da floresta.

Anne dividia sua habitação com uma costureira da Antuérpia.

Deixar tia Godelièvе fora um alívio. Livrara-se do passado e do futuro. Ninguém mais a lembrava de sua mãe morta no parto; ninguém a obrigava ao casamento; outras reverências se delineavam, embora imprecisas.

Braindor usara de sua influência junto à superiora para alojá-la no lugar.

Essa nobre dama idosa, de traços finos, célebre por seus olhos cor de violeta, dirigia a beguinaria com a autoridade serena dos seres em perfeita harmonia com seus atos. Aristocrata, culta, grande leitora dos filósofos e teólogos, não se aproveitava de sua posição, tampouco de sua erudição, para administrar essa comunidade não religiosa. Mantinha reservados em compartimento acessível apenas a si mesma os trunfos de nascença e de cultura que a destacavam das demais. Sua vontade manifesta se reduzia em organizar para as beguinas uma vida simples e pura dedicada ao trabalho, à prece e ao recolhimento.

Embora Anne não fosse oriunda de família nobre, a superiora a recebeu. Aliás, talvez por esse exato motivo. Rumores, de fato, começavam a circular em Bruges, criticando a atual tendência da beguinaria de não receber senão jovens de alta linhagem, uma vez que na origem protegia as mulheres do povo.

Quando Braindor lhe apresentou Anne, a superiora a observou detidamente.

Enquanto Anne e Braindor previam um interrogatório, ela prolongou o silêncio com um gesto do indicador. As duas mulheres, uma diante da outra, pararam de se mover. Parecia que a superiora entrara no espírito de Anne por uma viagem mental, sem o recurso das palavras. Braindor sentia que as duas entabulavam uma conversa franca sem que qualquer frase fosse pronunciada.

Enfim, depois de meia hora, a superiora concluiu:

— A alma só consegue ver a beleza quando ela própria é bela. É preciso ser divino para obter a visão do divino. Bem-vinda, Anne.

Sem maiores explicações, a superiora concedeu uma bolsa de estudos e um teto à jovem a quem todos os habitantes de Bruges censuravam.

Embora obstáculos desaparecessem graças à influência de Braindor, tia Godelième, pouco consciente da sorte inesperada, resistiu. Uma vez que a cidade considerava sua sobrinha um ser excepcional, sua tutora exigia que fosse recebida no melhor convento. Braindor sugeria que Anne, a princípio, passasse um período na beguinaria à espera de descobrir sua real vocação.

Anne era nova ali. Tinha a impressão de viver uma segunda infância.

Ao se instalar, precisara escolher as tarefas que executaria nessa comunidade de mulheres que não haviam pronunciado votos. Como sabia ler e contar, a superiora lhe propusera cuidar da administração, pois já havia muitas beguinas encarregadas de lavar, fiar e desembaraçar a lã.

No dia seguinte, vendo senhoras idosas dedicando-se a trabalhos braçais, ofereceu-se para também cuidar do suprimento de lenha: carregaria os feixes, arrumaria as toras de madeiras, cortando-as se preciso fosse. Na ocasião, acrescentou que também limparia o pátio e desentupiria os escoamentos externos.

Manteve a palavra com alegria. Diariamente encontrava uma infinita energia. Quanto mais trabalhava mais se fortalecia.

Braindor costumava encontrá-la. Oficialmente, a preparava para o encontro que teria em breve com o arquidiácono, quando na verdade, curioso, a observava, tentando compreender o fascínio que ela exercia em todos desde o episódio do lobo domado.

Quando ela concordava em abandonar suas tarefas, sentava-se ao seu lado em um banco de pedra.

Nos primeiros dias, não tirou grande coisa dela. Se não desconfiada, pelo menos reticente, Anne temia falar demais. Conseguia, por meio de hábeis perguntas formuladas com ar cândido, que ele expusesse sua opinião bem mais do que ela.

Ao perceber a manobra, ele decidiu ser claro.

— Anne, quero que fale comigo e não que me escute.

— Aqui não posso.

— O que a impede?

— Esses muros ao nosso redor.

Braindor fechou a cara, persuadido de que ela inventava um estratagema para se calar. Entretanto, ela lhe estendeu a mão, sugerindo com doçura que a seguisse.

Caminharam até uma árvore no meio de um terreno gramado.

— Lá — insistiu ela —, debaixo da tília. Ali será mais fácil.

Braindor lembrou-se do vínculo com o carvalho por ocasião da fuga para a floresta. Num relance, piscou para a árvore, como se a cumprimentasse.

Anne se deu conta.

— Por acaso se conhecem?

— Ainda não.

Ela riu.

— Vão gostar um do outro.

Sentaram-se sob os galhos, encostados no tronco. Lá permaneceram silenciosos a fim de se habituar à árvore. Ou seria o inverso e a árvore é que deveria se acostumar com a presença deles?

Depois de um tempo razoável, Braindor perguntou:

— Terminou a leitura da Bíblia?

— Não. É muito assustadora.

— Anne, eu já aconselhei deixar de lado o Antigo Testamento e se dedicar ao Novo. Não pode dispensar a leitura dos Evangelhos.

De pronto, o monge Braindor lançou um olhar inquieto às cercanias, verificando se ninguém ouvira a frase perigosa, que poderia ser interpretada como profissão da fé luterana.

— De todo modo — recomeçou —, já ouviu a história de Nosso Senhor Jesus Cristo milhões de vezes na missa.

Cética, Anne franziu a boca.

— Eu não presto atenção direito.

— O que faz durante a missa?

— Eu canto, observo a luz, admiro as estátuas de pedra, reparo no cheiro dos meus vizinhos, tento descobrir como a voz do padre se dispersa em ecos.

Braindor suspirou.

— Não reza?

Ela se voltou indignada.

— Claro, rezo muito. Não rezo só no momento das orações, rezo durante todo o ofício. Durante o dia também. Rezo quase continuamente.

— O que chama de rezar?

— Eu agradeço. Concentro-me tentando evitar o mal.

— Pede favores a Deus?

— Não vou aborrecê-Lo com minhas histórias.

— Suplica que intervenha em nome de outros?

— Quando possível, prefiro agir.

Braindor cerrou os dentes. Para o ouvinte, as declarações de Anne traduziam uma vaidade criminosa ou uma fé angelical.

— O que sente quando os padres falam de Deus?

— Eu me aborreço.

Felizmente ele havia imposto essa quarentena antes que ela entrasse num convento, pois a simples afirmação teria chocado um homem da Igreja.

— Explique por que se aborrece.

— Os padres deviam falar de Deus com amor, fascinação, encantamento, imbuídos de reconhecimento e de admiração. Devíamos invejá-los por estarem tão próximos d'Ele, de serem Seus representantes. Sim, devíamos morrer de inveja, querer ocupar o lugar deles se O cantassem de forma benevolente. Em vez disso, eles brandem Deus como um chicote: "Deus punirá a todos. Se não nesta vida aqui na Terra, no inferno." Aterrorizam-me ao mencionar fogos, chamas, fogueiras, espetos, penitências e tormentos eternos, me dão a impressão de que sou uma ave prometida ao braseiro.

Ela se virou para Braindor.

— Se os padres têm razão, os patos têm mais sorte do que os humanos: não passam a vida ouvindo que vão terminar na grelha.

Uma brisa agitou as folhagens. Anne inspirou o ar a plenos pulmões.

— Esse Deus, irmão Braindor, não me ajuda a viver. Pelo contrário, ele me impede de viver.

Anne se calou. Tal silêncio não exprimia ausência de pensamento, mas um pensamento rico que se recusava a ser expresso.

Não conseguindo tirá-la do mutismo, Braindor desistiu de forçar a conversa.

Nos dias seguintes, contentou-se em observar Anne.

Embora ela trabalhasse de manhã até a noite, irradiava alegria. Mantinha um sorriso permanente no rosto, sempre gentil ao se dirigir aos outros, deslumbrado ao contemplar o céu e enamorado quando por acaso encontrava algum bicho.

Depois de verificadas as contas dos tecelões que iam comprar lã, ela corria para a tília, onde permanecia pensativa, apoiada no tronco. Frequentemente se afastava da árvore, deitava no chão, o rosto voltado para a terra, os braços abertos estendidos.

Braindor não pôde deixar de levar a superiora até lá e perguntar, apontando Anne estendida na grama:

— O que ela está fazendo?

— Ela se prosterna em cruz, imita nosso Senhor Jesus Cristo. Essa é a prova definitiva, irmão Braindor. Mas por que me pergunta?

— Anne nem sabe o que faz. Não tem qualquer formação religiosa.

Um sorriso iluminou o rosto da senhora.

— Maravilhosa ignorância — suspirou. — Esse espírito simples alcança, sem sequer supor, o ápice da inspiração cristã. Sua alma intuitiva reina acima das palavras, das ideias, dos raciocínios.

Trocaram um sorriso, satisfeitos de ver, por intermédio da inocente Anne, sua íntima crença justificada.

— Os puros também são puros de saber.

Acrescentando isso, a superiora distanciava-se de sua fabulosa erudição, de sua prática do grego, do latim, do hebraico, de seu conhecimento da antiga filosofia patrística e dos teólogos de todas as épocas. Nesse instante, poder-se-ia julgar que suas múltiplas rugas provinham da fadiga de ter percorrido tantas páginas.

Permaneceram em silêncio.

Após acompanhar a superiora, Braindor voltou ao encontro de Anne.

-- O que está fazendo estendida no chão?

Ela corou.

Ele insistiu. Supondo que ele a reprovasse por se sujar, mostrou as roupas sem manchas. Ele balançou a cabeça e voltou a insistir:

— Rezava?

— Quase.

Essa resposta enigmática reverberou um bom tempo. Braindor se interrogava como é possível "quase rezar".

— Vamos sentar sob a tília para que me conte.

Sem pestanejar, encorajando-a a lhe seguir os passos, encaminhou-se para a árvore, instalando-se sobre as raízes aparentes.

— E então?

Ela o acompanhou.

— Eu me deito no chão para respirar sua força. A princípio não capto nada, mas, quando me concentro, percebo milhares de movimentos. Algo cresce, pulula, chia até o momento em que, enfim, sinto sua força única. Então fico impregnada. Como se me esquentasse ao sol. Isso me dá forças. Faz brotar o meu sorriso. Ah, não sou ladra porque todas as vezes peço autorização à Terra.

Braindor permaneceu estupefato.

Naquela noite, em seu colchão de palha, virou e revirou os pensamentos, entusiasmado e desconcertado. Por um lado, Anne mantinha um discurso em que Deus não aparecia; por outro, descrevia assombros místicos mais ligados à natureza do que aos livros sagrados.

Haveria uma distância entre o que ela experimentava e o cristianismo?

Braindor sobressaltou-se com a resposta: não, nenhuma. Anne, embaixadora de mensagens que não compreendia, recebia sua iluminação do carpinteiro de Nazaré. Espontaneamente, não reinventava a prosternação em cruz? Prova de ser diretamente inspirada por Jesus Cristo.

Pela manhã, Braindor concluiu que seu mal-estar da véspera advinha da desorientação. A Anne faltava vocabulário. Como nunca escutara os religiosos nem lera a Bíblia, encontrava dificuldade em exprimir suas experiências por meio das palavras corretas. Assim como os puros são por vezes puros de saber, Anne ignorava o que fazia, embora o fizesse.

O monge Braindor decidiu que sua missão consistia em colocar Anne a par do que se passava em seu corpo e espírito.

20

9 de junho de 1906.

Minha Gretchen,

Já notou esse prodígio? Ignoramos uma palavra durante anos e depois, um dia, quando nela prestamos atenção, passamos a escutá-la por todo o lado e constantemente.

É o que acaba de me acontecer com o termo "psicanálise". Em minha última carta, falei de minha visita ao consultório do Dr. Calgari e de minha fuga. Na ocasião acreditei reconhecer nesse termo pretensioso — erudito demais para ser honesto — uma trapaça. Viena já havia acreditado em Mesmer e em seus banhos magnéticos, por que não acreditar agora no mago Freud e em seus milagrosos divãs?

Dois meses depois, gostaria de voltar no tempo, pegar minha carta e destruí-la, pois desde então, durante jantares e conversas, não parei de ouvir falar desse método insólito, de debatê-lo e — acredita? — de me interessar por ele.

Como se deu essa reviravolta?

O destino sabe utilizar artimanhas para brincar com cabeças tontas como a minha.

Como sempre, multipliquei os despautérios.

Primeiro aconteceu o episódio dos pesos de papel escondidos. Quanto a esse ponto doloroso, lutarei contra a minha vergonha e a você — apenas a você — relatarei a verdade.

Certa manhã anunciaram a visita do banqueiro Schönderfer. Mandei avisar que Franz se encontrava ausente, mas, para minha surpresa, era comigo que desejava falar.

Como meus pais me deixaram uma fortuna ao desaparecer tão cedo, por saber possuí-la mostrei-me indiferente à sua gestão. Qual o sentido de dispor de milhões se gastamos horas para cuidar deles? Ser rico é não ter preocupação com dinheiro, não acha? Um banqueiro, para mim, é como uma governanta, um mordomo ou um cozinheiro: deve administrar seu pequeno negócio sem incomodar os patrões. Apressei-me, portanto, a dispensar Schönderfer.

O homem fez uma reverência, agradeceu-me por recebê-lo e, impressionado, limpou várias vezes a garganta.

— Por favor, Sr. Schönderfer, tenho certa urgência em saber o que justifica sua presença aqui.

— Eu deveria me dirigir ao Sr. Von Waldberg, pois nesses assuntos, em geral, o homem assume a responsabilidade. Entretanto, trata-se de sua carteira, Sra. Von Waldberg, do pecúlio deixado por seus pais... E-eu... estou preocupado.

— Por que, meu Deus?

— Suas despesas, senhora. Refiro-me à sua conta pessoal, não a que tem em conjunto com o seu marido.

— Bem...

— Com certeza, não devo me intrometer. No entanto, por achar que não gosta de fazer cálculos, anotei as retiradas feitas pela senhora...

— Muito bem.

— Assim sendo, observará que nesse ritmo em pouco tempo esgotará a sua conta.

— Perdão?

— Está tudo anotado nesta folha de papel. Diante de suas despesas, fiz uma projeção para o futuro. É... preocupante.

Tomei o papel, dei-lhe uma rápida passada de olhos com o intuito de mostrar que não compreendia nada e cheguei lentamente à conclusão: minha ruína pessoal despontava num horizonte de dois anos.

Constatando que eu reconhecia o golpe, ele se apressou em me tranquilizar:

— Naturalmente a senhora tem outros capitais investidos em bens imobiliários. Não se trata aqui de sua liquidez. Ora, tenho receio de que a curto prazo a senhora seja obrigada a vender seus imóveis se continuar nesse ritmo...

Em silêncio por um instante, tentei concatenar as ideias, mas encontrei dificuldade: inúmeras portas se abriam em minha cabeça. O problema é que não me levavam a lugar nenhum.

— Talvez queira examinar as despesas. Eu poderia ajudar a senhora a selecionar as que lhe são indispensáveis das que...

Eu me recompus; fria e irada, o despachei.

Apesar de ele protestar com uma elegância não desprovida de humildade, permaneci intratável:

— Não tenho motivos para me justificar, senhor. Não confunda os papéis: meu banco e o senhor me prestam contas, não o inverso. Por favor, melhor interrompermos a conversa por aqui.

Ele se retirou. Tive uma crise de choro no pequeno salão onde o recebera. Eu me sentia... como dizer... violentada. Sua tentativa de intrusão em minha vida me deixava humilhada, confusa, lamentando o meu passado, inquieta quanto ao futuro, agitada por pensamentos contundentes.

De fato, algumas pistas se desenhavam para responder racionalmente às questões de Schönderfer. Ora, eu recusava a racionalidade. Minha vida não precisava ser sábia, prudente ou sensata em certos pontos. Por que reunir todas essas características?

Seriam os soluços ou o meu nariz entupido? Por um instante cheguei a sufocar.

Franz nada soube dessa visita. Durante três dias, espreitei em seus traços a menor alteração que pudesse ser fruto de uma reunião com o banqueiro. Ora, nenhuma sombra veio macular nossos encontros.

Em contrapartida, no quarto dia, tia Vivi apresentou-se na hora do chá.

— Minha querida, por que frequentamos tão pouco os fornecedores juntas? Adoro ir ao sapateiro, à costureira ou à modista em companhia de amigas. Da próxima vez, leve-me junto, sejamos fúteis.

No rosto oval formou-se um irresistível biquinho suplicante, o mesmo que oferecia aos amantes para que a gratificassem com um bonito presente.

Ingênua, não percebi sua intenção e respondi, sem graça:

— Com prazer. Sabe, tia Vivi, não sou vaidosa. Franz precisa insistir para que eu encomende novos artigos da moda. É a Sra. Von Waldberg que visto, não a mim, Hanna.

— Já notei. No entanto, minha querida, não entendo. Encontrei Schönderfer e ele comentou que tem muitos gastos.

Empalideci. Como ousara...

— Ah, detesto esses banqueiros — continuou tia Vivi tentando conter minha indignação. — Eles se revelam piores do que a mais indiscreta das camareiras, com a única diferença de que não podemos demiti-los. Remexem em nossos bolsos, em nossas gavetas, em nossas caixas de joias, procuram desvendar como empregamos nosso tempo, sem mistério, sem disfarce, desejosos de conhecer a origem e o destino de cada táler. Insuportável! Muita gente permite que ajam assim, ou melhor, alguns têm medo deles. Sobretudo os burgueses. O mundo virou de cabeça para baixo.

Ela sabia, fazendo essa crítica, de que maneira eu havia tratado Schönderfer? Tentava me elogiar?

Mais uma vez, interrompeu minhas reflexões desviando o rumo da conversa:

— Costuma presentear Franz?

— Não. Nunca.

Aliviada, suspirou.

— Melhor. Isso significa que não o engana.

Observei essa mulher surpreendente, dona de reputação de multiplicar os amantes e que, entretanto, se mostrava feliz por eu não ter nenhum. Possuiria duas morais, uma para si e outra para os demais? Ou sempre privilegiava o sobrinho? Sem dúvida eu não representava a seus olhos uma mulher completa, apenas "a mulher de Franz". E este não deveria ser enganado.

Decidi contra-atacar:

— As mulheres adúlteras são generosas com o marido?

— Se não querem terminar divorciadas, é claro.

— São assim tão calculistas?

— Ah, a consciência pesada... Quando a culpa tortura um espírito, gentilezas brotam espontaneamente assim como os elogios.

A diabólica Vivi me desnorteava mais uma vez. Enquanto a ouvia tagarelar sobre sua abominável conduta, ela se antecipava e se pintava de pecadora lúcida e arrependida.

— Sejamos perspicazes — determinou —, compensar não traz redenção.

Não queria acompanhá-la nesse terreno íngreme. Como quem adivinhasse, bifurcou:

— Diga, minha querida, com o que gasta seu dinheiro?

— Sou obrigada a responder, tia Vivi?

— Não, se preferir pode se calar. Entretanto há alguém que não vai se calar: aquele terrível Schönderfer. Por enquanto ele ainda não informou Franz, contentando-se em me consultar. No entanto, se não lhe der alguma resposta, ele não vai mais esperar.

Levantei-me e caminhei nervosa pelo aposento. A cena que mais temia aconteceria: Franz descobriria ter casado com uma fracassada. E ainda por cima incapaz de engravidar...

Em segundos, resolvi confiar tudo a tia Vivi.

À medida que lhe explicava, me sentia mais leve. Confessei que meu entusiasmo pelos pesos de papel me havia levado a despesas absurdas. Sim, aceitara pagar peças cada vez mais caras. Além disso, os antiquários se aproveitavam, pois como eu não saía de Viena, enviava vários representantes à Europa — França, Inglaterra, Rússia, Itália e Turquia —, com a intenção de aumentar minha coleção. Mantinha, portanto, mensalmente cinco ou seis importantes negociantes que viajavam à minha custa, hospedando-se em bons hotéis. Jantavam à minha custa com colecionadores com o intuito de convencê-los a me vender seus tesouros etc. É verdade que eu alimentava ilusões quanto à sua honestidade, não desconfiava que eles aumentassem os preços. Contudo, se na volta eu lhes desaprovava os gastos, ao me exibirem um *millefiori* original eu me calava.

Confessei em seguida o mais difícil: consciente de que não podia expor aqui minha coleção, primeiro porque isso atrairia a atenção para o meu desvario e também por falta de espaço, comprara em segredo uma casa. Reformar a *villa* a fim de torná-la digna de minhas pequenas maravilhas, transformá-la em cofre forte com portas blindadas e batentes com trancas, contratar vigias, enfim, todas essas obrigações comprometeram ainda mais meu orçamento.

Após essa cascata de confissões, mostrei minhas últimas aquisições na esperança de que tia Vivi compreendesse, ou seja, legitimasse minha paixão.

Ora, ela apenas lhes lançou um olhar frio, furtivo. Agarrando-me as mãos, obrigou-me a fitá-la.

— Minha pequena Hanna, tem noção do quanto seu comportamento é... excepcional?

— Minha coleção acabará sendo excepcional.

— Não, não, refiro-me a você, minha filha. Gastar seu dinheiro dessa maneira com pedaços de vidro.

— Obras de arte — exclamei, indignada.

— Obras de artesão — tentou corrigir.

Furiosa, pus-me de pé e comecei a insultá-la. Bem, não posso lhe repetir as palavras, primeiro porque tento esquecê-las e depois porque as que me vêm à mente me deixam ruborizada. Em resumo, proferi aos berros que ninguém me compreendia, que eu vivia cercada de grosseirões, de beócios, de bárbaros. Afinal, acrescentei que já teria morrido uma centena de vezes sem o consolo proporcionado por minha coleção.

Tia Vivi teve a inteligência de deixar que eu despejasse meu veneno até o final. Sem intervir. Provavelmente, sem escutar. Ela refletia.

Ficamos muito tempo uma diante da outra, eu recuperando o fôlego, ela pensativa.

Afinal, aprumou-se e se preparou para ir embora.

— Pena não ter se entendido com o Dr. Calgari. Ouvi dizer que recentemente ele curou uma mulher que colecionava pêndulos. Sua mania colocava a família em perigo. Um pouco como você: as dívidas, a incompreensão do marido, o afastamento dos amigos próximos incapazes de entender...

— Não chegamos a esse ponto, tia Vivi.

— Ainda não. Mas falta pouco. Que pena...

— Eu gostaria de saber como o Dr. Calgari me convenceria de que meus *millefiori* não são lindos nem merecem todos os meus cuidados.

— Ah, pelo que entendi, ele não diria isso. Mostraria que seus pesos de cristal não passam de pesos de cristal, mas representam outra coisa, algo tão incômodo sobre o qual você prefere não tomar consciência. Foi o que fez com os relógios dessa mulher.

— Ah, é? O que simbolizavam esses relógios?

— Ah, uma história complicada. O tique-taque sublinhava o ciclo menstrual. A mulher receava tanto a menopausa que acreditava prolongar sua fertilidade multiplicando a marcação das horas. Paradoxalmente, colecionava os relógios de sol para lutar contra o tempo.

— Absurdo! — exclamei. — Totalmente irracional!

— Quem disse que nossa vida é racional? — perguntou tia Vivi. Acompanhando-a até a porta, pedi que apresentasse ao banqueiro uma versão aceitável para minha loucura.

— Fico feliz em vê-la enfim lúcida — replicou antes de me deixar.

Nas semanas seguintes, cuidei de me reprimir. Obtive êxito algumas horas por dia, mas logo deixava de lado o sucesso de meus esforços, conversando com um comerciante ou com um antiquário. Na realidade, resistia à tentação desde que ela não se apresentasse diante de meus olhos. Para minha grande decepção, encontrava em mim traços de tia Clémence, irmã de Vivi, aquela que ultrapassava os 100 quilos. Entre as refeições se convence de estar de regime para depois devorar com apetite exagerado a comida servida à mesa.

Calgari? Deveria voltar à casa daquele sedutor sem escrúpulos? Apesar de começar a acreditar que não conseguiria me curar sozinha, não estava convencida de que a "psicanálise" ou um de seus magos pudesse me ajudar.

Foi então que aconteceu o segundo incidente, a sinfonia do Sr. Gustav Mahler.

Franz adora música. Ou melhor, adora ir aos lugares onde se toca música. Meu comentário nada tem de pérfido, é apenas elucidativo. Sua família possui um camarote na Ópera e comparece aos concertos da filarmônica, assim como mantém uma casa com grande criadagem — isso reflete os ritos hereditários. Quem nasce Waldberg, nasce melômano. Pais e filhos dançam as valsas de Strauss e analisam com grande paixão tanto as qualidades das cantoras quanto as dos cavalos. Desde a mais tenra idade, as orelhas de Franz foram alimentadas por Mozart, Beethoven, Weber. À noite, para adormecê-lo, a mãe cantava canções de Schubert e de Schumann. Pianistas de renome tocaram no piano Érard do palácio, inclusive Liszt. Portanto, independentemente do programa ou do intérprete, Franz sempre se mostra disposto a ouvi-los. Entrementes, sai do evento tão tranquilo, tão pouco alterado, que às vezes me pergunto se prestou atenção.

Eu, ao contrário, me entrego tanto à música — sem dúvida por não ter adquirido desde cedo o hábito —, que ela é capaz de me despertar efeitos perturbadores.

Foi o que aconteceu numa noite do último mês de maio, na apresentação da filarmônica. O maestro Gustav Mahler tocaria uma de suas peças. Como a maioria dos espectadores, fui com certa desconfiança, curiosa quanto ao que nos aguardava. Jovem, carismático, diretor de Ópera, grande intérprete, isso devia lhe bastar, não? De resto, não nos pediria que acreditássemos que ele seria a nova encarnação de Bach ou o próximo Brahms! Regente de grande reputação durante a semana, esse compositor de domingo aproveitava-se escandalosamente de seu poder para nos impor sua música. Compartilhava com meus vizinhos esse estado de espírito precavido e sentei-me para escutar sua recente sinfonia.

Às primeiras notas, ele cativou minha atenção. No chamado dos instrumentos de madeira, eu já não me pertencia. Fui mergulhada em seu universo ardente, silvestre, doloroso, arrastada pelas violências que crescem, mas não se concluem, abarrotada de reminiscências que se desvanecem, uma paisagem inconstante, acidentada, onde de repente um adágio concede o bálsamo de sua graça, tal qual o sol trespassa as nuvens e ilumina um vale sombrio.

À medida que a obra avançava, eu abandonava a respiração e me unia à dele; transportada pelos violinos, inspirava fundo com as cordas; prendia a respiração no tutti, para em seguida expirar ao som magistral da harpa. A Hanna normal, aquela incapaz de se recuperar da gravidez psicológica e que ruminava pensamentos mesquinhos, havia desaparecido. Em seu lugar, outra, livre, refeita, nadava subjugada e feliz nas ondas musicais, flutuava ao sabor da corrente.

Tinha a impressão de ter penetrado em meus *millefiori*. O que me propõem os globos de cristal senão o sentimento despertado por essa música? Livrar-me de mim, me retirar do mundo onde sofro para penetrar num outro que admiro, fugir do tempo em que padeço a fim de alcançar aquele no qual me divirto. Eu me maravilhava. A realidade dera lugar à beleza.

No último acorde, aplaudi euforicamente e então se deu o inverossímil: perdi a consciência.

Tal qual uma boneca de pano, desmaiei, desvaneci, como me contaram depois. Encontrei-me encolhida no chão.

A vantagem desse coma foi ignorar a recepção fria da obra pelo público vienense. Ao contrário de mim, o público a detestou. Se eles não haviam suportado a sinfonia, eu, à minha maneira tampouco, pois meu entusiasmo me provocara o mal-estar.

Quando reabri os olhos, vislumbrei dois rostos: o do Dr. Teitelman e o do Dr. Calgari. Rude volta. Um me considerava uma impostora, enquanto eu considerava o outro um impostor.

Acima deles, o rosto de Franz me examinava.

Ao ver os ornamentos dourados do teto soube que me tinham deitado no foyer.

Teitelman tomava meu pulso. Calgari estendeu um copo de água com açúcar. Graças às poucas forças recuperadas com a bebida, sorri para meu marido.

— Passa bem, meu anjo? — inquietou-se Franz.

Abri um sorriso, o que o acalmou.

Logo ele se inclinou na direção de Teitelman.

— Então, doutor, acredita que possa ser...?

— É possível. Se Hanna não está com problemas no estômago ou no fígado, pode ser.

Auscultou-me sem que eu reagisse. Concluiu:

— Então é isso.

— Minha querida, com certeza está grávida.

Esbocei um sorriso de inquietação. Teitelman percebeu, pois na verdade já o esperava. Foi ele quem se encarregou de moderar o entusiasmo de Franz:

— Calma, calma. Não tiremos conclusões precipitadas.

— Como preferir, Dr. Teitelman. Mas eu tenho certeza.

E Franz assobiou chamando o nosso carro para a porta da saída.

Assim que Franz se afastou, Teitelman me examinou com severidade.

— Se as náuseas continuarem, Sra. Von Waldberg, venha a meu consultório para verificarmos a boa-nova. Dessa vez a examinarei mais exaustivamente do que da última. Estamos entendidos, certo?

Assim dizendo me saudou em tom seco e partiu.

Calgari, sentado ali perto, me observava com interesse. Senti-me compelida a me enraivecer contra ele, pedir que se afastasse e me deixasse em paz. Com que direito permanecia perto de mim?

No entanto, a presença imbuída de compaixão obrigou-me a silenciar. Tive a impressão de que ele havia escutado meus pensamentos diante de meu marido e de meu médico.

— É a música que a sufoca, não é?

Concordei com um menear de cabeça.

Ele prosseguiu:

— Eu estava próximo da senhora. Duas ou três vezes, durante o concerto, tomei a liberdade de olhá-la de relance e a senhora parecia angustiada.

Busquei algumas palavras para explicar os sentimentos vividos. Ele meneou a cabeça.

— Sra. Von Waldberg, a senhora é uma alma nobre, capaz de captar as mensagens com mais excitabilidade do que qualquer outra. Saiba que, apesar do equívoco do outro dia, estou sempre à sua disposição. Sei que me tomou por charlatão; contudo, nesta noite apenas um charlatão distingue essa alteração na senhora. Sua felicidade em mergulhar na arte, o medo de retomar a consciência, voltar à sua carne. E o maior medo de todos: o de não ter, ou de ter, outra carne viva na da senhora.

Virei o rosto. Que tola! Jamais satisfeita. Com medo de Franz não me compreender e contrariada por Calgari me compreender.

Ele desapareceu e logo em seguida os criados me ajudaram a caminhar até o carro.

Assim, Franz de novo me concede o respeito radiante, manifestado durante meus nove meses de concepção imaginária. Àquele olhar chamo de "olhos do galo para a galinha choca", tanto eles me irritam e parecem brilhar com um amor suspeito, excessivo.

Já conto, minha Gretchen, o incidente final que contribuiu para me fazer esquecer minha posição anterior. Tudo se passou nessa noite.

Na verdade assisti não a um incidente, mas a uma discussão; a desavença me chocou de tal maneira que, no meu âmago, as maiores resistências desmoronaram.

Na casa da condessa Clam-Gallas iniciou-se uma discussão acalorada sobre a situação das artes em Viena. Depois do concerto de Gustav Mahler que tanto decepcionou os melômanos, os senhores idosos em torno da mesa criticavam mordazmente os artistas atuais, diagnosticando a decadência das artes.

Como Franz, sempre otimista, mencionava alguns êxitos e lhes lembrava da dificuldade de medir a silhueta de um prédio no horizonte quando se tem o nariz colado nele, desfilaram seus argumentos como quem desembainha armas. Travou-se o combate dos veteranos contra a nova geração. Como os jovens — Franz e eu — eram bem-educados, a velha-guarda se excedeu. Nada valia um prego em Viena! A vontade de ser original tornava as obras exageradas. O desejo excessivo de profundidade precipitava os artistas em sórdidos esgotos onde não se percebia da natureza humana senão as feiuras, os vícios, a morbidez, as crueldades. Na pintura, o movimento da Secessão não constituía um avanço, mas um recuo: retornava-se aos horrores mitológicos, aos monstros, aos indivíduos de sexo indiferenciado, deixando de lado a perspectiva. Gustav Klimt, aquele decadente, devia ser preso por inépcia ou internado por depravação. Joseph Hoffman e Koloman Moser mereciam o mesmo. Tentava Mahler rivalizar em nervosismo mórbido com eles? Infelizmente, ele estava conseguindo. Quanto aos homens de letras, afundavam na lama. Como ver em Arthur Schnitzler outra coisa além de um pornógrafo? Que mãe levaria a filha ao teatro para ver *A ronda?* E Freud, o duplo sentencioso de Schnitzler, o pior de todos, com sua "psicanálise" que impressionava os jovens amadores da obscuridade desordenada? Aliás, Schnitzler e Freud, dois médicos que se pretendiam literatos, remexiam as entranhas do espírito como quem disseca vísceras: escreviam com bisturi. Conclusão? Suas obras causavam o mesmo efeito que cadáveres no formol: fediam, eram atrozes, repugnantes. Por quê? Porque advinham de judeus. Mesmo os que, por acaso, não o fossem, eram "ajudeuzados", hipótese ainda pior. Aliás, bem que Wagner avisara... Aquele vidente detectara nos judeus a destruição de nossos valores. Apesar de os senhores permitirem aos judeus se tornarem banqueiros, proprietários — por que não? —, repudiavam sua intervenção no mundo dos artistas. *Vade retro, Satanás!* Se não reagissem com presteza, os judeus destruiriam a civilização.

Então, de repente, como um lutador irrompendo de uma briga, a palavra "psicanálise" ressurgiu. Com obstinação e grande dose de sarcasmo, atacaram esse método bem como seu criador, Freud. Como seria possível existir um pensamento inconsciente escondido por trás do pensamento consciente? Como Freud poderia saber? Se fosse inconsciente, tal pensamento jamais teria consciência! Por definição! Quanta tolice! Em seguida, o acusaram de obcecado sexual, pois Freud identificava em muitos comportamentos — senão em todos — a expressão do desejo libidinoso. Mama-se quando se fuma... Voltamos ao útero materno ao nos banharmos... Sim! Em particular, sua teoria da censura, essa guardiã da probidade que tolera certos desejos e deixa outros respingarem no corpo ou nos limites da alma, os divertia. Então agia com astúcia sem que soubéssemos? Ah, sinceramente, que palhaçada essa instância do controle inconsciente e consciente ao mesmo tempo! Uma contradição. O mesmo que um peixe solúvel!

Eles zombaram.

Eu me apaixonava pelo que ridicularizavam. Começava a entender e a sentir interesse pela psicanálise que agrediam. Sobretudo o interesse dizia respeito a mim e a meus problemas.

Além disso, que lançassem todos os judeus num mesmo saco de resíduos me levava a considerar doravante todos os judeus com amabilidade. Se aprecio Mahler, talvez venha a adorar Freud...

Em mim, naquela noite, operou-se uma espécie de revolução.

Certamente não irei ao consultório do Dr. Freud, pois, se isso viesse ao conhecimento público, eu ficaria desmoralizada; no entanto, amanhã — tome nota! — marco uma nova consulta com o Dr. Calgari.

Sua prima que, sem dúvida, em breve estará melhor.

Hanna.

21

— O que pretende, Anny? Continuar uma estrela de primeira grandeza ou terminar estrela cadente?

A voz fria e nasalada de Johanna atravessava a cortina da cabine onde Anny experimentava a roupa de gala. Ora, a artista, sufocada, suando frio, apoiava a fronte contra o espelho, esperando que os espasmos que lhe estraçalhavam o ventre se espaçassem.

Tomando o silêncio como aprovação, Johanna continuou a zombaria:

— Obter sucesso está ao alcance de qualquer uma, pois é obra do acaso. Agora, repetir o sucesso, ah, isso depende de inteligência.

— Quem sabe também de talento?

Anny esforçava-se por esquivar-se das prováveis injúrias.

— Talento para quê? — inquiriu o tubarão.

— Bem, para um ator, o talento de representar. Desculpe, Johanna, se ouso afrontá-la com tamanha obscenidade.

— Obscenidade, não; babaquice, sim. Desde quando é preciso talento para fazer carreira no cinema? Basta ter um físico atraente e um bom agente. Veja só o caso de Lassie, o cão fiel: todo mundo babava assistindo seus filmes sem pensar duas vezes se o cachorro possuía talento. Aliás, para representar o papel, não havia só um cão da raça collie, mas vários.

Assustada, Anny plantou as mãos no estômago achando que ia vomitar ou desmaiar. Num canto do cérebro, ainda em funcionamento, um canto longínquo, pouco acessível, cercado de barreiras, enviava réplicas mordazes a Johanna, tipo "Sinto muito não ser um cachorro" ou "Johanna, a agente veterinária de Hollywood" e até mesmo "Se continuar me agredindo, eu te mordo". Ufa, seus lábios trêmulos não pronunciaram essas palavras.

— No lugar da Lassie — recomeçou Johanna —, posso citar um monte de atores que ocupam o papel de animal em ascensão em determinado período. Claro, Anny, não a incluo nessa categoria animalesca. Sabe muito bem como o seu dom dramático me encanta. No entanto, devo zelar por seus interesses e falar com você como se fala com um bicho. Até entendo que cancele suas reuniões por falta de disposição. Mas uma vez. Não duas. Nessas últimas semanas, considerando que não honrou nenhum de seus compromissos, virei a agente mais insultada de Hollywood, um superlativo que dispenso de bom grado. Inútil comentar.

Anny se deixou escorregar pelo espelho e acocorou-se. A dor atingia o limite do intolerável.

— Em resumo, precisa reassumir o controle de sua vida. Precisamos de você para a promoção de *A moça de óculos vermelhos*. Com certeza não vai me odiar se eu disser que às vezes fica impossível filmar ou ouvir você.

Anny adoraria responder que tanto se dava conta de seu estado que cancelara as entrevistas justamente para esconder isso. Ora, o diálogo com sua agente se desenrolava em outra dimensão do mundo, aquela em que Anny seria capaz de enunciar, em voz alta, frases elaboradas por seu espírito.

Nesse instante Johanna se calou, pois o estilista voltava para vê-la provar o vestido.

— E *enton*? — perguntou com seu sotaque ítalo-libanês.

A dois passos de desmaiar, ainda protegida de seus juízes pela pesada cortina de veludo, Anny olhava o vestido de lamê dourado. De tão leve, fino e apertado a cobriria como uma segunda pele admirável. Orlando, o queridinho de Hollywood, afirmava ter desenhado e concebido a roupa para ela.

— Anny, *no me* faça *esperare*! *No quere virare sereia?*

A jovem tinha vontade de satisfazer esse criador genial. Sim, ardia de impaciência para parecer um peixe com escamas, mas sua barriga a torturava, nuvens turvavam-lhe a visão. Temia perder a consciência.

— Quer a ajuda de Dora para se vestir?

Anny mexeu os lábios para balbuciar "não" e este foi o movimento fatal: um jato de vômito irrompeu de sua boca.

Em três segundos, o vestido de sereia, que exigira cem horas de trabalho de três bordadeiras asiáticas especializadas no manejo de fios de ouro, ficou coberto de uma mistura grudenta de flocos de milho, café e frutas exóticas mal digeridas, ao qual se acrescentavam intactas, imaculadas, diversas pílulas ingeridas no café da manhã.

— Ufa, agora melhorei... — Anny suspirou, a vista de repente menos turva, a cabeça mais leve.

Atrás da cortina, Orlando, interpretando essa declaração como um grito de admiração, não resistiu mais:

— *Podemo entrare?*

Sem esperar, puxou a cortina de veludo e encontrou Anny só de roupa de baixo, enroscada numa gosma fedorenta de onde escapavam algumas poucas dobras limpas do precioso vestido.

Johanna também se aproximou.

Ficaram consternados. Anny também. Tentou usar seu charme para mendigar desculpas, esboçando um sorriso.

— Desculpe... Eu... bebi um pouco ontem à noite.

Ao falar, ouviu horrorizada a voz tenebrosa, rouca, e sentiu o hálito fedendo a banheiro turco.

*

Algumas horas mais tarde, Anny, retirada do ateliê, degustava chá de menta na companhia de Johanna.

A agente havia gerenciado a crise com bastante eficiência. Sem atacá-la verbalmente, organizara sua rápida transferência, acalmara Orlando e desmarcara cabeleireiros e maquiadores já agendados.

Anny experimentava um enorme bem-estar. Johanna lhe parecia a mãe ideal.

Restabelecida, embora fraca, sentou-se ao lado da agente.

— Obrigada.

Johanna sobressaltou-se. Visivelmente era essa palavra que esperava — o sinal verde para retomar o discurso:

— Faça o favor de se recuperar, minha pequena, e parar de criar situações como essa. Sabia que seu último filme já está sendo falado no meio cinematográfico? Dizem até que pode receber um prêmio de interpretação. Acho que com *A moça de óculos vermelhos* você está a um passo da consagração... Sabe como tenho faro para essas coisas! Então, por favor, não estrague tudo. Por que bebe tanto? Por que se droga?

Apesar de a pergunta ter sido feita à queima-roupa, Anny levou um tempo refletindo para responder com honestidade.

Desde sempre, para ela, o trio álcool-droga-sexo encarnou privilégios de adulto. Por ter vivido desde pequena nesse meio, Anny se entregara desde a adolescência a esses evidentes sinais de maturidade. Jamais lhe passara pela cabeça que crescer consistia em se estruturar, se equilibrar, se recolher. Pelo contrário, a extrema liberdade, a embriaguez, a audácia sem limites lhe pareciam sinônimos de sucesso. Assim, havia se atirado às garrafas, aos entorpecentes e aos homens, bem como a vários outros troféus valorizados que lhe garantiriam, pelo excesso, uma espécie de excelência.

A isso acrescentara a tendência aos riscos. Flertar com o precipício, pôr a vida em risco ao volante, chegar a um passo da overdose, trocar de amantes até ignorar ao lado de quem acordaria — nisso residia a elegância. À prudência faltava atrativo na mesma medida em que a segurança a aborrecia. Apenas o perigo enquadrara sua existência numa moldura dourada intensa. Apenas o perigo a transformava em obra de arte.

Hoje Anny entendia ter errado o diagnóstico ao visualizar a vida adulta. Os meios de liberação — sobretudo o álcool e a droga — haviam se revelado becos sem saída. Embora acreditasse que a multiplicação de experiências significava ganho de poder e inteligência, só tivera prejuízos. Raramente lúcida, sempre em busca de uma substância ou de um líquido, levava a vida não na plenitude, mas na carência. Eternamente frustrada, exceto quando se embebedava ou cheirava uma carreira de cocaína, não suportava mais essa dolorosa inquietação exagerada, que constituía a verdadeira trama de seus dias.

Embora não tivesse problemas há onze anos — apenas desejos que se chocavam contra os obstáculos —, agora se debatia contra os demônios, contra as numerosas dependências a que se expusera.

— Johanna, estou perdida...

— Proíbo você de falar assim.

A agente reagira com violência como se naquele momento o lugar fosse se encher de jornalistas. Mal-humorada, reafirmou:

— Nunca. Você é a atriz da sua idade mais bem-paga de Hollywood. Tome consciência de seu status, nunca duvide do patamar em que se encontra. Já vi esse filme antes. Uma autocrítica tolerável passa a ser insultante quando parte da crítica. Não dê argumentos que possam ser usados contra você.

— Johanna, estou me abrindo com você. Que eu saiba, não tem nenhum jornalista escondido debaixo do tapete.

Johanna deu de ombros.

— Quando a gente se deixa cair uma vez, se deixa sempre. "Quem bebeu, sempre beberá" e, cá entre nós, eu não preciso ensinar isso a você.

— Johanna, estamos conversando como amigas.

— Exatamente. Uma amiga de verdade não pode permitir isso.

— Johanna, não estou falando de Anny Lee, a atriz, mas do meu dia a dia. Fiz sucesso na carreira, estou de acordo. Mas e a minha vida pessoal?

Johanna a olhou de cima abaixo, uma máscara de desprezo petrificando-lhe o rosto.

— Qual é a diferença?

Anny deu de ombros. Seria o mesmo que explicar as cores a um cego... Mesmo achando que o melhor seria interromper a conversa, insistiu:

— Ao contrário de você, Johanna, não aceito que minha vida particular seja um absoluto fracasso.

— Eu não lhe dou o direito... Cindy e eu, nós...

— Cindy e você se merecem. Têm um ponto em comum: a ambição. Sua droga é o trabalho e o objetivo, o dinheiro.

Johanna agitou-se no assento.

— E daí? O que isso tem de grotesco? E você, Anny, qual o seu objetivo?

— Com certeza não é dinheiro.

— Diz isso porque ganha muito.

— Se não ganhasse ia alegar que digo isso por despeito.

— Muito bem. Então qual é o seu objetivo?

— Mas é exatamente esse o problema: eu não sei.

Johanna a fitou, sem saber ao certo se a resposta era pura provocação ou deboche. Suspirou ao entender que a jovem estava sendo sincera.

Anny sabia que não se tratava de compaixão. Johanna suspirava pensando "Que profissão!". No entanto, só quem se iludia com "o tubarão", acreditaria que ela fosse abandonar o combate.

— Anny, você vai acabar se autodestruindo. Por enquanto, graças à juventude, seu corpo não reflete a vida desregrada que leva, mas em breve...

— Em breve estarei morta.

— É mesmo? É esse o seu plano? Sua aspiração é virar estrela no céu, tipo James Dean e Marilyn Monroe? Ilustrar a categoria "Eles nos deixaram no apogeu da glória", virar uma lenda?

— E por que não? Tenho a impressão de que os dois estavam tão perdidos quanto eu.

— Tem razão. No entanto, antes de partir, os dois rodaram filmes suficientes para continuar a brilhar na posteridade. Sem duas ou três obras-primas, quatro ou cinco longas-metragens de boa qualidade e uns vinte filmes B, você corre o risco de morrer por nada, queridinha. Sua bagagem para a eternidade ainda está leve demais.

Deu um sorrisinho sarcástico para pontuar suas reflexões.

Para Johanna falar duro significava dizer a verdade. Prática, centrada nos negócios, de tanto temer a piedade, o falso amor, as gentilezas hipócritas e o otimismo carola acabava praticando a insensibilidade como quem pratica uma virtude. Ser antipática lhe parecia a maneira autêntica de se dirigir às pessoas. Era a prova de que não mentia. A todo instante usava a brutalidade como prova de franqueza e o pessimismo como sinal de inteligência.

Naquela noite, dava a Anny o oposto do que precisava.

A tal ponto que Anny já não queria responder. Além disso, detestava a polêmica e a boca cínica de Johanna manchava temas que lhe sensibilizavam o coração.

— Bem, Anny. Vamos parar por aqui senão acabaremos brigando, e isso é a última coisa que desejo. Vamos ao que interessa.

— Está certo.

— Promete parar com o álcool?

— Bem que eu gostaria.

— E com as drogas?

— Mais ainda.

Johanna sorriu.

— Tudo bem. Não é muito complicado. Agora que decidiu, vai conseguir.

Para a agente, o comportamento de Anny advinha de um capricho: a cliente se drogava para atrair a atenção, tomava porres para levar bronca. Uma criança...

— Proponho começar a partir de hoje. Dentro de três dias será a estreia de *A moça de óculos vermelhos*. Consegui convencer Orlando a não mandar seus advogados para você, e sim o vestido. Portanto, quanto à roupa, nos safamos. Entretanto, precisa se esforçar para manter as ideias claras. Em três dias, vai estar todo mundo na noite da pré-estreia: jornalistas especializados em cinema, fotógrafos, críticos e repórteres. É importantíssimo que você se apresente deslumbrante, alerta, perspicaz.

— Eu juro.

Anny acompanhou Johanna até a porta, deu-lhe um beijinho, repetiu que encontrá-la tinha sido a maior sorte de sua existência, que sua amizade havia transformado seu destino e lhe pediu que desse um beijo em Cindy por ela.

Johanna por pouco enrubesceu debaixo dos dois milímetros de base cor da pele.

Alguns segundos após sua partida, Anny encaminhou-se ao salão. Ao abrir o bar, contou as garrafas. Bourbon, uísque, Armagnac, gim e xerez; somados chegavam a seis garrafas cheias.

Perfeito.

Atirou-as na cesta onde, em geral, guardava a lenha para o inverno, e com ela debaixo do braço rumou para o quarto.

Acomodou o estoque ao pé da cama e se deitou.

Seu objetivo?

Podia não saber seu objetivo na vida em geral, mas o conhecia quanto ao seu futuro próximo.

Três dias...

Primeiro entornou o bourbon.

Em três dias, teria tempo para atingir seu objetivo: o coma alcoólico.

22

Anne começava a apreciar as conversas com Braindor.

É verdade que desde o primeiro encontro gostara daquele lobo louro, daquele monge famélico. Sob o manto gasto, vislumbrara uma alma tão macia quanto miolo de pão. Sob a aparência ameaçadora, a altura fora dos padrões, o rosto ossudo e a voz categórica, o peregrino abrigava, apesar de sua força e determinação, um espírito fascinante, curioso.

Se a princípio imaginara que os momentos de troca seriam feitos de longos silêncios, descobria doravante o inverso. Pela primeira vez, um humano a interessava verdadeiramente e lhe pedia que falasse de si e descrevesse suas impressões sobre o mundo. A taciturna se tornava loquaz, até mesmo tagarela; sentia-se se não inteligente, pelo menos mais interessante.

Encontravam-se todos os dias para conversas a três. A tília era a terceira pessoa e sob sua proteção se sentavam. Para Anne era inconcebível compartilhar o essencial sem se fundir à natureza. Embora gostasse da casinha na beguinaria, definhava cercada de muros. Para refletir, necessitava do abraço do ar fresco, do barro sob os dedos dos pés, da grama nas mãos, do céu como horizonte sobre o qual se inscreviam seus pensamentos, de um banho de luz, fosse ele de sol ou de lua. Sem expor o corpo aos quatro elementos, também não conseguia expor suas opiniões.

Lá, entre o musgo e a ramagem, diante do astro ascendente, explicava ao monge suas alegrias e indignações.

— Eu desaprovo a hierarquia, Braindor.

— No entanto, obedece com facilidade.

— Não falo da hierarquia humana, mas da hierarquia entre homens e animais. Nós nos julgamos superiores.

— E somos.

— Em quê? Os animais se alimentam, mas não desencadeiam guerras. Lutam, mas não se torturam. Os animais respeitam as florestas em vez de destruí-las para instalar vilarejos e ruas pavimentadas. Não enfumaçam as nuvens e permanecem quietos no seu canto

— Isso é idealização. Eles também roubam uns dos outros.

— Que seja, mas uma toca ou uma maçã lhes pertencem na medida em que deles se aproveitam. Já viu um passarinho ter vários ninhos? Ou uma raposa saciada tomar conta de uma carcaça que não vai comer? Não existem animais ricos, nenhum deles acumula bens em excesso, fortunas que não vão usar.

— O que quer dizer?

— Que a única justificativa para a propriedade é a necessidade. Tudo que não se usa deve ser doado. Na verdade, não se trata nem de doar, mas devolver.

— Acha mesmo?

— A caridade não é uma virtude, ela apenas reembolsa algo que foi usurpado.

— Sabia que reproduz as palavras de são Tomás de Aquino, conhecido como *Doctor Angelicus*?

— É? — murmurou, franzindo os olhos. — Ele também deve ter aprendido com os animais.

Braindor avançava aos poucos, sem jamais insistir, caso contrário a doce Anne se retraía. Decidira cumprir a tarefa de incutir o senso religioso em Anne, sem que ela percebesse, pois a jovem continuava a cultivar uma permanente desconfiança em relação ao clero. Para ela a Igreja, tal como a conhecia, servia a um grupo de homens, não a Deus e denunciava a fome de poder de padres e bispos.

— Olha como eles são gordos, Braindor. E cobrem sempre o corpo de seda e os dedos de joias; ocupam palácios, levam à exaustão um exército de criados. Ninguém em Bruges vive com tamanha pompa, à exceção de certos comerciantes portugueses, franceses e espanhóis.

— No entanto eu sou monge.

— Monge mendicante, Braindor, o contrário deles. Por isso eu gosto de você. De qualquer modo, fez bem em escolher esse caminho, caso contrário eles não o aceitariam.

Contrapor não é convencer. Braindor evitava desmenti-la. Contava convencê-la com o tempo.

No entanto, a pressão do arquidiácono aumentava a cada semana. O prelado em nada se parecia com a caricatura feita por Anne. Seco, a carne aspirada no interior do corpo por um ascetismo extremo, em nada se assemelhava à opulência ou à indulgência. Duas explicações corriam para explicar sua aparência: uns diziam que ele sofria de uma doença nas vísceras que lhe impedia o corpo de desfrutar dos alimentos; outros afirmavam que ele praticava a mortificação. Talvez a verdade residisse na soma das duas... De saúde delicada, esse padre acrescentava dores voluntárias às que já sofria: além de portar o dia inteiro uma camisa de crina ensanguentada que provocava feridas em sua pele, usava o cilício durante duas horas, correntes de ferro, bem como regularmente pedregulhos pontiagudos nos sapatos. Tudo o que aumentasse seu desconforto o atraía; dormia no chão e proibia o aquecimento de seu lar, exceto quando atacado pelo congelamento. O bispo de Tournai havia nomeado arquidiácono esse homem austero porque ele lutava contra o flagelo da época, a epidemia luterana.

Desde a expansão da Reforma, que estigmatizava Roma e seus representantes, os protestantes chamavam a atenção do povo denunciando o clero corrupto, os padres glutões, libertinos e avarentos. O novo arquidiácono de Bruges, cenobita por natureza, por doença, por exercício espiritual, não demonstrava possuir nenhum desses defeitos visíveis, o que, em si, constituía um fator de ordem para a cidade.

— Meu filho, acabarei por desconfiar que esconde essa virgem milagrosa de coração puro. Por acaso ela o decepcionou?

O prelado encarava Braindor com um olhar bilioso no qual às vezes despontava o sofrimento.

— Muito pelo contrário! — declarou Braindor exaltado.

— Então pare de escondê-la.

— Monsenhor, por enquanto ela se assemelha a um diamante bruto, melhor dizendo, a um seixo. É preciso que eu a molde, a eduque, antes de apresentá-la.

— Julga que eu seja tão grosseiro, meu filho, ou tão pouco conhecedor da alma humana?

— É evidente que não pensava no senhor, mas nas testemunhas desse encontro, em todos que, depois do senhor, terão vontade de se aproximar dela. Não devemos decepcioná-los. A virgem de Bruges deve se mostrar à altura da expectativa que suscita. Não gostaria que monsenhor perdesse semelhante oportunidade, uma oportunidade para Bruges e para a magnitude e a autoridade de sua arquidiocese.

Os traços do vigário episcopal exprimiram dois sentimentos complementares: o orgulho de governar e o medo do fracasso. O prelado pigarreou, esfregou o rosto áspero e soltou um suspiro demonstrando aquiescência.

Ao deixá-lo, Braindor, como das outras vezes, encantado por ter obtido um adiamento, não podia deixar de pensar que o arquidiácono tinha motivos para suspeitar que guardava a jovem para si. O monge tinha a noção de assistir a um acontecimento raro e precioso: a eclosão de uma santa. Assim como Anne contemplava horas a fio o desabrochar de um narciso, Braindor se esquecia do tempo ao observar Anne amadurecer. Finalmente a jovem conseguia expressar em palavras todos os seus sentimentos, embora as palavras ainda não fossem adequadas, apropriadas ao que os ouvidos da época compreendiam.

Naquela tarde, quando encontrou Anne à sombra da tília, o rosto da jovem estava tão radiante, tão luminoso, que procurou no céu qual raio de sol conseguira atravessar o piche das nuvens. Ao constatar que várias camadas cinzentas toldavam o horizonte, Braindor supôs que a força do pensamento iluminava seu rosto de dentro para fora.

Apesar de Anne não fazer nenhum movimento quando ele se pôs ao seu lado, soube que lhe percebera a presença por um sutil tremor das bochechas.

Braindor permaneceu imóvel, tentando por reciprocidade entender o que acontecia. De maneira manifesta, ela captava os elementos do ar e da terra, alimentando-se de algo que ao monge escapava.

Ele notou o ritmo alterado da respiração de Anne, lento, contido, profundo.

Quanto tempo assim permaneceram? Monge mendicante, Braindor não precisava calcular o tempo como tanta gente. Quanto a Anne...

De repente, alongou-se, saindo do estado de meditação...

— Conte para mim — disse Braindor simplesmente.

Sorriu extasiada.

— Existe no universo um amante invisível, um amante a quem devo tudo e a quem nunca serei demasiadamente grata.

Esse amante se encontra em toda parte e em lugar nenhum. É a força da aurora, a ternura da tarde, o repouso da noite. Tanto a primavera que gera o desabrochar da terra quanto o inverno que a poupa. É uma força infinita, maior que o maior de nós.

Por sua vez, Braindor sorriu. Murmurou com clareza:

— É Deus.

Anne se voltou para ele:

— É esse o nome que lhe dá?

— É esse o Seu nome.

Balançou a cabeça com ar sonhador.

— Gostaria de ter certeza.

Braindor entrou em pânico.

— Anne, prometa nunca repetir isso a ninguém além de mim! Sobretudo jamais a um homem da Igreja.

Ela baixou a cabeça, olhou os pés de soslaio, como se fossem dois intrusos que tivessem ido visitá-la.

— Eu tenho o hábito de me calar. Não sou amiga das palavras, não as conheço bem. Eu buscava o nome dessa força a quem chama de Deus, entende?

Não duvidava de Braindor, pois o admirava e o julgava mais instruído do que ela; entretanto, não conseguia se convencer nem se apropriar de seu vocabulário.

— Palavras não crescem em pradarias, Anne. Se você se surpreende por não colher as palavras exatas, não é por pensar ou sentir errado, mas sim por ignorância. Falta-lhe instrução. Principalmente em teologia. Os homens criaram as palavras para conversar. Elas não precisam de evidências. A qualidade dos pensamentos é mais importante que a expressão, acredite em mim.

Anne parecia desencorajada. A aquisição de verbos, conceitos, fórmulas que lhe proporcionariam o dom da retórica parecia fora de seu alcance.

Braindor buscou uma solução.

— Por acaso já escreveu poemas?

Anne se voltou bruscamente e corou.

— Como sabe?

Divertido com tamanho ardor, Braindor se alegrou por ter acertado.

— Eu não sabia, apenas fiz uma pergunta.

Anne esticou as pernas, esfregou as palmas das mãos em uma raiz murcha. Relaxou, feliz em poder se entregar à confidência.

— Eu costumo escrever poemas. Faço e refaço frases no pensamento.

— E depois as redige?

— Não.

Balançou a resposta negativa como um truísmo, não imaginando a surpresa de Braindor, que exclamou:

— Então os perde? Que pena.

Foi a vez de ela se assombrar:

— Uma vez terminados, eu os decoro.

Acrescentou:

— É melhor, não? O papel se perde, a memória não.

— Não!

Inquieta com o tom de Braindor, encarou-o. Ele explicou:

— Com certeza a memória se perde com menos facilidade do que uma folha de papel, mas se perde. Um dia seu poema vai desaparecer, seja quando os anos toldarem seu espírito, seja com a sua morte.

Tranquilizada, ela riu.

— Não tem importância. O poema também terá seu tempo, como tudo.

Ele fingiu aprovação.

— Pode me recitar um?

Os olhos de Anne giraram nas órbitas, ficou ruborizada. Braindor lhe pedia que tornasse público um elemento íntimo, uma espécie de criança que carregava, formada pacientemente por seus pensamentos, aos quais prodigava cuidados exclusivos!

Bastante emocionada, decidiu concordar, mas demorou vários minutos até a voz frutada engrenar os versos:

Ele me atrai e nunca se afasta;
Alimenta minha fome, tem fome de mim
Devo viver segundo o que me ata,
Respeitar seu chamado até o fim.
O que sou, terna, incompleta, sedenta,
Sou graças ao seu reforço.
Sou eu, é ele tal esforço.
Prometi merecê-lo, manter-me sempre atenta.

Braindor acolheu o poema com um silêncio afetuoso, fazendo-a sentir, por intermédio de seu sorriso, que ele apreciava tanto o texto quanto sua coragem de declamar.

Ela enrubesceu.

— Obrigado, Anne. A mim parece perfeito. A quem se refere?

— Ao amante.

— Amante?

— A força que me invade da noite ao amanhecer, a força que faz com que eu me aprimore e me convida a fugir do mal e da mediocridade. Todas as vezes que me encontrou, eu estava com ele.

— Claro.

Braindor permaneceu mudo por um instante.

— Posso transcrevê-lo?

Anne concordou. De posse de papel e tinta, Braindor transcreveu as frases que ela ditava.

Naquela tarde, perturbado, Braindor abandonou o seu regime frugal: não obstante o voto de pobreza e abstinência, entrou numa hospedaria para saborear um guisado e tomar uma bebida. Precisava aproximar-se do universo dos homens, do universo ao qual pertencera antes de se dedicar à vocação religiosa; esse mundo repleto de odores, barulhos e gracejos grosseiros.

O que o perturbava? Não o que compreendia, mas, sim, o que não compreendia: algo lhe escapava no texto de Anne.

Com os cotovelos apoiados na mesa pegajosa, ingerindo a cerveja turva de lúpulo que começava a suplantar a cerveja de cevada, lia e relia. De tanto repetir o poema, acabou por decorá-lo.

— Então, monge, que cara sonhadora é essa?

A dona do lugar, flamenga de seios fartos e rosto corado, puxou conversa com ele.

— Eu lia um poema.

— Leia para mim! — pediu. — Gosto muito de poesia. Aqui não tenho muita chance de ouvi-la.

Com ar pretensioso, Braindor estufou o peito.

— Farei ainda melhor: vou recitá-lo.

— É seu?

— Não, foi escrito por uma mulher.

A dona do albergue sentou-se na frente dele, as pernas abertas no banquinho, e apoiou os cotovelos na mesa, a cabeça entre as mãos, já conquistada.

Braindor pronunciou os versos com doçura, dando a cada palavra o peso exato. Ao terminar, a mulher piscou para ele.

— Mas você é um indecente, isso sim!

— Como?

Ela se levantou, ao mesmo tempo animada e decepcionada.

— Leu o poema da sua amada.

— De maneira nenhuma.

— Sim, sim, você se isola, murmurando as frases como quem repete uma oração. Podia ter sido mais franco desde o início. Não vou lhe julgar; sei que antes de ser monge, era um homem comum. E ainda é. Qual o nome de sua namorada?

— Mas...

— Esse poema é o ronronar de uma amante falando do amado. Como é seu nome?

— Braindor.

Com fragmentos da memória — ela não sabia ler —, colocou Braindor no papel daquele que Anne batizava de "o amante":

Braindor,
Que me atrai e nunca se afasta.
Ele alimenta a minha fome e tem fome de mim.
Oh, Braindor, que faz de mim quem eu sou...
De quem tenho sede...

Concluiu:

— Esse seu poema é malicioso.

Braindor abraçou a comadre, agradeceu e saiu em disparada.

Após uma noite insone, apresentou-se no dia seguinte ao arquidiácono ao cantar do galo. Foi recebido pelo homem que atacava um ovo cozido — um banquete para o asceta.

— Monsenhor — exclamou Braindor, ajoelhando-se diante dele —, venho pôr fim à sua impaciência em relação a Anne, a virgem de Bruges, "minha protegida".

— Muito bem, mas por que veio sozinho?

— Trago um de seus poemas para que o senhor possa avaliar o grau de sua entrega espiritual. Quem dera os cristãos comuns tivessem ao menos um centésimo de tamanha dedicação.

Braindor desdobrou o papel exibindo a caprichada caligrafia. Acrescentara duas palavras, acima e abaixo das rimas. Leu com voz clara e sonora:

Jesus.
Ele me atrai e nunca se afasta;
Alimenta minha fome, tem fome de mim.
Devo viver segundo o que me ata,
Respeitar seu chamado até o fim.
O que sou, terna, incompleta, sedenta,
Sou graças ao seu reforço.
Sou eu, é ele tal esforço.
Prometi merecê-lo, manter-me sempre atenta,
Jesus.

23

13 de julho de 1906.

Minha querida Gretchen,

Antes de tudo, respondo a suas inquietações. À leitura de minha última carta, ficou alarmada. Embora suas ternas considerações se revelem piedosas, percebo sua reprovação: condena meus gastos, suaviza minha severidade com relação a tia Vivi.

Quanto ao primeiro ponto, gostaria de lembrar que tenho plena consciência disso. Não apenas confessei minhas fraquezas como também reconheço que minha paixão pelos *millefiori* é excessiva. Não se esqueça de que busco me curar dessa compulsão.

Quanto ao segundo ponto, acredito que idealize tia Vivi. Com certeza quer alterar sua imagem a fim de que ela se assemelhe à sua. Pobre de mim! Não obstante o seu desejo, ela não tomou o seu lugar. Mostrou-se incapaz de ocupar o papel essencial que sempre foi seu durante anos, o de irmã mais velha devotada, prudente, generosa. Quando estiver com ela, verá sua fantasia se espatifar diante da verdadeira tia Vivi, a que se mostra perversamente indiscreta, moderadamente tolerante e nada benevolente. Com certeza, não acumula apenas defeitos, mas suspeito até mesmo que suas qualidades sejam originárias dos defeitos. Quando cuida dos outros é por curiosidade. Se conversa demoradamente com alguém, é para repetir o que lhe foi dito, e, quando oferece ajuda, tem por objetivo maior domínio sobre a pessoa. Não gosta de ninguém; quer apenas que lhe sejam gratos.

Nos últimos tempos, consegui erguer um muro de proteção entre nós duas. Quando se mete demais em meus pensamentos, eu a advirto: "O Dr. Calgari me proíbe de discutir esse assunto." Como se vangloria de ter me levado ao consultório, é forçada a respeitar a opinião do terapeuta.

Essa é a grande novidade que desejo compartilhar: comecei uma cura psicanalítica com o Dr. Calgari. Não imagina o quanto é interessante. Melhor ainda: não imagina o quanto eu sou interessante.

Tem razão: minha frase soa com total falta de modéstia. Não fique chocada. Trata-se de uma etapa do tratamento.

Duas vezes por semana toco a campainha do consultório do Dr. Calgari e me deito no divã, enquanto ele se senta a uma distância respeitosa, e eu digo o que me vem à cabeça.

Falar de mim! Isso nunca me ocorrera — exceto nas cartas que lhe envio. Quando descia as escadas depois das primeiras sessões, sempre imaginava ter despejado tudo e nada mais ter a contar na próxima sessão. Ora, minhas questões voltavam, tudo começava de novo e minhas narrativas me surpreendiam.

Falo muito de você, minha Gretchen. O Dr. Calgari acredita que foi muito importante o papel que desempenhou na minha infância e juventude — e ainda hoje, naturalmente. Uma criança que perdeu os pais aos 8 anos, após um desafortunado acidente, precisa transferir sua afeição a alguém em quem confie. No início, ignoro o motivo, menti sobre nossos verdadeiros laços: dizia que era minha prima, como de hábito. Por três questões habilmente feitas, tive de confessar que nenhum laço de sangue nos une.

— Que importância isso tem? — perguntei a ele.

— Sabe melhor do que eu.

— Como assim?

— Sabe melhor do que eu avaliar o proveito que tira da mentira, pois é a senhora que mente.

Isso lhe dá uma ideia de nossos encontros. O Dr. Calgari analisa tudo, tanto o que digo quanto o que não digo.

Por vezes, com uma frase, introduz uma sombra em minhas certezas. Assim, recentemente, quando concluía não ter sentido falta de meus pais, ele comentou:

— É o que prefere acreditar.

— Não, eu tenho absoluta certeza de minhas opiniões.

— Suas opiniões são a ponta do iceberg, Hanna, aquilo de que tem consciência. Mas há outros pensamentos por baixo, os que não se exprimem por palavras, mas por lapsos, atos, comportamentos. Permita, portanto, que eu duvide de que não sofreu a ausência de seus genitores quando tudo demonstra que não quer ser mãe.

— O quê?

— Sua dificuldade de engravidar é psicológica, pois os médicos confirmam não existir nenhum impedimento físico.

— Certo, mas...

— E a gravidez psicológica lhe permitiu ganhar tempo. Graças a esse estratagema, satisfez a pressão da família de seu marido, contentou-o de modo ilusório e fingiu ser uma mãe normal. Ora, provavelmente tem medo de se tornar mãe porque a sua lhe faltou ou por outra razão que desenterraremos juntos...

Ele tende a se imiscuir na minha intimidade. Nesses momentos sou forçada a me irritar. Então me recuso a contar detalhes íntimos que só dizem respeito a Franz e a mim. Ele insiste, do alto de sua condição de terapeuta, argumentando que quando consulto o Dr. Teitelman não hesito em deixá-lo examinar aquilo que só meu esposo tem direito de conhecer. Mantenho-me firme. Tudo vai bem entre mim e Franz, o que deve ser informação suficiente para Calgari.

Aliás, a única vez em que pensei em interromper o tratamento foi quando ele voltou a tentar cruzar os limites do despudor:

— Por que finge gostar de fazer amor com seu marido quando buscou um meio de afastá-lo durante nove meses?

Naquele dia deixei o consultório sem uma palavra, batendo as portas. Em casa, jurei nunca mais voltar.

Esperava do Dr. Calgari um pedido de desculpas. Ah, três frases. Um simples gesto de consideração. Uma prova de educação. Um remorso de cavalheiro. Em resumo, algumas linhas num cartão que demonstrassem arrependimento pela ofensa.

Esperei a carta por oito dias.

Ostensivamente, faltei a duas sessões, segura de que isso despertaria sua consciência, que o seu divã vazio o lembraria da conduta indigna.

Em vão.

No décimo dia, de tanta raiva, apareci no consultório no horário da terceira consulta, para insultá-lo, atirar-lhe na cara sua grosseria, explicar as regras de comportamento adotadas no mundo, o verdadeiro mundo.

Ele não demonstrou surpresa ao me ver — como se já o previsse. Não tentou me acalmar ou desmentir. Ao contrário, enfrentou meu acesso de raiva com interesse.

— Pare de me escutar como quem parece dissecar uma rã! Até parece que isso não lhe diz respeito!

— Exatamente. O que fala não me diz respeito, mas à senhora. A sessão de hoje nos permite grandes progressos.

Voltei a me exaltar. Como concluíra que se tratava de uma sessão? Tinha ido até lá para lhe ensinar bons modos. Que não confundisse as coisas. Eu não pagaria por esse serviço. Que audácia!

Por quem se toma? Eu o ignoro. Em todo caso, conseguiu fazer com que eu despejasse minha raiva. Não apenas terminei deitada no divã, mas uma hora mais tarde pagava a consulta agradecendo-lhe efusivamente.

Por vezes eu o pressiono para chegarmos aos meus pesos de papel, pois esse é o principal motivo do meu tratamento. Ele se mantém firme na recusa. "Depois", repete, como se isso não lhe interessasse. Às vezes suspeito que ele muda de assunto para me tirar mais dinheiro, mas assim que me pego a pensar em tal mesquinharia, repreendo-me e lhe reitero minha confiança.

Deve imaginar que há ocasiões divertidas durante essa cura. É verdade. Devo narrar os sonhos de que me lembro ou responder sem refletir às palavras que ele pronuncia. Vou lhe dar um exemplo:

— Fragmento?

— Passado.

— Chá?

— Comadre.

— Pires?

— Rangido.

— Sogra?

— Huuum... respeito.

— Flor?

— Vida.

— Primavera?

— Despreocupação.

— Luz?

— Atração.

— Viena?

— Muralhas.

— Valsas?

— Waldberg.

— Jantar?

— Silêncio.

— Silêncio?

— Cristal.

— Vidro?

— Pureza.

— Judeu?

— Perspicaz.

— Franz?

— ... Huuum..

— Franz?

— ...

Sim, curiosamente, me calo diante de certas palavras. Ou hesito, ou me bloqueio. Nesses casos, escuto a pena de Calgari arranhar frenética seu bloco de notas atrás de mim. Quando suplico que esclareça o sentido desses exercícios, ele explica que a alma se revela pelas associações que faz. Para mim, o vidro representa um ideal de pureza moral — estou plenamente de acordo, embora esse comentário não contribua em nada para me curar da febre pelos pesos de papel de cristal! Às vezes, a alma hesita: isso indica que a censura, que opera uma triagem, rejeita uma pulsão desagradável, agressiva ou carnal. Enfim, quando um branco na consciência se produz, significa que a alma toda se desconcerta e em nenhuma instância se dispõe a responder.

Apesar de achar a explicação brilhante, me permito tentar discordar da pertinência de suas palavras. Quando não reajo a "Franz" não me vem outra coisa à cabeça a não ser "Franz"... Não vou rebater. Repetir o nome não faz parte das regras do jogo. Pior, o rosto irônico de Calgari quando me justifico me despe de toda vontade de insistir.

Julga-me frívola, minha Gretchen, ri de minhas preocupações? Entretanto, confie em mim, ou melhor, confie no Dr. Calgari, pois frequentemente, em meio às minhas palavras incoerentes, ele aponta elementos que têm relação entre si. Suas revelações me trazem um inabalável bem-estar.

Assim, outro dia, chegamos às tapeçarias que ornam — se é que podemos usar este verbo — a sala de espera. Trata-se de um díptico: *O rapto das sabinas* e *A volta dos sabinos*, lembra? No primeiro, os romanos, sem mulheres na cidade, roubam as dos vizinhos, os sabinos. Vê-se perfeitamente que elas repudiam seus raptores. No segundo, assistimos ao retorno dos sabinos, alguns anos mais tarde, após terem voltado a se armar. Tentam recuperar as mulheres, contudo, dessa vez, paradoxalmente, as sabinas resistem. Agarradas aos maridos romanos, mostrando as crianças nascidas dessas uniões forçadas, recusam-se a voltar. Toda vez que as olho, sou tomada pela cólera.

— Por que não gosta delas, Hanna?

— Essas mulheres não reagiram, nada pediram, apenas se submeteram. Não importa o que suceda, são sempre vítimas. Os homens definem seu destino em função de suas necessidades ou da vingança. Além de viverem pelos homens e para os homens, as mulheres são maltratadas por eles. Se abomino *O rapto das sabinas,* tolero ainda menos *A volta dos sabinos.* O que me choca no segundo episódio é o fato de as mulheres recusarem a liberdade, agarrando-se aos que as capturaram e possuíram à força. Pior ainda, exibem, a título de justificativa, bebês, frutos de estupros. Aceitam a violência sofrida, se tornam cúmplices dos carrascos.

— Tem raiva delas?

— Não, sinto pena. Tenho raiva dos homens.

— Identifica-se com elas?

— Como?

— Ouviu perfeitamente o que eu disse.

— Nunca fui submetida a uma violência dessa espécie.

— No entanto, o modo como conta a história se revela muito esclarecedor. Sua leitura do quadro estabelece correspondências com sua existência. Segundo suas confissões, sua infância foi muito feliz. Vivia despreocupada no campo até decidirem buscá-la para se casar. Não se considera uma sabina raptada?

— Isso é... um exagero.

— O que deveriam ter feito as sabinas ao chegar a Roma?

— Fugir.

— Pensou em fugir de seu casamento com Franz von Waldberg?

Calei-me. Ele prosseguiu:

— Acredita que elas tentaram amar seus raptores?

— Talvez... se eles não fossem repulsivos.

— Claro. Como Franz.

— Isso.

— No entanto, nesse quadro, querida Hanna, há algo que me intriga. Essas mulheres não têm filhos com os sabinos, apenas com os romanos.

— Sim, a impressão é de que eram virgens antes do rapto. Pela violência dos romanos, elas passam de meninas a mulheres.

— Essa transição é uma violência, Hanna?

Voltei a me calar.

Um longo instante transcorreu. Ele recomeçou:

— Elas deveriam seguir os sabinos?

— Tarde demais. Já se tornaram esposas e mães. Não adianta voltar atrás; o tempo não volta.

— Tem razão. Não podemos voltar atrás, nunca voltamos a ser quem fomos. Os anos nos modificam. E isso a senhora não consegue aceitar. Gostaria que tudo parasse, congelasse. Quer conservar tudo para sempre, como suas flores artificiais eternamente presas nos pesos de papel.

Foi então, minha Gretchen, que uma onda benfazeja me atravessou. Conhecer-me um pouco me deixa eufórica.

Na soleira da porta, perguntei a Calgari:

— O senhor aceita a passagem do tempo?

— Eu tento.

— É difícil

— Não resta outra solução. Aceito o inelutável, e melhor, tento apreciá-lo.

Minha Gretchen, deixo que medite sobre essa frase, pois Franz se impacienta. Já veio duas vezes me chamar para assistirmos ao *Quebra-Nozes*, numa apresentação do balé da Ópera. Mostra-se tão encantado. Algumas vezes esse homem se comporta como uma criança impaciente. Eu o adoro quando age assim.

Até breve.

Sua Hanna.

24

Não há mais como recuar.

A limusine se aproxima do cinema onde apresentarão *A moça de óculos vermelhos* pela primeira vez ao público.

Milhares de pessoas se amontoam no Boulevard Hollywood.

A 300 metros do Teatro Chinês, local da festa, o trânsito fica mais lento. Carros compridos negros, brancos e até mesmo cor-de-rosa mantêm uma distância respeitosa uns dos outros, num passo de tartaruga ferida. Os motoristas sabem que não devem ficar colados no carro da frente a fim de que seu cliente pise no tapete vermelho e atraia para si toda a atenção do público e das mídias. A procissão parece a de aviões enfileirados para terem a pista de decolagem só para si.

No Lincoln alugado pela produção, Anny afundava no banco. Por enquanto, protegida pelos vidros fumê, nada temia, mas daqui a pouco... Como saltaria do carro? De casa até o assento, caíra duas vezes. Os tornozelos pareciam suspensos sobre rodas. Vacilava, girava, nada a sustentava. Não havia conseguido entrar em coma. Incrível sua resistência aos mais escabrosos coquetéis! Belo recorde... Seu cérebro vencera a mistura de vodca, gim, bourbon, licor de tangerina, vinho do porto e champanhe. Anny não perdera a consciência; simplesmente se sentia muito mal.

Nos últimos dois dias, Johanna, farejando o perigo, tentara negociar a presença de um cavalheiro em cujo braço Anny pudesse se apoiar. Entretanto, toda vez que a agente propunha um nome, Anny o descartava, quer por já ter ido para a cama com ele e o considerar carta fora do baralho, quer por não ter ido e desconfiar que fosse homossexual.

— Por que eu daria uma oportunidade a um desses inúteis? O que fizeram para merecer a chance?

— Escute, não quero que apareça com um acompanhante para satisfazer um ator em busca de fama, mas para lhe salvar. Você não tem condições de andar sem apoio. Melhor um playboy do que um sonâmbulo, não acha? Pelo menos ele não vai deixar você tropeçar e pode abrir sua bolsa quando você sentir vontade de vomitar.

Obstinada, Anny rejeitara a proposta. No entanto, três horas depois, sem se aguentar nas pernas, suplicara a Johanna que pedisse a ajuda de Bolsa Vuitton.

A decana de Hollywood aceitara sem pestanejar, pois chegar de braços com Anny lhe garantiria fotos em todos os jornais. Em três minutos negociara um acordo com a agente: sim, ajudaria Anny a andar do carro até o seu lugar; sim, responderia aos jornalistas e posaria para os fotógrafos que as interceptariam na passarela. Com uma condição: que Anny não fosse fotografada sem ela; caso contrário, Bolsa Vuitton, consciente de que seria cortada das reportagens, preferia ficar em casa.

Anny passara para buscar a velha atriz. Por lhe parecer muito sóbrio o vestido, criando falsos volumes no corpo disforme — sutiã e detalhe nas nádegas em musselina verde costurados no veludo negro —, acrescentara plumas, de modo que parecia um urubu velho disfarçado de papagaio.

Na soleira da porta, ao ver a expressão espantada de Anny, soube ter obtido o efeito desejado.

— Nada mal, não é?

Anny, apesar de bêbada, procurou o termo menos ofensivo e acabou por encontrá-lo:

— Original...

Encantada, Bolsa Vuitton entrou no carro.

— Minha pulguinha, eu tenho três vestidos de festa: o feio, o desprezível e o horripilante.

— E esse é...

— O horripilante. Meu favorito.

Deu uma olhada para Anny, que, apesar da apatia, dos olhos apagados e da cara inchada pelo consumo de álcool, estava deslumbrante em seu vestido de escamas douradas. Ela sorriu.

— Tenho muita sorte de aparecer com você, Anny. O passe ideal. Você é tão feia que só vão olhar para mim.

Riram. Bolsa Vuitton por ter gostado da piada e Anny por não ter entendido. Nesse instante, prometeu rir de qualquer bobagem que lhe dissessem.

Uma batida ressoou. Um fã acabava de bater na janela da limusine.

— Você não tem medo? — perguntou Anny.

— Medo de quê, minha chinchila?

— Medo de... Sei lá... Apenas medo...

— Quando o medo não tem um objeto específico, minha coala, recebe o nome de angústia.

Anny entornou um copo de uísque em cima do minibar.

— Então, estou angustiadíssima — concluiu.

Bolsa Vuitton, impenetrável, absteve-se de comentar e se conteve. A autodestruição de Anny progredia a passos tão largos que era inútil intervir. No entanto, pensando na longa caminhada lado a lado pelo tapete vermelho, arrancou-lhe de súbito o copo da mão.

— Piu-piu, fui encarregada de ajudar você a andar sem cair. Mas lembre-se de que não tenho força nem idade para levantar você. E não conte comigo para carregá-la nas costas.

— Tudo bem, parei — murmurou Anny.

A porta se abriu, os berros da multidão aglomerada diante do cinema invadiram o carro de repente, a luz ofuscante dos projetores lhe dava a sensação de serem toupeiras arrancadas do buraco.

Bolsa Vuitton saiu primeiro. Foi acolhida por risadas, pois o público, treinado feito cachorro de laboratório, tinha o hábito de cair na gargalhada sempre que ela aparecia. Para ter certeza de obter esse efeito, Bolsa Vuitton, como boa profissional, se dera ao trabalho de usar o vestido horripilante.

Anny Lee agarrou-se a seu braço. A mágica habitual funcionou. Diante dos aplausos da multidão, do espocar enlouquecido dos flashes e do comprimento do tapete a percorrer, por um triz pensou em se lançar de cabeça baixa dentro da limusine e fugir, mas Bolsa Vuitton prendeu seu antebraço com mão firme, forçando-a a sorrir para as câmeras.

Começaram a caminhar.

Bolsa Vuitton comportava-se tão bem que ninguém supôs que a anciã rebocava a jovem. Com ar natural, aproximaram-se das câmeras. Os jornalistas se irritaram porque a figurante tagarelava mais que a estrela, mas Bolsa Vuitton se mostrou tão cômica, tão espirituosa, que acabaram aceitando a bizarra dupla.

A uma animadora do canal Disney, surpresa com o fato de ela responder antes de Anny, Bolsa Vuitton replicou:

— Está reclamando do quê? Estamos representando grátis um trecho de *A bela e a fera*.

Em resumo, Bolsa Vuitton dava o troco e Anny se sentia um pouco melhor.

Então percebeu Ethan.

Dessa vez era ele mesmo.

Mais alto que os demais, ele a fitava com intensidade, o rosto sereno em meio aos espectadores histéricos. Sem refletir, ergueu o braço e gritou:

— Ethan!

Os olhos do enfermeiro revelaram uma sincera ternura.

Anny deu um puxão no braço de Bolsa Vuitton, que se dirigia a outra câmera.

— Anny, nunca tive irmã siamesa, pare de sacudir.

— Quero falar com Ethan.

Apontou o homem louro.

Sem força física para resistir, Bolsa Vuitton a acompanhou ao cordão de isolamento.

Anny se precipitou na direção de Ethan e murmurou:

— Ethan, por favor, me ajude.

— Estou aqui para isso.

A voz não demonstrava hesitação. Ele era a encarnação da pura devoção.

Anny continuou:

— Me encontre lá dentro, no bar. Tem um coquetel.

— Não tenho convite.

— Vou conseguir um. Não me deixe sozinha, tá?

— Nunca.

Esse diálogo escapou a todos, inclusive à Bolsa Vuitton, que, no entanto, se encontrava a poucos centímetros, mas já não ouvia direito.

Dois minutos depois, ao entrarem no saguão do cinema, Anny mostrou Ethan ao produtor e pediu que o deixasse entrar.

— Não se preocupe, Srta. Lee, pode ir para o bar e cuidaremos de tudo.

A subida dos degraus foi penosa para essa dupla bizarra. Bolsa Vuitton sofria de artrose nos quadris e Anny Lee não conseguia manter o equilíbrio. Por sorte, decidiram fazer do incômodo uma atração. Soltaram gritinhos, brincaram, cantaram enquanto ensaiavam passos de dança com tanto êxito que dava para acreditar que se divertiam em arruinar o trecho de uma comédia musical.

No foyer, afundaram-se nos bancos.

— Daqui não saímos mais. Você banca a princesa e eu, a rainha matrona.

Nesse novo papel, Anny conseguiu fazer bonito. A cada segundo espiava para ver se Ethan estava chegando. Ele entraria no recinto e só de vê-lo ela se acalmaria. Ele lhe aplicaria uma dose para aliviá-la.

Anunciaram o início da projeção.

Inquieta, Anny percebia o medo crescer, invadida de repente pela pressão da carreira. Comentários elogiosos cercavam o filme de Zac e mais ainda a atuação de Anny Lee. Alguns declaravam que ela deixaria com esse filme os bancos da escola para ser entronizada na corte dos grandes. Entrava em pânico: se a expectativa era enorme, a decepção seria proporcional; em duas horas aplaudiriam ou então elogiariam sua roupa.

Teve vontade de fugir.

— Quero ir ao banheiro, e você?

Bolsa Vuitton se mexeu, meio irritada.

— Tenho que segurar sua cabeça em cima do vaso? Faz parte do contrato?

— Estou pedindo, me leva. Entrarei na sala quando as luzes já estiverem apagadas.

Bolsa Vuitton resmungou, mas concordou.

Anny fechou a porta, desabou na tampa fechada do vaso e pegou o celular. Com dificuldade, encontrou o número de Ethan.

Ele não atendeu.

Ela lhe mandou uma mensagem. Se alguém conseguisse decifrar as letras digitadas, leria "Encontre-se comigo, estou no toalete".

Ela percebeu que os corredores se esvaziavam.

Os primeiros créditos do filme começaram a soar.

O que fazer?

Olhou o telefone à espera da resposta de Ethan.

Em vão.

Num relance, teve um rasgo de inspiração. Como mencionara os toaletes, Ethan devia ter ido ao dos homens.

Feliz por encontrar a solução, levantou-se e, agarrando-se aos suportes — rolos de papel, maçanetas, corrimãos —, conseguiu esgueirar-se do banheiro de mulheres e entrar no dos homens.

A voz ecoou nos ladrilhos brancos do local.

— Ethan, você está aí?

Ouviu um movimento num dos boxes. Na medida do possível, apressou-se, derrapou e desabou contra o batente da porta, abrindo o ferrolho. Encontrou um homem injetando uma substância nas veias.

— Zac?

O diretor a encarou sem pudor.

— Estou morto de medo.

De imediato deixou de pensar em Ethan, ou melhor, pensou de maneira negativa: por que não chegava? No fundo, a abandonara como todos os outros! Embora bancasse o cavaleiro valente, valia menos do que um traficante. Sim, bem menos, pois a deixava na mão.

Furiosa, deixou-se escorregar no chão.

— Pode me dar um pouco?

Zac gargalhou.

— Olha só, fazemos parte da mesma turma?

Reprimindo um soluço, disse com uma careta:

— Tenho tanto medo quanto você, babaca. Nossa vida hoje está em jogo. Em duas horas talvez você vire um gênio e eu, uma grande atriz. Não é assustador?

Como o convite demorava, Ethan argumentava com os seguranças — que não o levaram a sério —, com as recepcionistas — que detestaram seu look — e com as assessoras de imprensa, que não o identificaram.

Uma hora e meia depois, atravessando por acaso o saguão, o produtor percebeu um varapau louro que lhe fazia sinais e se lembrou que esquecera o pedido da estrela. Aliás, por onde andava a tal da Anny Lee? Não a vira na poltrona.

Pedindo desculpas, autorizou a entrada de Ethan.

O enfermeiro, verificando por instinto o telefone, descobriu a mensagem de Anny.

Precipitou-se na direção do toalete de onde saía um barbudo com passo vacilante.

Dirigindo-se aos mictórios, Ethan vacilou diante do espetáculo que tentava evitar havia meses: estirada no chão, inerte, Anny ainda respirava, mas não reagia a sons nem a toques.

Depois de uma overdose, perdera a consciência.

25

Sem dúvida, nunca fora tão feliz.

Desde que passou a morar na comunidade de noviças, Anne desabrochava. Conviver com mulheres que aceitavam — ou melhor, buscavam — um destino de exceção a encorajava a trilhar seu caminho. Sim, podia se dedicar a outros objetivos que não varrer, submeter-se à dominação do macho, pôr crianças no mundo e limpá-las. As mulheres que a rodeavam, saídas da aristocracia ou de bairros pobres, também pensavam assim. Formando uma comunidade nem fechada nem religiosa, preferiam morar juntas, trabalhar e aprofundar a fé levando uma vida austera, consagrada a orações. Obedeciam a regras, mas não pronunciavam votos, livres tanto para ficar quanto para partir.

A beguinaria de Bruges era uma aldeia ao lado da aldeia. Cercada de água, mais acessível aos patos e cisnes do que aos homens, erguia-se como uma ilha em meio às casas. Assim que se passava pelo arco da ponte, dava-se num local calmo onde plantas e construções coexistiam em perfeita harmonia. No centro das construções, debruçando-se sobre as fachadas, cresciam árvores, colunas de uma catedral natural que filtrava a luz em seus vitrais frondosos, amplificando o canto dos pássaros, convidando à contemplação do céu, ao recolhimento. Esse lugar, diferentemente dos outros, não tinha ruas com calçadas e ficava na floresta. Da soleira da porta, as beguinas entreviam suas vizinhas em meio aos troncos.

Quando Anne se isolava à beira do rio ou à sombra da tília, ninguém a perturbava. Desde que cumprissem seus deveres, às noviças era permitido adotar condutas variadas. Lá, portanto, em vez de sofrer por ser diferente, Anne entregava-se à sua singularidade. Seu pensamento, finalmente livre, alçava voo.

Sob a influência de Braindor e da superiora, começou a redigir poemas. Toda vez que deitava um texto no papel, declarava-se insatisfeita.

— Não é belo.

— É sim — respondia Braindor lendo os versos com emoção.

— Não.

Quando mergulhava na meditação, fitando o azul, observando os peixes, acompanhando a viagem dos pássaros, não era a eles que via, mas sim a energia que deles emanava, a alegria que proporcionava vida, a embriaguez da criação. À sombra da acolhedora árvore, deixava tudo, a começar por si própria, bem como o mundo físico. Então, movida pelo ardor da experiência, deixava de lado palavras, ideias, conceitos. Apenas o sentimento restava. Tinha a impressão de se dissolver na infinita luz que formava a trama do cosmos.

— Braindor, as palavras só foram inventadas para refletir o universo, elas classificam os seres, etiquetam os objetos. Ora, eu escapo, lanço-me em todas as direções, para trás, para a frente, para cima, para baixo, me solto no invisível... Como posso descrever essa sensação?

— Assim mesmo.

— Não há palavras que definam o invisível.

— Claro que existem: as da poesia.

— Minhas frases continuam inexatas, imprecisas. Minhas imagens não capturam o real, pesam como chumbo, pois se reportam ao mundo físico.

— Não, Anne, uma imagem fecunda ultrapassa o mundo físico a partir do momento em que indica algo além. Ela cria um jogo de comparações, como facetas de um diamante lapidado.

— Não é verdade. Minha língua só me permite uma grosseira aproximação. Será por causa do idioma flamengo? Por acaso eu escreveria melhor se aprendesse latim? Ou seria melhor aprender grego?

Ainda a escrever, Anne concluía que jamais capturaria em sua pena as formulações apropriadas.

À noite, a superiora e Braindor liam suas páginas com deleite.

O claro espelho onde poderia te ver
Não é de vidro nem de água formado.
Sem obstáculos, das palavras enganosas afastada,
Consigo percebê-lo no fundo do meu ser.
Com a alma nua, da pele me desfaço em oração.
Na busca de me fundir entre teus braços me entendo.
À sombra de teu brilho fulgurante me estendo.
És tu, sou eu, somos todos; é o meu coração.

Quando Anne se afastava, eles exprimiam, sem se conter, cumprimentos que ela jamais toleraria.

— É uma poetisa mística! — exclamava a superiora.

— Quem melhor evocou o Deus que existe dentro de nós mesmos?

— Poucas vezes me deparei com fé tão pura.

Anne passara a aceitar que seus poemas falavam de Deus. Mais uma vez, não se tratava de uma simples questão de palavras, palavras inábeis, imperfeitas. Se as pessoas que mais apreciava, Braindor e a superiora, adoravam seus textos porque falavam de

Deus, então que fosse Deus! Uma palavra correspondia à outra, na medida em que nenhuma palavra tinha correspondência.

Religiosamente, Anne frequentava a missa aos domingos, rezava e cantava com as beguinas. Enlevada pela fé ardente ao redor, alegrava-se ao reconhecer que seus textos faziam parte desse círculo, onde se sentia tão bem.

Quando, com a intenção de prepará-la para o encontro com o arquidiácono, a superiora lhe perguntava sobre alguns pontos do dogma, como a Trindade ou a danação no inferno, ela permanecia calada, pois eram perguntas que não lhe interessavam. Em contrapartida, o mistério da Eucaristia a apaixonava. Sim, recebia o divino com a hóstia; não hesitava em acreditar que esse pão fosse distinto de um simples pão.

Tia Godelièvе e as duas primas a visitavam regularmente. No início, Anne protestou, argumentando que preferia ir à casa delas. Contudo, em vista das alusões da família, logo compreendeu que Ida não admitiria essa hipótese. Além do mais, as visitas ao aprazível local onde vivia apaziguavam tia e primas.

Ida deixava Godelièvе cada vez mais preocupada. Assim que anunciara que agradava aos homens, decidira prová-lo. Se, a princípio, a jovem se atirava a conversas com os rapazes, agora se atirava em seus braços.

— Uma leviana, Anne querida, uma louca insensata. Uma simples piscada basta para que ela diga "sim". Não é preciso conversar educadamente, menos ainda pedir, ela se deita à primeira solicitação. Claro que me envergonho, pois nunca ninguém se comportou assim na família, mas acima de tudo tenho medo. Ela se comporta com tamanha fúria que tenho a impressão de que ela procura... o pior.

— O que seria o pior, tia Godelièvе?

— Não sei, mas ela vai acabar achando! Felizmente as minhas queridas não trilham esse caminho.

Hadewijch e Bénédicte, de temperamento totalmente oposto ao de Ida, cresciam com tranquilidade, alegria e sensatez. Admiravam Anne e não a irmã.

— Reze por ela, Anne, eu lhe suplico. Reze por ela.

Confusa, Anne balançou a cabeça concordando. Não conseguia pedir favores a Deus. Certamente já endereçara súplicas ao criador em noites de revolta, dias de enorme sofrimento. Sabia, no entanto, que essas exigências representavam uma etapa, os degraus inferiores da escadaria. Acima deles, havia algo superior: a adoração. O objetivo da oração não é pedir, mas aceitar.

Sem jeito, tentou pensar na prima, enviar-lhe através do pensamento forças para não mais pecar, mas logo abandonou a ideia. Embora não tivesse dúvida alguma de que Deus a escutava, duvidava que Ele intercedesse. Devia compartilhar do resplendor emanado por Deus. Deus não era uma pessoa a quem se devia implorar, seduzir, convencer.

Detestava as negociações com Deus. Desde a infância sempre assistira a esse mercado: pecadores que juravam se emendar em troca de uma graça, depravados jurando a redenção, sob a condição de que Deus os favorecesse. Mais impura ainda lhe parecia a prática das indulgências. Por meio de atos de piedade — orações, missas, doações de dinheiro —, as pessoas compravam a redução da passagem pelo purgatório. Que tarifassem os pecados já era motivo para espanto, mas que mantivessem uma contabilidade no além? Ah, isso a escandalizava. Para começar, não acreditava no purgatório, este local intermediário entre o inferno e o paraíso onde se aguarda o momento da partida, conforme os padres diziam... Em nome de quê? Por acaso já o tinham conhecido, visitado? Qual explorador atestava sua existência? Além disso, interpretava essa troca de favores como a exploração do medo da usura. Qual a relação entre uma alma e um escudo? O barulho do ouro caindo na caixa registradora modificaria o firmamento?

Evidentemente, o dinheiro financiava a construção das igrejas; e o mais grave, o luxo dos prelados. Segundo Anne, assim como não se exigia nada de Deus, tampouco se fazia acordos com Ele.

Uma noite, acordou banhada de suor. Algo horrível acontecia. Pulando da cama, a respiração ofegante, vestiu-se às pressas e saiu correndo de casa.

A beguinaria repousava na escuridão. Nenhum tremeluzir de vela iluminava as janelas. As mulheres dormiam em paz.

Um sino tocou sonhador.

Teria delirado?

Erguendo o rosto, percebeu nos galhos altos das árvores múltiplos rangidos e voos precipitados, sinal de que os animais também haviam percebido o perigo.

Atravessou o pátio arborizado e se aproximou dos muros. Lá chegando, constatou a agitação dos gansos.

O que acontecia?

Impossível sair à noite, pois trancavam as portas maciças para garantir a segurança das mulheres. Acordar as sentinelas não lhe parecia boa ideia, pois se cobriria de ridículo ao explicar que não era a única a pressentir um perigo indefinido; também percebido por gansos, esquilos e pegas.

Decidiu, portanto, escalar o muro de pedra.

Uma vez no alto, vislumbrou ao longe o clarão vermelho.

O fogo ascendia ao horizonte, as chamas incendiavam o céu.

Escutou gritos de mulheres, sinos soando o alarme, os oh! e ah! dos homens carregando baldes de água.

Uma vez identificado o quarteirão onde ocorria o desastre, em dois segundos compreendeu a situação. Se a intuição a despertara, só podia se tratar da casa de tia Godeliève.

Lépida, saltou do muro. Do outro lado da beguinaria entrou na água fria, nadou, ganhou a margem e, sem desperdiçar tempo torcendo as roupas, embrenhou-se às pressas pelas ruas escuras. Conforme se aproximava da fornalha, encontrava o povo que saía da cama para prestar ajuda. Uma construção ardendo numa aldeia acabaria com outras dez. Se não resistissem bravamente, todo o quarteirão desapareceria.

Quando chegou na casa em chamas, constatou que infelizmente não se enganara. A casa de Godelièvre não passava de uma tocha viva. Aproximou-se dos vizinhos.

— Onde está minha tia? Onde estão minhas primas?

Eles a tranquilizaram:

— Estão hospedadas na casa de sua avó Franciska, em Saint-André.

— Têm certeza?

— Temos sim... Godelièvre prometeu trazer ovos frescos na volta.

Anne suspirou de alívio. Entretanto, no fundo, não se acalmava. Qual o motivo da inquietação?

Uma vizinha correu na direção do grupo.

— Na verdade, eu só vi Godelièvre e as duas mais moças indo embora. E vocês?

— É, pensando bem... É isso mesmo, também só vi as três.

— Onde está Ida? — indagou Anne.

Nesse instante, no andar de cima, o incêndio explodiu. Da janela, uma figura urrando foi projetada com a rapidez da lava expulsa de um vulcão em erupção; uma silhueta de forma vagamente humana caiu de uma altura de uns 4 metros e se espatifou no chão.

A pessoa de cabelos e roupas em chamas era Ida.

26

Viena, 28 de março de 1907.

Querida Gretchen,

Junto a esta carta envio uma fotografia do Dr. Calgari, pois queria muito que soubesse como ele é. Belo homem, não acha? Adoro o brilho negro de seus cabelos e sobrancelhas. Acho isso ainda mais instigante, mais forte, em resumo, mais viril do que a louridão de Franz. Não encontrará dificuldade em identificá-lo nessa fotografia, tirada durante um congresso de psicanalistas, entre homens com o dobro de sua idade. No grupo ao fundo, ele está três passos atrás de Sigmund Freud, o fundador, o homem de barba cerrada e óculos de aro de tartaruga. Ufa, que sorte não ter ido ao consultório desse aí! Meu terapeuta tem outro porte, não acha?

Reenvie *subito* esta foto, pois preciso devolvê-la. Confesso a verdade: eu a roubei do escritório de Calgari durante sua ausência. Não entendo como ele consegue achar qualquer coisa naquela escrivaninha em meio a uma parafernália de livros, cartas e pastas. Aposto que não vai se dar conta muito rápido do sumiço da fotografia.

De qualquer modo, possuo uma cópia feita por um fotógrafo...

Minha análise avança. Explorei meus labirintos e começo a me sentir melhor. É preciso acrescentar que eu e Calgari formamos uma bela equipe: o sucesso da cura advém disso. Com outro, eu ainda estaria patinando na maré de minhas lembranças.

Por exemplo, compreendi que quando criança a escolhi como mãe simbólica. Se sempre a apresentei como "minha prima" foi por precisar inventar um laço de sangue entre nós, um laço inexistente, pois seu pai apenas tinha sido designado meu tutor legal no testamento. Quando se casou, me senti abandonada, então passei a me comportar de modo ainda mais infantil, recusando a dimensão carnal da adolescência, proclamando que nunca me casaria. Na verdade, ao me infantilizar, queria obrigá-la a voltar a ser minha mãe.

Calgari sustenta que os laços de sangue me apavoram, me são detestáveis. Retruco que não conheço tais laços; tinha 8 anos quando meus pais se foram e isso deixou em mim poucas marcas.

Durante meses essa resposta não o satisfez. Sob a alegação de que eu me trancava, Calgari recorreu a um procedimento insólito: a hipnose.

Sim, Gretchen, não narro uma atração circense a que assisti, mas relato um episódio vivido e de suma importância. Com a ajuda de um pêndulo e de frases encantatórias, Calgari me precipitou num estado hipnótico.

Pode imaginar? Um objeto ridículo, palavras tranquilizantes e de repente deixa-se de exercer controle sobre a alma... Lembro-me de meu estado; não se tratava de sono ou inconsciência, mas de uma concentração distinta, precisa, obsequiosa. Tinha a impressão de entrar num funil: tanto meu campo de visão quanto a audição foram reduzidos e com eles abolira a intransigência, essa espécie de atitude presunçosa que me leva a mentir a fim de me proteger. Ali eu cedia à obediência, dependia apenas de Calgari, de sua voz ardente, de suas perguntas precisas. Eu me entregava a ele.

Então ouvi meus lábios pronunciarem a verdade. Hoje, ao relembrar, me surpreendo que isso tenha acontecido na sessão — sim, nesse estado bizarro, contei o segredo de minha origem.

Confessei minha adoção: aqueles a quem chamava de pais não eram meus pais legítimos. Não obstante terem me deixado recursos para subsistir, eles não me deram a vida.

Os detalhes foram surgindo mansamente de minha memória, como peixes que o pescador retira d'água; primeiro falei de minhas desconfianças, dos questionamentos que me assaltaram muito cedo; em seguida, do comportamento de meus pais, do olhar deles, que demonstravam a um só tempo gostar e ter medo de mim, como se eu fosse uma bomba prestes a explodir em suas mãos.

Por que ocultei tanto minha genealogia? Por comodidade ou por indiferença? Segundo Calgari, uma vez que a indiferença não existe no tratamento da memória, esconder meus ascendentes me beneficia de alguma forma.

— Agora — concluiu Calgari —, compreendo melhor sua atitude em relação ao mundo. Nunca se sente legítima. Na sociedade ou diante de seu marido, experimenta a obsessão pela mentira. Acredita que deve se calar para escutar os outros, que Franz cometeu um erro ao escolhê-la como esposa e que acabará por se dar conta disso. Esses temores vêm de sua condição inicial, a de criança adotada que recebe afeto arbitrário, não justificado pelo sangue.

Bem, minha Gretchen, meu caro Calgari não é brilhante? Ninguém me conhecera tão profundamente.

Desde então, após meses e meses de tratamento, quando retorno à minha vida de Sra. Von Waldberg, sou diferente: na aparência nada mudou, mas quanta diferença por dentro!

Amadureci. Não mais me agarro a Franz como um náufrago à boia. Em diversos momentos, já não sei se o amo ou se o odeio, pois ele me parece monótono.

Franz me irrita. Aborrece-me com sua calma, seu bom humor, a constância de temperamento, a urbanidade inalterável. Mesmo sua beleza me incomoda. Como dizem as linguarudas de Viena, ele parece um sonho: rosto regular, dentes claros e brilhantes, lábios rosados, o pescoço bem-ajustado ao corpo leve e musculoso. Ele encarna o príncipe encantado que descobrimos em nossos livros de contos de fada, o primeiro homem com quem fantasiamos. O único problema é que essas histórias jamais nos revelaram o que pensavam Branca de Neve ou Cinderela depois de vários anos de vida conjugal. Os contos se interrompem na porta do quarto de dormir. Fecham a porta quando os amantes passam ao leito. "E foram felizes para sempre e tiveram muitos filhos." Um pouco lacônico para descrever toda uma vida, não acha?

Às avessas da fórmula mágica, eu, desde o momento em que tive acesso à alcova do príncipe encantado, não gerei filhos, tampouco estou convencida de ser feliz. Sim, confesso, minha Gretchen, a vida com o homem ideal é entediante.

Franz está sempre disposto a se satisfazer. A alegria lhe chega muito rápido, depois de três acordes de piano, duas falas de teatro, quando come, quando conversa, quando adormece, quando se levanta, quando me toca. Tenho a impressão de viver com um bebê mimado que nem desconfia que os caminhos do prazer são bem mais complicados para mim.

Contente apesar de cego.

Contente porque é cego?

Ouso mencionar por alto minha intimidade conjugal a Calgari. Tia Vivi tinha razão; ainda não conheci "o minuto arrebatador". Não nego que os abraços que eu e Franz trocamos sejam agradáveis, mas trabalhosos. Um terno ritual.

Por acaso já lhe contei? Minhas conversas com tia Vivi se modificaram: nos tornamos as melhores amigas do mundo. Que mulher espantosa! Tão alegre, tão surpreendente, tão livre. Várias vezes por semana na casa dela, na minha, em ateliês de costuras, lojas de doces e de sorvetes nos encontramos para rir e tagarelar de tudo e de todos. Sem pudor ela me conta de suas múltiplas ligações, tanto das antigas quanto das atuais. Eu a admiro por ter transformado, graças à sua audácia e independência, uma vida tediosa numa aventura palpitante.

Vamos frequentemente ao café e observo sua técnica para despertar o interesse da raça masculina. Seu sucesso advém de um rápido contraste: simula total indiferença para, em seguida, num vislumbre, lançar um olhar intenso ao oficial ou ao artista sentado a algumas mesas de distância. Essa mistura de calor e de frio excita de tal maneira os homens que, antes que ela deixe o local, sempre recebe um bilhete apaixonado que um empregado apressado vem deixar na mesa.

Por transferência, recebo declarações e alguns homens acreditam que sou tão atrevida quanto tia Vivi, sobretudo um estudante moreno de olhos negros, que pareceriam belicosos se não fossem abrigados por cílios longos e doces, cílios de princesa egípcia.

Por que escrevo isso? Não sei. Sem dúvida efeito da primavera a invadir Viena.

O Dr. Calgari — apesar de ter me proibido, continuo a chamá-lo de doutor — decidiu que devíamos discutir o assunto "as coisas do leito", e, finalmente, consenti. Que um homem que não o meu marido deseje que as carícias me deixem feliz é perturbador, não?

Quando Calgari discorre sobre minha frigidez, enrubesço. É claro que o termo me envergonha; ora, que ele o evoque me agrada; sentir seu ardor em me ajudar me confunde. Tudo isso reaviva as emoções de nosso primeiro encontro em que eu, feito tola, acreditei que ele pensava em me beijar no divã.

Hoje me pergunto se não tinha razão. Talvez eu não tenha sido tão ingênua... Certamente nada conhecia de psicanálise, mas meu instinto de fêmea reconhecera um homem que me desejava. E que eu desejava. Sim, Gretchen, não me perturba confessar: às vezes o desejo. Afora o fato de ele me seduzir com seu porte esbelto e as mãos ágeis de dedos intermináveis, eu lhe devo tanto...

Graças a ele, por exemplo, compreendi o motivo de colecionar pesos de papel. Toda coleção exprime uma frustração; sem que tenhamos consciência, ela compensa nossas faltas. Considerando que minha vida de mulher adulta não me satisfaz, as bolas de vidro representam meu desejo de parar o tempo, de não envelhecer, de voltar ao paraíso estático da infância. Visto que cresci no campo — não é a você, minha irmã de brincadeiras, que vou dizer isso —, adoro a natureza e a idealizo nessas flores minerais imobilizadas no cristal.

Cada vez que acrescento uma peça à coleção sou tomada pela satisfação, embora incompleta, pois ela não atende meu desejo básico. Eu valorizo mais a ilusão que me proporcionam do que os pesos de papel em si. Mergulhando em minha neurose, sou impelida a prosseguir.

Em contrapartida, quando quebro uma peça — como na noite em que a bolsa d'água se rompeu —, tenho vontade de reconquistar a realidade. E de fato, nas horas seguintes, descobri a verdade, a gravidez imaginária.

Será preciso, portanto, que eu destrua minha coleção para me curar? O Dr. Calgari me proibiu de tomar essa atitude.

— Anular um símbolo não trará a cura. Ao contrário, a senhora corre o risco de criar uma insegurança nefasta, uma angústia difusa. Chegará o dia em que apreciará seus pesos de papel de modo equilibrado, em que gostará deles pelo que são e não pelo que não são.

Nos últimos tempos, depois de suas explicações, consegui parar de comprá-los. Um enorme progresso, não acha? Já informei minha decisão ao banqueiro Schönderfer.

Eis, minha Gretchen, os esforços a que se submete sua prima para voltar ao mundo dos mortais. Sem Calgari teria enlouquecido, teriam me trancado num hospício. Ele me cura de mim mesma.

Nunca poderei agradecer tia Vivi o suficiente por me ter levado até ele. Ontem ainda, eu lhe repeti o quanto sou grata. Ela franziu as pálpebras amendoadas sobre os olhos lavanda, e sua boca fina murmurou:

— Minha pequena Hanna, por acaso não se enamorou do Dr. Calgari?

Como única resposta eu ri. Alto demais, tempo demais. De sacudir o busto. De ter cólicas. Para tia Vivi e para mim mesma, esse riso confirmava o que eu não ousava exprimir.

Se não posso pronunciar as palavras, tentarei escrevê-las.

Eu amo o Dr. Calgari.

E esse amor, de uma força prodigiosa, exalta meu corpo, meu coração e minha alma.

Resta uma única pergunta: quando lhe confessarei meu amor?

Sua Hanna.

27

Um leito intermitente.

Nada mais.

Sim, de tempos em tempos, uma cama. Com lençóis finíssimos. Um único travesseiro.

Depois aventuras.

Uma corrida de esqui aquático. Johanna na frente. Como a vagabunda de maiô bege se equilibra bem!

A filmagem de um anúncio em que Anny atira um cubo de gelo num copo de uísque do tamanho de uma piscina. Evidentemente, ela se afoga. Cômico demais. O diretor mostra o alto-falante. As seguradoras se recusam a pagar. No fundo da água — quer dizer, do álcool —, Anny, supostamente morta, rola de rir. Seus pais adotivos, sentados à beira do lado de fora, aplaudem.

Olha só! A cama.

Bolsa Vuitton se aproxima, segura-lhe a mão e a leva ao seu camarim. No lugar de vestidos, animais empalhados. Uma zebra a encara. Anny bem que gostaria de saber que ela está morta atrás dos doces olhos de vidro, pois tem lá suas dúvidas. Aterrorizada e trêmula, termina por tatear o pelo da zebra. Ao contato, a zebra se transforma em David e relincha. Uma avestruz então o ataca. A avestruz é encantadora; tem um topete louro no topo da cabeça. Não responde quando lhe fazem perguntas, embora pareça compreendê-las.

De repente, mudança de cenário. Anny caminha numa cidade estranha. Água correndo no meio de cada uma das ruas. Não é um riacho nem uma poça, tampouco um rio largo. Um amigo de infância com sotaque gutural lhe informa que são canais. "Ah, estamos em Veneza?" As pessoas a tratam como imbecil. Inúmeras e enraivecidas pessoas. Anny jura que uma cerveja lhe cairia bem. Nesse instante um gnomo lhe rouba a bolsa. Resolve persegui-lo. Ele vai despistá-la, pois conhece o quarteirão como a palma da mão. Numa esquina, Anny perde as roupas. "O que foi agora?" Curiosa, tem a impressão de já ter vivido essa experiência. Nua em pelo, chega a uma esplanada onde encontra uma mulher pendurada numa corda. Ela a conhece. Avança. Um golpe na nuca a derruba.

Novamente a cama. Nada confortável.

Ao redor da cama de molas um quarto de madeira clara. Que hotel é esse?

Inspirada, Anny dispara nos esquis. Desce a toda velocidade uma trilha de neve. Acelera, perde o controle, percebe atrás de si um carro em formato de lagarta onde homens barbudos gritam "Anda logo". Eles vão pegá-la. Ela se vê acuada no meio de uma pista de trenós. Eles a seguem. O que fazer?

A cama.

Ufa...

Deve ser esse o lugar onde se encontra de verdade. A realidade é o sonho que volta frequentemente, não é?

Mobiliza as forças para permanecer ali, na cama, para não escapar muito rapidamente para outro espaço.

Com a mão explora o colchão. Lençóis parecidos com papel de cigarro. Puxa, eu bem que fumaria um cigarrinho. Ai, que travesseiro é esse? De espuma? Prefere os de pluma de ganso. Por que só um?

Abre os olhos. Um quarto de madeira clara, meio amarelada. Ah, claro, é bambu, a última moda em decoração. Em sua opinião essa mania de bambu cheira a embuste. Como conseguem produzir tábuas lisas com uma borda redonda? Gostaria muito que me explicassem. E as pastas de dentes? Como conseguem enfiar riscas vermelhas numa pasta branca? E sem que o branco e o vermelho se misturem até o final do tubo... O mundo esconde tantos mistérios...

Ethan chega. Legal, um sonho agradável. Entra no recinto e lhe sorri. Da cama de onde o observa ele é tão alto quanto a avestruz que Anny viu durante o delírio anterior.

Ele se senta na beirada do colchão de molas, roça-lhe as bochechas e lhe oferece um copo d'água.

Ele adivinhou. Está morta de sede.

Ergue-se. Percebe que as articulações doem. Os músculos enrijeceram.

Droga, isso é evidente, ela não divaga! Adeus ao esqui aquático, ao esqui na neve. Seu corpo está pesado, dolorido.

— Ethan, eu não estou sonhando?

— Não.

— No meu sonho, você me respondia assim.

— Não sou responsável pelo que digo em seus sonhos.

Ela reflete, pois essa afirmação lhe soa tão profunda que não sabe direito se entende o significado. Ah! É isso, ela não saca nada. Pronto, bem-vinda à vida real!

Ethan a ajuda a segurar o copo, repousa delicadamente sua cabeça no travesseiro. Mal encosta no tecido, penetra em um labirinto. Um alçapão se fecha às suas costas. Buldogues parados nas esquinas latem, mostrando os caninos agressivos: desse jeito não pegará o caminho certo. Opa, nunca notara que os cachorros são tão parecidos com tubarões. Aproxima-se de uma menina que dança fantasiada de cigana, encantada em rodopiar naquele vestido comprido de renda vermelha. Uma música *disco* aos berros marca o compasso. Quando Anny se debruça sobre ela, a menina alegre a fita com dois buracos no lugar dos olhos. Sim, a criança sem olhos não enxerga. Anny se inclina para beijá-la, mas a menina, surpresa, corre gritando de medo. Uma porta bate.

A cama. O quarto.

Melhor ficar ali. É menos agitado do que nos sonhos.

Anny transpira. Um frio absurdo a toma de assalto, um frio que não vem de fora, mas de dentro. Enrosca-se debaixo do lençol fino.

Sabe estar sendo observada a cada movimento. Instinto de atriz. Olhares passeiam sobre ela, olhos colados à sua pele, bocas comentando seus gestos.

Examina o aposento. Ninguém. Três móveis. Um guarda-roupa. Uma tela de televisão. Cortinas de linho obstruem a janela pela metade.

Sem dúvida, ninguém.

Por que sente uma presença a espioná-la?

Volta a mergulhar num sonho desagradável que já teve cem vezes: deve representar o papel de Carmen, embora não tenha ensaiado a ópera. Na coxia, sem se despir, aos primeiros acordes da orquestra e do coro ela enfia um vestido escarlate, prende uma flor de lótus nos cabelos e vai ao encontro do tenor, que já se encontra diante do público. Uma voz incrível brota de seu peito; uma voz desconhecida, ampla, densa, potente, que apaga a de seu parceiro com uma tessitura ainda mais grave que a dele. Uma voz de homem. Enquanto toca castanholas, constata ter se esquecido de depilar as axilas. Catástrofe.

Ah... novamente essa cama.

Bem, os dedos-duros foram embora? Não. Sente alguma coisa gosmenta encostada na sua pele.

Quem a espiona?

Anny volta a se endireitar ao ver uma câmera no ângulo esquerdo do teto. Uma luz vermelha assinala que o aparelho está ligado.

"Estou sendo filmada!"

Do outro lado também. E também nesse ângulo. Conta devagar. Cinco câmeras. Não menos de cinco.

Johanna entra, eufórica.

— Como vai a minha queridinha?

Anny acha estranho a alegria despropositada da agente. Conclui que ainda sonha.

Johanna, em geral pouco pródiga em gestos afetuosos, dá-lhe um abraço apertado.

— Ah, como amamos você! No entanto, parece que sente prazer em nos assustar. Parece testar o quanto gostamos de você. Nós te adoramos mesmo sem essas bobagens.

O tom de Johanna soa falso. Curioso... Nos sonhos clássicos, os personagens representam bem seus papéis.

De repente, Anny fica com o pé atrás, esperando o que vem pela frente.

— Sabe por que está aqui?

Anny faz que não com a cabeça.

— Não se lembra?

Lembra-se muito bem da dose de heroína no banheiro, bem como do momento em que perdeu a consciência. Naquele instante, acreditou que ia morrer. Entretanto, para saber o que dirá Johanna em seu sonho, simula sofrer de amnésia.

— É, bem, você... exagerou na dose. Culpa do estresse, sem dúvida. Medo da opinião pública. Pobre Anny... Cometeu um terrível engano ao temer a reação do público.

De relance, mudando de atitude, Johanna se ergue e exclama animada:

— Foi um triunfo, minha querida! O filme foi considerado um espetáculo. Você deixou público e mídia estupefatos. Bravo! Já mencionam indicações ao Globo de Ouro, ao Oscar... O distribuidor aumentou o número de cópias e salas de exibição.

Para berrar essa fala, Johanna acrescentou uma espécie de energia artificial a seu comportamento, como quem se dirige a alguém a uns 20 metros de distância e não a ela.

Anny espiou ao redor. Quem Johanna tentava convencer? A quem destinava esse show de assessora de imprensa no auge da vida profissional?

— Que pena não ter podido subir ao palco. O público aguardava sua presença aplaudindo de pé. Apenas Zac e Tabata Kerr se beneficiaram da aclamação do público.

Tabata Kerr? Como assim? Johanna só a chamava pelo apelido, Bolsa Vuitton. Um fenômeno estranho se produzia.

Anny surpreendeu um olhar de Johanna absolutamente providencial. Johanna acabava de olhar a câmera pertinho dela e depois, confusa com o erro, abaixara as pálpebras. Então Johanna sabia que estavam sendo filmadas e tratava de bancar a natural.

— O que está acontecendo? Por que as câmeras?

Johanna hesitou. Pegou o celular e digitou um número. Rompendo a delicadeza, perguntou em tom seco:

— E agora, o que eu faço?

Ruídos responderam.

Johanna retomou.

— Entendido.

Nesse momento, Anny percebeu a mudança na atmosfera. Olhando ao redor, percebeu que as luzes vermelhas na parte superior das câmeras estavam apagadas.

Johanna sentou-se e adotou uma atitude menos forçada.

— Anny, você está na merda, mas eu dei um jeito nas coisas.

— Como? Você também reconhece estar na merda?

— Transformo a merda em ouro. No passado seria chamada de alquimista, hoje sou uma boa agente. Escute bem, é muito simples: como depois do incidente da pré-estreia não conseguimos mais esconder sua dependência de álcool e entorpecentes, decidi converter você em exemplo.

— Exemplo de quê, pelo amor de Deus?

— De arrependimento. Anny, eu sei que vai se curar, se cuidaı, não apenas por você, mas pelos outros. Vai mostrar o caminho do bem, provar aos jovens e aos pais desesperados que é possível sair dessa.

— Sair dessa qual?

— Das drogas. Do álcool. Dos vícios.

— Você parece estar plenamente convencida.

Johanna a contemplou hesitante. Mudando de atitude, excla mou em tom brusco:

— Eu assinei.

— Você o quê?

— Eu assinei. Você desmoronou publicamente e deve se reerguer também publicamente. Se não quiser que sua carreira afunde, vamos montar o espetáculo do seu renascimento. A TV americana concordou.

Curvou-se na direção de Anny e cochichou:

— Quatro milhões de dólares. E se calcularmos as coberturas na imprensa, o contrato vale o dobro.

Ela se aprumou, orgulhosa, afixando um sorriso de tubarão feliz, muito diferente das demonstrações piedosas, pseudoafetuosas que haviam contaminado sua chegada.

Anny não reagia, ainda se perguntando se tal cena se desenrolava na vida real ou em sonho. Aliás, a monstruosidade da proposta não permitia opções, por ser imoral como um pesadelo e violenta como a realidade.

Por acreditar no ditado "Quem cala consente", Johanna empunhou o telefone.

— Ok, tudo bem. Recomeçamos.

Quatro segundos depois, as luzes vermelhas das câmeras voltaram a acender.

Johanna suavizou de novo o tom de voz, encontrou meios de pronunciar três vezes seguidas o título do filme, *A moça de óculos vermelhos*, e sumiu com ar teatral.

"Que péssima atriz!", pensou Anny ao vê-la desaparecer.

Disso ao menos tinha certeza. O resto permanecia um caos.

Foi a vez de o Dr. Sinead entrar no recinto. No esforço de se sobressair, dessa vez não se cercara da nuvem de assistentes. Apenas dois jovens médicos o acompanhavam, a respeitosa distância, como guarda-costas que acentuam a importância do indivíduo escoltado.

Imediatamente Anny optou pela atitude de imbecil chocada em total submissão. Amparada pelo ar aparvalhado, viu Sinead executar um número de superterapeuta com a intenção de se exibir diante das câmeras.

O octogenário de rosto costurado não cometeu um erro. Primeiro, demonstrou delicada cortesia à doente, reconhecendo que a juventude era um período difícil — por um segundo, foi possível notar sinceridade, pois falar mal da juventude pela qual tanto ansiava lhe proporcionava satisfação. Depois, reabriu a ferida, exagerando o sofrimento de Anny. Finalmente cauterizou-a: invocando seu respeito por ela, despertou a antiga criança, a futura mamãe, e, misturando todos os elementos, celebrou a vida, o amor pela vida, o futuro da vida, tentando exibir uma ternura que não condizia com sua personalidade seca, objetiva, mordaz. Anny, consciente da encenação, já não o escutava; limitou-se a observar que a maquiagem tornava a pele alaranjada e que se a cor da tinta das sobrancelhas fosse idêntica à das mechas, o resultado seria melhor.

"Antes aceitar o envelhecimento do que tentar esconder a idade. Inclusive por razões estéticas."

Foi seu o único pensamento durante esse encontro que parecia não lhe dizer respeito.

— Estamos de acordo, minha jovem? Está pronta a entregar sua vida em minhas mãos?

Diante da insistência tônica, compreendeu que se tratava da última réplica da cena interpretada por Sinead. Recuperando-se das percepções efêmeras do sonho — desprevenida, interpretava Carmen sem ter aprendido ou decorado o papel —, gaguejou aquiescendo.

Satisfeito, Sinead a cumprimentou.

Ao passar pela porta, esqueceu que continuava a ser filmado e sorriu orgulhoso, ator exultante por sua atuação. Ora, essa vaidade caía como um cabelo na sopa depois da cena tão austeramente interpretada.

"Estreante...", suspirou Anny.

Fechou os olhos e adormeceu.

Às seis e meia da tarde, Ethan apareceu com uma bandeja. Não representava. Sua única preocupação — ajudar Anny — transparecia em cada gesto, na entonação da voz.

Aproximou-se e Anny se sentiu bem. Falaram por alto de assuntos sérios.

Uma vez terminado o jantar, ele olhou o relógio.

— Sete horas — anunciou.

Alguma coisa alterou o ambiente. Mais uma vez as câmeras haviam sido desligadas.

Tirando uma pílula do bolso, Ethan administrou os medicamentos.

— Não tem mais câmeras a partir das sete? — perguntou.

— A filmagem é interrompida às sete, mas recomeça em três minutos. O programa tem dois formatos: 24 horas pela internet e um módulo diário de vinte minutos para a TV americana. Só podemos contar com interrupções fugazes. Os produtores e a clínica não querem que o tratamento químico seja filmado. Primeiro, para manter o sigilo médico. Depois, porque a reportagem tem o objetivo de dar ênfase na força de vontade.

Anny meditou na frase engolindo, dócil, as pílulas.

As luzes vermelhas das câmeras voltaram a se acender no momento em que Ethan escondia as embalagens no fundo da lixeira.

— Por favor, quero ir ao banheiro.

Ethan a ajudou a encontrar uma posição estável na beirada do colchão e a amparou até o recinto ladrilhado.

Lá dentro, o corrimão que ladeava as paredes permitiu que Anny chegasse à pia.

Olhou-se no espelho. Pálida, parecia saída de uma máquina de lavar roupa, com cara de quem acabou de parir. Os cabelos desciam lambidos. Uma coloração amarela manchava-lhe a pele em diferentes pontos.

Aproximou o rosto do espelho, massageando as pálpebras com a ponta dos dedos.

Experimentava uma estranha sensação.

Ainda a espiavam?

Não, não era possível.

Movendo devagar a cabeça, examinou as paredes ladrilhadas do banheiro, certificando-se de que cada canto permanecia livre de câmeras ou microfones.

De onde viria então essa sensação?

Estaria paranoica?

Deu de ombros. Temer certas situações não significa que elas existam. Devia se acalmar.

Inclinou-se para examinar melhor.

De repente percebeu um movimento. Não, não era ao redor, mas dentro do espelho. Ou melhor, atrás do espelho.

Como?

Avançou novamente e compreendeu, graças à inconsistência dos reflexos, à translucidez suspeita, que se inclinava sobre um espelho falso que escondia câmeras atrás da parede.

28

Quando Ida saiu da casa e rolou pelo chão, ainda viva, poucos traços humanos lhe restavam. Não passava de uma carne carbonizada, furiosa, atacada pelas chamas, debatendo-se contra o inimigo.

Sem hesitação, Anne arrancou as saias atirando-as sobre a prima para cobri-la e apagar o fogo que a devorava. Com o corpo em brasa, a insana gritava, esperneava, lutava, proferia injúrias, batia em Anne cobrindo-a de insultos. Anne, porém, se manteve firme, conseguindo ao mesmo tempo controlar a prima e as chamas.

Em seguida, enquanto os homens do quarteirão lutavam contra a propagação do fogo rua afora, ela se ergueu e, demonstrando autoridade até então desconhecida, ordenou que conduzissem Ida ao hospital Saint-Jean. Enquanto os homens buscavam tábuas e montavam a maca, ela retirou água do canal, molhou as saias e se certificou de que não restara nenhuma faísca no vestido ou nos cabelos.

Dois colossos de crina ruiva colocaram Ida na maca e, apesar das vociferações contra eles, carregaram-na às pressas.

— Ela está com muita dor — disse o primeiro, que ouvia Ida berrar a cada solavanco. — Melhor parar no convento dos franciscanos. Tem um médico muito bom no hospital.

Algumas ruas adiante, bateram na vidraça.

Sébastien Meus apareceu na janela.

— É o melhor médico de Bruges — murmurou o homem corpulento a Anne.

Sébastien Meus não os recriminou por ter sido acordado no meio da noite. Compreendendo a gravidade da situação, abriu o portão e lhes indicou um lugar no hospital Saint-Côme. Com a ajuda dos homens, depositou uma tina acima da agonizante e pediu a Anne que fosse correndo ao poço buscar água para enchê-la. Uma vez concluída a tarefa, ele retirou uma placa, deixando a água escorrer como chuva através de múltiplos pontos na base da tina.

Durante uma hora todos correram assim, da fonte à tina, para banhar Ida que, entre duas saraivadas de grosserias, foi aos poucos gemendo menos.

O médico então retirou delicadamente a roupa ensopada, evitando descolar a pele na manobra. Em seguida trouxe um pote de uma substância gordurosa e, com o maior cuidado, aplicou-a sobre as queimaduras.

No auge do desespero, Ida berrava, proferia injúrias. Nem o médico nem Anne davam ouvidos às obscenidades, variações escabrosas de sua dor.

Nas laudes, ao despontar da aurora, no limite de suas forças, Ida adormeceu. Anne velou-lhe o sono como se a vigilância fosse ajudar a curá-la. Segurando-lhe a mão intacta, tentava lhe transmitir sua força, sua energia.

Na sexta, prevenido por um assistente do médico, chegou o padre para administrar os últimos sacramentos. Ida saiu do seu sono no instante em que o homem de Deus se inclinava sobre ela. Fitou-o com assombro. Se tivesse visto o diabo, não teria se comportado de outro modo. Resistiu, tentou se afastar.

O padre se dirigiu a ela com bondade. Compreendendo encontrar-se em vias de deixar o mundo, ela exclamou de repente:

— Quero me confessar!

O padre pediu para ficarem a sós.

O médico, os aprendizes, os enfermeiros e Anne se afastaram. Na soleira da porta, Sébastien Meus deteve a jovem.

— Fique aqui.

— Como?

— Fique na sala. Esconda-se atrás de um pilar. Se a jovem voltar a sentir dor, tente aplacá-la com água fresca ou unguento. Eu a confio aos seus cuidados.

Fechou a porta, esperando o cumprimento de suas ordens.

Anne acomodou-se numa espécie de depressão do muro a fim de evitar que o padre e Ida notassem sua presença.

Ida segurou o ministro de Deus pelo pescoço e gritou:

— Fui eu que ateei fogo na casa.

Anne se encolheu. O quê? Ouviria a confissão de Ida? Tentou tapar os ouvidos.

— Sim, eu incendiei aquele casebre para me vingar da idiota da minha mãe. Quero que ela sofra. Quero que pague pelo mal que me causou.

Apesar de tudo, Anne ouvia. Resolveu prestar atenção às palavras da prima.

Fervendo de ódio, Ida explicou ao padre que sua mãe não a achava bonita e nunca lhe arranjara pretendentes. Assim, fora obrigada a procurar um namorado. Ora — "o senhor conhece bem os homens, padre" —, eles se aproveitaram...

Nesse momento da confissão, Ida mudou. Enquanto até o presente se comportara como vítima, transformou-se em fúria desbocada, mais libidinosa que um fauno, narrando em detalhes ao assustado padre as fantasias que tinha realizado com os homens, por vezes com vários ao mesmo tempo.

Anne foi forçada a se submeter aos relatos de Ida, que ultrapassara os limites da honra, para demonstrar que era sedutora e que sua mãe estava enganada.

Anne, a pura, devia ter ficado chocada; no entanto, foi invadida pela compaixão. Quanto mais Ida despejava obscenidades — experimentando certa complacência ao narrá-las —, mais ternura Anne sentia pela prima. Sob a Ida arrogante, exagerada, pervertida, atrás da piromaníaca vingativa, Anne via uma menina insegura que duvidava de sua capacidade de agradar aos homens. E, sobretudo, à mãe. Que caminho vertiginoso... Uma verdadeira aflição de menina a transformara em harpia criminosa. Se Anne tivesse compreendido isso a tempo, talvez pudesse tê-la ajudado a vencer a insegurança e voltar a confiar em si. Anne se culpava: embora tivesse passado anos a seu lado, jamais adivinhara o que lhe perturbava a mente e destruía o coração.

Enfim, Ida chegou ao final da confissão: a mãe a chamava de prostituta — ah, não, não pronunciava a palavra, mas seu olhar o dizia. No dia em que Godeliève anunciou que levaria Hadewijch e Bénédicte ao campo — é evidente, queria afastar as filhas do horrível exemplo da irmã mais velha —, jurou que as três rezariam por ela.

— Rezar por mim! O senhor se dá conta? Rezar por mim, como se eu fosse um monstro.

— A senhorita é uma pecadora, minha filha. Como todos nós.

— Não, na boca de minha mãe isso significava que eu era a pior criatura do mundo. Para castigá-la, decidi destruir tudo o que tinha: sua casa, seus pertences. Espalhei óleo no piso, nos móveis. Mas as chamas incendiaram os aposentos com mais rapidez do que o previsto. Eu tinha pensado em botar fogo e fugir, mas esqueci que a lareira no andar térreo continuava acesa. Uma brasa desencadeou o incêndio enquanto eu borrifava o andar de cima. Fiquei presa...

Sem nenhum remorso, só lamentava sua inabilidade.

Horrorizado com o que acabara de ouvir, o pároco emudeceu, receoso de novas inconveniências. Ida guardou o silêncio.

Ao ouvir os gemidos, Anne soube que a prima chorava. Mas por que soluçava? Por não ter alcançado o seu intento ou pela vida que se esvaía?

O padre deu início aos sacramentos:

— Confio, pois, a irmã Ida ao amor e ao poder de Cristo, para que encontre alívio e saúde.

Impôs as mãos sobre a cabeça da jovem invocando o Espírito Santo. Face à insistência do gesto, Anne pressentiu que ele afastava, sobretudo, os demônios. Em seguida, lhe administrou a extrema-unção com o óleo santo, primeiro na testa e depois nas mãos. Fosse por ser santificado ou por nutrir com sua gordura o corpo queimado e calcinado, Ida não protestou quando tocada pelo padre.

— Pela sua infinita misericórdia, o Senhor venha em teu auxílio com a graça do Espírito Santo para que, liberta dos teus pecados, Ele te salve e, na sua bondade, alivie os teus sofrimentos.

Esperou que Ida respondesse "Amém", mas, como a jovem demorava, ele o disse em seu lugar.

Por fim, comungou, administrando a eucaristia e oferecendo-lhe o viático para que a acompanhasse em sua passagem da vida terrestre à vida eterna.

— "Quem come a minha carne e bebe o meu sangue tem a vida eterna; e eu o ressuscitarei no último dia", disse Nosso Senhor.

Enfim, sussurrando, pois Ida não mais o escutava, citou ainda são Lucas e são Tiago num emaranhado de palavras somente audíveis para ele.

Nas horas que se seguiram, Ida passou por diversos estágios, da prostração aos gritos, das orações aos insultos, do desespero à resignação.

Anne permaneceu ao seu lado. Tinha a impressão de que grande parte do tempo Ida não notava sua presença ou não a reconhecia quando os olhos arregalados a fitavam desdenhosos. Duas vezes apenas Ida a identificou, pois a raiva toldou-lhe as pupilas enquanto a boca vomitava injúrias.

Anne fingiu nada escutar. Pegando a mão incólume, apertou-a com imenso afeto e tentou enviar ondas pacificadoras ao corpo sofredor.

Quando Godelièvе, Hadewijch e Bénédicte, avisadas da tragédia por uma vizinha, chegaram ao hospital, ficaram consternadas com o estado crítico da jovem. A mãe aconchegou-se nos braços de Anne, sacudida por soluços, ao saber que a filha recebera a extrema-unção.

Apertando a tia nos braços, Anne tomou a decisão de não revelar que Ida intencionalmente incendiara a casa e não se deixar surpreender pela enferma num momento de ternura familiar.

Distanciando-se, Anne explicou com doçura a Godelièvе, a Hadewijch e a Bénédicte que lhes cedia o posto ao lado de Ida, pois ela precisava de seu amor nos derradeiros instantes.

De longe, Anne observou a cena. Tia Godelièvе soluçava, enquanto Hadewijch e Bénédicte murmuravam palavras fraternas. Ida percebera a chegada da família, embora pretendesse não vê-las. Fingindo estar inconsciente, alegrava-se com o espetáculo. Anne percebeu pelo franzir do cenho e por certo retesamento nos ombros que a prima, embora dissimulasse, sentia-se feliz pela dor que provocava; voltava a ser o centro das atenções.

Esgotada, Anne deixou a sala onde permanecera tanto tempo sem dormir, beber ou comer e se deteve no pátio aspirando a luz.

O médico se aproximou.

— Obrigado pela ajuda.

Anne sorriu. Congratulá-la por uma conduta normal lhe parecia um gesto vão.

— Sabia que sua prima tem chances de sobreviver? — recomeçou Sébastien Meus.

— Eu pensei...

— No momento ainda não é possível conhecer a gravidade das queimaduras. Descobriremos nos próximos dias. Acredito que as feridas sejam superficiais. Não sei se observou, mas o corpo está coberto de bolhas, prova de que reage e tenta se recuperar. A pele foi machucada, não perfurada; músculos e ossos não foram atingidos; certamente pode morrer de infecção, no entanto, tem chances de se recobrar.

— Ai, meu Deus, tomara que tenha razão...

— Não nos antecipemos, Anne. Além disso, caso se recupere, ficará desfigurada, perderá o olho. Ela pode sobreviver, é verdade, mas será insuportável olhá-la.

Um enfermeiro chamou o médico para atender um pisoador que tinha sido atropelado por uma carroça. Anne foi deixada entregue a seus pensamentos.

Deslizando ao longo do muro, sentou no chão e contemplou o sol.

O que seria melhor? Que Ida entregasse a alma levando para o túmulo o segredo de suas faltas? Ou que sobrevivesse, forçada a conviver com o remorso, frágil tanto física quanto espiritualmente, carregando o peso dos pecados em um corpo que detestaria? Feia, caolha, coberta de cicatrizes e sinais, paralisada pelo sofrimento, a vida de mulher com que sempre sonhara lhe seria inacessível...

— Ah, que ela faleça... Esta é a melhor solução.

Mal pronunciou a frase, Anne enrubesceu. O quê? Desejava a morte de Ida?

Envergonhada, jurou que caso a prima sobrevivesse, cuidaria dela até o fim de seus dias.

29

Querida Gretchen,

Escrevo antes de receber sua resposta, pois os acontecimentos se precipitaram tragicamente.

Em que ordem contar o que houve?

Como disse no final de minha última carta, apaixonei-me pelo Dr. Calgari. Eu o amo — ou melhor, o amava — com uma intensidade até então desconhecida. Naturalmente, minha perspicaz amiga, tia Vivi, compreendeu a verdade.

— Por que não segue seu coração, minha querida Hanna? — sugeriu-me um dia.

— Tia Vivi, logo a senhora me dando esse conselho?

— Por que a surpresa? Que eu saiba, não represento a virtude...

Franzindo o nariz, simulou uma cara envergonhada.

— A senhora é tia de Franz.

— Sim, eu sei. — Suspirou, como se se tratasse de um detalhe menor.

Ela pediu outro chá e canapés de pepino. Adorávamos frequentar essa pequena sala privativa, com banquetas em capitonê, no Wutzig, o local de encontro dos casais ilícitos.

— Minha querida, desejo que tenham um casamento duradouro. Ora, para que um casal permaneça unido, os parceiros devem evitar as frustrações. Enganar seu marido de vez em quando não arruinará a união. Pelo contrário, a consolidará. Sei o que digo, acredite em mim.

— Eu não teria coragem.

— De quê? De se esquecer de Franz por um tempo ou de se declarar ao Dr. Calgari?

— Tenho medo do fracasso.

Ela sorriu.

— Ah, muito bem, vejo que já considera os aspectos práticos.

— Nunca me declarei a um homem!

— Tola! Uma mulher não corteja, ela consente, senão o homem foge. Ela deve dar a impressão de que ele teve a ideia, que ele é quem manda.

Então tia Vivi deu início a um extenso curso, sem dúvida apaixonado demais para alguém mais maliciosa do que eu. Enquanto me explicava as sutis estratégias, eu nada escutava, o rosto enrubescido, as orelhas vermelhas, imaginando uma eventual relação entre o moreno Calgari e eu. O quê? Teria eu o direito de desejá-lo? Poderia tentar essa aventura quando o simples fato de pensar na possibilidade de estreitá-lo entre os braços me levava à beira do desmaio?

Tia Vivi percebeu minha distração.

— Hanna, não acompanhou nada do que eu disse.

— Não consigo, tia Vivi. Compartilhar esse segredo com a senhora me perturba. É preciso me habituar.

De repente, silenciosa, ela me examinou. No rosto gracioso que o pó torna imaculado, os olhos azuis exibem por vezes brilhos metálicos que endurecem sua fisionomia. Entretanto, tia Vivi passa o tempo a ajudar o seu círculo de amigos.

Franzindo a testa, concluiu com despeito:

— Como a invejo por ser tão jovem... As sensações esmorecem com a idade...

Durante o percurso de volta para casa, ela voltou a me explicar a melhor maneira de confessar — ou melhor, de não confessar — minha afeição a Calgari. Dessa feita prestei atenção.

— Quem lhe ensinou isso, tia Vivi?

Ela se mostrou surpresa.

— A senhora teve — prossegui — uma tia Vivi que, em sua juventude, lhe ensinasse os mandamentos da feminilidade?

Ela abriu um sorriso perolado.

— Não, minha querida; é um dom executar espontaneamente o que outros precisam aprender. Ao nascer recebi o dom da feminilidade.

Essa reflexão me marcou por sua perspicácia, mas também me entristeceu: para mim ser mulher não era fácil.

Ao menos, "mulher" segundo a acepção de tia Vivi.

No dia seguinte, encontrei Calgari decidida a renovar nossa relação.

Na soleira, fui afligida pelo sofrimento. Tudo o que antes se afigurava simples, transformava-se agora no caminho da cruz. Vê-lo aparecer, esbelto e elegante na sobrecasaca que privilegiava o torso atlético e a cintura fina, provocou-me uma onda de calor. Despir-me do casaco e do chapéu diante dele e me deitar no divã me pareceu ambíguo. Parecia mais um encontro amoroso do que uma consulta médica.

Pondo em prática os conselhos de tia Vivi, alternava frieza e palpitações. Ora, não tinha a certeza de obter êxito: minha frieza virava gelo e minhas palpitações, tique nervoso. Isso me oprimia. Quanto mais acentuava meus gestos, menos ele os notava. Seria sinal de que me aceitava? Ou que me julgava tão ridícula que sequer prestava atenção? O suor escorria entre as minhas coxas.

A cada segundo, parte de mim se distanciava, deslocava-se para o teto, e do lustre eu observava o casal que formávamos: o flerte era evidente. Qual outra explicação se ele usava roupas tão atraentes, se perfumava tanto, falava com voz tão sensual, manifestava essa delicada cortesia? Por que sempre mencionar meu corpo, minhas brincadeirinhas com Franz, minha insatisfação sexual? Ele me conduzia perpetuamente a assuntos que teriam sido escabrosos caso seu objetivo não fosse o de criar uma proximidade sensual entre nós. Por que me interrogar sobre minhas fantasias senão para nelas penetrar e realizá-las? A cada sessão suprimíamos as barreiras. Embora eu não tivesse tirado a roupa, havia me despido do pudor.

Durante essa sessão em particular, a atmosfera me pareceu sufocante. Após lhe pedir que abrisse a janela e pedir um copo de água — instruções de tia Vivi —, agitei meu lenço sobre o peito simulando mal-estar. Como ele não prestava nenhuma atenção, deixei de lado os ensinamentos de Vivi e exclamei num rompante:

— Por que tanta hipocrisia?

Calgari sobressaltou-se.

— Sim, por que não podemos nos comportar como todo mundo?

Apesar da violência de meu tom, ele respondeu com calma.

— O que quer dizer, Hanna?

— Dizer? Nada. Quero fazer.

— Fazer o quê?

Eu gemi.

— O senhor sabe muito bem.

— Só saberei quando me disser.

— Em geral é o homem quc propõe.

Por que eu persistia nesse tom de reprovação? Apesar de arder de desejo de seduzi-lo, eu o criticava. Em vez de enfeitiçá-lo, brigava. Ah, tia Vivi, por que não escutei seus judiciosos conselhos?

Recompondo-me, recomecei expressando-me com voz suave, da forma mais controlada possível, embora meu tom ainda tremesse de cólera:

— Nossa relação evoluiu desde o início do tratamento. Pare de me considerar como paciente. Estou curada.

Seu rosto iluminou-se.

— De verdade? Tem essa impressão?

Sorri, tentando bater os cílios, como vira tia Vivi fazer tantas vezes. Mas se nela tinha-se a ilusão de que uma borboleta alçava voo, minhas pálpebras se crispavam como se afastassem a poeira das órbitas.

— Não vejo mais o senhor como médico, mas apenas como homem.

Ele piscou.

Temendo não ter sido clara, lancei por terra as proibições de tia Vivi e declarei:

— Eu amo o senhor.

Irritado, ele suspirou.

Insisti.

— O senhor escutou? Eu amo o senhor. E o senhor me ama.

Ele se levantou, pálido.

— Hanna, deve estar enganada.

Fiquei contente de ter conseguido tirá-lo de sua atitude de Dr. Sabe Tudo.

— O senhor é casado? — exclamei. — E daí? Eu também sou. Antes de nos conhecermos, estávamos condenados a cometer erros.

Ele se aproximou.

— Hanna, pensa estar apaixonada por mim, mas não está. Isso faz parte do tratamento psicanalítico; a isso se dá o nome de transferência. Deposita em mim uma afeição da qual não sou o verdadeiro objeto.

Ele expôs uma teoria confusa segundo a qual era normal eu idolatrá-lo, pois isso aconteceria com qualquer outro terapeuta.

— O quê? Com Freud?

— Sem dúvida. E em pouco tempo.

— Mas já viu a cara dele? Bem, sua atitude não é sinal de modéstia, mas de cegueira. O senhor é bonito, Dr. Calgari.

— Não sou doutor!

— O senhor é bonito.

— Nem bonito. A senhora me acha bonito porque nesse momento precisa acreditar nisso.

— Mentira! Eu o achei bonito desde a primeira vez.

— A senhora reconstitui suas lembranças.

— Não, eu tenho a prova, eu contei a Gretchen. E eu? O senhor me acha bonita?

— Nada tenho a me pronunciar quanto a isso.

— Por quê? É de madeira? Não pertence à espécie humana?

Novamente descontrolada, voltei a insultá-lo. Parecia que eu o culpava por ser soberbo, inteligente, sensível e me agradar.

— A senhora é muito bonita, mas é meu dever...

Sem deixá-lo concluir, atirei-me contra ele e colei meus lábios aos seus.

Ah, Gretchen, a força daquele beijo! Tive a impressão de que meu corpo se abria ao contato de sua língua, que iria absorver por completo esse homem para que ele permanecesse dentro de mim. Nunca antes isso acontecera. Com Franz, os beijos não passam de carícias superficiais. Já...

Calgari me apertou em seus braços vigorosos; correspondi a seu abraço, caímos no canapé. Ali ele mostrou ainda mais vigor, de tal modo que afastei minha boca para pedir:

— Devagar...

— Solte-me, pelo amor de Deus!

Foi então que compreendi que ele não me enlaçava, mas se debatia. O que tomava por atração selvagem resumia-se a resistência.

Bruscamente, a imagem veio-me à mente: eu estava prestes a violentar um homem.

Ah, Gretchen, fui invadida pela vergonha. Levantei-me, peguei minhas coisas e parti sem olhar para trás. Na soleira, lembrei-me de ter me esquecido de pagar a sessão. Faltou-me coragem para voltar. Remunerar um homem por tê-lo violentado...

O horror não terminou nesse episódio.

Ruborizada, com o coração batendo tão forte quanto o de um cavalo a galope, entrei no carro. Dando-me conta de que não podia voltar naquele estado para casa, dei o endereço de tia Vivi.

Pobre de mim! Quando me apresentei em sua residência, o mordomo informou que ela havia saído. Lembrei-me de que ela marcara encontro naquela tarde com seu amante da cavalaria. O efeito foi o de uma bofetada. Como uma mulher de 50 anos completos se divertia nos braços de um conquistador enquanto eu, aos 23 anos, acabava de ser rejeitada por um homem de 45?

Tomei outro carro e, sem refletir, dei o nome do café onde eu e Vivi nos corrompíamos.

Mal empurrei a porta giratória e atravessei as espirais de fumaça, vi um cliente erguer a cabeça sobre o jornal.

Era o estudante moreno que sempre enviava palavras enamoradas à mesa que eu compartilhava com Vivi.

O que se passou? Seria eu mesma? Ou outra? Plantei-me diante dele e anunciei:

— É agora ou nunca.

Levantando-se, ele afastou o garçom pronto a me conduzir à mesa de costume, pegou-me pelo ombro e, sem uma palavra, saímos juntos do café.

Considera útil que eu lhe conte a sequência, minha Gretchen? A sórdida escada de serviço. O quarto no sótão. A cama coberta de livros. Os lençóis sem renda. As almofadas desconfortáveis. Nossos corpos se despindo. Não sabia seu nome, assim como ele ignorava o meu. Quem sabe era pobre de espírito? Quem sabe me julgaria insuportável? Animais.

Condena-me, minha Gretchen?

É provável... Meu ato originava-se da vingança. Uma vingança contra Calgari. Uma vingança contra Franz. A aventura mostrava-se bastante previsível.

Em contrapartida, experimentei o imprevisível...

Conheci o êxtase, Gretchen. Em seus braços, finalmente alcancei o que, por vezes, as carícias prometem. Isso possui um nome sujo, orgasmo. No entanto, a coisa é maravilhosa. Ah, mais que um minuto, vivi três horas arrebatadoras. Meu corpo se fragmentava, multiplicava-se no prazer. Que amante! Entregando-me ao gozo à medida que suas carícias me laminavam e seu sexo me desmontava, eu tinha a impressão de ter deixado de ser quem sou e me tornado várias, a própria natureza, o cosmos. A força do mundo me visitava.

Quando a noite caiu, vislumbrei as estrelas pelos postigos empoeirados. Descobri-me dispersa como elas.

E tranquila.

E feliz.

Sua Hanna.

P.S.: Tranquilize-se, voltei em seguida para casa. Inventei uma mentira e Franz a engoliu. Depois desse episódio, lhe devoto grande gentileza. “Remorso”, diria tia Vivi. Pena, sobretudo.

30

— Anny, você seria capaz de mentir para esconder seu vício?

— Claro.

— Você sai com pessoas em função da contribuição que elas oferecem a seus péssimos hábitos?

— Naturalmente.

— Roubaria para satisfazer essas necessidades?

— Fiz isso mais de uma vez.

— Não se envergonha?

— Sempre.

— A vergonha não a impediu de parar?

Anny refletiu.

— A vergonha é bonita como a moldura de um quadro, valoriza o vício.

— Quanto cinismo!

— O cinismo é o corrimão ao qual nos agarramos no caso de uma catástrofe universal.

— Tem resposta para tudo!

— Não, só para as perguntas desinteressantes.

O Dr. Sinead fez uma pausa. Anny resistia mais do que o previsto. Perguntou-se como os internautas que acompanhavam a cura em tempo real — na realidade com uma diferença de dois minutos — viam esse interrogatório. Ficariam do lado de Anny? A produção alegava que a irreverência de Anny enriquecia a transmissão com suas respostas veementes, o que era excelente para o programa. No entanto, o Dr. Sinead, cujo interesse era fazer propaganda da clínica Linden e de seus programas de desintoxicação, tinha a impressão de ficar em desvantagem.

Ao fitá-la notou uma sombra de divertimento no fundo de seus olhos. Como podia se encontrar nessa situação e ainda achar graça?

— Anny, não leva nada a sério?

— Claro. Minha atuação.

— Como?

— Quando filmo fico séria.

— Em contrapartida, não se leva a sério?

— Acabei de dizer; só me levo a sério quando me esqueço de mim.

"Que moça estranha", pensou Sinead, "fala como uma velha, mas se comporta feito criança. Ao escutá-la, nos defrontamos com um discurso entediado, irônico, prova de grande usura vital. Ao observá-la, no entanto, percebemos uma sensibilidade vibrante, um coração intenso, uma versatilidade emocional que permite que o riso seja, num segundo, substituído pelas lágrimas."

Depois das despedidas convencionais, deixou-a. Aprendera a sair de cena da forma correta. Ciente de que uma câmera o esperava no corredor, mantinha a máscara até o instante em que saía de foco.

Ethan o substituiu.

Anny suspirou de alegria. Não apenas por causa de Ethan. Ao meio-dia em ponto as câmeras interrompiam a espionagem durante dois minutos, para ela tomar a batelada de medicamentos.

Os comprimidos marcavam o compasso de sua vida. Comprimidos para lutar contra o vício. Comprimidos para atenuar as consequências dos precedentes. Comprimidos para dormir. Comprimidos para acordar. Comprimidos para se concentrar.

Comprimidos para relaxar. Comprimidos para complementar a alimentação. Comprimidos para tirar a fome.

Ethan bancava o virtuose com esse arco-íris de pílulas e cápsulas gelatinosas que complementava com injeções.

Anny constatava que Ethan, ao cuidar dela, não transformava o trabalho em rotina, mas elevava o exercício a um patamar de gesto sagrado. Quando lhe entregava um comprimido, tinha consciência de distribuir a cura, comportava-se como quem proporciona consolo, felicidade. Jesus impondo as mãos na testa dos enfermos com o intuito de produzir o milagre devia se parecer com Ethan nesse instante.

Durante essas curtas pausas em que ninguém os escutava, Anny e Ethan falavam da vida. Assim ficara sabendo que Ethan era ex-viciado; sofrera várias recaídas até abandonar o álcool e outras substâncias, e hoje, limpo, tinha o objetivo de ajudar os seres à deriva. Por isso obtivera o diploma de enfermeiro e o cargo.

Compreendia melhor a emoção que a invadia toda vez que o via. Ethan era ao mesmo tempo sólido e frágil; sua força, resultado de uma conquista, e a calma de hoje representava a vitória sobre a angústia de ontem.

Diferentemente de Sinead, de Johanna e da maioria das pessoas ao seu redor, ele frequentara o fundo do poço. Não defendia seus pontos de vista da beira de um rio, onde habitava com tranquila segurança, mas da beira de onde despencara e que conseguira escalar depois de terríveis atribulações.

O olho vermelho das câmeras se acendeu.

— Hora de levantar! À ginástica!

Anny resmungou.

Detestava essa parte do dia. Assim como amava dançar, correr, dirigir em alta velocidade, irritava-se ao executar movimentos enquanto os contava.

Essa aula — ministrada por Debbie, uma antiga campeã de nado sincronizado — se assemelhava mais a um tratamento médico do que a uma atividade lúdica. A todo instante, demonstrando energia intolerável, Debbie explicava aos alunos o objetivo dos exercícios, quais músculos se fortaleciam, quais tendões eram exigidos. Depois, a sessão se voltava para exercícios práticos de anatomia e Anny se imaginava fazendo jogging sem a pele. Quando Debbie se aproximava para lhe corrigir a postura, tinha a impressão de ser dissecada. Para completar, não havia prazer nesse templo da forma, só esforço como maneira de cuidar do corpo.

Terminada a aula, demorava-se no banho — o sindicato da clínica conseguira impedir câmeras no vestiário.

Acompanhada de Ethan, voltava ao quarto. O enfermeiro passara a ser indispensável. Por ele acreditar no tratamento que lhe administrava, ela deixara a desconfiança de lado. No entanto, notara alguns detalhes perturbadores.

Um dia, no intervalo dos dois minutos sem câmera, notou marcas no braço dele.

— Você se pica, Ethan?

— Sim, mas são medicamentos.

— Hummm...

— Contra as drogas.

— Em resumo, você se pica para não se picar.

— Anny...

— Ou melhor, você se droga para não se drogar.

Ethan ia se explicar quando as câmeras voltaram à ação.

No dia seguinte, o achou estranhamente sereno, quase ausente.

— Ethan, você está bem?

— Estou. O problema é que me sinto bem demais. Devo ter abusado.

— Abusado de quê?

— De um psicotrópico.

Essas confissões deixavam Anny perplexa. Se por um lado a inquietavam, pois significavam a impossibilidade de viver sem substâncias químicas, por outro mostravam que se curar não equivalia à perfeição, mas indicavam agradáveis perspectivas.

Naquela tarde, no final da sesta, Anny teve direito ao primeiro passeio no parque. Naturalmente, exigiu que Ethan a escoltasse.

Os engenheiros de som os equiparam com microfones minúsculos e lhes prenderam gravadores na cintura. Espalharam câmeras nos quatro cantos do terreno, pois decidiram privilegiar os planos gerais, ressaltando a paisagem.

Anny passeou de braços dados com Ethan.

A natureza proporcionava o efeito de uma revelação. O quê? A luz podia ser tão forte? E o céu então? Seria possível contemplá-lo demoradamente? No entanto, não passava de uma tela azul em que nada acontecia. É verdade, mas que azul! Que vibração no azul...

Deslumbrada com o horizonte, nem sequer abaixava o olhar para admirar as flores e as moitas. Azar, deixaria isso para amanhã.

Ethan sorria feliz.

De repente, Anne exclamou:

— Ai, que coceira.

Enfiou a mão debaixo do pulôver e desligou o gravador.

— Um inseto mordeu a minha barriga. Não mordeu a sua? — perguntou girando na direção de Ethan.

Fingindo seguir um mosquito, curvou-se, bateu nos quadris de Ethan, pegou o gravador e desligou o botão.

— Pronto, paz, até que enfim! Podemos falar do que bem entendermos; eles não podem mais escutar a gente.

— Tem certeza?

— Depois de 12 anos nesse ofício, Ethan, tive tempo suficiente para aprender. No início, os técnicos de som rolavam de rir quando eu ia ao banheiro.

Ela o fitou com afeto. Murmurou quando prendeu sua atenção:

— Obrigada.

Ethan enrubesceu. Ela riu.

— Não fique ruborizado. Os louros não devem corar; fica parecendo que pegaram sol demais.

Ela avançou alguns passos e lhe perguntou, suave:

— Por que faz isso?

— É meu trabalho. Sou pago para isso.

— Não lhe pagaram para me seguir o tempo todo e me ajudar naquelas semanas.

— Eu achava que... você precisava...

— Então é piedade?

Ele se deteve, refletiu, gaguejou:

— Talvez. Em todo caso, é a piedade mais forte e mais obsessiva que experimentei em toda a minha vida.

Anny compreendeu que ele acabava de se declarar. Delicada, respondeu:

— Eu também tenho pena de você, Ethan. Gostaria de protegê-lo.

Calaram-se. O segredo fora confessado. Sentiam-se unidos.

Caminharam uma meia hora, sem trocar palavra, invadidos por nova plenitude.

Quando voltaram à clínica, uma tropa de técnicos se abateu sobre eles, explicando que não tinham ouvido os diálogos. Bem, não era uma calamidade, e colocaram um fundo musical nas imagens.

— A música criou um efeito muito romântico — afirmou o diretor. — Na verdade, romântico demais. Incrível a que ponto a música deu um clima ao passeio. Bem, azar... Melhor que o silêncio, os gritos dos pássaros e o barulho dos carros na estrada ao longe.

Anny e Ethan voltaram ao quarto.

Anny se deitou. Ethan a devorava com os olhos.

Sem uma palavra, ele foi buscar as toalhas felpudas no banheiro e, com presteza inesperada, lançou-as nas cinco câmeras para tapar as lentes.

Na sala de direção, os técnicos se depararam com telas pretas.

Anny sorriu.

Ethan trancou a porta.

Sem pressa, ele deitou-se ao seu lado, como se o tempo de espera fosse tão precioso quanto o da relação, e aproximou a boca da sua.

Quanta doçura.

Lentidão e silêncio.

Fervor e delicadeza.

Os dois corpos se descobriam sem, em nenhum momento, os olhares se afastarem.

Anny tinha a impressão de fazer amor pela primeira vez. Antes, fazia sexo. Ali proporcionava afeição a um homem a quem respeitava e que lhe correspondia emocionado, fascinado.

Um despiu o outro com o respeito religioso de quem busca o Santo Graal. O tesouro não residia no corpo sem roupa, mas na alma desnuda pronta para a entrega. Jamais uma pele, uma barriga, uma axila enterneceram tanto Anny. Quanto a Ethan, tremia toda vez que beijava um novo pedacinho de Anny.

Adiaram o prazer ao máximo, pressentindo que o orgasmo não seria o apogeu; na verdade, não passaria de um detalhe.

Duas horas depois o momento aguardado chegou.

No entanto, permaneceram enlaçados, habitados por uma inconcebível harmonia.

Sempre calado, Ethan ajudou Anny a se arrumar, vestiu-se, arrumou a cama e tirou as toalhas que cobriam as câmeras.

Anny adormecera.

Ethan destrancou a porta e saiu na ponta dos pés.

Quando deixou o quarto e retornou ao mundo real, foi agarrado brutalmente pelos ombros e conduzido à sala da diretoria.

Andando de um lado para o outro, o diretor e o produtor do programa compartilhavam a fúria do professor Sinead.

— Seu cretino, quem pensa que é?

— Onde pensa que está?

— A clínica o contratou como enfermeiro. Não como...

— Como...

Os três não conseguiam dar um nome à sequência censurada.

Ethan retrucou, calmo:

— Anny é minha namorada.

O Dr. Sinead decidiu que era inútil argumentar e simplesmente o demitiu.

— Anny não vai aceitar — gaguejou Ethan, pálido.

— Que eu saiba a Srta. Anny Lee não dirige esta clínica.

— Ela vai se recusar a continuar o tratamento se eu for mandado embora.

— Ela assinou um contrato.

— Ela vai denunciá-lo.

— Se conseguir... Com os tranquilizantes podemos fazê-la recobrar a razão.

Ethan se revoltou:

— Pode me botar para fora se quiserem, mas vamos embora juntos.

O Dr. Sinead se ajeitou, enraivecido, na cadeira. A cólera proporcionava ao octogenário a força perdida.

— O senhor está dispensado! Os seguranças vão impedi-lo de se aproximar dela. E se insistir, chamo a polícia. Devolva as chaves e o crachá. Adeus, senhor.

Ethan compreendeu que não tinha como reverter a situação. Com raiva, atirou os pertences na mesa e saiu.

Ao anoitecer, às sete horas, aumentaram a dose de Anny. Sábia precaução; desde que acordara chamava Ethan.

Trinta segundos mais tarde, após ter tomado um copo d'água e um sedativo, ela voltou a mergulhar no sono.

À meia-noite, com a clínica em repouso, os alarmes dispararam, rompendo a escuridão com seus gritos de hienas.

Os guardas correram para o local assinalado pelo computador.

Encontraram a porta da farmácia arrombada, os armários abertos, as prateleiras saqueadas.

— Ali! — gritou um deles.

Um vulto escapava pela janela.

Precipitaram-se, mas nenhum ousou se atirar do primeiro andar.

O homem corria carregando uma sacola nas costas.

Som de sirenes. Três viaturas policiais irromperam e bloquearam o caminho.

Cercado, o homem parou hesitante.

Os policiais saltaram, armas em punho.

— Entregue-se!

Então Ethan, largando o saco de medicamentos, ergueu os braços no ar.

31

— A superiora nos aguarda. Anne, está pronta?

Braindor esperava impaciente diante da porta da pequenina casa.

No interior, Anne cuidava da prima, que trouxera para viver com ela.

Quase por milagre, Ida sobrevivera às chamas e triunfara sobre as febres, graças aos unguentos do médico e aos cuidados permanentes de Anne. No entanto, jamais voltaria a ser a jovem de traços regulares do passado. Caolha — o médico fora obrigado a extirpar um dos olhos —, a pálpebra direita fechada sobre uma ferida de carne escarlate e purulenta, apresentava um rosto destroçado, de coloração suspeita — branco, vermelho-amarelado, marrom —, no qual nenhum elemento permanecia intato, completo, no lugar. As maçãs do rosto cavadas em determinado ponto pelas queimaduras, em outro se apresentavam inchadas, com bolhas, todas lanhadas, parecendo pedaços que uma criança desajeitada colara ao acaso sobre os ossos. Um ar de brutal perversidade revestia constantemente seu rosto. Uma máscara, mais do que uma expressão, pois os músculos não reagiam às emoções nem aos pensamentos.

Enquanto Braindor se impacientava, Anne terminava de aplicar vinagre nas feridas para desinfetá-las. Apesar da delicadeza ao exercer a mínima pressão, com a ajuda de um tecido fino e limpo, nas dobras de cada cicatriz, Ida soltava gritos, a empurrava, blasfemava. Imperturbável, Anne cumpria seu dever.

— Gosta de me ver desse jeito, não é?

Embora Ida a insultasse de manhã à noite, Anne recusava-se a admitir que tal cólera se constituísse o âmago de seu temperamento e a considerava transitória.

Para acalmar a pele e lutar contra o ressecamento, verteu em seguida água de rosas.

— Pronto...

— Pronto o quê, infeliz, imbecil? Acha que me cura com seus remédios? Devia ter me deixado morrer.

A cada frase Ida chegava ao auge da rabugice. Se, por um lado, denegria a eficácia dos cuidados da prima, por outro, lhe reprovava a sobrevivência. Fora isso, esquecia a raiva com a qual ela própria lutara contra os males que quase a destruíram.

— Estou contente por ver você melhor — murmurou Anne.

— Melhor não é boa — suspirou Ida desviando o olhar.

A dor de Ida não lhe corroía apenas o corpo, mas o coração. Jamais gostara de Anne, entretanto, a prima continuava a lhe demonstrar amor. Por isso a agredia mais e mais a cada dia, ultrapassando todos os limites: reclamava, praguejava, invectivava, defecava e urinava, arrancava os curativos, impedia a prima de dormir; enfim, tentava de todas as formas pôr à prova sua meiguice. Resistiria tão aberrante afeição a tamanha fúria, ingratidão e humilhação? Ida ignorava a resposta que gostaria de obter. Sem dúvida teria preferido crer nesse apego infinito, aceitá-lo; mas, nesse caso, seria acusada de não lhe dar uma única migalha em troca. Entretanto, frequentemente detectava uma pose, uma atitude forçada, que a fazia acreditar que a prima queria se passar por santa. Se um dia conseguisse desmascarar a falsidade dessa abnegação, com certeza se sentiria melhor, pois não precisaria mais ser grata à inimiga. E se livraria do espectro da bondade, virtude na qual não acreditava, dada a sua incapacidade de possuí-la.

— Descanse. Evite sair.

— E por que não sairia?

— Porque ainda não está em condições de suportar o esforço.

Ida deu de ombros.

— A senhorita agora quer bancar a médica?

— Confie em mim, por favor.

Anne não queria que Ida saísse. Estremecia de inquietação ao imaginar que ela pudesse se afastar dos muros da beguinaria, pois embora a prima soubesse estar desfigurada, só conhecia seu novo rosto pelo toque dos dedos. Tentara, é verdade, uma ou duas vezes olhar-se num copo de água ou em uma poça, no entanto Anne, que a observava a distância, constatara que não insistira, prudente, temendo confrontar-se com uma imagem que a destruiria. Pouco a pouco, em seu próprio ritmo, iria se habituar à realidade... Ali, entre as beguinas, essas doces mulheres a par do drama, nenhuma expressão de horror nem de extrema piedade lhe possibilitava conhecer a terrível impressão que causava. Em contrapartida, se voltasse às ruas de Bruges...

— Anne, não podemos mais nos demorar.

Lá fora, Braindor se irritava:

— O arquidiácono ficará zangado se o deixarmos esperando.

— Estou indo!

Anne ajeitou o cabelo às pressas.

Ida não pôde deixar de debochar:

— Ah, claro, hoje o papa vai conceder uma audiência à santa.

Sem reagir à zombaria, Anne soprou-lhe um beijo e se foi.

Na ponte arqueada pela qual deixavam a beguinaria, Braindor perguntou a Anne:

— Acha que está preparada para o encontro?

Na verdade, era a si mesmo que endereçava a pergunta. Ansioso, interrogava-se sobre a qualidade de seus ensinamentos, sobre a reação do prelado diante de certas ingenuidades que Anne pronunciaria. Temendo que o arquidiácono não fosse dotado de extrema benevolência, receava que não enxergasse as virtudes de Anne.

Esta retorquiu:

— Eu? Eu sou assim, não posso mudar. Do que teria medo?

Logo o receio de Braindor formulou-se com mais clareza em seu espírito: talvez fosse o arquidiácono que não estivesse preparado para encontrar Anne.

Na extremidade da ponte encontraram a superiora, que os aguardava, sentada no asno cinza usado normalmente para transportar os fardos de lã à beguinaria.

— Bom dia, Anne. Como vai sua prima?

Lado a lado, Anne e Braindor serpentearam pelas ruas, ao ritmo lento da montaria, que poupava a superiora de um trajeto que a dor nas ancas lhe proibia. A moça contou suas inquietações quanto a Ida: o corpo, embora parcialmente destruído, lhe parecia mais saudável que a alma.

— Ela reza muito? Vai sempre à missa?

Anne enrubesceu; não conhecia ninguém tão indiferente aos ritos quanto Ida.

A superiora insistiu:

— Se ela fosse uma boa cristã, talvez pudéssemos intervir junto a um convento apropriado.

Anne estremeceu. Ida, religiosa? Impossível, a prima transformaria a comunidade em inferno, senão em bordel. Por enquanto não pensava em se separar de Ida; devia vigiá-la como quem vigia o leite no fogo.

— Deixemos que atravesse a provação da convalescência; depois de curada, veremos — concluiu a superiora.

Chegaram à arquidiocese.

Na sala de audiências, sóbria e soturna, de onde as luxuosas tapeçarias d'Aubusson escolhidas por seu predecessor haviam sido retiradas, com um sorriso afável o prelado os observou avançar. Ao ver Anne exclamou:

— Muito bem, eis a maravilha da qual me falam há meses! Aproxime-se, minha filha.

Sorrindo, fez sinal convidando Anne a se aproximar.

Braindor, a princípio surpreso, foi serenado pela delicadeza que aquele homem seco revelava.

O arquidiácono fez algumas perguntas banais, às quais Anne respondeu com simplicidade. Visivelmente encantado com o encontro, talvez o homem severo se embriagasse com a própria amabilidade.

Enquanto Anne relatava seu encontro cara a cara com o lobo e a mansidão do animal feroz, a superiora admirava encantada a cena. "Decididamente, Anne consegue o melhor de cada um, seja lobo ou arquidiácono. Diante dela os indivíduos abandonam seu papel medíocre e deixam aflorar somente as qualidades."

A conversa abordou os poemas. O arquidiácono tinha lido uma dezena deles e solicitou que ela os declamasse.

Constrangidos, Braindor e a superiora se desculparam por não terem trazido os mais recentes, mas Anne, contente, declarou que os sabia de cor, pois haviam sido recebidos por seu coração.

— Recebidos ou concebidos? — perguntou o arquidiácono.

Anne refletiu.

— Recebi os sentimentos, mas as palavras eu procurei.

— Não existem palavras exatas?

— Nunca. Quando alcanço a luz no fundo do meu ser, não existem palavras. Sempre que dali retorno, imagino ter trazido um raio, uma chama. Ora, o pedregulho que tenho entre os dedos em nada se parece com a luz de onde vim.

O arquidiácono demonstrou hesitação.

— Essa luz que evoca é Deus?

— Sim.

— Então a senhorita entra em contato direto com Deus? Deus se revela no fundo de seu ser?

— Sim.

— Tem certeza de se tratar de Deus?

— Deus não passa de uma palavra entre outras.

Após essa asserção fez-se um silêncio desconcertante. O arquidiácono lançou um olhar sombrio sobre a jovem. Braindor achou que desmaiaria; a superiora mordeu os lábios.

Apenas Anne continuava a brilhar em seu inocente esplendor.

O arquidiácono emburrou a cara para em seguida transformar a careta em sorriso. A partir de então, simulou amabilidade.

— Você poderia me explicar melhor?

Embora a familiaridade denotasse o desprezo que invadia o prelado, Anne a recebeu como prova de afeição e se iluminou. Sem hesitação, a superiora interveio para evitar que a jovem respondesse com outra impertinência:

— Deus é inefável. Ora, Anne apenas descreve o inefável. Apesar de seus sentimentos sempre puros, às vezes os formula da maneira errada. Não lhe queira mal, monsenhor. À diferença do senhor, doutor em teologia, iminente conhecedor dos textos, ela ignora as faculdades e recursos da retórica.

Pudica, Anne baixou os olhos.

— Tem razão. Não passo de uma mula. Não estudei.

O arquidiácono, elogiado pela superiora, comovido pela humildade de Anne, acalmou-se.

— Claro... Claro...

A calma voltava a reinar. Braindor recobrou a respiração.

Anne acrescentou:

— Entretanto, há realidades que se alcança bem melhor pela ausência de pensamento do que pelo pensamento.

Os três adultos que a cercavam não acreditaram nos próprios ouvidos. Ela retomava as proposições provocantes. Tranquilamente prosseguiu:

— Deus é incomensurável, Ele supera nossas palavras e noções. Quando uma pessoa considera a linguagem suficiente é porque ainda não sentiu nem descobriu grandes coisas. Que aterrorizante pobreza poder exprimir-se com perfeição... Isso indica que não há nada no interior de si mesmo; isso revela uma alma que ainda não ultrapassou seus estreitos limites. Encantar-se em poder discorrer é alegrar-se em repetir. Espero que nunca fique satisfeita com minhas frases ou ideias...

Diante daquela afirmativa, o arquidiácono voltou ao ataque:

— Acha normal que Deus a escolha?

— Não sei o que é normal.

O padre impacientou-se:

— Julga legítimo que Deus a prefira e não a mim?

— Não.

Anne franziu as sobrancelhas, refletiu, afirmou:

— Na verdade, monsenhor, Ele fala com o senhor, mas o senhor não O escuta.

— O quê?

Do arquidiácono insultado escapou um grito que ressoou sob o teto da sala. Anne, contudo, persistiu:

— Sim, presumo que Ele se dirija a todos os homens.

A superiora e Braindor trocaram um olhar desesperado. Através do fogo das pupilas escuras, o arquidiácono incendiava Anne.

— Parece se esquecer de que não sou um mortal comum.

— Em relação aos homens?

— Em relação a Deus, minha filha. Sou um de Seus ministros. Não esqueça que sou arquidiácono.

— Ah, isso não tem importância.

Ele engoliu em seco. Anne sorria.

— Ouça, monsenhor, não sou padre, nem papa, nem arquidiácono e Deus me encontra.

O arquidiácono saltou da cadeira, vociferou:

— Chega, basta!

Depois, como atingido por uma flecha, o rosto crispado, gemeu, pousou a mão no estômago, retomou o fôlego, tentou afastar a dor aguda que lhe contraía os traços.

Braindor e a superiora temeram se tratar de um problema no coração. Mais observadora, Anne murmurou:

— O senhor está sangrando.

Ela mostrou com o dedo três pequeninas gotas de sangue que se espalhavam no piso, entre os pés do arquidiácono, apontando depois as manchas marrons que começavam a surgir na altura do abdômen, transpassando aos poucos o tecido.

O arquidiácono voltou a se sentar.

— Por que faz isso, monsenhor?

Mencionava o cilício que ele usava, essa corrente farpada de finas pontas que ele enrolara na cintura. Ao se levantar bruscamente, as pontas do metal haviam lhe perfurado a pele e ferido a barriga.

— Eu carrego a minha cruz, minha filha — respondeu com exaustão. — Imito Nosso Senhor, que morreu rasgado pelos pregos.

— Jesus não sofreu voluntariamente. Ele foi submetido à crucificação. Melhor valeria imitá-lo em Sua bondade e Sua caridade do que numa agonia que Ele não escolheu, não acha?

Anne se sentia muito orgulhosa de, sob as ordens de Braindor, ter lido recentemente os Evangelhos. O monge e a superiora estremeceram de inquietação.

Embora absorto na luta contra seu violento martírio, o arquidiácono lançou algumas palavras roucas:

— Cale-se, idiota. Eu purifico a minha fé. Não existe piedade honesta sem mortificação.

Anne ignorou a palavra "idiota".

— Por que mortificar-se antes de morrer? Por que atormentar o corpo?

— O espírito só triunfa quando a carne sofre humilhações.

— Absurdo! Sangrar não torna ninguém melhor. Basta o tormento de ter pecado. É preciso se mutilar para Deus? Ele é tão mau assim? Quando O encontro, percebo o contrário. Ele me enche de alegria, me diz...

— Basta.

A palavra soou seca, uma chicotada.

A superiora precipitou-se sobre Anne, pegou-a pela mão e, gaguejando um pedido de desculpas, saudou o monsenhor com pompa — Braindor igualmente —, e deixaram o religioso pálido, retorcendo-se dignamente em seu assento, a respiração entrecortada.

Entretanto, na soleira, Anne não pôde se impedir de diminuir o passo, lançando ao prelado em tom de amizade:

— Se deseja meu conselho, monsenhor, a apelação ao suplício não vem de Deus, mas do senhor.

A superiora se conteve para não esbofetear Anne e saíram quase correndo do palácio.

Uma vez na rua, voltou para Anne o rosto rubro de cólera.

— Por que tamanha insolência?

— Insolência? Falei com ele como falo com a senhora e com Braindor. Mas os senhores me compreendem e ele não.

A superiora e Braindor se entreolharam. Anne não se desviava de seu caminho, pois a tinham habituado a se exprimir livremente. Pouco dogmáticos tanto um quanto outro, eles valorizavam mais a qualidade de seus sentimentos do que o rigor chocante e herético de suas formulações.

— Partimos a tempo — concluiu Braindor.

— Não seja ingênuo, Braindor. Nossos corpos partiram, as palavras permaneceram. O arquidiácono possui razões legítimas para estar chocado; Anne o ofendeu.

— Eu? — exclamou Anne.

— Isso mesmo, fez objeções à mortificação da qual ele tanto se orgulha.

— Ah, estou contente por estarem de acordo comigo. Ele sofre por ele, não por Deus. Sofre por orgulho ou até mesmo por vaidade.

Braindor e a superiora suspiraram; não havia como fazer Anne aprender a se controlar, ou melhor, ensinar-lhe o valor da prudência. Preferiram abandonar a discussão.

Com a ajuda do monge, a superiora montou no asno cinzento, e o singular trio composto de uma senhora idosa, um gigante famélico e uma jovem de arrebatadora beleza percorreu Bruges. Voltaram sem pronunciar uma palavra sequer.

Uma vez chegando à beguinaria, sumiram em silêncio.

Impaciente para retomar os cuidados à prima, Anne voltou para casa.

Mal abriu a porta, notou uma luz estranha a anuviar o aposento.

Ergueu a cabeça, perplexa.

Acima dela flutuava o corpo de Ida, que se enforcara.

32

Margaret,

Preferia que sua resposta, que demorou tanto, tivesse sido extraviada definitivamente.

Fiquei abismada.

Além de não ter entendido nada do que contei, se acha no direito de revisitar minha história infiltrando nela erros grosseiros.

Você não merece mais minha confiança. Aliás, algum dia a mereceu? Se durante anos acreditei que me ajudava com seu amor, me pergunto agora se, ao contrário, não acentuava ainda mais as minhas dificuldades.

Pouco importa. Esta é a última mensagem que lhe envio.

De qualquer modo, deixo Viena, me separo de Franz, rompo com Calgari. Minha vida recomeçará em outro lugar. Você seria o único elemento de meu passado que levaria comigo nessa nova existência. Seu fel me leva a renunciar a isso.

Adeus e passe bem.

Hanna

33

Os carros pretos se enfileiraram na entrada do Forest Lawn Memorial Park.

Cruzaram um portal majestoso, digno do mais nobre palácio. Quem poderia imaginar um cemitério atrás dessas grades? Ali, a morte não tinha ar sério nem patético. Não se descia ao fundo de um buraco; graças a um conjunto de rampas ascendia-se.

Certamente não se tratava apenas de uma ascensão espiritual, mas de uma ascensão social, pois diziam ser preciso pagar 1 milhão de dólares para repousar junto a nomes famosos do cinema, como Douglas Fairbanks, Buster Keaton, Bette Davis, Tex Avery, Michael Jackson e Elizabeth Taylor.

— Não importa, eles merecem — exclamou Johanna colando o rosto ao vidro fumê da limusine.

O cortejo avançava em meio a imensos campos gramados, de um verde vivo, por vezes cortados por bosques cujas árvores se entrelaçavam. Estátuas e fontes mostravam que não se atravessava uma área selvagem, mas um parque bem-cuidado. Aqui e acolá erguiam-se mausoléus de mármore, tão pretensiosos quanto nos cemitérios comuns. A maioria das sepulturas, no entanto, se reduzia a lajes dissimuladas sob a relva espessa.

— Um sonho este lugar! Olhe, dá para ver os grandes estúdios: Universal, Disney, Warner Bros.

— Genial, assim os defuntos podem ter a sensação de ainda trabalhar.

Johanna se voltou na direção de Anny, encolhida no fundo do veículo. Pensou em responder, mas se contentou em dar de ombros. A jovem lançou um olhar furioso.

— Economize, Johanna, e compre um jazigo. Se negociar bem, pode até conseguir que instalem um telefone na sua cova.

— Você está ficando cruel, Anny.

— Porque estou doente.

De todos os convidados que foram render a última homenagem a Bolsa Vuitton, Anny sem dúvida era a única a ter consciência de ir a um enterro e não a um evento mundano.

Quando a fila de carros parou, Anny percebeu a tropa de empregados armados de pás, picaretas e tesouras de poda que cuidava da propriedade. Pensou na voz nasalada de Bolsa Vuitton lhe confessando um dia: "Meu canário, sou tão esnobe que paguei uma sepultura no Forest Lawn Memorial Park. Acabei com as minhas economias, mas não hesitei. Entende? Não tenho recursos para pagar um jardineiro enquanto estou viva; então contratei uma equipe completa para cuidar de mim eternidade afora. Bem-calculado, não acha?"

Ao que Anny respondera que os desejos deviam sempre vir em primeiro lugar. Bolsa Vuitton corrigira: "E desmentir os lugares comuns, meu passarinho. 'Não se leva dinheiro para o túmulo.' Até parece! Passei oitenta anos escutando essa frase deprimente. Pois bem, provo o contrário: levo o meu dinheiro para o caixão, pois depois de pagar por ele, não me sobrará um tostão."

As duas riram. Sabendo de sua reputação de sovina — ela considerava a avareza uma virtude —, Bolsa Vuitton havia espalhado, ou melhor, alimentado o rumor.

— Não se preocupe, minha corça, eu sei o meu lugar. Não passo de uma atriz coadjuvante, não quero manter distância de meus colegas no cemitério. As estrelas continuam arrogantes até na morte. Comprei um lugar decente, mas discreto. Depois exigi, em testamento, chegar ao enterro meia hora adiantada.

— Não entendi.

— Atriz coadjuvante, corça, coadjuvante! Sempre tive tanto medo que cancelassem meus contratos que a vida inteira cheguei a todos os lugares com meia hora de antecedência.

Os convidados desceram dos carros e se reuniram em torno da sepultura onde, de fato, o caixão de Bolsa Vuitton reinava havia meia hora.

O sol, em seu apogeu, arruinava a cena; os pássaros, surdos ao sofrimento dos homens, se perseguiam entre as árvores.

O padre pronunciou um discurso em memória de Tabata Kerr. O que tinha a dizer? O que ela mesma havia preparado, pois esculpira sua estátua vida afora.

Anny suspeitou que Tabata Kerr nunca passou de uma personagem criada por ela própria. Nada mais, nada menos. A heroína recorrente da própria vida. Sua personagem devorara a pessoa.

"Como éramos diferentes", pensou. "Ela, cheia e eu, vazia. Bolsa Vuitton afrontava o universo na pele de sua personagem. Eu me escondo, me ausento, fujo, não sei onde estou nem quem sou." Ora, pela primeira vez, Anny não fingia; perguntava-se se ela não tinha razão. De fato sua inconstância a angustiava, porém tornava sua vida rica, interessante, surpreendente, imprevisível.

As pessoas a observavam um pouco demais durante a cerimônia. Todos procuravam entrever, por trás dos óculos escuros e do lenço preto, seus sentimentos. O processo de desintoxicação tinha sido um programa de grande audiência e sua brusca interrupção fora supercomentada. Alguns mencionavam um fracasso terapêutico escamoteado pela clínica; outros evocavam a célebre personalidade incontrolável de Anny que, seja num quarto de hospital seja num set de filmagem, evidenciava seus caprichos. Os internautas que acompanhavam regularmente o programa perceberam um clima entre ela e o enfermeiro — ligação que Anny protegeria.

A verdade se situava a igual distância das duas hipóteses. Ethan tinha sido preso em flagrante delito ao tentar roubar a farmácia do hospital. Depois de breve interrogatório, ficou provado que fazia tempo ele surrupiava diversos produtos para uso pessoal. Fora condenado a cinco meses de prisão fechada. Assim que Anny, dopada, teve consciência suficiente para conhecer os fatos, exigiu abandonar a clínica. À primeira recriminação gravada, a direção botou no vídeo imagens filmadas nos dias precedentes. Os confrontos se revelaram tempestuosos. Johanna descobriu uma nova Anny, combativa, determinada a não mais se deixar manipular. Quando Anny ameaçou denunciar o contrato que Johanna assinara com a clínica e o canal de televisão, sem a sua autorização, o tubarão, em pânico, negociou prontamente a saída da cliente.

De volta à vida normal, Anne retornou para casa. Embora aceitasse ajuda médica para a desintoxicação, recusava qualquer outro contato.

A morte de Bolsa Vuitton a tirara da toca.

Ao organizar essa aparição pública, Johanna tentava recuperar sua influência junto a Anny. Não ocupava apenas o cargo de assessora de imprensa, mas todos sabiam que era ela, dona da famosa agência à qual pertencia a estrela, quem definia os projetos.

O padre terminou a homenagem.

Um homem de terno preto se destacou do grupo para ler um texto. Anny não acreditou em seus olhos: David, ainda mais bonito que de hábito, demonstrava profunda emoção. Sob o pretexto de ter interpretado seu neto em *A moça de óculos vermelhos*, falava de Bolsa Vuitton como se ela tivesse sido sua avó verdadeira.

Entretanto — e Anny podia testemunhá-lo —, Bolsa Vuitton e ele nunca tinham se aproximado durante as filmagens.

— Filho da puta — sussurrou.

Johanna replicou em voz baixa:

— Ofereceram a você, minha querida, essa sequência da ceri mônia, mas você declinou o convite, como de hábito.

— David não a conhecia. E ela o achava apagado, meloso. Um dia me confessou: "Com a minha diabete, eu não posso conviver com esse rapaz."

— Peter Murphy, um dos melhores escritores de Hollywood, redigiu o texto.

Anny prestou atenção. De fato o discurso transbordava inteligência, humor, graça. Uma pequena obra de arte.

Isso enojou Anny de vez.

Sem se preocupar em manter a discrição, deu as costas e partiu a passos largos na direção do carro. Surpresa, toda Hollywood ergueu a cabeça. David, percebendo ter deixado de ser o centro das atenções, levantou os olhos do texto, tentando descobrir o que acontecia e viu Anny bater, furiosa, a porta da limusine.

Simulando incompreensão, franziu a testa, imitando James Dean em *Vidas amargas*, e depois, fazendo biquinho com a boca de anjo, retomou a leitura.

O carro rodava havia 45 minutos sem que Johanna e Anny tivessem trocado uma só palavra.

Anny dera ao motorista um nome de rua que Johanna não tinha entendido.

A agente se perguntava como voltar às boas graças da jovem que se encontrava perdida em seus pensamentos. Sabendo do amor sincero que ela dedicava à falecida, arriscou-se nesse terreno:

— Tabata Kerr teve uma trajetória incrível. Você se dá conta? Todas as mídias cobriram o enterro. Ela se tornou uma instituição em Hollywood.

Johanna percebeu que Anny a escutava, embora não reagisse.

Assim, continuou:

— Nesse meio, o que importa é continuar em evidência. Há vinte anos ninguém me convenceria de que Tabata Kerr seria merecedora de tantas homenagens ao sumir de cena.

Anny saiu de seu mutismo.

— Entretanto, isso não tem importância.

— O quê?

— A notoriedade. Acreditamos hoje que a glória é o melhor dos salários.

— Quando você é famoso, consegue contratos diferentes dos que conseguiria se estivesse mofando na sombra.

— A que preço, Johanna? Qual o preço? Paga-se muito alto pela fama. Nossa imagem corre mundo, mas não nos pertence. Bolsa Vuitton sacrificou Tabata Kerr em nome da fama. Tudo nela era um espetáculo: o rosto costurado, as respostas afiadas, as roupas extravagantes, o cinismo de caubói durão... Consagrava todo o tempo ao trabalho. Nada mais lhe restava. Até a morte ofereceu à posteridade. Ridículo.

Johanna demonstrou sincera surpresa:

— Pensei que gostasse dela.

Anny suspirou.

— Eu também. Eu a admirava. Sentia inveja dela. Acreditava que ela tivesse encontrado a solução para não sofrer.

— E encontrou mesmo!

— O que amava nela era a garota sem grande autoestima que inventara uma personagem engraçada. De tempos em tempos, debaixo da máscara, era possível perceber essa menina; ela ria de seu próprio número. No entanto, teria de bom grado pulverizado as barras de sua prisão. Aliás, por falar em prisão...

A limusine acabava de parar em Lancaster, diante da penitenciária em que Ethan cumpria pena.

No fundo do estacionamento pararam dois ônibus cheios de jovens em visita aos pais.

Anny desceu da limusine. Quando pôs o pé na calçada, os adolescentes a reconheceram e, radiantes, aplaudiram-na: sentiam-se menos anormais por vivenciarem a mesma situação de uma estrela de Hollywood.

Ela acenou amigavelmente e se inclinou.

— Johanna, pode ficar com o carro para voltar para casa. Eu pego um táxi.

— Obrigada... Precisamos examinar seus projetos, os roteiros que entreguei...

— Ethan deve estar impaciente.

Anny caminhou a passos largos, tirou o véu de luto e ganhou o portal azul metálico.

Pouco antes de entrar, esvaziou o conteúdo da bolsa na lixeira. Caixas de pílulas iriam se juntar a papéis sujos. Ela e Ethan tinham jurado aproveitar essa "estada" para se desintoxicarem, se livrar de todas as substâncias, da droga e dos medicamentos.

"Na prisão tudo bem, mas não em uma camisa de força química", decretara Anny.

Quinze minutos depois, ao ver, pelo vidro da sala de visitas, Ethan chegar pálido, trêmulo, as pálpebras avermelhadas, a expressão amedrontada e com aparência envelhecida de uns dez anos, Anny compreendeu que teria mais sucesso do que ele na empreitada.

34

Anne se precipitou, colocou uma cadeira em cima do baú e tentou desenganchar Ida da corda.

Em vão.

A corda resistia, o peso do corpo impedia a manobra. Pedindo socorro, Anne sustentou a suicida entre os braços na tentativa de afrouxar a pressão do cânhamo no pescoço.

Ao ouvir os gritos, Braindor acorreu. Graças à sua altura gigantesca, livrou Ida do nó.

Embora sufocada, ela ainda respirava.

Estenderam-na no chão e mantiveram sua cabeça alinhada com as costas.

Uma jovem beguina saiu às pressas em busca de um médico. Antes que deixasse o recinto, Anne aconselhou-a a procurar Sébastien Meus, o homem do hospital Saint-Côme, e não os médicos preguiçosos do hospital Saint-Kean.

Em péssimo estado, à beira da inconsciência, Ida, emudecida e triste, contemplava com o único olho seus salvadores. "Por que fizeram isso?", dizia o globo arregalado. "Sou tão infeliz... Adoraria morrer."

Diante de tal desespero, tão diferente dos insultos, das grosserias, dos impropérios habituais, Anne, aflita, transbordando de um amor impotente, não se furtou às lágrimas.

— Por que, Ida, por quê?

*

À tarde, o médico do hospital declarou Ida fora de perigo. Ela sobrevivera com manchas roxas, arranhões causados pela corda de cânhamo, dores na traqueia, dificuldades para engolir e voz rouca. Habilmente, umedecendo um pedaço de couro de boi para que tomasse a forma dos ombros e do pescoço, o médico criou uma espécie de colar rígido que, em seguida, secou e reforçou com vime. Ida deveria usá-lo ao longo das próximas duas semanas.

À noite, Anne levou a prima para casa. À luz de uma única vela, Ida, abatida, dolente, calma como nunca, esvaziada de seu veneno, contou à prima o que se passara:

— Hoje de manhã, quando saiu com Braindor e a superiora, não segui seu conselho e decidi ir a Bruges. Fazia muito tempo que eu não punha os pés na minha cidade. Ah, fiquei tão contente! Achava que ao cruzar a ponte, apagaria tudo, anularia o incêndio, cicatrizaria minhas feridas, voltaria a ser a mesma de antes. Ai de mim! Mal cheguei ao cais, percebi as expressões dos vagabundos: uns me encaravam com assombro, enquanto outros viravam a cara. A princípio voltei-me para verificar que espetáculo, que mascarado provocava aquelas reações. Infelizmente, não havia ninguém; eu estava só. Percebi então Wilfried, um de meus namoradinhos. Feliz de vê-lo, corri em sua direção gritando-lhe o nome. Além de não me reconhecer, ele fugiu em disparada. Mais imbecil que a pior das imbecis, insisti e o segui pelas ruas, chamando: "Wilfried! Wilfried!" Na praça Saint-Cristophe, ele encontrou os amigos. Ali estavam Rubben, Mathys, Faber, Pieter, Babtiste e Aalbrecht. Na verdade, eu tinha deitado com metade deles e flertado com o resto. Quando viram o companheiro chegar resfolegante, perseguido por uma louca aos berros, caíram na gargalhada. Quando me plantei diante deles e disse meu nome, mudaram de atitude. Demonstravam não apenas repulsa, Anne, mas vi raiva em seus olhos. Olhares impiedosos. Olhares que gritavam que eu era hedionda, repulsiva. "Suma daqui, bruxa, nós não te conhecemos." Eu repeti: "Ida." Com desprezo, retorquiram que não dormiam com vampiras nem com súcubos e me aconselharam a voltar de novo para o inferno. Chorei. Imagino que devo ter me tornado ainda mais assustadora com as lágrimas escorrendo do olho fechado. Afastaram-se berrando: "Desapareça, bruxa!" Ao ouvir a palavra, os meninos a repetiram: "Bruxa!" Chocada demais para me mover após a fuga dos seis rapazes, fui cercada por dezenas de garotos que em círculo ao meu redor repetiam "Bruxa, bruxa, bruxa!". Anões demoníacos. No momento em que recuperei as forças para caminhar, eles me seguiram. Acelerei o passo. Ainda assim continuaram. Fui obrigada a fugir, perseguida pelos pirralhos de Bruges que se vangloriavam de enxotar a bruxa. Tratei de me refugiar na beguinaria e entrei na casa da superiora...

— Mas...

— Eu sabia que ela não estava em casa. Entrei lá porque desconfiava que ela tivesse...

— O quê?

— Um espelho.

Ida se calou; Anne também. A conclusão era evidente. Inútil contar.

Em silêncio, com lábios trêmulos, Ida relembrava a descoberta do rosto estropiado. O que a havia perturbado fora discernir as "marcas do diabo", uma pata de sapo gravada no branco de seu olho, manchas na pele, áreas do corpo insensíveis, a estarrecedora magreza; em resumo, os sinais identificadores de bruxa justificavam a reação dos garotos.

— Então foi isso. Tive tempo de roubar a corda na sala de utensílios e depois...

— O que pretende, Ida? Vai tentar novamente?

Ida gemeu.

— Não mereço morrer. Toda vez que tento, sobrevivo. As chamas, a corda, nada resolve o meu problema.

— Então vai viver?

— Como?

— Eu a ajudarei, juro.

Sedada, arrasada pela revelação de sua desgraça bem como pelas consequências da tentativa de enforcamento, Ida recebeu com amabilidade o devotamento da prima. Abraçaram-se como nunca o fizeram desde a mais tenra infância.

Naquela noite, as duas jovens choraram juntas durante muito tempo. Os soluços pacificaram-nas, aproximaram-nas. Pela primeira vez, Anne pressentiu que poderia passar dias felizes na companhia de Ida.

Por sua vez, a menos de 100 metros dali, a superiora pouco se interessava pelo destino de Ida, mas o de Anne a preocupava bastante. Após a conversa com o arquidiácono, tinha se dado conta dos obstáculos: Anne soava incompreensível aos ouvidos de Bruges. Naquela época, as pessoas não possuíam suficiente maturidade; pior ainda, os intolerantes ouviam um discurso diferente do que Anne enunciava. "Não é ela que está distante de nós. Somos nós que estamos distantes dela."

Se a superiora tinha plena consciência desse hiato, isso se devia às numerosas épocas percorridas através da leitura e do estudo. Sua carne pertencia a seu século, mas o espírito, a muitos outros. As discórdias do agitado século XVI não constituíam sua única referência. Os gregos Platão, Aristóteles, Plotino — sobretudo Plotino —, Orígenes e os romanos — sobretudo santo Agostinho — alimentavam sua reflexão, bem como os místicos renanos, Mathilde de Magdebourg, Mestre Eckhart, e mesmo os iluministas de Flandres, Jan van Ruysbroeck e Jan van Leeuwen. Mas preferia o coração puro de Anne aos tratados eruditos. Como passara a vida mergulhada nos livros, não alimentava ilusões quanto a eles. Sabia que os livros mentem, clamam, se contradizem; os livros trazem a boca suja — comeram demais, vomitaram demais, mastigaram demais, regurgitaram demais, beijaram demais, entregaram-se a demasiadas volúpias. Doravante, ao entreabrir um volume, vinha-lhe um odor nauseabundo.

Vinte ou trinta anos antes, não teria detectado em Anne uma alma de exceção, pois só esperava maravilhas das prosopopeias, das argumentações, das construções retóricas, dos silogismos enredados. Hoje, acolhia essa ingênua com estupefação respeitosa, aprovando sua rebeldia em relação à linguagem:

"As palavras foram inventadas para usos comuns da vida; elas penam para descrever o extraordinário."

Amava essa jovem que combinava a ignorância de uma criança com a sabedoria de um ancião de regresso de muitas viagens.

Ora, a época se mostrava mais beligerante do que mística: não podendo ser implantada no seio da Igreja, a reforma comandada por Lutero ou Calvino levara à criação de outra religião, o protestantismo. O confronto entre dogmas católicos e teologia não se limitava ao campo da disputa teórica; necessitava de armas, de mandatos, de sangue e condenava homens à morte. Anne corria o risco de ser vítima da tormenta.

Naquela noite, enquanto as duas primas choravam de mãos dadas, a superiora passou horas em oração, rezando para santa Elizabeth, padroeira da beguinaria.

Pela manhã, temendo que a proteção de uma santa não bastasse para resolver assuntos terrestres, mandou um pequeno baú lotado de peças de ouro ao arquidiácono acrescentando o seguinte bilhete:

"Monsenhor, peço que receba este presente e meu pedido de desculpas por tê-lo feito perder seu precioso tempo. Sua bondade saberá, assim espero, conceder a indulgência à pobre de espírito e deixá-la em seu lugar, ou seja, na sombra. De minha parte, me comprometo a mantê-la afastada. Nunca mais escutará falar dela.

Aceite, monsenhor, meu profundo respeito e minha admiração por sua fervorosa piedade."

Assinando, pensou, com o sorriso cínico de aristocrata: "Cumprimentos e escudos... costumam servir de moeda de troca."

Uma vez despachado o baú, sentiu as entranhas arderem no ventre inchado. Sem prevenir ninguém, recolheu-se ao leito.

Semanas transcorreram. O prelado nada comentara após a visita de Anne, para alívio de Braindor, que não teve oportunidade de discutir o assunto com a superiora, que se encontrava acamada.

Anne passava diariamente para lhe recitar os poemas. À medida que o abdômen inchava, a saúde da senhora declinava.

Em contrapartida, a saúde de Ida melhorava a cada dia. Recuperando as forças, recuperava também a ruindade. A doçura angélica compartilhada com Anne na noite em que tentara se enforcar fora efêmera, causada pelo choque, pela prostração, pelos remédios. À medida que melhorava, voltava a ser a mesma Ida invejosa, revoltada, vingativa.

Anne, no entanto, não se esquecera daquela noite de ternura, nela projetando sonhos nada realistas. Recusava-se a ver que Ida se tornava amarga e voltava a demonstrar o quanto a detestava.

Na verdade, a fúria de Ida fora deflagrada por um detalhe. Durante os dias em que ainda apreciava a devoção de Anne, uma noite a encontrara soluçando.

— O que está acontecendo, Anne?

— Nada.

— Por que chora?

— Não se preocupe.

Com extrema dificuldade, lutando contra o orgulho, Ida conseguiu articular:

— O que fiz para afligi-la?

Anne sorriu através das lágrimas.

— Ah, Ida, não é culpa sua. Estou inquieta porque o estado de saúde da superiora piora a cada dia.

Tal frase teve o efeito de uma faísca na granja. O fogo percorreu a palha e, em um segundo, devastou as construções. Ida não aceitava o afeto da prima, salvo se fosse exclusivo. A partir do momento em que Anne gostava de todo mundo, isso significava que ela era uma dentre outros, nada tinha de especial. Anne via nela apenas mais um dos inúmeros seres aflitos a quem devia socorrer. "Ah, gosta da superiora? Pois bem, então ou ela ou eu", declarou para si mesma. De imediato, Ida reabriu o coração ao ódio, ao rancor, à cólera.

Ora, não apenas Anne se abstinha de perceber, mas nos breves momentos em que a verdade vinha à tona, suspirava pensando: "Como ela deve sofrer." Nenhuma grosseria obstruía sua afeição. Pior, seu apego crescia em idêntica proporção ao ódio de Ida.

Anne fazia progressos em suas meditações. Aproximava-se do essencial, do coração palpitante que bate no centro do mundo e cujo fluxo e refluxo nos prodigaliza. Comungava dessa pulsação oculta, dessa descoberta de quem somos e para onde caminhamos. Esse foco fundamental transbordou num poema intitulado "O Amor Nu":

Em ti abandono imagens, figuras se tornam sem valor.
Em ti eu nado, mergulho. Ah, és o meu descoberto amor.
Neste amor sem nódoa, sem explicação,
Deixo de ser quem sou, entrego meu coração.

Entre os êxtases, Anne cuidava da superiora.

Apesar do sono pesado, Ida desconfiava que de madrugada Anne saía de casa. Da primeira vez, acreditou ter se enganado. Da segunda, constatou, sem sombra de dúvida, que a jovem fugira em meio à escuridão e só retornara pela manhã com a roupa encharcada.

Ida concluiu que a prima tinha um amante.

Essa ideia a alegrou. Regozijou-se. Maravilhava-se, não por Anne conhecer essa alegria, mas por possuir um segredo que poderia destruir a reputação de Anne, essa lambisgoia a quem o povo continuava a chamar de "a virgem de Bruges".

"Virgem... Até parece... Tão virgem quanto eu", gargalhou Ida revirando-se na cama. "Essa hipócrita manipula todo mundo, mas eu vou acabar com a farsa."

Infelizmente, ainda fraca demais para segui-la, correndo o risco de quebrar o pescoço ao menor movimento em falso, precisou aguardar pacientemente durante doze semanas para cumprir a promessa.

Durante a longa espera, calculou que Braindor fosse o amante. Anne atravessava o rio para encontrá-lo de madrugada, como provavam as roupas molhadas. Isso significava que ela saía da beguinaria. No local cercado de muros, à noite, depois de trancado o portão não era permitida a permanência de nenhum homem.

Para se certificar de que tinha razão, Ida interrogou a prima, de uma maneira que supunha sutil:

— O que acha de Braindor?

— Como?

— Não o acha bonito?

Estupefata, Anne permaneceu em silêncio por um tempo. Refletiu e pronunciou em sua voz doce:

— Sem dúvida, ele é belo. Na verdade, muito belo.

Para Ida, isso constituía uma confissão. Entretanto, insistiu:

— Ele não sofre por ser monge?

— Acredito que não.

— Não, não está compreendendo. Um homem dificilmente renuncia aos prazeres da carne.

— Ah, é?

— Claro. Eles têm muito mais dificuldade que as mulheres.

Ida falava por falar. Em todo o caso, exprimia o contrário do que sentia — desde que ficara doente e feia, a castidade lhe pesava como um fardo.

Anne balançou a cabeça.

— Seria preciso perguntar a ele.

— Ele nunca... Quer dizer, entende... Tentou...

Anne caiu na risada.

— Não, Ida. Ele me ama e eu o amo, mas não dessa forma.

Ida franziu a testa. Seria isso uma confissão ou não? Ah, impossível saber em se tratando dessa santa...

A partir de então, passou a observá-los ao longo de várias tardes enquanto os dois conversavam à sombra da tília. Difícil chegar a uma conclusão. Embora fosse evidente que gostavam um do outro, nenhum gesto, nenhum olhar revelava relações carnais. Afinal, Ida julgou-se restabelecida o suficiente para seguir Anne, quando a ocasião se apresentasse. Dispunha de dois indicativos a fim de prever quando a fuga ocorreria: Anne fugia em noite de lua cheia e ao final de dias extenuantes em que houvesse trabalhado muito, ajudado as beguinas, dedicado horas de leitura ao pé do leito da superiora acamada.

Pois, no período propício, um dia transcorreu assim. Como a superiora dava sinais de crescente debilidade, Anne passara o dia extremamente ocupada. Os médicos das beguinas e os do hospital Saint-Jean declararam que nada mais havia a ser feito, então Anne decidira consultar Sébastien Meus no hospital Saint-Côme. Afinal, este sempre demonstrara extrema eficiência.

Como não podia visitar a enferma, pois os médicos dela ficariam ofendidos, Sébastien Meus pediu que Anne lhe descrevesse os sintomas. Após refletir, pediu à jovem que retornasse mais tarde. À tarde, confiou um frasco verde a Anne e a encarregou de pingar duas gotas do preparado numa tigela de água morna.

Anne cumpriu a recomendação.

Ao anoitecer, com o corpo e a alma extenuados, anunciou a Ida que se deitaria cedo.

Ida esfregou as mãos.

De fato, após as vésperas, quando a beguinaria pegou no sono, Anne, com passos prudentes, colada ao muro, preocupada em não fazer barulho ao pisar os degraus e o chão de madeira, escapuliu de casa.

Ida, já vestida, pulou da cama e a seguiu.

Anne avançava com precaução, evitando ser vista ou derrubar um objeto cujo barulho a denunciaria. Entrou no rio Reie e agarrou uma das tábuas de madeira encontradas na margem. Apoiada na tábua para nadar melhor, cruzou as águas e batendo os pés deixou a beguinaria.

Ida não titubeou e imitou Anne. Durante a infância, competira com a prima nos lagos. Quase deitada em uma tábua, reproduziu com as pernas os movimentos de uma rã.

Evitando ser vista pelas sentinelas, Anne diminuiu o ritmo diversas vezes, escondendo-se sob a prancha que lhe servia de boia e parando de bater as pernas. Caso um guarda inclinasse a cabeça na direção do rio, nada veria na escuridão a não ser uma tora de pinheiro à deriva.

Ida a imitou, embora começasse a se inquietar, temendo não ter forças caso a expedição demorasse.

"Por que ela se afasta da aldeia? Onde marca encontro com Braindor?"

Deixadas para trás as últimas casas, Anne se dirigiu à margem do rio, subiu na ribanceira e se pôs a caminhar.

Aliviada por deixar a água fria, Ida a seguiu.

Anne perambulou muito tempo, a princípio pela estrada, depois por atalhos e finalmente através dos bosques. Pela segurança demonstrada, Ida conclui que a prima conhecia bem o caminho.

Repetidas vezes, Ida provocou o estalar de galhos. Logicamente Anne deveria ter ouvido, mas prosseguiu, indiferente aos ruídos.

Foi dar em uma clareira onde o rio se estreitava e desenhava uma curva. Ida se deteve, içou-se como pôde no galho de uma árvore e ficou à espreita.

Anne se despiu.

Nua, avançava trêmula sob a suave luz da lua na direção do rio Reie.

Desde que passara a dedicar mais tempo à meditação, sentia necessidade de fugir do mundo dos humanos, de seus barulhos, de suas restrições, limitações e roupas. Necessitava entregar-se à natureza, entrar em comunhão com os elementos: o ar, a terra, o céu, a água. Entrou devagar na maré de águas escuras e se deitou. Doravante, as orelhas invadidas pelo líquido escutavam a agitação das trutas, o frêmito dos girinos, a respiração do lodo. Os cabelos, formando uma coroa ao seu redor, emaranhavam-se nos juncos. Parecia ser fácil colher as estrelas lá no alto, a igual distância das cerejas suculentas. Não, não as pegaria; nada retiraria do mundo — os outros homens já agiam assim.

De longe, Ida não fazia ideia do que se passava.

Ficou mais confusa ao ver surgir um lobo. Um lobo monumental, de constituição forte aproximou-se saltitando como um gato à espera da comida. Sentou-se na ribanceira e contemplou Anne.

Anne foi ao seu encontro e juntos contemplaram a noite.

Ida não podia acreditar no que seu único olho via. Diversas vezes se beliscou; talvez fosse um pesadelo. O quê? Anne deixava o convento para se banhar na companhia de um lobo, o famoso lobo que dera início à sua fama?

E onde estava Braindor?

A viagem de volta foi complicada, pois Ida sabia que um terrível animal rondava. Em consequência, acompanhou de perto os passos da prima, arriscando-se a ser descoberta

Chegou a perceber uma sombra enorme passando pertinho das moitas e dois olhos amarelos iluminando a noite. Apesar do pânico, não se deixou abater.

Chegou à beguinaria uma hora depois de Anne. Nadar no Reie pela segunda vez a deixara extenuada. Pouco antes de o sol torná-la visível a todos, chegou à beguinaria. Decidiu esperar do lado de fora. Anne sempre se levantava para buscar o leite e o pão da primeira refeição. Aproveitando-se dessa curta ausência, entrou e foi para o quarto. Escondeu as roupas ensopadas no parapeito da janela e se atirou na cama. Pegou no sono.

Naquela manhã a superiora se sentiu melhor. Novamente esperançosa, Anne mais uma vez administrou-lhe o conteúdo do frasco verde.

Pouco a pouco, no decorrer dos dias, a superiora saiu do mundo dos mortos para o dos vivos.

Assim que chegava em casa, Anne não escondia a alegria. Ria, dançava, exibia à prima a poção milagrosa. Diante de tanta felicidade, inútil comentar o quanto de fel Ida remoía.

Assim, quando Anne anunciou que o médico prepararia um novo medicamento no final da manhã, Ida concebeu um plano.

Seguiu Anne furtivamente ao convento dos franciscanos. Lá chegando, aguardou a saída de Anne com o frasco verde na mão. Quando os aprendizes e enfermeiros se afastaram para mastigar os sonhos na praça do Mercado, entrou precipitada no consultório do médico.

Sébastien Meus, às voltas com um prato de guisado, interrompeu a refeição e acolheu a jovem que fora duas vezes curada: do incêndio e do enforcamento.

Não obstante ter anunciado que não viera com esse objetivo, Ida permitiu que o médico examinasse o resultado de seu trabalho e o elogiou, minimizando suas dores e aflições

Radiante — salvo no que dizia respeito à pele muito ressecada das pernas —, o médico indagou:

— A que devo a visita?

— Apareceram ratos nas casas. Ratos enormes. Eu sou a responsável pela limpeza das adegas e das despensas. Ora, não sei mais o que fazer. Não os convenci a levantarem acampamento tapando os buracos e os perseguindo a vassouradas. Aliás, me feri várias vezes porque com um olho só acabo esbarrando quando ando depressa.

— Não têm gatos?

— Gatos para caçar camundongos, não para caçar ratos. Considerando o tamanho deles, pode ser que os ratos persigam os gatos.

O médico meneou a cabeça, hesitou alguns instantes e afinal, dando uma espiada na pobre coitada, tomou uma decisão:

— Vou ajudá-la. Coloque umas gotas de veneno em uma casca de queijo ou numa maçã bem madura. Os ratos morrerão logo. Preste atenção, Ida: o que pode matar ratos grandes também pode matar homens. Nunca encoste os dedos na solução, lave as mãos logo depois de usá-la e não as aproxime das narinas. Jura?

— Ah, obrigada, eu juro.

Ele desapareceu e ao retornar lhe confiou um pote. Depois, voltando a pensar nas panturrilhas queimadas da pobre moça, pediu que ela se sentasse novamente e aguardasse enquanto ele misturava duas substâncias que Ida deveria aplicar diariamente.

Voltou a entrar no laboratório.

Enquanto ela o escutava amassar os grãos com a ajuda de um pilão, abriu o pote e depositou parte do veneno no prato do médico. Lembrando-se de que não devia manipulá-lo, arrancou um graveto da provisão de lenha ao pé da lareira, remexeu a comida até apagar os traços de sua intervenção e atirou o graveto ao fogo.

O médico voltou com um recipiente de barro recoberto de tecido de algodão.

— Sele bem o produto.

Ida o agradeceu tão graciosamente quanto lhe era possível. Antes de deixar o recinto, voltou-se, perguntando à queima-roupa:

— O senhor me acha bonita?

— Como?

— Eu me pergunto se o senhor ficou contente com o trabalho que realizou em mim.

O médico aprovou, meneando devagar a cabeça.

— Sim, eu me congratulo.

Ida pensou: "Então está contente de ter me transformado num monstro a quem as crianças chamam de bruxa? Pois como recompensa, morra!" Saudou-o com uma curta genuflexão e, ligeira, se afastou. Temia os gritos de agonia que em breve seriam ouvidos.

Com a cabeça baixa a fim de não ser vista, escondeu no xale os remédios que levava e apressou o passo rumo à beguinaria.

Quando viu Anne meditando à sombra da tília estremeceu de prazer. Definitivamente podia contar com a sorte.

Uma vez em casa, abriu a escrivaninha da prima, apanhou o frasco verde e verteu a metade num pano velho, substituindo o seu conteúdo pelo veneno de rato. Atarraxou a rolha e agitou o frasco misturando os produtos.

Com a maior discrição, livrou-se do pano no canal e retomou suas tarefas.

Naquele dia, atenta a cada ruído, esperava a confirmação de seu sucesso.

Na hora do ângelus, foi fechado o acesso à beguinaria. Ida impacientava-se.

Compartilhou uma refeição frugal com Anne, recém-chegada da visita à velha aristocrata.

Gritos ecoaram no meio da noite. Anne e Ida pularam da cama e correram na direção do barulho. A superiora acabava de falecer em sofrimento atroz.

Como não podiam contar com ajuda de fora, as beguinas se reuniram em torno do cadáver e rezaram até o amanhecer pela saúde e pelo repouso da alma da superiora.

Ao alvorecer, quando as portas foram destrancadas, puderam repousar. Se Ida adormeceu, Anne permaneceu ajoelhada, pensando na honrada senhora a quem devia sua condição de beguina.

Ao despertar, Ida encontrou Anne na mesma posição em que a deixara, com uma única diferença: a prima trazia o rosto inchado de tanto chorar.

Esse amor despudorado por outra desencadeou nova onda de rancor. Exaltada, decidiu que Anne merecia uma punição.

Ida apanhou um casaco — o céu plúmbeo afastava o sol da terra —, tapou o rosto com um capuz e percorreu as ruas de Bruges.

Ao encontrar dois guardas, aproximou-se e contou o que guardava no coração.

Apavorados, eles a conduziram às autoridades competentes.

Algum tempo depois, quando os sinos de Bruges badalavam o meio-dia, batidas soaram na porta de Anne.

Ao abrir a porta, foi presa.

O sargento encarregado das buscas lhe anunciou o motivo da prisão. No mandato constavam três acusações: bruxaria, sacrilégio e mortes por envenenamento.

35

7 de abril de 1912.

Gretchen,

Os anos voaram.

Ah, minha amiga de infância, sempre penso em você e volto ao nosso passado. Nele, eu a beijo e me alegro. Deixaremos que a vida se evapore sem voltar a nos ver? Às vezes sonho em receber notícias suas, saber onde trabalha Werner, como estão seus filhos.

O que houve?

Lembro-me de termos rompido oficialmente.

No entanto, já não me recordo do motivo.

Minhas lembranças dessa época permanecem confusas. Na verdade, a época em si era confusa: eu concluía meu tratamento de psicanálise, me separava de Franz e deixava Viena. Talvez tenha tido vontade de fazer tábua rasa e você acabou pagando a conta. Mostrei-me radical demais? Com o distanciamento, me pergunto se não fui injusta.

Esqueci o motivo da reprovação. Isso me inquieta e destila uma culpa amarga em meu coração.

Ah, Gretchen, quero voltar a lhe escrever como antes, ler suas sábias respostas, quero que nossa preciosa amizade dure. Esse também é o seu desejo?

Desde nosso absurdo rompimento, minha vida mudou bastante. Embora ainda subsistam pontos obscuros, ela me agrada. Melhor que isso, me encanta.

Por onde começar o relato?

Em Viena, vivia como um passarinho na gaiola, um bonito periquito emplumado e cantante que o dono regalava-se em exibir. Desconhecia a felicidade, embora acreditasse possuí-la. Queixava-me constantemente por não apreciar a vida que levava.

Graças à cura psicanalítica, teve início a minha liberação. Calgari — de quem fui, como soube depois, uma das primeiras pacientes — havia entabulado um tratamento com o intuito de me fazer tomar consciência de minha neurose.

Meu casamento com Franz era bem-sucedido apenas na aparência. Embora ele fosse jovem, eu o considerava meu pai, o patriarca que me ensinava a conduta correta, as convenções do mundo, os deveres de esposa. Eu não o amava; eu o reverenciava. Na cama ou em sociedade, eu lhe obedecia.

Ora, a docilidade não permitia que eu desabrochasse.

Graças a Calgari, tomei consciência de minha intensa frustração sexual. Um dia, fiz a asneira de tentar resolvê-la com ele, não me dando conta de se tratar de transferência, etapa normal durante o tratamento quando prestes a atingir sua conclusão.

Pouco me recordo de minha atitude, mas deve ter se assemelhado a um estupro. Já não importa. Calgari não sentiu raiva de mim. Durante as últimas semanas que passei em Viena, ele retomou o tratamento analítico comigo e o levou a termo.

Na mesma época, vivi um momento excepcional, maravilhoso e trágico.

Receio não ter contado, pois era muito pudica. Hoje, levando-se em conta que não mais receio mencionar qualquer assunto, posso explicar em algumas frases.

Por uma sucessão de acasos, encontrei-me nos braços de um indivíduo que me levou à casa dele. Para minha grande surpresa, esse rapaz, de quem eu ignorava tudo e que nada sabia sobre mim, me proporcionou o êxtase enquanto fazíamos amor.

Pode acreditar? Nunca antes suspeitara nem chegara próximo a esse estado. Meus passeios voluptuosos com Franz limitavam-se ao jardim da casa, um parque bem-cuidado. Nunca tínhamos entrado na floresta; eu não cruzara seus limites e negligenciava a força da natureza selvagem sobre nós.

Transtornada por essa revelação sensual, não tentei, contudo, rever o desconhecido. Procurei outro.

E mais outro.

Já nem sei quantos.

Todas as vezes eu escalava o pico do prazer.

Ficou chocada?

Pois eu fiquei.

A estranha descoberta definia seus contornos. Caso o meu amante soubesse meu nome, minha história, meus pesares, minhas preocupações, eu não me soltava, não me abandonava. Muitas palavras, pensamentos e ideias criavam um muro impossível de transpor.

Compreendi meu poder e seus limites: obtenho o orgasmo, mas apenas protegida pelo anonimato.

Para comprovar — pois não aceitava essa constatação —, tentei renovar meus impulsos carnais com Franz. Procurando-o, eu me excitava reproduzindo a impetuosidade, a falta de pudor, a energia que exibia com meus amantes de um dia. Inútil. Ou porque minha vontade permanecesse muito presente, impossibilitando a entrega, ou porque Franz continuava a se comportar como Franz von Waldberg, eu não saía de minha pele. Logo me vinha a vontade de rir tanto julgava ridículas nossas contorções.

Abri-me sobre essa particularidade com Calgari. Embora minha confissão não o tenha desconcertado, tentou me proporcionar uma explicação. Como de hábito, investigou em meu passado o que despertara em mim essa impossibilidade de me satisfazer com alguém de quem gosto. Em vão. Em vez de questionar o método, considerou que eu escondia segredos de infância.

Na época, não sabia o que pensar.

Nada havia confiado à tia Vivi. Apesar de próximas, ou melhor, cúmplices, temia que ela pudesse criticar a bizarrice de meus modos. Diferentemente de mim, Vivi se entregava a homens conhecidos, que a cortejavam e a quem impusera intermináveis passeios e numerosos almoços. Ao que tudo indicava, tia Vivi continuava sendo ela mesma na companhia do escolhido e ao atingir o "minuto arrebatador". Assim, eu temia sua reprovação diante de meu curioso caso.

Durante alguns meses, levei essa vida dupla.

Dupla? Quanto mais avançava, mais se acentuava a desproporção entre as duas vidas. Enquanto uma provinha de um ritual hipócrita — a existência da Sra. Von Waldberg —, a outra me permitia explorar a inesgotável generosidade da natureza. Duas vidas, sim: uma falsa e outra verdadeira. A cópia e o original.

Uma noite, fui ao encontro de Franz, que lia na biblioteca.

— Franz, não me guarde rancor, mas vou deixá-lo.

Ele caiu na gargalhada, acreditando tratar-se de uma brincadeira. Sem reagir, esperei que parasse de rir e recomecei:

— Sinto muito por infligir essa dor a um homem bom, terno e inteligente.

Então percebeu que eu falava sério.

— Hanna, o que deu em você?

— Não consigo explicar. É culpa minha, não devia ter me casado. Ainda que desconfiasse de que o casamento não era o meu destino, na época enterrei meus escrúpulos. Agora tenho certeza. Minha partida nada tem a ver com você, não se sinta culpado, sempre foi perfeito. Por ser tão excepcional chego à conclusão de não haver lugar para mim em sua vida.

Passo à descrição da cena que se seguiu. Franz chorou, argumentou, se irritou, berrou, voltou a se lamentar. Quanto a mim, não perdia minha postura fria, controlada, pois, se não mentia, me isentava de contar detalhes da verdade. Minha resolução, calma e silenciosa, acabou por exasperá-lo. Ele saiu de casa batendo a porta.

Uma hora mais tarde voltou com Teitelman e Nikisch, o médico da família e seu colega. Convencera-os de que eu sofria de uma crise de demência. Expus-lhes sem rodeios meu desejo de partir, pois, à diferença do pobre Franz, escutaram-me sem sofrer.

Quando comunicaram a meu marido que eu não era uma mulher doente, mas sim uma mulher disposta a pedir o divórcio, Franz soltou um grito terrível, ao mesmo tempo de dor de um animal ferido e de sofrimento de uma criança. O berro me congelou de remorso. Então Franz me amava tanto assim?

Abalada, decidi naquele instante que, se não podia consolá-lo, poderia lhe oferecer todos os bens que eu possuía.

No dia seguinte fui às lojas dos negociantes de arte de quem comprara minha coleção e sugeri que avaliassem as peças para recomprá-las.

Talvez não acredite, mas os salafrários que me haviam feito gastar uma fortuna nem se deram ao trabalho de sair da loja, não obstante meus pedidos. Um deles, depois de repetidas súplicas, dignou-se a aparecer e me propôs uma soma irrisória, a milésima parte do que me haviam custado os *millefiori.*

Obedecendo à minha ordem, meus criados o expulsaram.

Esse episódio me encheu de aversão. Aversão a esses escroques, aversão por mim que me revelara tão ingênua, aversão pelos objetos que perderam o seu valor.

O que fiz?

Caso um dia mergulhe munida de equipamentos no Danúbio, abaixo da ponte Radetzky, e consiga nadar até o fundo, encontrará em meio a trutas e linguados a flora mais barroca jamais vista. Ali cresceram flores de vidro, campinas de cristal, uma vegetação mineral e colorida que um deus joalheiro, de gosto italiano, se divertiria em garimpar.

Ali, de fato, durante várias noites seguidas, depois da meia-noite, despejei o que costumava chamar de "meus tesouros".

Adeus Viena. Eu deixava meus bens para Franz: a miséria que sobrara em minha conta pessoal e os milhões do dote quando das núpcias. Sem pedir sua opinião. Desobedecendo aos conselhos de Schönderfer.

Na época, Franz recusou o divórcio.

Manteve a recusa anos a fio. Sua obstinação me desolou e emocionou ao mesmo tempo, por entender seu significado: Franz recusava-se a aceitar nossa separação, queria que permanecêssemos unidos e, disposto a me perdoar, aguardava o meu retorno.

Apenas no mês passado recebi os papéis para assinatura. Um tabelião se encarregara do processo. Quem estaria por trás dessa decisão? Franz havia afinal consentido — como prefiro imaginar —, ou sua família, à força de intrigas, acabara por dobrá-lo? Jamais saberei.

Parti sem um tostão de Viena, o que me proporcionou grande bem-estar. A fortuna recebida de meus pais adotivos havia me forjado um destino contra a minha vontade: o de herdeira. Sem dinheiro, reorganizaria minha verdadeira vida. Ou iria reinventá-la.

A princípio me instalei em Zurique, onde frequentei cursos para aprender o idioma, aluguei uma mansarda e me dediquei à leitura das obras de Freud. Em seguida, dei início à minha segunda cura, teórica e não terapêutica, passo que me permitiu tornar-me psicanalista.

Sim, isso mesmo, Gretchen! Tornei-me médica da alma. Cuido de pessoas em sofrimento. Certo, por enquanto, peno para constituir uma clientela; não perco, entretanto, a esperança de obter êxito

Enquanto isso, para me ocupar, escrevo um livro sobre o misticismo flamengo, um ensaio que, concluído, tenho a intenção de enviar ao professor Freud.

Como cheguei lá?

Por causa de uma árvore.

Dessa vez não se trata de uma árvore de vidro fabricada em Murano ou em Baccarat, mas de uma tília para onde meus passos me conduziram.

Visitava a Bélgica com Ulla, uma amiga de Zurique, professora de uma escola secundária para moças. Vínhamos de percorrer a rica Valônia e, por contraste, a região de Flandres nos parecia pobre. Entretanto, a Antuérpia nos revelou seus esplendores e, a seguir, Bruges, essa joia de cidade, nos acolheu ao longo de seus canais.

Embora não dispuséssemos de muito tempo, Ulla cismou de passar na beguinaria. Para que compreenda essa insistência, devo contar que Ulla milita pela liberação das mulheres, contestando o papel acessório que a sociedade nos outorga há séculos. Minha amiga luta pelo direito de voto das mulheres e argumenta que se obedecemos às leis, também devemos participar de sua criação. Não aceita a ideia de que sejamos inferiores em inteligência e, menos ainda, em nossa capacidade de escolha. Foi preciso o surgimento de guerras e da penúria para redescobrir que as mulheres podem exercer responsabilidades e até mesmo ocupar postos tradicionalmente masculinos? Apesar de não ser tão engajada quanto Ulla, aprovo sua luta e espero que você não faça parte dessas tontas que se ofendem diante de tais ideias.

De acordo com Ulla, as beguinas foram as primeiras mulheres emancipadas da Idade Média por terem concebido um estilo de vida autônomo, permanecendo solteiras e sem constituir família. Fugiam dos modelos comuns — casamento, maternidade, viuvez, galanteria — e não sonhavam com partos e lençóis maculados. Organizadas em comunidades não religiosas, participavam de uma forma alternativa de vida numa época de dominação masculina. Aliás, muito rápido, os machos se revoltaram e mais de uma vez atentaram contra seu modo de vida até suprimi-lo.

Ulla pretendia redigir um artigo em homenagem a essas pioneiras numa revista de sufragistas suíças.

Confesso que naquele dia eu andava mais preocupada com as bolhas dos pés — caminho tão pouco — do que com as elucubrações — certamente apaixonantes — de Ulla.

Uma vez cruzada a ponte sobre o rio Reie, enquanto Ulla corria de uma casa a outra, visitava a capela e inspecionava a enfermaria, eu avistei uma árvore e nela me recostei.

Após ter tirado os sapatos, massageei os dedos e comecei a sonhar.

À sombra daquela tília, a paz me invadia. Por não sei qual milagre, o lugar me parecia familiar. Sem dúvida o silêncio, apenas quebrado pelo canto dos cisnes e dos gansos, me levava de volta à infância. Talvez tocar a terra me remetesse às várias instâncias em que tentei abraçar o globo terrestre com os braços, o rosto encostado na relva. Sensações antigas renasciam, perturbavam-me e reconfortavam-me.

Subitamente, tive a impressão de que a vida poderia ser simples; que bastaria aspirá-la pelos pulmões, contemplar o céu, admirar a luz.

Uma borboleta pousou em uma prímula.

Esses dois seres ostentavam as mesmas cores: verde-claro e amarelo-ensolarado; iguais em beleza e em delicadeza, o inseto e a flor só se diferenciavam pelo modo de vida: enquanto um fincava as raízes na terra, o outro lançava o corpo no ar. Sob os galhos perfumados, o sedentário e o nômade se encontravam para um conciliábulo. O que conversariam?

Num relance, me pareceu que todo o universo se concentrara ali. O bater das asas leves se assemelhava à respiração da planta. O mundo se organizava em um cenário panorâmico devotando esse precioso encontro do animal e do vegetal a me mostrar o imprescindível: a continuidade da vida inocente, tenaz.

Meu corpo se liberava de um peso; desvencilhava-me de centenas de quilos das costas e dos ombros.

— Hanna! Ficou surda?

Ulla gritava meu nome do prédio onde havia encontrado uma colega historiadora. Queria compartilhar seu entusiasmo comigo.

Deixei a árvore fisicamente, mas uma parte de mim ali permaneceu. A calma reinava em meu espírito. Eu havia recebido um segredo de suma importância. Colocá-lo em palavras me era impossível, embora o sentimento subsistisse.

Distraída, eu escutava a conversa das duas sobre as beguinas do passado. A historiadora local acabou lhe confiando um manuscrito medieval.

De volta ao hotel, sentei-me diante da janela a fim de me transportar para junto da tília, por meio do sonho, enquanto Ulla, deitada em uma das camas, percorria com os olhos as preciosas páginas que lhe despertaram tanto entusiasmo.

No momento de descer para jantar, a animação desaparecera.

— Esses versos não passam de blá-blá-blá de neurótica. Divagações de burguesa frustrada. Que pena! Isso não serve à causa das mulheres, muito pelo contrário! Quando penso que minha colega se indigna por *O espelho do invisível* jamais ter sido publicado... Pois eu acho que o texto merece o esquecimento.

Atirou o pacote na poltrona.

Depois do jantar, sem ter o que fazer, folheei o dossiê.

Após a leitura de algumas páginas fiquei chocada. A árvore! Eu mergulhara na atmosfera da árvore! A tília havia escrito esses poemas...

Eis como me apaixonei por Anne de Bruges, autora da obra, uma mulher de quem nada se sabe e sobre a qual decidi pesquisar. Ulla, surpresa, mas conciliadora, prometeu me ajudar na consulta aos arquivos.

Em uma próxima carta, se me autorizar, volto a mencionar o assunto. Não acha esplêndido o título *O espelho do invisível*?

No verso do envelope encontrará meu endereço em Zurique, endereço cada dia mais provisório, pois, desde que colegas psicanalistas me prometeram emprego na Bélgica, pretendo deixar a Suíça. Enfim, veremos...

Por favor, minha Gretchen, responda. Perdoe o que quer que eu tenha feito. E me perdoe também pelo que não fiz. Aguardo sua carta com impaciência.

Sua fiel e carinhosa Hanna.

36

— O que aprendeu com o sucesso?

— Nada. Para mim foi um presente, só isso.

— O que aprendeu com o fracasso?

— Que gosto mais do meu trabalho do que do sucesso.

— O que aprendeu com o cinema?

A jornalista, caneta entre os lábios, gravador na mão, aguardava uma resposta, contente de ter feito uma pergunta tão categórica.

— Que tenho a bunda redonda.

Anny se levantou, cumprimentou a entrevistadora e deixou o recinto.

Johanna agradeceu à colega. As duas se cumprimentaram por essa entrevista exclusiva, combinaram um almoço e se separaram com beijos estalados.

Johanna foi ao encontro de Anny, que contemplava o mar. Vendera a mansão em Beverly Hills e se instalara ali, na costa, em um casarão branco à beira-mar, destinado a um engenheiro, médico ou casal de classe média, não a uma estrela multimilionária. Johanna fora contra, mas, ao entender o quanto isso seria proveitoso para os fotógrafos e como as redações despertariam o interesse do público ao descrever Anny nesse recolhimento provisório, acabara aprovando a mudança.

— Bravo. Você lhe forneceu material para um artigo bem bacana.

Anny meneou a cabeça, sem afastar os olhos das ondas altas.

— Ethan sai hoje à tarde.

— Não vai buscá-lo na prisão?

— Não. Mandei um carro buscá-lo. Não vou permitir que você despache uma tropa de paparazzi para a porta da penitenciária a fim de me imortalizarem nos braços de Ethan.

Johanna nem tentou se defender. Anny gostou disso. Voltou-se para a agente.

— Agora estou bem.

Diante dessa frase intolerável, Johanna despejou o rancor:

— Negativo. Desde que ficou "bem", ficou é muito mal. Anny, você tem uma das profissões mais excitantes e lucrativas do mundo, mas vive aqui enfurnada, isolada. Já pedi para você ler o script de *As mulheres de meu pai*. Hollywood inteira está se roendo de inveja, louca para receber esse texto, que será o acontecimento do ano que vem. E você boceja de tédio, esperando Ethan.

— Eu li o texto.

Johanna aplaudiu. Até que enfim! *As mulheres de meu pai* tinha tudo para ser a mais nova comédia musical de sucesso. Os agentes disputavam a tapa a oportunidade de incluir suas clientes na iniciativa. Entretanto, dois meses se passaram e Anny Lee, a primeira atriz convidada, não se dera sequer ao trabalho de responder.

— Os donos do estúdio querem você, não percebe? Você. Recusam-se a entregar o roteiro a outras atrizes.

— Que pena! Não vou aceitar.

Johanna empalideceu. Anny voltou a contemplar o Pacífico.

— Querida, impossível. Esse é O filme.

— Tem razão, é O FILME, O FILME MAIS BABACA do ano, e só Deus sabe como a concorrência é grande. Você chegou a rir pelo menos uma vez enquanto lia o roteiro? Eu não. Prestou atenção aos personagens? Eu apenas entrevi silhuetas dizendo vulgaridades...

— É disso que o público gosta hoje em dia.

— De mau gosto?

— A peça foi um sucesso na Broadway!

— O fato de milhares de pessoas aplaudirem tolices não vai me fazer mudar de opinião.

— Anny, acorda! Estamos em Hollywood, querida. Há projetos dos quais é preciso participar. Acho que não tem noção de seus privilégios. Você pertence ao clube seleto das primeiras a receberem roteiros. Tem a chance de escolher.

— Por isso mesmo escolho recusar.

— Mas isso é suicídio!

Anny dirigiu-se à mesinha de centro, cheia de brochuras.

— Johanna, você acha que eu não me interesso pelo trabalho? Pois está redondamente enganada. Ando louca por um papel, uma história boa da qual me orgulhe.

Apontou o monte de roteiros.

— Olha, prometo ler tudo esta semana. Deve haver algo bom aí, não acha?

Deprimida, Johanna deu de ombros. Devia ter continuado na empresa do pai, em Seattle, em vez de se matar de trabalhar para ser bem-sucedida em Hollywood. Passar anos batalhando pela carreira de uma estrela para terminar ouvindo isso?

— Chega. Espero que o reencontro com seu presidiário seja maravilhoso. Já perdi tempo demais aqui.

Johanna saiu batendo a porta. Durante cada segundo a caminho do carro esperou que Anny a chamasse de volta. Cem vezes vivera essa cena. Cem vezes virara as costas exagerando sua dor, cem vezes o coração generoso de Anny não suportara o conflito e cem vezes a jovem correra atrás dela.

Ao abrir a porta do carro, Johanna lançou um olhar furtivo na direção da casa. Nem sinal de Anny.

Perplexa, sentou-se ao volante e se demorou alguns minutos, retocando a maquiagem.

Em vão.

Anny passeava na praia.

À noite, Ethan tocou a campainha. Anny abriu a porta, beijaram-se e, sem trocar uma palavra, foram para o quarto onde, respeitosa e quase timidamente, se redescobriram.

Durante o jantar, Ethan falou da prisão, da humilhação de viver numa cela, de sua relação com os outros detentos, do culto à malhação que reinava na prisão. Pela massa muscular dava para identificar se o prisioneiro cumpria pena há muito tempo ou não.

— Eu continuo um fiapo. Cinco meses em cana não me transformariam em atleta.

Tudo entre eles era natural. Passaram a primeira noite juntos como se milhares a houvessem precedido.

Os horários combinavam e os humores também. Apreciavam cada instante de suas vidas.

Ethan parecia renascer nessa casa de frente para o mar.

Anny lia os roteiros e, em vez de se zangar, ria das asneiras que lhe ofereciam. Além dos filmes com efeitos especiais, cujos personagens tinham a espessura de um palito de fósforo, percorreu umas vinte histórias "de exposição de traseiro" — ou seja, bastava que uma gostosa aparecesse na tela vez ou outra. Também não se interessou pelos roteiros mais elaborados.

— Sabe de uma coisa, Ethan? Quando a gente preenche os requisitos de "menina bonita" está condenada a papéis de palerma ou de puta. As menos belas têm sorte, pois lhes confiam personagens com perfis psicológicos. Quanto às feias, essas estão com tudo: no papel de malvadas, usam roupas extravagantes e recebem sempre as melhores falas.

Notou um detalhe perturbador no comportamento de Ethan. Se a conversa abordava o futuro, ele manifestava inquietação, uma gota de suor escorria-lhe da fronte. Quando Ethan se encontrava a uma distância superior a 2 metros dela ou quando assistia à televisão e suas notícias horrorosas, ele controlava as emoções, num enorme esforço para não desmoronar.

"Que sensibilidade à flor da pele", pensou Anny. "Ele sofre mais do que eu."

Que pena, ela deveria ter ficado mais atenta aos indicativos.

Certa manhã, ao arrumar os cremes, esbarrou na nécessaire de Ethan. Remédios rolaram no chão: analgésicos, calmantes, soníferos, estimulantes, energéticos. Então esse era o motivo de Ethan lavar tanto as mãos.

O que fazer?

Não comentou nada pela manhã e tentou abordar o assunto durante a caminhada da tarde:

— Ethan, o que acha que somos?

— Animais. Nossa vida é orgânica. Não acredito na existência da alma. Não passamos de matéria. É isso que entendo como "animal".

— Conhece algum animal que tenha vícios? Animais que bebam, que se droguem ou simplesmente animais neuróticos?

— Não.

— Então não somos animais.

— Somos sim. Animais inquietos.

— Por quê? Por sermos dotados de alma?

— Não. Porque quimicamente nos dosaram mal.

— Em sua opinião tudo é produto da química?

— Exatamente. Temos medo por causa da química. Deixamos de ter também em consequência da química.

— E quando olho você e fico feliz?

— Também é química. Somos duas fórmulas químicas compatíveis.

— Quanto romantismo!

— O romantismo resulta de um equilíbrio das moléculas.

Anny não insistiu. Pressentia que, se quisesse ajudar na desintoxicação de Ethan, primeiro devia desintoxicar-lhe o cérebro. Ele pensava como seu século, puro materialismo. A vida do espírito se reduzia a componentes psicoquímicos. Assim que um fenômeno estranho — uma angústia, uma pergunta sem resposta, uma emoção inesperada — o assaltava, ele reagia engolindo uma pílula. Trabalhara em uma unidade psiquiátrica justamente para medicar sua existência.

Anny jurou munir-se de calma e paciência e ajudá-lo. Tornar-se responsável por um ser a tornava responsável por si própria. Quanta força lhe dava a compaixão! Aliás, não era a palavra "piedade" que sempre aparecia implícita em suas conversas? Anny e Ethan se divertiam com isso e preferiam sussurrar "Tenho pena de você" a "Eu te amo". A confissão parecia exprimir um sentimento urgente, forte, bem mais profundo.

Voltaram para casa abraçados, como todos os dias. As gaivotas esvoaçavam ao redor deles, como damas de honra de vestido branco.

Em casa, Anny preparou um chá e começou a ler o trigésimo roteiro. Cada produtor que enviava um roteiro a Anny Lee, estrela de primeira grandeza, devia depositar uma generosa soma na conta antes de a agente dar o sinal verde para a leitura. Aquela brochura não tinha chegado pelo caminho habitual. O realizador, um europeu, o confiara a um amigo que o entregara a outro amigo, um técnico que gostava de Anny.

Apesar disso, Anny o abriu.

*

Uma hora depois fechava-o, perturbada.

Sem titubear, discou o número rabiscado na capa.

Uma voz sonolenta atendeu:

— Alô.

— Sou Anny Lee. Acabo de ler seu roteiro e...

— São três horas da manhã.

— Desculpe, estou ligando de Los Angeles.

— Quem é você?

— Anny Lee! Fiquei entusiasmada com a história.

— Isso é um trote?

— Não, sou eu mesma. Quero ser Anne de Bruges.

37

Anne jazia no fundo de uma cela escura onde reinavam fedor de urina e paredes mofadas. Pelos esbranquiçados brotavam das pedras. Quando passava a mão na parede, partículas de salitre grudavam debaixo de suas unhas, irritavam-lhe os olhos e reviravam-lhe as tripas até vomitar.

Em três dias, estava coberta de parasitas; entretanto, depois de se coçar, pensara nas vacas atacadas pelas moscas e nos animais selvagens com o pelo coberto de parasitas e decidiu não se preocupar mais com isso. Na tempestade que devastava sua vida, nessa fossa que chamavam de prisão, esforçava-se para conservar a serenidade. Se cedesse ao desespero, compareceria ao tribunal com cara de culpada.

O julgamento teria início naquele dia. O inquérito fora apressado, o que deixava pessimistas os partidários de Anne: Braindor, tia Godelièva e algumas pessoas do povo.

As provas se revelavam decisivas. Diante dos evidentes sintomas de envenenamento (contrações, espasmos, asfixia), a morte da superiora fora diagnosticada como resultado de um assassinato. Nas matinas, quando souberam que o médico dos franciscanos falecera em condições idênticas, estabeleceram a ligação entre os dois casos. Tudo servia para acusar Anne: descobriram um frasco verde contendo veneno em sua escrivaninha, o mesmo frasco que as beguinas que velavam a superiora tinham visto Anne usar para ministrar as doses à doente; os aprendizes de Saint-Côme testemunharam que várias vezes Anne conversara com seu chefe, que lhe entregara substâncias. Como passara no hospital naquele dia, 15 minutos antes dos gritos de agonia, levantaram a hipótese de que Anne havia eliminado Sébastien Meus para garantir seu silêncio.

Essas mortes não se constituíam os únicos crimes. Ida testemunhara ritos satânicos com animais selvagens, organizados pela prima em noites de lua cheia. Narrando a estranha fuga, acrescentou múltiplos detalhes ao banho noturno na clareira e sustentou que Anne devotava culto ao astro, lançava misteriosas palavras mágicas às estrelas e terminava, invariavelmente, se deixando possuir pelo lobo. A visão do ato carnal selvagem a deixara enojada e os gritos de volúpia da prima excediam em violência os uivos do animal. Essa prova de acusação rapidamente correu pela aldeia: de improvável passou a popular de tanto que esquentava os ânimos. Preferindo explicações abjetas a argumentos sublimes, homens e mulheres achavam mais provável que uma feiticeira copulasse com um animal do que uma jovem virgem impusesse a lei a predadores perigosos.

Depois disso, Ida não encontrou qualquer dificuldade em descrever as meditações de Anne como transes em que abria ao diabo as portas de seu corpo. Além disso, fingiu-se de vítima de um feitiço lançado pela prima: como interpretar de outro modo sua estranha desgraça? Mostrando o rosto medonho, as cicatrizes e as queimaduras, atribuía a Anne todos os seus infortúnios.

A imaginação da aleijada não tinha fim, e todos os dias acrescentava novas infâmias. Felizmente o sargento concluiu rapidamente a investigação, caso contrário Ida teria acabado por acusar Anne do incêndio que ela, Ida, provocara.

Como não compreendia os poemas — "insignificâncias pretensiosas" — não soubera usá-los. Por outro lado, o arquidiácono, informado no mesmo dia da prisão da iluminada e da morte de sua protetora, enviara as próprias cópias ao cartório, anexando uma nota na qual informava que nelas detectava a expressão de ateísmo ou de fé oposta aos ensinamentos da Igreja. Assim, às provas de acusação comum somou-se a suspeita de heresia. Para tranquilizar o procurador, temeroso de que a audiência se estendesse tempo demais, o arquidiácono lhe fez uma visita e explicou que se oferecia na qualidade de consultor teológico, evitando assim a solicitação da presença de um inquisidor.

Ao tomar conhecimento da situação, Braindor pediu auxílio a seus conhecidos. Todos se amedrontaram. Nas questões teológicas, em razão dos anabatistas, munzeristas e vários dissidentes que profanavam a fé romana, e cujos combates incendiavam a Flandres e a Alemanha, só obteve palavras educadas, vagas indignações e promessas inconsistentes. Nenhum religioso ou erudito se dispunha a contestar o belicoso arquidiácono que se convidara para o processo.

Um estalido ressoou.

As dobradiças enferrujadas rangeram.

O guarda abriu a porta da cela e exigiu que Anne o acompanhasse. Destrancou e fechou múltiplas grades com as enormes chaves do chaveiro e a conduziu ao cartório. De lá, passou à sala do tribunal.

Ao vê-la, o povo exalou um suspiro surpreso. Bela, milagrosamente limpa, os traços finos e serenos, ela em nada correspondia à bruxa sobre quem tagarelavam havia três dias.

Braindor, escondido atrás de uma pilastra, sorriu. Anne era seu melhor advogado graças à sua pureza, luz e doce sagacidade. Surpreendeu-se ao recuperar a confiança.

Durante os interrogatórios precedentes, Anne compreendera de onde vinham os golpes — do arquidiácono e da prima. Assim, duas soluções a ela se ofereciam: a aceitação ou a acusação.

Como acusar Ida? Ignorava que a prima fosse capaz de matar duas pessoas a sangue-frio e depois jogar a culpa em quem dela cuidara. Apenas atribuímos aos outros as intenções de que somos capazes. Quando se trata de discernir os motivos, à imaginação falta imaginação. Aventurava-se num terreno estranho e o atravessava intacta. Anne, incapaz de suspeitar da maldade de Ida, supunha poder esclarecer o relato quanto ao lobo. A propósito do arquidiácono, demonstraria tão evidentemente seu erro que conquistaria a alma dos juízes.

O que lhe faltava era a explicação para o veneno no frasco... No entanto, esperava que, depois de três dias de investigações, o tenente investigador fornecesse pistas, senão respostas.

Leram as acusações.

À medida que a descreviam como bruxa, insana, assassina, ela abandonava o recinto e pensava nos cisnes nos canais, nas flores atrás de sua casa, no majestoso salgueiro-chorão que vivia seu plácido luto à margem do rio. Em resumo, tanto lhe parecia que interpelavam outra pessoa que cessou de escutar.

O procurador precisou repetir várias vezes a mesma pergunta:

— Reconhece o fundamento das acusações?

— Existe um fundamento em cada acusação, no entanto, nenhuma é correta.

— Esclareça.

— Fui a uma clareira me banhar entre os peixes e as rãs, porém não realizei nenhum rito satânico. Escrevi poemas, mas eles celebram a Deus e à Sua solicitude. Verti o conteúdo do frasco verde no copo da superiora, mas o frasco continha um remédio que vinha melhorando seu estado de saúde havia duas semanas e todos podem testemunhar isso. Quanto a Sébastien Meus, ele me confiara esse remédio de sua invenção. Eu o admirava; duas vezes salvara a vida de minha prima Ida. E eu venerava a superiora. As interpretações dadas aqui são um erro grotesco.

— Então desmente tudo?

— Nego tanto os atos quanto as intenções. Em meu coração, nunca quis senão o bem de todos.

— Só uma bruxa fala com animais.

— Não, todos que com eles convivem entendem sua linguagem e conseguem se comunicar com eles.

— Mesmo com um lobo?

— O lobo é uma criatura de Deus como nós.

— Então se pode fazer amor com um lobo?

Ela mordeu os lábios. Por que suas palavras não tocavam seus acusadores? Elas escapuliam de seus ouvidos sem serem pegas, como uma truta entre as mãos.

— Não fiz amor com um lobo. Nem com ninguém.

Um murmúrio percorreu a audiência; alguns acreditavam, outros duvidavam.

O arquidiácono chamou então a atenção para si tamborilando em seu posto.

— No entanto — proclamou em tom baixo —, quando lemos seus poemas, não temos a impressão de escutar uma inocente. Permitam-me ler um trecho:

Só tu, meu amante, cavaleiro sem armadura,
com teus dedos diáfanos podes me moldar.
Por que nossa relação jamais dura?
Éramos um, mas dois voltamos a formar.

Ele sorria, estimando o caso solucionado.

— A senhorita evoca abraços, corpos que se fundem, multiplicação dos amantes. É esse o vocabulário de uma virgem?

— Monsenhor, já expliquei que minhas palavras raramente traduzem o que sinto. Eu me dirigia a Deus nesse poema.

— Sem dúvida as palavras são de uma medíocre poetisa, nisso concordo. Contudo, chamo a atenção para o registro em que coloca suas palavras quando não traduzem o que deseja exprimir: o registro da luxúria.

— Elas não passam de imagens.

— E que imagens! Corpos, carícias, penetrações, suor, êxtases. Quanta luxúria! Seria possível se imaginar dentro da casa de Satã.

— Monsenhor, não leu o Cântico dos Cânticos?

O arquidiácono hesitou ao receber a flechada. Atrás da pilastra, Braindor exultava. Podia não ser o responsável por essa réplica mordaz, mas contribuíra para isso ao encorajar Anne a estudar a Bíblia.

Os magistrados continuaram seu trabalho:

— O que buscava na clareira?

— Paz para meditar.

— O que chama de meditar?

— Sair de mim. Ir ao encontro do essencial.

— O essencial?

— O amor que circula entre os elementos do mundo. Deus, por assim dizer.

O arquidiácono ergueu-se enfurecido.

— "Deus, por assim dizer!" Como podemos suportar tais expressões? Como se fosse possível comparar Deus.

— Monsenhor tem razão. Deus é tudo. No entanto, "Deus" é apenas uma forma de expressão.

— Justo ela, uma ignorante, ousa se dirigir a mim, um erudito, como se eu fosse um mau aluno... Que atrevimento!

— Isso pouco importa, monsenhor. Não é o meu atrevimento que está sendo julgado aqui.

O público permaneceu calado. O refinamento e a beleza de Anne não a impediam de demonstrar sua firmeza. Ela surpreendia. Surpreendia a todo instante.

— Por que sai à noite?

— Durante o dia trabalho na beguinaria.

— Por que nas noites de lua cheia?

— Para poder me guiar pelos campos e bosques. Se estiver escuro, não enxergo os obstáculos.

— Por que abandonar Bruges?

— Preciso da natureza.

— Por quê?

— Porque... nas aldeias, vejo todo o tempo as marcas dos homens. Na floresta, sinto Deus.

— E nas igrejas construídas pelos homens, não sente Deus?

— Sim, se contemplo a luz.

Um silêncio profundo repercutiu após a réplica. Anne não se deu conta de que a resposta a prejudicava. Para todos os presentes, a igreja simbolizava o local onde se devia cumprir os deveres, ajoelhar-se, fazer o sinal da cruz, recitar, escutar, orar, cantar, confessar. Caso fixassem a atenção em um ponto, deveria ser na imagem de Cristo acima do altar e não na luz... Anne não falava como uma cristã comum, parecia uma selvagem. Reafirmava a semelhança com as feiticeiras, livres, arrogantes, ligadas à natureza e ao sexo.

— Sua prima Ida a acusa de lhe ter lançado um feitiço.

— Por que faria isso? Cuido dela há meses. Eu amo Ida.

— Por acaso ama todo mundo?

O comentário irônico irrompera da boca do prelado. Anne retrucou serena:

— Eu tento.

Voltou-se na direção do arquidiácono antes de acrescentar:

— Mesmo quando me custa fazê-lo. Jesus não nos aconselhou a "amar teus inimigos como a ti mesmo"?

O prelado deu de ombros, com ares de quem está acima dos mortais.

Meticuloso, o procurador recomeçou como se a minúcia pudesse substituir a inteligência:

— O acúmulo de flagelos ocorridos com sua prima parece suspeito. Vítima de um incêndio inexplicável, depois foi encontrada pendurada em uma corda.

— Pobre Ida, foi submetida a muitas provas.

— Ela as explica pelo feitiço que a senhorita lançou sobre ela.

— Algumas das provações que enfrenta também são de cunho moral. Ida sofre tanto que sua dor se transforma em ódio, em raiva, em divagações. Nesses momentos ela sente necessidade de responsabilizar alguém por seus males, um responsável que não seja ela própria. Ao exame de consciência, ela prefere a designação de um inimigo.

— Então nega ter lhe lançado um feitiço?

— Essas coisas não existem.

— Perdão?

A sala compartilhava do assombro dos juízes.

— Não acredita na maldição?

— Não. Essas histórias de feitiços, sortilégios e encantamento que precipitam indivíduos em abismos não passam de contos infantis. As palavras não têm esse poder.

— Então tampouco acredita na bênção?

Anne quase desfaleceu. Não percebera a armadilha sendo preparada pelo arquidiácono.

Boquiaberta, titubeou.

O arquidiácono fechou o cerco.

— Em sua opinião nossas celebrações não passam de canções pueris. As palavras proferidas em batismos, casamentos e ordenações se resumem a zumbidos de vespas. Não acha que evocam a benevolência divina?

Anne se trancou no silêncio.

— Finalmente, é lógico. Se não acredita que a maldição invoca Satã, tampouco acredita que a bênção venha de Deus. A senhorita não faz parte da Igreja.

Ergueu um livro que exibiu aos juízes e ao público.

— Com base no *Malleus maleficarum*, tratado compilado por dois dominicanos e em vigor há cinco decênios, a acusada reúne características tidas como específicas das bruxas: glossolalia, o uso de um idioma desconhecido, como testemunha sua prima, bem como prova sua constante crítica à nossa língua; tráfico de ervas, ao que tudo indica só cuidava da prima com o objetivo de testar novas poções e elaborar venenos destinados à superiora e ao médico de Saint-Côme, que provavelmente ameaçara denunciá-la; e uso de malefícios contra a prima, que adoeceu, basta olhar a moça para verificar sua assustadora eficiência. Isso prova que faz uso da magia, bem como, é claro, sua heresia, pois na bula *Super illus specula*, o papa João XXII assim qualificou essa prática!

Braindor pensou em intervir. Se o arquidiácono dava continuidade à caça às bruxas iniciada por Inocente VIII em 1484, fazendo uso do tom majestoso e da voz peremptória, ocultava a ambiguidade do *Malleus maleficarum*, *O martelo das bruxas*, de Henri Institoris e Jacques Sprenger, um tratado que possibilitava a caça, a identificação, a detenção e, em seguida, a execução das bruxas. Não obstante o sucesso e as constantes reedições, Roma proibira o tratado desde 1490, denunciando as contradições com referência à demonologia católica.

Prevendo essas objeções, o arquidiácono virou-se, teatral, para o tribunal.

— Todavia, suspeito que além dessa heresia, esconda-se outra muito grave, quem sabe até mais grave. Senhores juízes, permitem que, na qualidade de consultor teológico, eu faça uma pergunta?

Dispostos a não contrariar esse novo arquidiácono, que se assemelhava cada vez mais a um inquisidor, os juízes concederam-lhe permissão de prosseguir.

Voltando-se para a jovem, que se mostrava tão sóbria, tão pouco concupiscente, contemplou-a como se fosse um patê prestes a ser devorado.

— Anne, o que pensa das indulgências?

Instruída por Braindor, Anne percebeu aonde o prelado queria chegar. Refletiu rápido e retorquiu:

— O senhor acertou, monsenhor.

— Ah, é mesmo?

— Sabe que reprovo as indulgências.

— Assim como os luteranos?

— Que diferença faz? O dinheiro não compra a salvação. Não se negocia com Deus. As indulgências não beneficiam Deus nem tampouco o pecador.

— Então a quem beneficiam?

— Aos intermediários, aos que se encontram entre um e outro.

Um frêmito percorreu a sala.

Braindor encostou-se na pilastra. Nesse instante, compreendeu que Anne não se curvaria. Incapaz de se submeter, continuaria a anunciar, de modo direto e fatal, o que a crença lhe ditava.

— Nossa opinião está formada — concluiu o prelado —, no entanto lhe ofereço uma última chance para se arrepender. Poderia essa fé que tanto glorifica abdicar dos santos sacramentos?

— Sim, poderia.

O público se indignou, os juízes se entreolhavam balançando a cabeça.

Quanto ao arquidiácono, este exultava. Com a mão aberta, num largo gesto, parecia proclamar diante do público: "Vejam! A segunda heresia foi comprovada."

38

Namur, 10 de setembro de 1913.

Minha querida Gretchen,

Quando reconheci sua letra no envelope, meu coração quase saiu pela boca de tanto que batia. Que felicidade me proporciona! Em suas palavras ouço a sua voz, o timbre doce, ligeiramente entrecortado, que recobre as frases com pudica reserva. Ao aspirar o papel, encontrei o seu perfume, esse buquê de lírios-do-vale e rosas, uma fragrância que me fez recordar do cheiro de sua pele. Que viagem! Nessa folha de papel dobrada, pude perceber quase por inteiro sua presença.

É certo que sua carta vagou muito antes de me encontrar na rue des Fosses, tanto mudei de endereço. Pouco importa! Ela não se extraviou. Nós tampouco. Passa bem? Werner também? Que bom ter me contado sobre suas alegrias e preocupações, termos voltado a nos corresponder. Saber que seus filhos já são militares me deixou sem fôlego; a imagem deles não sofrera modificação em minha memória, meninos levados de calças curtas que batiam nos meus quadris, de entonações sibilantes e que corriam tão rápido que quase quebravam o pescoço. Aliás, mesmo depois de ter assimilado os detalhes de seu sucesso no mundo dos adultos, continuo a pensar neles como garotos, apenas um pouco mais altos, menos cabeludos, vestindo uniforme de oficial. Envie fotografias deles, por favor, caso contrário jamais os levarei a sério.

Hoje moro em Namur. Com a ajuda das irmãs de caridade, consegui meus primeiros pacientes. Afinal exerço minha profissão, Gretchen! Curo homens e mulheres perdidos. Às vezes experimento tanta gratidão que me sinto compelida a abraçar os passantes, do vendedor de queijos ao limpador de lampiões de rua. Graças ao exercício de minha vocação, amplio essa energia que existe em mim e a torno útil, pródiga, transmito minhas forças vitais aos outros. Nunca esperei tamanha realização.

Como o número de meus pacientes permanece inalterado, disponho de tempo. Além de alguns cursos de língua ministrados às crianças de Namur, redijo um livro sobre Anne de Bruges, a mística flamenga de que lhe falei.

Estranha condição a nossa... Quanto mais estudo Anne, mais me sinto próxima dela. "Minha amiga", dizia no início, para depois chamá-la de "minha prima", "minha irmã", sendo que agora tenho a impressão de ser ela. Sim, se vivesse em outra época poderia ter sido ela. Anne se sentia diferente, assim como eu. Anne não queria que sua vida se reduzisse a servir um homem ou lhe dar filhos; eu tampouco. Ela presumia existir bem mais em seu foro interior do que percebia e eu também penso assim. Chamava esse infinito que descobria dentro de si, mas que transbordava, de Deus, enquanto eu o chamo de inconsciente.

Questão de vocabulário?

Não sei ao certo.

As palavras não se reduzem a palavras. Cada uma delas tem um significado em relação a outras. Conclusão? As palavras não nos pertencem, mas resultam da concepção que exprimem e permanecem solidárias, como o soldado ao Exército. Não existem franco-atiradores entre as palavras. Apenas a tropa conta.

O Estado-Maior da época era a teologia monoteísta. Anne utilizava os termos de seu século para decifrar a incomensurável riqueza que explorava dentro de si. Durante esse renascimento exclusivamente cristão — protestantes e católicos brigavam pela fidelidade aos evangelhos, sem chegarem a um acordo —, ela interpretou suas buscas interiores por intermédio do léxico da ideologia reinante.

Quando o Amor decide tomar a palavra,
Apenas o Amor escuta e reconhece sua lavra.
Debaixo das roupas, sob os fardos pesantes,
Ele permanece nu, novo, fugitivo, inconstante,
Príncipe das aparências, a tudo invade.
Presente e oculto em sua vulnerabilidade,
Dissimula até mesmo sua abundância.
É o nosso rei, em permanente vigilância.

Para seus contemporâneos, Anne projeta o amor infinito de Deus. Em minha opinião, ela designa a libido — nome grego do amor —, essa energia oculta que no fundo de cada ser comanda atos e pensamentos.

Como o Deus oculto que Anne descreve, a pulsão sexual se instala sem que a percebamos. Por exemplo, considere minha atividade: quando trato meus pacientes, transfiro uma pulsão sexual egoísta em benefício de outrem; em resumo, eu a "sublimo", segundo expressão de Freud. É o que Anne de Bruges menciona quando usa a expressão "amor nu", ao mesmo tempo presente e oculto de todo o resto.

Comecei a redigir um trabalho sobre seus êxtases místicos. Ao se abandonar, deixando de lado noções e referências comuns, Anne de Bruges mergulha no desconhecido e enfrenta o mar agitado, violento, profundo, o que lhe proporciona ao mesmo tempo desconforto e bem-estar. Essa vasta indeterminação que alcança e a que chama de Deus não é o inconsciente freudiano?

A extraordinária singularidade de Anne seria sua capacidade de tocar o inconsciente e visitar os porões do espírito, normalmente inacessíveis. Seus êxtases eram vistos, segundo o espelho de seu tempo, como experiências míticas; para mim trata-se de experiências psíquicas.

Ah, minha pobre Gretchen, eu a aborreço com minhas pesquisas; outrora submetida a parágrafos em que eu discorria sobre os pesos de papel, agora lhe impinjo Anne de Bruges.

Em sua carta, pergunta se estou apaixonada.

A pergunta parece simples, mas não a resposta.

Sempre recorri a amantes ocasionais; ora, apesar de me satisfazerem, esse modo de vida já não me contenta.

Quando descobri a volúpia imaginei novas estradas abertas diante de mim rumo a destinos distantes, passeando de surpresa em surpresa.

Ora, nada mais me surpreende. E o orgasmo se reduz a simples orgasmo. Doravante adoraria ter uma sexualidade que me fosse compreensível.

Por que não consigo ser feliz senão mascarada — embora nua —, protegida pelo duplo anonimato, o meu e o de meu parceiro? Se, em Viena, isso se explicava com clareza, pois sendo Sra. Von Waldberg eu não levava a vida sonhada, hoje essa necessidade de aventuras não mais se justifica. Aprecio minha existência, reconheço-me com satisfação no espelho, cheguei mesmo a desenvolver certa estima por mim. Então por que estou condenada a fugir de meu círculo social para alcançar a felicidade?

Com frequência penso em tia Vivi. Lembra-se da inacreditável sedutora de olhos cor de lavanda? A mulher a quem dediquei toda gama de sentimentos, da desconfiança à confiança, atravessando as nuances da admiração e da reprovação? A todo instante ela se impunha como ponto de referência e até hoje me persegue. Num domingo desses, lendo um romance francês ordinário, pensei que tia Vivi representava Eva, a mulher matriz, a fêmea, a mulher mais mulher do que as outras. Ela inventou esse papel.

Não posso me comparar a ela. Falta-me a artimanha, a astúcia, o oportunismo triunfante, o leve egoísmo que se esconde por trás do encanto. Um narciso se curva sem jamais partir; eu não passo de um galho que estala. Quando comparada a ela, me julgo uma camponesa. Limitada, superficial. Reivindico a verdade em detrimento do sucesso, procuro uma clareza que me prejudica.

Tia Vivi conseguia desabrochar sem se renegar. Eu a invejo. Por mais distante que esteja, continua sendo um farol na minha escuridão. Invejo-lhe a consistência.

Tentei conservar o último amante. Em Charleroi, Klaus parecia não querer outra coisa. Determinada a triunfar, mostrei-me perfeita: dona de casa exemplar, ótima cozinheira, boa ouvinte, amante sem par. Ele se atirou de cabeça na vida que eu lhe oferecia. Pior, mostrou-se egoísta. Depois de três semanas eu morava com um sultão que me exigia permanente escravidão. Eu caíra na armadilha da perfeição. E por me esforçar deixei de atingir a beatitude em seus braços.

Consegue se dar conta? Quando Klaus e Hanna ignoravam tudo um do outro, até mesmo idade e nome, Klaus e Hanna sentiam prazer. Quando Klaus soube o que esperar de Hanna e vice-versa, Klaus e Hanna, preguiçosos, se acomodaram. A generosidade, que se alimentava do mistério, adormecera, saciada.

Como Klaus, o colosso, era dono de temperamento violento — característica agradável na cama, mas não fora dela —, aproveitei sua ausência num sábado para me mudar, não apenas de apartamento, mas de cidade.

Em Namur, voltei a me entregar a corpos temporários. Contudo, sei que não continuarei assim por muito tempo.

Ulla, uma amiga suíça de Zurique — acho que a mencionei na minha carta anterior —, alega que devo seguir em frente, que minha atual reticência se integraria ao código burguês tradicional, em resumo, que eu iria retroceder.

"Hanna, você se julga com extrema severidade, se comporta de acordo com regras aprendidas na infância. Agora que é uma mulher livre, uma mulher natural, uma mulher selvagem, como as pretensas bruxas do passado, você se critica com olhos de mulher alienada, de esposa. Por que um homem vale mais do que vários? Quem disse que o amor é monogâmico? Enfim, 'monogâmico', no seu caso... Onde ficou estabelecido que a sexualidade deve se reduzir a saciedades mornas? Como justificar que o tédio seja o único destino do acasalamento?"

Quando ela me repreende assim, volto a ter coragem. Ultimamente, contudo, me permiti comentar que ela não se comporta segundo seus princípios, pois se contentava com a amiga Octavia havia vinte anos. Ulla ficou vermelha — como sempre acontece quando falamos de Octavia — e parou de me repreender com aquele tom de sargento instrutor.

Ela não compreende meu constrangimento. Não faço qualquer objeção aos entusiasmos múltiplos; simplesmente gostaria que fosse eu que beijasse e gozasse e não uma mulher loba que ao sair de mim me deixa à margem.

Eu me pergunto se Anne de Bruges conheceu essa experiência. De acordo com os raros documentos que consegui reunir, era conhecida como "a virgem de Bruges", indício visível de que se recusava aos homens. No entanto, terá feito amor? No meu caso, por exemplo, se interrogassem meus vizinhos, eles me descreveriam como uma solteirona; não suspeitam de minha vida dupla nem da perfeição de minha duplicidade. Enquanto leio *O espelho do invisível*, por vezes tenho a impressão de que Anne reconstitui o que experimento durante o orgasmo, esse desprendimento de si mesma, esse afastamento dos pontos de referência, essa expansão do corpo às dimensões do mundo, esse sentimento de participar de um movimento cósmico.

Como nos assemelhamos apesar dos séculos que nos separam... Abandonada ao nascer, criada por pais adotivos, cresceu sem referências. A mim também faltaram esses paradigmas protetores; eu também tive de buscar o que não me havia sido dado, uma conduta, uma concepção de vida. Quem sabe a carência não foi uma bênção?

Em seus poemas, eu a vejo em busca de um pai, de um amor. Como eu. A religião lhe permitiu de modo admirável assumir essa busca. Quando se tratava do pai, ela invocava Deus e quando se tratava do amor, voltava-se para Jesus. O primeiro comanda, o segundo ama. Respeitamos a lei de um e depois nos regozijamos em adoração ao outro. Curioso que os cristãos tenham aprendido a abrir um leque que autoriza ao divino assumir todas as cores de que necessitam os homens, inclusive a tez feminina da Virgem Maria, ou a transparente do Espírito Santo...

Na juventude, mesclei em Franz tanto o pai quanto o marido. Hoje me pergunto se a psicanálise, graças à figura protetora de Freud e à sedutora de Calgari, não me oferece igual possibilidade.

Pouco importa...

Anne, minha irmã de labirinto, em breve espero concluir o livro que a revelará ao mundo inteiro.

Quanto a você, minha querida Gretchen, anuncio que o livro será dedicado a você. Aceita?

Sua Hanna, que a ama sempre e cada vez mais.

39

O táxi deixou o aeroporto Charles de Gaulle e conduziu Anny e Ethan a Paris.

Após horas nos ar, voltar ao solo — onde quer que fosse, Calcutá, Tóquio ou Dubrovnik — sempre proporciona uma sensação de familiaridade. Mesmo em um país desconhecido, não desembarcamos em terra estrangeira, mas reencontramos a terra, nossa terra, mãe de todos.

Anny e Ethan haviam experimentado essa emoção. Excitados, adotaram de imediato a Europa.

O táxi atravessava a periferia ao norte. Por enquanto, nada se assemelhava ao que tinham imaginado de Paris. Prédios comuns, altos, rudimentares, sem refinamento arquitetônico, como em todas as periferias das megalópoles, rascunhos industriais das cidades.

Depois surgiram os primeiros imóveis haussmanianos. As bocas do metrô brotaram como cogumelos. O trânsito ficou confuso. As castanheiras floresciam indiferentes à agitação. Jovens maravilhosas circulavam de bicicleta. Executivos de terno cinza rodavam de scooter. Ethan e Anny se divertiram ao constatar uma hierarquia automobilística oposta à de Los Angeles: em geral, quanto menor o carro, mais chique a pessoa ao volante.

O táxi penetrava em ruas estreitas com casas. Desde o aeroporto, passara de estradas largas a ruelas espremidas, o que sintetizava a distância entre o Novo Mundo e o Velho. À diferença das cidades norte-americanas, o horizonte havia desaparecido da capital.

O telefone tocou. Anny suspirou.

— Sim, Johanna.

— Você não respondeu minhas mensagens.

— É natural, eu estava no avião. Acabamos de aterrissar em Paris.

— Ah, então resolveu aceitar o papel de santa...?

— Como eu já tinha avisado.

— Enfim, Anne, você não vai fazer filmes na Europa. Afinal, não decaiu a esse ponto! Os artistas fazem isso no fim de carreira, não no começo. Filmes europeus e anúncio de creme anti-idade continuam a ser sinais de declínio. Além do mais, do ponto de vista financeiro, querida...

— Eu me apaixonei pelo roteiro.

— Claro. Mas depois precisa filmar imediatamente um *blockbuster.* Senão vai acabar virando estrela de festivais e não de cinema.

— Johanna, não sou propriedade de ninguém. Nem de Hollywood, nem do sucesso.

— Você cospe num prato excepcional, Anny. Alcançou o status com que todas sonham.

— E eu? Será que eu sonho com isso? Concordo, cheguei a um estágio supervalorizado e que desperta a inveja de muitos. Mas fui eu que quis chegar onde estou? Quero criar minha vida, não me submeter a ela.

— Se estou entendendo bem, a partir de agora só vai filmar o que lhe agradar?

— Isso mesmo.

— Sua carreira irá por água abaixo. Vai deixar de ser a primeira a receber os bons projetos.

— Tudo depende do que se entende por "bons projetos".

Anny bateu o telefone.

Ethan a beijou.

— Mandou bem.

— Ela tem razão quando prevê que minha carreira ficará complicada. No entanto, o que é mais difícil? Sofrer por me dedicar ao que não amo ou sofrer por me dedicar ao que amo?

Ethan voltou a beijá-la, demoradamente, até ela se soltar.

O carro parou na porta do Ritz.

Homens uniformizados se precipitaram, abriram as portas, pegaram as malas, certificaram-se de que os dois tinham feito boa viagem.

Anny e Ethan tomaram posse do quarto, uma suíte que dava para a place Vendôme. Contemplaram essa joia desenhada por Mansart, na qual os joalheiros de luxo haviam implantado seus letreiros. O equilíbrio harmonioso das fachadas e a superfície lisa das calçadas contrastavam com a coluna vitoriosa de bronze erigida no centro. Diante de seus olhos, séculos se sobrepunham, da Roma antiga, evocada pela estátua monumental, às luzes sutis de hoje, passando pelo século XVII das construções e pelo estilo imperial das vitrines.

Durante o período de filmagem, Ethan faria cursos de culinária. Tendo constatado sua propensão ao vício, Anny lhe propusera colocar suas pulsões obsessivas a serviço de sua paixão, a gastronomia. "Prefiro ver você gordo do que drogado." Ethan começaria um estágio no restaurante de um chef famoso no dia seguinte.

Ligaram da recepção: Grégoire Pitz, o cineasta, aguardava Anny.

Ela precipitou-se ao seu encontro.

Grégoire Pitz a acolheu com emoção. Para o jovem alto, de traços suaves, a presença de Anny em seu filme se constituía em um presente valioso.

Sentaram-se e foram direto ao assunto.

— Por que eu? — perguntou Anny.

— Porque Anne é como você: perdida e iluminada. Caminha num mundo de trevas distribuindo a sua luz. Chama a atenção de todos por vibrar e sentir tudo com maior intensidade. Ela parece ao mesmo tempo aberta e fechada. Embora frágil, resiste, jamais se curva.

Lágrimas brotaram nos olhos de Anny. Grégoire Pitz prosseguiu:

— Quando alguém olha para ela, fica deslumbrado, mas não tem acesso a ela. O mistério permanece. No fundo, diante dela, é como se nos encontrássemos diante do sol: só vemos aquilo que ele nos permite ver.

Calaram-se.

Ao redor, os frequentadores, de nariz empinado, fingiam indiferença uns aos outros, embora se espiassem. Tudo constituía um espetáculo: a harpista que tocava músicas atuais em um instrumento antigo, os carrinhos de sobremesa exibindo doces extravagantes, os rostos reconstituídos pela cirurgia estética e depois pintados pelos cosméticos. Seria esse o lugar propício para evocar Anne de Bruges?

No exato momento em que Anny se questionava, a instrumentista começou a tocar a melodia de *A moça de óculos vermelhos*. Logo os olhares se voltaram para ela: aqueles que se perguntavam havia alguns minutos quem era aquela jovem, agora já tinham uma pista. Um deles pegara o celular e parecia prevenir seu interlocutor da presença de Anny.

— Podemos ir a outro lugar?

— Com prazer.

Grégoire Pitz, encantado em sair dali, a levou a um bistrô perto que rescendia a café, quiche lorraine e camembert, e onde a dona passava manteiga em compridas baguetes cortadas ao meio.

Sentaram-se em torno de uma mesa de mármore em um estado duvidoso. Sentiam-se melhor. Ela mergulhou os olhos nos de Grégoire.

— Como descobriu Anne?

Ele sorriu.

— Num livro que fala de sua vida e tem seus poemas, guardado em uma estante da biblioteca de minha família. Meu pai o herdara da avó. No início do século passado, ela foi amiga da autora, Hanna von Waldberg, uma aristocrata vienense excêntrica, uma das primeiras discípulas de Freud.

Triste, ele acariciou a xícara.

— Infelizmente, não tive chance de discutir o livro com ela, porque tinha 3 anos quando vovó Gretchen se foi.

40

Por que dormir se ia morrer?

Anne, julgada culpada de todas as acusações, fora condenada à fogueira. As autoridades haviam decidido não adiar a execução, pois a Quaresma chegava ao fim. Estava fora de cogitação executar uma prisioneira durante a Páscoa! Tampouco desejavam aguardar o final desse período. Era preciso se apressar. Se, por princípio, excluíam o Domingo de Ramos, deviam também excluir o Sábado de Lázaro — matar alguém no dia da Ressurreição daria margem a críticas. Tendo o julgamento ocorrido na quinta-feira, só restava a sexta-feira.

A punição ocorreria um dia após a sentença.

A noite passou. Um longo instante. Mais a interrupção do que a passagem do tempo. Imóvel, serena, Anne meditara noite adentro. A aurora despontava.

Duas ou três horas de vida.

Não se preocupava com o suplício. Saboreava o momento presente.

A assassina herética que em breve caminharia até o local da execução, vaiada pelo povo, a assassina cujas pernas e coxas seriam lambidas pelas chamas antes de o corpo ser consumido, parecia tratar-se de uma sósia, não dela.

Senão teria tremido, sentido medo.

Em vez disso, experimentava uma paz densa, pesada.

Nunca a sensação de se desdobrar fora tão forte. Então existiam duas Annes. Ela e a outra.

À outra, os infortúnios assolavam; ela escandalizava independentemente do que fizesse e despertava o ódio com declarações subversivas. Esta os poderosos haviam resolvido abater. Anne quase não conhecia essa outra distante; experimentava apenas um grama de compaixão por ela.

A verdadeira Anne, embora compartilhasse a mesma pele com a sua réplica, não se encontrava na mesma situação. Enquanto a outra Anne atacava intencionalmente a fé católica romana da época, a verdadeira Anne exprimia com beatitude sua adoração por Deus. Se a outra provocava a inveja vingativa de Ida, a verdadeira Anne teria dado o sangue pela prima.

Na realidade, a outra Anne era Anne segundo os outros. O pouco que compreendiam dela. A imagem inexata que dela tinham. O reflexo no espelho visto por olhos estreitos.

Considerando que os reflexos produzem imagens invertidas, o de Anne apresentava o inverso do que era. Enquanto Braindor nela distinguia uma santa, centenas de homens viam uma bruxa.

Dera-se conta disso na última noite na Terra. Entender a questão permitira-lhe dela se libertar. Naquela manhã, matariam a outra Anne. Ela estaria em outra parte.

O carcereiro fez entrar o padre.

Nos olhos assustados, Anne constatou que o ministro de Deus apavorava-se diante da ideia de uma morte próxima.

Atenciosa, deixou que ele cumprisse sua missão ao perceber o quanto isso lhe era necessário. Respondeu às perguntas com indiferença cordial, e em seguida repetiu docilmente as expressões que o padre lhe propunha.

Um guarda entregou uma camisa comprida, única vestimenta que usaria durante o suplício. Pelo odor penetrante, entendeu que o tecido fora embebido em enxofre. Sorriu. Alguém interviera a seu favor para obter tamanho privilégio. A morte chegava mais rápido quando se estava coberta com uma roupa altamente inflamável. Isso abreviaria a agonia. Quem? Braindor? Tia Godelièvе? Ignorava o quanto um e outro tinham se empenhado desde a véspera para tentar suavizar sua passagem. A ideia do vestido com enxofre viera de Hadewijch, que soubera desse detalhe pelo confessor. Tia Godelièvе enviara a roupa com uma bolsa ao carrasco de Bruges para que ele estrangulasse Anne com a corda ao amarrá-la na estaca. Assim, já estaria morta ao crepitar das chamas. O carrasco, temeroso de que o público percebesse o subterfúgio, prometeu tentar, embora nada garantisse.

Esse mesmo carrasco fora também visitado de manhã por Braindor, que lhe trouxera braçadas de palha e de feno, bem como feixes de lenha verde.

— Guarde sua lenha, ela custa muito caro — sugeriu o monge.

O carrasco aquiesceu, um sorriso no fundo dos olhos: conhecia o verdadeiro significado de tamanha dádiva. Se a madeira estivesse seca, Anne morreria no fogo, submetida a uma cremação lenta, a uma agonia terrivelmente dolorosa que poderia durar duas horas, caso o coração resistisse. Em contrapartida, com a madeira verde e o feno, Anne morreria asfixiada pela fumaça antes que as chamas a alcançassem, solução rápida e menos propícia a gritos.

Radiante por poupar suas reservas, o carrasco concordou, ciente de que assim satisfaria a todos: à justiça, que exigia a execução, e à multidão, ávida pelo espetáculo.

Anne mudou de roupa diante do padre e do carcereiro. Um guarda recolheu suas roupas. Era costume atirá-las ao fogo, caso não tivessem valor, junto com cadáveres de gatos e porcos dos quais quisessem se livrar para aumentar a combustão.

Quando saiu da prisão que fedia a salitre, Anne aspirou o ar a plenos pulmões. Fazia um tempo típico da região de Flandres. O céu leitoso destilava uma luz envolvente, desprovida de sombras. Os pássaros gorjeavam com alegria quase furiosa. As cotovias fundiam-se ao azul. Sobre um canteiro gramado despontavam as prímulas da primavera. Há algumas semanas a natureza voltava a ser soberba, forte, generosa.

A indiferença dos elementos quanto ao seu destino a tranquilizou. O curso do mundo não se alterava por sua causa ou de sua história. Uma entidade imensa e majestosa prosseguia incessante. Em meio a essa profusão, ela não passava de uma flor esmagada pela pata de uma vaca: se a aniquilassem, outra Anne a substituiria. Contava com a prodigalidade da terra.

Ela avançou rumo ao local do suplício.

Os desocupados começam a aparecer.

Ao passar à sombra de uma árvore, lembrou-se de sua tília e murmurou:

— Até daqui a pouco.

Diante da lembrança da silhueta sólida, da massa de folhas pesando sobre o tronco curto, alegrou-se de poder em breve ir ao seu encontro. O vento a conduziria. Sem dúvida suas cinzas pousariam nos tenros brotos, espalhar-se-iam pela casca, afundariam no musgo do solo para acariciar as raízes. Sim, daqui a pouco alimentaria a amiga.

Deu de ombros de repente. Um dia também a árvore morrerá. É esse o nosso destino. Quem sabe terminará abatida como Anne? Não, com certeza não. Ela é muito nobre, os homens a respeitarão.

Alarmada com o destino de sua árvore, aberta a porta da inquietação, preocupou-se com os que permanecerão após a sua partida: Braindor, Hadewijch, Bénédicte, tia Godelième, Ida...

— Eu os precedo. Eu os aguardo.

Ao pronunciar essas palavras, as considerou ridículas. Sem dúvida os precederia, mas não iria aguardá-los no sentido usual do termo. Sua consciência vai se dispersar. Ela se fundirá ao universo, bem-aventurada, afortunada. Embora viva, não será mais ninguém. Deixará de ser a virgem de Bruges, a sobrinha de Godeliève, a amiga do lobo, de Braindor, aquela que conheceu a superiora e cuidou da prima mutilada... Essas particularidades irão se apagar, subsistindo apenas a alma, a essência, a que circula no universo e com ele se concilia.

Gostaria, no entanto, de lhes dizer adeus.

Estariam lá, na praça, entre os amantes de execuções? Anne não tem certeza. Talvez Ida, escondida atrás de um alpendre. Braindor, bem afastado, desviará o olhar. Mas não Godeliève. Nem Hadewijch ou Bénédicte. Na certa, se enfiarão na casa da avó Franciska, em Saint-André, até que venham lhes anunciar o fim.

Dizer-lhes adeus?

Ela já o fez repetidas vezes. Nos gestos cotidianos esboçamos múltiplas despedidas, pois frequentemente temos a sensação de que algo se desfaz sem retorno. Todos os dias são compostos de acolhidas e separações. O clarão do relâmpago anuncia ao mesmo tempo sua chegada e sua partida. Nesse faiscar revela-se a eternidade.

Agora Anne vai ao seu encontro.

Avançando, se questiona se os êxtases vividos não teriam sido premonições. Premonições do que viria depois, lá aonde vai.

"Ah, se pudesse escolher o instante de passar à eternidade, escolheria este exato momento. Quero conservar este quadro: o céu cinzento, o ar tiritante, os pássaros inebriados com a primavera que desperta."

Fecha as pálpebras concentrada nessa sensação, até aumentá-la, até deixá-la ocupar todo o espaço dentro de si.

O capelão a segura.

Ouve o povo, mas não o vê. Porém, se olhasse, constataria que muitos não se regozijam. Furiosos, consideram injusta a justiça. Uma inocente será sacrificada, condenada pelos delírios de uma infeliz que não suporta a própria desgraça, pela presunção de um arquidiácono, pelo poder subterrâneo da Inquisição e pelos temores de uma época em que diferentes formas de crença se digladiam. O povo maldiz os interesses superiores que, com base em suposições tão vagas, conduzem uma jovem à morte. Alguns presumem que ao agirem assim contra ela, agem também contra eles. Um dia a vingarão. Sim, um dia colocarão porta afora esse padre assassino e esse procurador vendido. Talvez desistam, mas no fundo do coração juram agir assim.

Ao ver Anne cambalear, as jovens tremem. Então é isso o que dá ser tão bela?

Os jovens escarram. A quem é destinada essa mulher magnífica? Ao fogo...

Os velhos consideram a idade um peso indecente. Ah, certamente, conseguiram salvar a carcaça até hoje; ora, confusos, à vista da prisioneira julgam um privilégio morrer tão jovem. Afinal, com suas rugas, reumatismos, bocas desdentadas e digestão difícil apenas prolongaram o banal. De que lhes valeu? Anne dura o tempo de uma centelha, mas brilha. Para uma vida excepcional, morte também excepcional.

Num canto da praça, Braindor se esconde sob o capuz negro. Ao perceber Anne, recorda a infância no campo, quando, no mês de maio, os pais abatiam cordeiros. Anne o faz lembrar um deles, no qual nunca deixou de pensar, inclusive durante os ofícios religiosos. O cordeirinho branco ignorava a violência a que seria submetido. Agitava-se, miúdo, cândido, inocente, a lã imaculada, as patas firmes apesar de ainda fracas, o olhar vivo. Os olhos negros, profundos e redondos sorriam para seu executor acreditando que as mãos que o pegaram iriam acariciá-lo até o momento em que a faca rasgou-lhe a garganta. Ao ver o animal surpreso tombar sob a lâmina do pai, Braindor havia tomado partido do cordeiro e considerado o genitor um assassino. "Matar quem quer que seja é atacar a vida. Ninguém tem o direito de fazê-lo."

Anne não reparou em Braindor. Chegou diante da fogueira.

O cavalo de um sargento empina.

Ela contempla os pássaros que brincam de correr um atrás do outro.

Que maravilhoso presente essa condenação! Antes, Anne amava o mundo por amar. Hoje o ama com urgência, intensidade. Tem acesso ao verdadeiro amor. Ao amor nu.

"Incrível, até o final ainda existe felicidade!"

O carrasco a prende.

— Não me estrangule — implora. — Quero vivenciar tudo.

O homem hesita e, em seguida, dá de ombros. O que o aflige na intervenção de Anne é a bolsa que acaba de perder.

Anne fecha os olhos. Tomara que o sofrimento não a enfraqueça. Aceita a execução e não toma qualquer atitude para evitá-la. No íntimo, aceita a morte. Melhor, a convoca com seus votos.

"Tenho confiança. A natureza previu isso. Já vi acontecer com animais. Quando sofre muito, um cachorro morre. Apenas a morte vem ao final de uma dor muito forte. A morte é boa. A morte liberta. A morte faz parte do milagre da existência."

Ela promete não se encolher. Tampouco se agarrar à vida. Não lutará.

O carrasco acende o fogo nas braçadas de palha e de feno.

A multidão freme de ansiedade, de agitação, sem saber o que verdadeiramente a espera.

Anne ergue os olhos para o céu.

Tem a sensação de ver surgir a eternidade. O mundo se imobiliza para sempre. É essa a imagem que levará eternamente. O céu está branco como a pérola de uma ostra. O vento é suave, como a respiração, e morno o bafo do ar.

Abaixa as pálpebras; doravante habitará a lembrança desse instante.

"No fundo, não vou desaparecer. Eles não me matarão. Eles me darão a vida eterna."

A fumaça a envolve, a penetra, depois incha seu peito e se deposita nos pulmões. Anne recusa-se a expulsá-la, tenta não tossir.

De repente uma pancada nas pernas. Uma mordida. As primeiras chamas enfiam os dentes em sua carne.

Então Anne abraça a morte como abraçou a vida. Entrega-se. Abre a boca e morre.

Quando o fogo atingiu a jovem condenada, a multidão se arrepiou. Durante anos as testemunhas contaram que o grito da virgem parecia tanto um grito de prazer quanto de dor.

41

Innsbruck, 20 de setembro de 1914.

À atenção do conde Franz von Waldberg,

Senhor,

Temo que não se lembre de mim, pois nos vimos apenas duas vezes, em seu noivado e na magnífica cerimônia de seu casamento. Contudo, Hanna falou de mim quando lhe contou sobre a infância dela. Provavelmente não conhece o meu nome verdadeiro, Margaret Pitz, depois Margaret Bernstein, mas, sim, o meu afetuoso apelido, Gretchen. Hanna nunca me chamou por outro nome. Dez anos mais velha, eu a considerava minha irmãzinha, embora nenhuma comunhão de sangue exista entre nós. O acaso nos uniu na infância; a afeição aumentou rapidamente esse laço que tomou a dimensão de uma vida.

Não sei como o seu coração receberá minhas palavras, considerando que Hanna se comportou de modo deveras estranho com o senhor. Em defesa dela, gostaria de acrescentar que em tudo sempre foi intensa: no gostar, detestar, abraçar, rejeitar, aprender, esquecer. Hanna ignorava a moderação. Sua única linha de conduta era o entusiasmo. Atravessava períodos contraditórios, assim como a atitude em relação ao senhor, a quem idolatrava e a quem mais tarde humilhou publicamente.

Que homem receberá minha carta? Por acaso se dará ao trabalho de lê-la até o final? Ou a destruirá antes que eu chegue ao essencial? Não sei... De acordo com as cartas que ela passou a me enviar após as núpcias, formei do senhor a imagem de um indivíduo atencioso, misericordioso. Talvez — e com motivo — hoje a odeie de todo coração, mas tenho consciência de que no passado a amou.

Hanna continuou a me escrever, salvo durante o período em que quis isolar sua nova vida da antiga; seu casamento sofreu com isso, bem como nossa relação.

Se para se separar o casal recorre ao divórcio, a amizade nada mais pratica que a traição. Um dia Hanna se afastou.

Apesar de ter fingido, quando ela voltou a me escrever, não me lembrar das causas da desavença, eu as guardo vívidas na memória.

Acusei-a de mentir a respeito de sua origem. Em Viena, durante o tratamento com o Dr. Calgari, ela tinha supostamente desvendado, graças à hipnose, o segredo de seu nascimento. Ora, o que revelara naquela tarde não passava de uma invenção, de uma fábula à qual se agarrava com unhas e dentes.

Para ajudá-la na cura, era preciso que eu lhe falasse da realidade. Pois bem, ao ler minha mensagem, enfureceu-se de tal maneira que rompeu relações comigo, proibindo-me de lhe escrever e ocultando seu novo endereço.

O que ela havia revelado ao Dr. Calgari?

Ter sido abandonada ao nascer e nunca ter conhecido os pais biológicos. Ter sido criada até os 8 anos por pessoas com quem não tinha qualquer laço sanguíneo.

Um emaranhado de mentiras.

Hanna foi criada pelos genitores, Maximilien e Alma. Sou testemunha de que ela o sabia, pois sou dez anos mais velha e a visitei ainda no berço.

Engendrou essa ficção após o acidente que custou a vida de seus pais.

Com a morte de Maximilien e Alma, tentou desesperadamente esquecê-los. Não apenas pouco os mencionava, mas apagou qualquer vestígio de sua existência: fotografias, retratos e objetos. Mesmo à fortuna herdada — milhões que meu pai, contador experiente, administrou até sua maioridade — não dedicou maior atenção. Vinda deles, essa fortuna lhe queimava os dedos. O senhor está bem mais informado do que eu quanto ao uso desastroso da herança com a coleção de *millefiori*, o que a levou à ruína. Por fim, ao fugir de Viena insistiu em lhe deixar o que restara. Quando voltamos a nos corresponder, percebi que ela atribuía virtudes à pobreza, não por motivos cristãos, mas porque na miséria via desaparecerem os últimos vestígios dos pais.

Que acontecimento provocou essa atitude?

Durante anos esforcei-me por compreender e creio agora ter encontrado a resposta. Na carta que enviei a Viena, além dos fatos, eu lhe expunha minha teoria. Sua reação despropositada, seguida da amnésia, me indicam que eu tinha absoluta razão.

Naquele dia de maio, quando tinha 8 anos, ela terminara de ler um livro sobre Maria Antonieta, a rainha da França. Por que experimentava tamanho arrebatamento por esse destino, em resumo, dramático? Não sei. A sucessão dos reinados — da Áustria à França —, Versailles, Paris, Trianon, a despreocupação, o luxo, a atração pelo belo e pela diversão, a ascensão extraordinária de uma jovem comum devem tê-la impressionado mais do que a decapitação. Cativada por essa encantadora figura feminina, Hanna anunciou aos pais que seria rainha. A princípio enternecidos, sorriram e mudaram de assunto. Diante da impetuosa teimosia, disseram que ela não poderia ser rainha se não fosse princesa de nascença.

— O quê? Não sou princesa? Por quê?

— Porque não fazemos parte de uma família real.

— Por quê?

— Não temos sangue azul. Assim sendo, você também não.

Em vez de aceitar, Hanna rebelou-se. Seu sonho desmoronara. Eu, que nesse dia acompanhava meu pai — administrador da propriedade da família —, juro que, não medindo as consequências nefastas da tristeza daquela criança, sorri ao vê-la bater pé e recusar a evidência.

Para acalmá-la, Alma e Maximilien tentaram lhe explicar a lógica das monarquias hereditárias.

Em vão. Hanna enfurecia-se.

— Hanna — concluiu Maximilien —, você tem sorte de não pertencer a uma família real. Assim será livre. Se fosse princesa teria deveres e privilégios, mas não direitos ou qualquer autonomia.

— Não quero ser livre. Quero ser rainha.

Os pais repreenderam veementemente a criança, que se embriagava com a própria cólera.

Ela se comportava de maneira inconcebível. Muito nervosa, o cenho franzido, a boca espumando, apontou um dedo raivoso, alegou que de toda maneira sabia perfeitamente que não era filha deles, que haviam cometido um erro ao nascer e que tinha sido trocada. Era uma princesa de verdade e não a filha idiota deles, e em breve sua família se daria conta do engano e poria fim ao seu martírio. Em seguida, acrescentou que os detestava, que nunca os suportara e que era na verdade muito infeliz.

Uma cena intolerável, certamente. E banal. Hanna merecia um par de palmadas. Alma e Maximilien, que enfrentaram tantas dificuldades para trazer essa criança ao mundo, receberam muito mal esse delírio pueril, mas se apiedaram ao ouvi-la confessar sua infelicidade. Convidados a uma festa, deixaram a casa sem pronunciar palavra.

Sabemos o que aconteceu a seguir. Passando por um caminho escarpado e rochoso, o carro foi atingido por um enorme bloco de pedra que despencou e os esmagou. Morreram na hora.

À noite, quando meu pai — o primeiro a ser avisado — precisou anunciar a catástrofe à pequena Hanna, esta ainda continuava enraivecida.

"Bem feito", foi seu comentário.

Apenas no dia seguinte, quando não os encontrou no café da manhã, compreendeu que a mãe e o pai não mais voltariam.

No dia do enterro, atirou-se na cova tentando se agarrar ao caixão dos pais. Jamais esquecerei esse momento desolador.

A menina chorou sem cessar durante três semanas.

Hanna, sempre exagerada... Exagerada em tudo...

Hoje penso que ao soluçar de desespero ela carregava o sentimento de culpa. Ter entristecido e insultado os pais na última vez que os vira devia cobri-la de vergonha. Talvez até considerasse que eles poderiam ter sobrevivido se ela tivesse sido gentil, se não tivesse desejado que eles desaparecessem...

Nos anos seguintes, modificou seu comportamento e deixou de cultivar a lembrança dos mortos. Tornou-se mais fria. Quase insensível. Afinal, passou a manifestar irritação quando os mencionávamos.

Na adolescência, revelou pela primeira vez a uma amiga a teoria segundo a qual tinha sido adotada ao nascer.

Nunca interferi — e hoje o lamento. Otimista, eu via nessa mentira um elemento positivo: Hanna chorava menos os seus, aceitou os que a acolheram — eu e meu pai — como sua verdadeira família. Embora meus ouvidos passassem a escutar essa fábula repetidas vezes, juro que, covarde, jamais corrigi Hanna, receosa de reavivar a sua dor.

Depois saí de casa para desposar meu marido, Werner Bernstein. Alguns anos mais tarde, Hanna casou-se com o senhor.

Eu havia minimizado a força de sua mentira. Uma vez determinante, transformava-se em realidade. Com o distanciamento, entendo ser a explicação para o fato de Hanna não viver em paz com os outros nem consigo mesma. Continuava a se julgar na posição de impostora. Observava-se a distância, culpando-se e condenando-se.

Em suas cartas, me confiou que para ser feliz no amor tinha necessidade de se aniquilar, de cair no anonimato, de abandonar por completo a pessoa que era. Ora, a pessoa de quem fugia não era ela, por mais que acreditasse nisso. Quando sofria por sua identidade, sofria por uma falsa identidade. Na ânsia de escapar, havia um mal-entendido do qual ela era o germe, mas que ignorava.

Pobre Hanna... É natural que toda a sua vida tenha se transformado em divagações.

Perdoe-me por essa longa digressão. Não era minha intenção contar nada disso, mas, sim, o que, sem dúvida, o senhor desconhece: os últimos dias de Hanna.

Ao final de sete anos em Zurique, estabeleceu-se em Valônia, região rica, próspera, burguesa, onde tratava três pacientes segundo o método de Sigmund Freud e dava aulas de línguas para sobreviver.

Ah, por que não voltou para a Áustria ou até mesmo para a Alemanha? Após o atentado de Sarajevo, que custou a vida de nosso doce arquiduque Francisco Ferdinando, ela deveria ter voltado à nossa terra natal. Nesse caso, eu não seria obrigada a escrever ao senhor.

Hanna se instalou em Namur.

Quando naquele verão o imperador declarou guerra à Sérvia para vingar seu filho — sendo mãe, não acredito em nenhuma outra explicação —, a Europa pegou fogo. O jogo das alianças levou as nações ao combate. Com certeza essas batalhas não terão longa duração, pois nossa evidente superioridade vencerá o inimigo, mas em três meses essas lutas ensejaram muitas mortes.

Como se lembra, nossos exércitos pretendiam atravessar a Bélgica, território neutro, para chegar à França. Entretanto, surpreendentemente, os belgas resistiram. Na linha da estrada de ferro que liga Bruxelas a Paris, uma cidade, Liège, impediu o acesso de nossos aliados com quem travaram combate. Apesar do resultado positivo, graças à artilharia, a grande Bertha — o canhão Krupp —, perdemos 15 dias e 5 mil homens. Surpresas, envergonhadas e humilhadas, as forças alemãs consideram legitimamente os belgas como violadores de tratados.

Nossos soldados, julgando ilegal a oposição belga que rompia o pacto de neutralidade útil à França, deram início a algumas operações com o objetivo de recobrar o domínio. Alguns as consideram massacres, outros, represálias. Quanto a mim, impossível me pronunciar. Como patriota e mãe de três filhos que partiram para o combate, julgo válida a operação, embora, como mulher, lamente tal violência.

Hanna foi morta por nossos batalhões. Na aldeia de Gerpinnes, onde fora visitar uma amiga, morreu sob o fogo da repressão.

Fui informada de que não tentou sequer dizer que era austríaca. Não proferiu uma palavra em alemão e se contentou em juntar-se ao grupo visado gritando em francês.

O que terá pensado? Que causa desposara? Fazer parte de uma comunidade destoava tanto de seu temperamento...

Envio o manuscrito do livro que ela redigia. Nele descobrirá sua última paixão, Anne de Bruges, uma beguina do século XVI que faleceu, ela também, em condições abomináveis, morta pela violência de seu tempo.

Nessa personalidade esquecida, conhecida dela e apenas dela, Hanna havia encontrado sua alma gêmea. Quando leio esses poemas — ou melhor, as traduções feitas por Hanna —, pareço estar diante de minha amiga, brilhante, violenta, generosa, ardente, dona de um imenso amor, com o qual não sabia lidar. A propósito, nas páginas em que delineia essa mulher, Hanna traçou o próprio retrato. Esse detalhe, suponho, não o surpreenderá: todos sabem que uma biografia é uma autobiografia sincera. Acreditando falar do outro, falamos sem artifício de nós mesmos.

Com a ajuda dos instrumentos psicanalíticos, Hanna se incumbiu de explicar esse *O espelho do invisível*. Nele ressalta a importância do sexo, sua sublimação através dos êxtases místicos, a nostalgia da união e, sobretudo, a premonição das teorias modernas da consciência. Não poderia lhe explicar tudo isso aqui, pois, se tenho a impressão de compreender durante a leitura, uma vez fechado o manuscrito, minha cabeça se confunde, os argumentos se liquefazem, me descubro incapaz de repeti-los. Em resumo, Hanna revela que Anne de Bruges foi precursora de Freud ao buscar, além dos pensamentos e das palavras, a lógica inconsciente.

Embora meu papel aqui não consista em julgar, não posso evitar certa ironia. As elucubrações de Hanna me lembram uma brincadeira na casa de minha avó Pitz: "o jogo das semelhanças". Na sala de quadros, nós, os vivos, buscávamos nossos traços nos rostos de nossos ancestrais. Bastava que o nariz de um de nós fosse ligeiramente desviado para a esquerda e logo desenterrávamos um ascendente do século XVII com aquela característica; se o nariz era arrebitado, outra tia-bisavó era convocada em nosso auxílio. Em resumo, cada novo nariz influenciava o trisavô, todo bebê arranjava um precursor.

Hanna, em minha opinião, recorria a essa mesma ilusão retrospectiva ao detectar em Anne de Bruges as primícias de Sigmund Freud.

Pouco importa!

Confio-lhe este ensaio quase concluído. Tendo Hanna sempre elogiado para mim sua cultura e seu interesse pelas artes, aposto que dele fará bom uso.

Eu, nesses meses conturbados, não passo de mãe e patriota. Enquanto meus três filhos combatem no fronte, eu leio os jornais em busca do anúncio de nossa vitória. Ela não deve tardar. A guerra será curta, todos os especialistas sérios estão de acordo quanto a esse ponto.

Aceite meus respeitosos sentimentos,

Margaret Bernstein (nome de solteira: Pitz).

42

Ela caminhava rumo à praça de Bruges onde teria lugar sua execução.

Precedida pelo carrasco, rodeada pelos guardas, cambaleava nas calçadas.

O frio verde e intenso da primavera a congelava. A camisa fina de linho não a poupava da sensação de estar nua.

Quando desembocou na esquina da rua, a multidão pôs-se a proferir insultos.

Baixou a fronte. Escutá-los se necessário, mas não vê-los! Eles, com seus preconceitos, certezas obtusas e ideias crédulas, a conduziam ao suplício.

Diante da fogueira, ergueu a cabeça.

Então era assim que terminaria? Uma brasa na lenha... As pernas tremeram. Ela se urinou.

O carrasco a impediu de cair e a arrastou quase inerte ao poste onde deveria prendê-la.

Não obstante a recusa em opor resistência, o corpo, bruscamente entorpecido, deixou de responder à sua vontade e ao seu medo. Já um cadáver.

O carrasco a amarrou.

Ela abriu os olhos e recebeu, como um escarro, o ódio da multidão.

Subitamente, percebeu um crepitar a seus pés. A fumaça subiu, logo acompanhada por uma labareda.

Ela berrou. A angústia da morte lhe transpassou o peito. Debateu-se, soluçou, pediu socorro, procurou ajuda através da nuvem opaca a se espalhar, tentou escapar do fogo que se aproximava.

Em vão!

Então fitou o céu e soltou um último grito lancinante.

— Corta!

Um dublê pegou Anny no colo e a retirou da fogueira. Surgiram bombeiros, que apagaram o fogo.

A equipe de filmagem recuperou o fôlego após a cena impactante. Todos os figurantes, retirando a máscara de inimigos, aplaudiram a atuação da estrela. Operadores e assistentes de câmera largaram os equipamentos e também a aclamaram.

Debulhada em lágrimas, Anny vestiu o penhoar que lhe estendia a camareira, calçou as pantufas de pele, serviu-se de um café quente e foi se juntar ao diretor, assistentes, produtor e roteirista instalados em meio aos monitores.

Também lá foi acolhida com cumprimentos efusivos.

— Incrível!

— De arrepiar.

— Anny, nunca fiquei tão angustiada na vida. Parecia que eu é que ardia na fogueira.

— Nem o melhor filme de horror me deixou tão assustada do que você nessa cena, Anny.

— Antológico! Estou orgulhoso de ter participado dessa filmagem.

Anny agradeceu com um sorriso e sentou-se ao lado de Grégoire Pitz.

— Ainda não estou satisfeita — murmurou.

— Você foi sensacional.

— Não estou convencida de Anne ter reagido daquele jeito. Durante a cena tive a impressão de ser outra, uma jovem qualquer de reações comuns. Eu a traí, Grégoire; estava mais parecida comigo mesma uns seis meses atrás.

— Como?

— Mesquinha. Egoísta. Existe muito de narcisismo na angústia. Acabo de morrer como alguém que se idolatra. Anne de Bruges era diferente.

Grégoire coçou a testa consultando o roteiro.

— Faltam documentos relatando seu fim. Ninguém descreveu sua atitude no momento da execução. Ficamos reduzidos a hipóteses. Não sabemos de nada.

— Sim, sabemos.

— Como?

— Sabemos, sim; basta usar a imaginação.

Grégoire Pitz a contemplou, pensativo. Havia várias semanas uma mudança se produzira: apesar de ele ter levado Anne de Bruges à estrela de Hollywood, agora era Anny quem a apresentava. Ninguém conhecia melhor a personagem. Seus comentários pertinentes haviam modificado não o roteiro, mas as nuances de numerosas sequências. Quando faltavam informações, Anny afirmava que a empatia e a imaginação preenchiam as lacunas deixadas pela ciência histórica: constituíam um modo de reconhecimento. Ao representar fatos e sentimentos ignorados, Anny, movida pela fantasia, progredia na exploração da realidade desaparecida.

Essa teoria, que Grégoire negligenciara da primeira vez que lhe fora apresentada, agora parecia plenamente justificada.

— Você quer...

Ele adivinhava seu incontrolável desejo de repetir a cena. Ela lhe pulou ao pescoço.

— Ah, por favor. Por Anne. Não por mim, mas por ela.

Perplexo, Grégoire enxugou a testa.

— Isso vai exigir tempo.

— Sou paciente.

O produtor adjunto interferiu:

— Grégoire está dizendo nas entrelinhas que isso custa caro.

Algum tempo atrás, Anny o teria feito fechar o bico com arrogância. Em vez disso, suplicou, a voz débil:

— Por favor...

Os dois homens se entreolharam.

— Muito bem — decidiu Grégoire. — Vamos montar de novo o cenário, a fogueira, tudinho e filmar a sequência inteira com seis câmeras. Vamos dar uma melhorada em dois ou três detalhes da luz. Vai levar no mínimo uma hora.

Anny acenou e seguiu rumo à ponte arqueada.

A branca beguinaria de Bruges havia sido requisitada pela direção não apenas para rodar certas cenas, mas também para acomodar a infraestrutura: vestiário, sala de maquiagem, sala de figurinos, cafeteria, cantina, depósito etc.

A caminho do camarim, Anny mudou de ideia e caminhou na direção de uma árvore que lhe despertava a curiosidade. Uma tília imensa se erguia no meio do gramado; tília esta que, segundo a lenda, datava de um período anterior à construção da beguinaria. A robusta anciã de pálidas folhas verdes e delicioso perfume já teria nove séculos.

Anny recostou-se no tronco.

— E aí, por acaso conheceram Anne? — perguntou aos galhos voltados para o alto, apontados para o céu.

Permaneceu sentada, indecisa quanto à maneira correta de representar a última sequência. Para nutrir a reflexão retirou do bolso do penhoar o livro de Hanna von Waldberg.

Curiosamente, Anny gostava dessa escritora — autora de uma só obra —, pois um sopro de inspiração animava a mais simples de suas frases. Com frequência, a aristocrata acalentava ideias datadas, excêntricas — fruto, sobretudo, da adesão à psicanálise em seus primórdios —, mas sempre em busca da verdade da experiência vivida.

Como Anne e Hanna, Anny adorava se soltar, abstrair-se de si mesma, de sua identidade social, familiar, visando acima de tudo aproximar-se de uma realidade mais essencial. Esse "acima de tudo" obtinha atuando. Atriz, afastava-se de si mesma para se tornar outras. Contudo, antes de definir a personagem, passeava por lugares indeterminados, encruzilhadas, algum lugar aquém das diferenças, o lugar que Anne e Hanna haviam frequentado.

Se Anne o encontrava na natureza e o chamava de "Deus", Hanna o detectava na sexualidade e o chamava de "inconsciente". Já Anny desistira de defini-lo.

Algum tempo atrás, teria interpretado esse êxtase como reação química às substâncias — drogas ou medicamentos — no organismo. Desde que cuidava de Ethan, porém, compreendia que, mais uma vez, tudo isso não passava de discurso datado. Seu tempo somente acreditava nas moléculas.

O divino, o psicológico, o químico, eis as chaves que vários séculos haviam proposto a fim de destrancar as portas do mistério. Anne, Hanna, Anny.

Ora, não obstante o bom funcionamento das chaves, o mistério permanecia.

Anny já não buscava a compreensão. Só a experimentação. Como jamais seria iniciada o bastante para avaliar as causas e as missões de uma vida, estava condenada à ignorância, mas cumpriria com alegria esse luto pela verdade. Decidira habitar a ignorância munida de autoconfiança e não de angústia. Sem ter consciência, vagava de modo distinto no mistério da condição humana. Era necessário conviver com essa ambiguidade. Em contrapartida, possuía um trunfo na mão: a confiança.

Revirando o cepo que empurrava o solo, sorriu:

— Ah, se os vegetais pudessem falar... Se nos contassem tudo o que viram ou escutaram... Cedam-me a sua memória.

Dando de ombros diante do desejo impossível, examinou as árvores ao redor.

Eram misteriosas, terrestres e aéreas. Tão cerradas debaixo do solo quanto no céu, estendiam-se a um só tempo no húmus e no azul celeste; raízes e galhos cobriam espaço similar formando imagens invertidas. Qual é o reflexo? E a realidade? O tronco extraía sua força tanto das pernas afastadas quanto dos braços abertos. Filha do ar ou produto do barro? Superiores aos homens, as árvores mantinham o equilíbrio sem despender o menor esforço, não tombavam ao adormecer. Seria esse o segredo da longevidade?

Anny enlaçou o tronco da tília.

Acabava de entender como encarnaria os últimos instantes de sua heroína. Anne de Bruges era irmã da árvore. De pé, aproveitava cada alento — da chuva para se refrescar, do vento para se polinizar, das podridões e das decomposições para se alimentar.

Tal qual a árvore, Anne não tomba, não se abate, a não ser que seja abatida.

Anny voltou ao set de filmagem.

Assim que recomeçou a cena, atores e figurantes representaram seus papéis como da primeira vez.

Apenas Anny mudara. Caminhando na direção da fogueira, parecia ignorar as violências do mundo. Seu lindo rosto radiante se oferecia à luz, saboreando cada segundo.

Ao ser amarrada no poste, resplandecia. O corpo sereno difundia pensamentos prodigiosos: reiterava seu amor à vida, amor tanto à dor quanto ao prazer; o destemor diante da morte bem como o amor pela morte.

Este livro foi composto na tipologia Minion Pro
Regular, em corpo 11/15, e impresso em papel
off-white no Sistema Cameron da Divisão
Gráfica da Distribuidora Record.